Juli 1914. Über antike Pflastersteine, unter Feigen und Zypressen hindurch, läuft Vivian Rose Spencer eilig den Hang hinauf und stolpert fast unversehens in ihre erste Entdeckung. Tahsin Bey, ein Freund ihres Vaters, hat die junge Engländerin eingeladen, an Ausgrabungen in der Türkei teilzunehmen. Hier, im sagenhaften Labraunda, lässt sie die strengen Konventionen ihrer Heimat weit hinter sich und wird auch Tahsin Bey auf ganz neue Weise begegnen. Juli 1915. Der Krieg hat alles verändert. Vivian folgt einer Spur ihres verschwundenen Geliebten, als sie in einem Zug nach Peschawar den jungen, im Krieg verwundeten Paschtunen Qayyum Gul trifft. Beide ahnen nicht, dass ihre Geschicke sich auf immer verbinden und sie eines Tages, auf der Straße der Geschichtenerzähler, wieder zusammenführen werden.

Kamila Shamsie wurde 1973 in Karatschi, Pakistan, geboren und lebt in London und Karatschi. Für ihr literarisches Werk erhielt sie zahlreiche Preise, u.a. wurde sie 2013 als *Granta Best of Young British Novelists* ausgezeichnet.

Ulrike Thiesmeyer, 1967 in Düsseldorf geboren, übersetzt aus dem Englischen und Französischen und hat u.a. Nicholas Sparks, Jamie Ford und Suzanne Joinson ins Deutsche übertragen.

Kamila Shamsie im Berlin Verlag:
Verglühte Schatten (978-3-8333-0966-3)

KAMILA SHAMSIE

Die Straße der Geschichtenerzähler

Roman

Aus dem Englischen von
Ulrike Thiesmeyer

Berlin Verlag Taschenbuch

Mehr über unsere Autoren und Bücher:
www.berlinverlag.de

FSC
www.fsc.org
MIX
Papier aus verantwortungsvollen Quellen
FSC® C083411

Juli 2016
ISBN 978-3-8333-1058-4
Die Originalausgabe erschien 2014 unter dem Titel
A God In Every Stone
bei Bloomsbury Publishing, London

Umschlaggestaltung: ZERO Werbeagentur, München
Druck & Bindung: CPI books GmbH, Leck
Printed in Germany

Für die Schwestern – Saman, Magoo, Maha

Anmerkung der Verfasserin

Das antike Karien, und damit auch die Kultstätte von Labraunda, liegt in der heutigen Türkei. Im Jahr 515 v. Chr. war es eine Provinz an der Westgrenze des Persischen Reiches; die Siedlung Kaspatyros befand sich am anderen Ende des Perserreiches, an seiner Ostgrenze. Die genaue geografische Lage von Kaspatyros ist bis heute nicht geklärt, aber manche Historiker vermuten es in der Gegend, in der sich heute Peschawar befindet.

ERSTES BUCH

Die entfernten Teile Asiens sind hauptsächlich durch Dareios bekannt geworden. Er wollte feststellen, wo der Indos, außer dem Nil der einzige Fluss, in dem Krokodile leben, ins Meer fließt. Er sandte Männer, zu deren Aufrichtigkeit er Vertrauen hatte, darunter einen Hellenen namens Skylax aus Karyanda, zu Schiffe aus. Sie fuhren von der Stadt Kaspatyros in Paktyia aus den Fluss abwärts, immer nach Osten bis ins Meer hinein.

Herodot, *Historien*

FÜR KÖNIG UND VATERLAND

515 vor Christus

Feigenblätter und Früchte wirbeln in Skylax' Händen herum. Während er den silbernen Stirnreif in seinen Fingern dreht und so die Gravuren zum Leben erweckt, malt er sich aus, wie er sein Handgelenk vorschnellen lässt und dabei zusieht, wie der Kopfputz
die
abschüssige
Wüste des Berghangs
hinunterspringt, quer durch das juwelenfunkelnde Tal voller Bäche und Felder und Früchte, bis er mit einem
Platsch!
in dem schlammigen Nebenfluss landet und von den reißenden Fluten davongetragen wird, dem Indus entgegen, der voller Krokodile ist.

Sein Schiff unten am fernen Flussufer ist nur ein brauner Fleck. Seine Mannschaft hält ihn für verrückt, weil er die ganze Nacht auf dem Berg verbracht hat; wozu aber sollte er ihnen erklären, wenn sie es selbst nicht wissen, wie wundersam es ist, mit der Sonne aufzuwachen und in der klaren Morgenluft auf den dahinbrausenden Lauf des Indus zu blicken, der vor ihm ausgebreitet liegt wie eine Opfergabe. Er setzt sich den Reif auf den Kopf, fährt mit seinen schwieligen Seemannshänden über die zarten Feigen, die in das Silber geprägt sind – zu Ehren Kariens, seiner Heimat, die von Barbaren bewohnt wird, wo aber süße Früchte wachsen. So sehen es die Perser – und dennoch hat man ihm, einem dieser Barbaren, die Leitung der vielleicht tollkühnsten Erkundungsreise im Reich anvertraut. Kein Mensch hat je zuvor den mächtigen Indus zu Schiff befahren. Kein Mensch hat dies versucht. Nicht einmal Odysseus.

Ein Schwarm weißer Vögel flattert um sein Schiff herum. Nein, es sind die Segel. Seine Mannschaft hat die ganze Nacht gearbeitet, um ihn mit diesem Geschenk zu überraschen. Das Schiff ist bereit; die Segel fangen den Wind ein und blähen sich ihm entgegen. Er stößt einen scharfen Pfiff aus, und sein Pferd, das er ein Stück weiter unten festgebunden hat, antwortet mit einem Wiehern. Skylax läuft dem Geräusch entgegen; die Entfernung zwischen ihm und dem Schiff scheint auf einmal ungeheuer. Heute beginnt ihre Reise. Heute segeln sie von der Stadt Kaspatyros aus los, die sich am Rande des Reiches des Dareios befindet, am Rande der bekannten Welt. Kaspatyros – die Pforte zum Ruhm.

Juli – August 1914

Vivian Rose Spencer hastete voller Ungeduld den Hang hinauf, über die antiken Pflastersteine des heiligen Weges, begleitet von einem Orchester von Vögeln, murmelndem Quellwasser, Zikaden und dem Flüstern des Windhauchs, der raschelnd in die Olivenbäume fuhr. Den Führer und die Esel hatte sie längst hinter sich gelassen, sodass niemand mitbekam, wie sie neben einem weißen Gesteinsblock, der Jahrhunderte zuvor ein Stück den Berg hinabgestürzt war, unvermittelt stehenblieb und beide Hände dagegenlegte, ehe sie sich vorneigte und ihre Lippen auf den Stein drückte. Marmor, körniger Sand und ein Geschmack, bei dem sie verwirrt zurückzuckte – das Gebein des Zeustempels schmeckte süß, nach Feige. Entweder das oder ein Vogel hatte vielleicht aus der Luft eine Frucht fallen gelassen, deren Saft sich hier auf dem Stein verteilt hatte. Sie senkte den Blick. Tatsächlich, zu ihren Füßen lag eine aufgeplatzte Feige.

– Labraunda!, rief sie mit weithin hallender Stimme.

– Labraunda!, schallte es von weit oben zu ihr zurück. Doch es war nicht das Echo ihrer Stimme. Es war ein Mann, dessen Akzent ebenso vertraut wie fremd war. Aber nein, hier war sie die Fremde. Sie hob die Feige auf, hielt sie sich an die Nase und schloss die Augen. Sie wollte nie wieder nach London zurück.

Die Berichte der Reisenden des neunzehnten Jahrhunderts hatten sie nicht darauf vorbereitet: Auf dem terrassierten Gelände oben am Berg war von dem riesigen Tempelkomplex noch genug erhalten, um in der Phantasie die eingestürzten Kolonnaden wieder aufzurichten, die überall herumliegenden Marmor- und Steinblöcke zusammenzusetzen und sich die einstige Pracht bildlich vorzustellen. Hierher waren die karischen Krieger geflüchtet, nachdem sie in einer Schlacht von der persischen Streitmacht des Dareios besiegt worden waren; hier hatten die Baumeister des Mausoleums von Halikarnassos, des berühmten Weltwunders, ihr Handwerk erlernt; hierher war Alexander gekommen, um die gewaltige Doppelaxt der Amazonenkönigin zu sehen, die von der Statue des Zeus in die Höhe gehalten wurde.

Viv schritt nun gemächlich dahin, um das alles in sich aufzunehmen: die halb von Gestrüpp überwucherten Ruinen; die Geräusche von Erde, die beiseitegeschaufelt wurde, von Ästen, denen man mit Hacken zu Leibe rückte, von Stimmen, die undeutliche Worte sprachen; die Aussicht, die sich von hier oben bot und den endlosen Himmel, die Ebene darunter und die in der Ferne schimmernde Ägäis in sich vereinte. An das Licht in diesem Teil der Welt hatte sie sich noch immer nicht gewöhnt – strahlend hell, ohne dabei grell zu sein, vermittelte es ihr das Gefühl, dass sie ihr ganzes bisheriges Leben mit Gaze vor den Augen zugebracht hatte. Da schoss ihr etwas Kleines, Muskulöses entgegen und hätte sie um ein Haar umgerissen.

– Alice!, rief sie und bückte sich, aber der Mops mochte sich nicht von ihr auf den Arm nehmen lassen und sprang voraus, und Viv folgte ihm, durch ein Labyrinth eingestürzter Säulen, bis sie die vertraute Gestalt Tahsin Beys erblickte, der ein alter Freund ihres Vaters war. Er hockte neben einem Mann mit sandblondem Haar am Boden und deutete auf etwas, das in einen großen Steinblock eingemeißelt war – ein schlangenartiges Geschöpf mit einem kleinen Reif hinter seinem aufgerissenen Kiefer.

– Eine Schlange, sagte der sandblonde Mann mit deutschem Akzent.

– Ein Aal?, erwiderte Tahsin Bey in der für ihn so typischen Art, eine Gewissheit in einem Tonfall zu äußern, als würde es sich um eine bloße Theorie handeln, die er seinem Gegenüber nahelegte.

– Ein Aal? Wieso ein Aal?

Es war Viv, die seine Frage beantwortete, obwohl sie sich bewusst war, wie unhöflich es war, sich in ein Gespräch zwischen zwei Männern einzumischen, die ihre Gegenwart noch nicht bemerkt hatten.

– Weil Plinius uns berichtet, dass es in den Quellen von Labraunda Aale gibt, die Ohrringe tragen.

Die beiden Männer wandten sich zu ihr um, und sie fügte hinzu:

– Und bei Älian ist zu lesen, dass es hier Fische mit goldenen Halsbändern gibt, die zahm sind und antworten, wenn Menschen sie rufen.

Tahsin Bey streckte ihr die Hand entgegen, eine etwas förmliche Geste, die durch das strahlende Lächeln, mit dem er sie in Empfang nahm, mehr als wettgemacht wurde.

– Willkommen in Labraunda, Vivian Rose.

Seine Hand war rau und schwielig, und als sie gleich darauf die Hand hob, um sich ein Stäubchen aus dem Auge zu wischen, nahm sie einen Geruch von Tabak und Erde wahr, überlagert von Feigenaroma. Es war ein so angenehmer Duft, dass sie ihn begierig einsog, bis sie bemerkte, dass der Deutsche sie mit einem vielsagenden Gesichtsausdruck ansah, der ihr nicht gefiel. Eilig ließ sie ihre Hand sinken und wischte sie an ihrem Rock ab, während sie sich gleichzeitig fragte, wie sie ihren Augen an einem Ort wie diesem, wo es so viel zu sehen gab, jemals Ruhe gönnen sollte.

Am nächsten Morgen wachte sie schon sehr früh auf, noch in derselben Kleidung, die sie am Vortag getragen hatte. Sie hatte den Nachmittag lediglich damit zugebracht, die Säulen eines der Gebäude – ein Tempel? ein Andron? ein Schatzhaus? – zu vermessen und zu zeichnen, aber Muskelkater hatte sie trotzdem. Zum einen von dem Marsch den Berg hinauf, zum anderen, weil sie außer sich vor Entzücken und voller Neugierde längere Zeit auf den Terrassen herumgekraxelt war, bis Tahsin Bey sie aufforderte, ihr Skizzenbuch auszupacken und sich nützlich zu machen. Beim Abendessen war sie dann so müde, dass sie nur mit knapper Not ihr Essen zum Munde führen und kauen konnte, während die anderen am Tisch sich angeregt unterhielten und gutmütig darüber hinweggingen, dass sie sich nicht am Gespräch beteiligte.

Sie erhob sich von ihrem Feldbett und zog sich leise um, ohne die beiden deutschen Frauen in dem Zelt zu stören. Dann trat sie hinaus ins Freie, in die Stunde zwischen Dunkelheit und Licht. Die Luft war frisch, aber nicht kalt, während sie zwischen den Ruinen dahinspazierte, mit ausgestreckten Händen, um jeden Block, jede Säule zu berühren, an denen sie vorbeikam. Ein spitzes Jaulen war in der Stille zu hören. Als sie suchend nach Alice Ausschau hielt, entdeckte sie stattdessen Tahsin Bey, der auf dem großen Felsblock saß, durch den ein Riss verlief – der gespaltene Felsen des Zeus –, zu ihr hinübersah und grüßend einen Becher in die Höhe hielt. Alice wurde losgeschickt, um sie durch Bäume hindurch und über die verwitterten Treppen nach oben zu geleiten, und wenige Minuten später trank sie heißen Tee aus dem Becher und sah dabei zu, wie die Sonne über dem antiken Karien aufging.

– So also sieht eine rosenfingrige Morgenröte aus.

– Du musst deinem Vater schreiben und davon berichten. Das wird ihn freuen.

– Oh, ich werde ihm schreiben und alles berichten!

Ihr Vater, ein Mann ohne Söhne, hatte sein Bedauern über diesen Mangel in die entschlossene Absicht verwandelt, seine Tochter dazu anzuspornen, all ihre Geschlechtsgenossinnen zu überflügeln; schon von früh an herrschte zwischen ihnen eine Art Übereinkunft, dass sie ihm sowohl Sohn als auch Tochter sein würde – weiblich in ihren Umgangsformen, dabei aber männlich, was ihren Verstand betraf. Um ihren Geist zu schulen, hatte er mit ihr von Kindesbeinen an Homer gelesen, sah es mit großem Wohlgefallen, wenn sie Tahsin Bey endlos mit Fragen zu seiner Tätigkeit als Archäologe löcherte, wenn der Türke bei ihnen zu Besuch weilte, und unterstützte, ungeachtet der Einwände seiner Frau, vorbehaltlos ihr Recht darauf, Geschichte und Ägyptologie am University College London zu studieren. Trotzdem hatte Viv kaum zu glauben gewagt, dass er es ernst meinte, als er sie eines Morgens fragte, so beiläufig, als ginge es um eine bloße Ausfahrt im Park, ob sie mit Tahsin Bey an einer Ausgrabung in Labraunda teilnehmen wolle. Ungeheuerlich!, hatte Mrs Spencer gesagt und mit einer Serviette entrüstet auf das glänzend polierte Holz der Frühstückstafel geschlagen. Wollte er etwa, dass seine Tochter in Unterhosen die Pyramiden hinaufkletterte wie Mrs Flinders Petrie? Verschwendete er denn überhaupt keinen Gedanken an ihre Heiratsaussichten?

Vater und Tochter hatten sich über den Frühstückstisch hinweg verschwörerisch zugelächelt, ehe Viv aufstand, um Dr. Spencer überglücklich um den Hals zu fallen. Während ihrer Studienjahre war sie einmal maßlos enttäuscht gewesen, ohne es sich allerdings anmerken zu lassen, als er entschieden hatte, nein, sie würde nicht zu den Studenten gehören, mit denen Flinders Petrie den Sommer über nach Ägypten reiste – und hatte vermutet, dass ihr damit auch alle künftigen Ausgrabungen verwehrt bleiben würden, solange sie unverheiratet war und unter seinem Dach wohnte. Nun aber saß er da, schob seinen Teller beiseite, zeigte ihr den Brief von Tahsin Bey und sagte, selbstverständlich dürfe sie sich eine solche Gelegenheit nicht entgehen lassen und dass bei seinem alten Freund Verlass darauf sei, dass stets der Anstand und die guten Sitten gewahrt würden, was sich von Flinders Petrie mitsamt seiner verrückten Gattin eher nicht behaupten ließ, und wie sehr er es bedauerte, sich nicht von seinen Pflichten freimachen zu können, um ebenfalls an der Ausgrabung teilzunehmen.

– Er ist sehr stolz auf dich, sagte der Türke und wandte ihr seinen Körper leicht zu.

– Ich weiß, aber ich habe ihm noch keinen Grund geliefert, stolz zu sein. Noch nicht.

– Nein? Du meinst nicht, dass er auf deinen Mut stolz sein sollte?

– Mut? Nein, mutig bin ich auf keinen Fall. Erinnern Sie sich noch an Mary, meine Freundin? Sie ist leider eine dieser militanten Suffragetten geworden. Doch obwohl sie einen totalen Irrweg eingeschlagen hat, sehe ich, wie sie ungerührt Strafen wie Gefängnis und Zwangsernährung in Kauf zu nehmen bereit ist, und erkenne darin echten Mut. Diesen Mut kann ich bei mir nicht erkennen, wenn ich in den Spiegel sehe.

– Es erfordert aber beträchtlichen Mut, in einen unbekannten Teil der Welt zu kommen, weit weg von allem, was du je gekannt hast.

– Das erfordert keinen Mut. Sie sind ja hier.

Ihr Widerspruch fiel eine Spur vehementer aus als beabsichtigt, und sie spürte, wie sie rot anlief. Dabei wollte sie damit bloß ausdrücken, dass sie eben nicht weit weg von allem war, was sie je gekannt hatte, wenn sie in seiner vertrauten Gesellschaft war. Er und ihr Vater hatten sich als junge Männer während einer Zugreise in Frankreich kennengelernt, eine Begegnung, aus der sich eine unvermutete Freundschaft entwickelte, und sie konnte sich an kaum ein Jahr erinnern, in dem Tahsin Bey nicht nach London gekommen und mit ihr durch das British Museum geschlendert war, während er von seiner Hoffnung sprach, eines Tages von den osmanischen Behörden endlich einen Ferman erwirken zu können, der ihn bevollmächtigte, in Labraunda Ausgrabungen durchzuführen. Und ich komme dann mit!, hatte sie immer gesagt. Aber selbstverständlich, hatte er erwidert, als sie noch ein Kind war. Und später, als sie herangewachsen und schon beinahe eine junge Frau war: Falls dein Vater es erlaubt.

Aber seine Gesellschaft war nicht auf die alte Weise vertraut, das sah sie nun, während er seinerseits rot anlief. Sie war inzwischen zweiundzwanzig, und obwohl sie ihn immer als alt betrachtet hatte, brachten ihr die Muskeln in seinem Unterarm und sein dichtes dunkles Haar, das ihr im trüben Licht Londons nie so richtig aufgefallen war, mit einem Mal jäh zu Bewusstsein, dass ein Altersunterschied von fünfundzwanzig Jahren im Laufe der Zeit an Bedeutung verliert. Sie hatte Schulfreundinnen, die Männer um die vierzig geheiratet und mit ihnen Kinder bekommen hatten.

Sie wandte sich von Tahsin Bey ab, schlug ihr Skizzenbuch auf und tat so, als wäre diese leichte Drehung notwendig, um weiter an der Zeichnung zu arbeiten, die sie am Vortag begonnen hatte. Natürlich hatte sie schon oft darüber nachgedacht, dass die Heirat mit einem Archäologen für sie die wohl einzige Möglichkeit darstellte, an den aufregenden Ausgrabungen ihrer Zeit teilnehmen zu können – und sich eben nicht auf irgendwelche obskuren Randgebiete beschränken zu müssen, wie es bei den jüngst in Mode gekommenen Ausgrabungen, die von Frauen geleitet wurden, in der Regel der Fall war. Aber nein. Tahsin Bey unter diesem Blickwinkel zu betrachten war absurd. Er war der Freund ihres Vaters; sie hätte sich nie vorstellen können, nicht einmal ansatzweise … Nicht dass ihr vollständig klar gewesen wäre, was sie sich in dieser Hinsicht genau vorstellen sollte; sie hatte zwar schon genug Fruchtbarkeitsgötzen gesehen, um die rein mechanischen Aspekte zu begreifen, aber darum ging es eigentlich nicht. Entscheidend war, dass sie vor Verlegenheit sterben würde, falls er irgendwie erriete, woran sie gerade dachte.

– Du hast eine feine Hand.

Sie blickte erschrocken auf, doch sein Augenmerk war einzig auf das Blatt gerichtet, das sie mit einer raschen, präzisen Skizze der Säulenstümpfe, ionischen Typs, gefüllt hatte, welche den rechteckigen Grundriss des Gebäudes bildeten. Er streckte seine Hand aus, sie reichte ihm das Skizzenbuch und sah zu, wie er darin blätterte.

– Nicht nur eine feine, eine ganz außerordentliche Hand. Wenn du die deinem Vater zeigst, wird er stolz sein.

Sie erwiderte sein Lächeln – als wäre sie wieder ein Kind und im Beisein eines Erwachsenen, dessen Zuspruch und Lob die Welt besser machten.

An jenem Abend saßen sie beim Essen zu zehnt um einen langen Holztisch herum, unter dem freien Nachthimmel. Drei Deutsche, sechs Türken und Viv. Sie begannen ihre Mahlzeit nahezu schweigend, ganz auf den Eintopf konzentriert, den Nergiz, die Köchin, zubereitet hatte. Doch danach schoben sie ihre Teller von sich, und alle bis auf Viv – sogar die beiden deutschen Frauen – zündeten sich Zigaretten an und fingen an sich lebhaft über ihren Tag auszutauschen, in einem Gemisch von Sprachen, wobei Französisch dominierte. Viv saß neben dem blonden Deutschen, Wilhelm. Sein besonderes Interesse galt der Nekropole rings um den Tempelkomplex, und er berichtete ihr mit ermüdender Liebe zum Detail von den Münzen und Inschriften, die er in einem der Felsgräber gefunden hatte. Sie nickte und hörte zu, was seinen Erwartungen an sie vollauf zu genügen schien, während sie nebenher Fetzen von Gesprächen aufschnappte, an denen sie lieber teilgenommen hätte – eine zunehmend hitzige Debatte darüber, ob es sich bei dem größten Gebäude in dem Komplex um den Zeustempel handelte oder nicht, fesselte sie besonders. Irgendwann begegnete ihr Blick Tahsin Bey, und er zwinkerte ihr zu – unvorstellbar, dass er so etwas im Hause ihrer Eltern je getan hätte, hier jedoch wirkte es nicht so, als würde er sich Freiheiten nehmen.

– Langeweile?, formte er lautlos mit den Lippen, und sie nickte.

Ehe sie sich's versah, stand er auf einmal mit Alice im Arm auf seinem Stuhl, den Kopf eingerahmt von den blinkenden Sternen, die wirkten wie ein Band aus Silber.

– Meine Damen und Herren, wenn wir unsere Stimmen etwas dämpfen, können wir sie womöglich hören.

Er hielt sich einen Finger vor die Lippen und deutete den Berghang hinunter. Alle am Tisch wandten sich um, doch dort war außer den Säulen, die weiß aus dem Dunkel hervorleuchteten, nichts zu sehen.

– Die Überreste der karischen Armee. Horchen Sie – man kann ihre müden Schritte hören, während sie sich und ihre verwundeten Brüder den heiligen Weg hinaufschleppen, zum Tempel von Labraunda. Es sind nicht die körperlichen Wunden, die ihnen jeden Schritt zur Qual machen – es ist die Niederlage. Heute Morgen noch waren sie Männer voller Mut und Hoffnung, ein tapferes Volk am Rande eines gewaltigen Reiches, das bereit war, die Ketten zu zerschlagen, die es an seine persischen Herren fesseln. Jetzt sind sie eine erschöpfte, geschlagene, abgerissene Schar – nicht einer von ihnen, der nicht einen geliebten Menschen an die persischen Schwerter verloren hätte. Dort gehen sie nun, humpeln an uns vorbei, auf den Tempel des Zeus zu … nein, Mehmet, nicht dorthin … die Herzen entweder schwer von Leid oder voll Zorn auf den Gott, der sie verlassen hat.

Dies war seine Rolle gewesen, solange sie denken konnte. Der Erzähler der alten Geschichten. In dem ersten Gespräch mit ihm, an das sie sich erinnern konnte, hatte er ihr erklärt, dass er aus Anatolien stamme, dem antiken Karien, genau wie Herodot, der Vater der Geschichte, und Skylax, der große Entdeckungsreisende.

– Im Tempel beratschlagen sie: Sollen sie sich den Persern ergeben oder versuchen, aus ihrer Heimat zu fliehen? Nur einer sagt nichts: Skylax, der die Perser am besten von allen kennt – der mit ihnen auf Reisen war, mit ihnen getrunken und das Zeichen der besonderen Gunst des Dareios auf der Stirn getragen hat.

– Stoppen Sie ihn!

Die Worte wurden ihr von Mehmet ins Ohr geflüstert, Tahsin Beys Neffen, dem Archäologen vor Ort, der ungefähr in ihrem Alter war, ihr bis jetzt aber eher reserviert begegnet war, fast misstrauisch.

– Bitte. Auf Sie wird er hören. Bitte.

Der Unterton seiner Stimme war so drängend, panisch geradezu, dass sie ohne zu überlegen handelte. Sie nahm ein Stück Birne vom Teller und warf es der Mopsdame zu, die mit einem Satz aus Tahsin Beys Armen schnellte und dabei mit den Stummelbeinen in der Luft ruderte, als würde sie schwimmen; der Türke beugte sich blitzschnell vor, fing sie auf und schaffte es irgendwie, sich auf dem Stuhl wieder aufzurichten, ohne das Gleichgewicht zu verlieren. Um den Tisch herum wurde Beifall geklatscht. Es hatte geklappt; die Stimmung schlug in erleichterten Jubel um, wie jedes Mal, wenn eine Katastrophe eben noch einmal abgewendet werden konnte, Mehmet rief: Ein Lied! Ein Lied!, und die Deutschen am Tisch stimmten »Greensleeves« an. Wilhelm nahm Viv an der Hand, zog sie auf die Beine und tanzte mit ihr, aus voller Kehle singend, überraschend leichtfüßig eine Runde um den Tisch herum.

Kurz darauf bat sie Tahsin Bey um Entschuldigung. Irgendwie war ich mir sicher, ich könnte Alice die Birne direkt ins Maul werfen, sagte sie. Er winkte nur lächelnd ab. Mehmet, der ganz in der Nähe saß, beobachtete die Szene teilnahmslos.

– Warum habe ich das jetzt wirklich getan?, fragte sie den jungen Mann, sobald sie beide ungestört waren.

– Ach, ich habe diese Geschichte schon so oft gehört, sie hängt mir zum Hals heraus, sagte er. Sie spürte, dass er sie anlog, aber warum, war ihr schleierhaft.

In der zweiten Woche ihre Entdeckung: Eine herabgestürzte Steinplatte, die einst zum Dach gehört hatte, wurde von dem Gebäude mit den ionischen Säulen weggerückt, und darunter kam ein Stein mit einer Inschrift zum Vorschein. Es war Viv, auf deren Bitte hin der Vorarbeiter seine Männer angewiesen hatte, die hinderliche Platte beiseitezuschaffen – außer ihr interessierte sich niemand sonderlich für das kleine Gebäude, da es in dem Komplex viel größere Bauwerke auszugraben gab –, deshalb war sie als einzige Archäologin vor Ort, die die griechischen Worte zu lesen vermochte. Sie trat einen Schritt zurück, las sie noch einmal und stürmte dann los, die Terrasse hinunter, um Tahsin Bey zu suchen.

– Ich habe ihn gefunden! Den Tempel des Zeus! Ich habe ihn gefunden!

Es war früher Nachmittag, doch alle Archäologen ließen die Arbeit, mit der sie gerade beschäftigt waren, stehen und liegen, um sich um den Stein mit der Inschrift herum zu versammeln und auf Viv mit dem Wein anzustoßen, den Gretel, eine ihrer Zeltgenossinnen, eigens für einen großen Anlass aufbewahrt hatte.

– Vivian Rose Spencer, Archäologin!, sagte Tahsin Bey feierlich, und die anderen hoben ihr Glas und wiederholten seine Worte mit ihrem jeweils eigenen Akzent. Viv dachte an ihren Vater. Schade, dass er das nicht miterleben konnte.

Jeden Abend stellte Viv eine Schale mit Feigen neben ihr Feldbett und schlief ein, während ihre Hand auf den saftigen Früchten ruhte. Sie hatte immer einen leichten Schlaf gehabt, hier in Labraunda jedoch sorgten die körperliche Arbeit bei den Ausgrabungen und der Wein, der den Tag abends abrundete, dafür, dass sie morgens in derselben Stellung aufwachte, in der sie eingeschlafen war, aus ihren Träumen gerissen durch das Schnüffeln eines Mopses, der sich darauf verstand, den Saum eines Moskitonetzes mit den Zähnen anzuheben und sich darunter hindurchzuzwängen. Alice legte eine Pfote auf den Rand der hölzernen Obstschale und wippte sie mal hierhin, mal dorthin, ohne sie je ganz umzuwerfen. Ob sie zu wohlerzogen war, um Unordnung zu machen, oder bloß zu herrisch, um sich selbst zu bedienen – das wusste Viv nie zu entscheiden.

Jedenfalls setzte sie so ihren Willen jedes Mal durch. Binnen Minuten, nachdem sie Viv geweckt hatte, während die beiden anderen Frauen im Zelt weiterschliefen, ruhte Alice in der Armbeuge der Engländerin und bekam dünne Scheibchen Feige ins Maul kredenzt, ganz so, wie sie sie am liebsten mochte. Tahsin Bey gab sich jeden Morgen aufs Neue bass erstaunt, wenn Viv und Hund ihn einholten, während er gemächlich den Hang hinaufstieg.

– Hat sie dich geweckt? Tut mir sehr leid, sie ist nicht zu halten und flitzt los, sobald ich sie morgens aus dem Zelt lasse. Aber da du schon wach bist, hättest du Lust …?

Im Lauf des Sommers schätzte Viv dieses kleine Spiel immer mehr; enthob es sie doch der Frage, was sie da eigentlich tat, wenn sie es tagtäglich bewerkstelligte, unter tätiger Beihilfe durch einen Mops ein paar Minuten mit Tahsin Bey allein zu sein. Mit ihm auf dem Felsen zu sitzen, der durch einen Blitz des Zeus gespalten worden war, und eine morgendliche Tasse Tee zu trinken, während über den noch in Schatten gehüllten Ruinen des Heiligtums von Labraunda und den bewaldeten Bergen im Umland die Sonne aufging. Diese Ecke des Osmanischen Reiches hatte eine Schönheit, die sie tiefer beeindruckte als alles, was sie je in England gesehen hatte – die terrassierten Berghänge, die Platanen, der wolkenlose strahlend blaue Himmel, die Gebeine eines Tempels, der von ihr, dieses Verdienst würde ihr für alle Zeit bleiben, als Erste identifiziert worden war. Sie drückte ihre Handflächen zusammen und empfand beim Gefühl der Schwielen auf ihrer Haut Freude.

Eines Morgens zum Ende der Ausgrabung hin saßen sie wieder einmal zusammen; Tahsin Bey hatte ein Bein untergeschlagen und ließ das andere über den Fels baumeln, während er, die Ellbogen eng an den Körper gezogen, den Becher mit heißem Tee dicht vor sein Gesicht hielt. Es war eine Haltung, in der sie ihn im Licht des Vollmondes aus der Erinnerung in ihr kalbsledergebundenes Notizbuch gezeichnet hatte; es diente ihr für private Aufzeichnungen und war ihr kostbarer als jedes Skizzenbuch.

– Bist du enttäuscht, dass du ihn nicht gefunden hast?, fragte sie und ließ ihn nicht aus dem Auge, während er versonnen nach unten zum Tempel blickte. Inzwischen war sie ihm gegenüber zum vertraulichen Du übergegangen.

– Was gefunden?

– Was immer du in Labraunda zu finden hofftest.

– Woher willst du wissen, was ich ...?

– Du hast es mir erzählt. Als wir uns das erste Mal richtig unterhalten haben.

– Du warst gerade einmal fünf, als wir uns das erste Mal unterhalten haben. Wenn ich mich recht entsinne, ging es um das spirituelle Leben von Puppen.

– Nun, also gut. Dann in dem ersten richtigen Gespräch zwischen uns, an das ich mich erinnern kann.

Ihre Stimmen waren gedämpft, ihr Tonfall neckisch, und ihre Hände ruhten nebeneinander auf Alices Fell.

Das Mädchen folgte den Lichtern, der Musik und dem Gewirr der Stimmen, die in den Garten drangen. Während sie sich dem Rand des Grundstücks näherte, merkte sie, wie alles, was ihr den Weg ins Freie gewiesen hatte, nach und nach von der Dunkelheit verschluckt wurde, sodass bald nur noch sie übrigbleiben würde. Es sei denn, auch sie wurde von der Dunkelheit verschluckt.

– Wo willst du denn hin?

Die Dunkelheit klang anders, als sie sich vorgestellt hatte; ihre Stimme hatte einen ausländischen Akzent.

– Weg von dort.

Sie deutete mit der Hand hinter sich, auf das Haus voller Gäste, die dort Silvester feierten und den Übergang in das neue Jahr 1904 erwarteten. Tatsächlich wollte sie ihrer Mutter entkommen, die fortwährend versuchte, sie zu Bett zu schicken, als wäre sie mit ihren elf Jahren noch ein kleines Kind.

Die Dunkelheit zündete sich eine Zigarette an, und am anderen Ende des glühenden weißen Stäbchens kam das Gesicht eines Mannes zum Vorschein. Das Mädchen kannte diesen Mann schon ihr Leben lang, wirklich interessant aber war er für sie erst früher am Abend geworden, als ihr Vater ihr ins Ohr flüsterte, Er ist Archäologe und stammt aus derselben Gegend wie Herodot. Sie wiederholte diese Information dem Mann gegenüber, der an seiner Zigarette zog, bis sich seine Wangen nach innen wölbten. So sehr, dass das Mädchen davon überzeugt war, dass sie sich in seinem Mund berührten.

– Ja, ich bin aus dem alten Lande Karien, an der Grenze zwischen Persien und Griechenland. Die Heimat Herodots, des Vaters der Geschichte, das stimmt. Vor Herodot jedoch gab es noch Skylax, den größten der antiken Entdeckungsreisenden. Heute nur noch ein Stäubchen im Augenwinkel der Geschichte.

– Er ist nach Indien gereist! Herodot schreibt über ihn.

Der Mann sah sie mit neu erwachtem Interesse an. Als wäre sie auf einmal jemand, der es verdiente, ernst genommen zu werden.

– Ja. Das war auch das Mindeste, was er tun konnte, Herodot, nachdem er Skylax' sämtliche Erzählungen über Indien für seine Historien *abgekupfert hatte. Was weißt du über ihn?*

– Nur das, was Herodot berichtet. Der Perserkönig Dareios schickte eine Gruppe Männer, denen er vertraute, nach Indien, darunter Skylax –

– Besonders Skylax! Kai de kai, *das ist der betonende Ausdruck, den er verwendet. Besonders Skylax. Der Mann, dem der König am meisten vertraute. Sprich weiter.*

– Skylax fuhr den Indus hinunter, und die Erkenntnisse, die er von seiner Reise mit zurückbrachte, hat Dareios später dazu genutzt, ebenfalls den Indus hinabzufahren und Indien zu erobern, genau wie später die Briten.

– Oha. Das hast du auch bei Herodot gelesen, ja?

Er lachte, und sie fasste seinen sanften Spott als Beleg dafür auf, dass er sie ernst nahm und für erwachsen genug hielt, um Sinn für den augenzwinkernden Humor zu haben, den er auch bei ihrem Vater so gern an den Tag legte, aber nie bei ihrer Mutter.

– Erlaube, dass ich dir den Teil erzähle, den Herodot unerwähnt lässt, Vivian Rose: Dareios vertraute Skylax so sehr, dass er ihm einen silbernen Stirnreif schenkte, schön verziert mit Feigen – ein Zei-

chen der höchsten Ehre und Anerkennung. Zwanzig Jahre später aber, als Skylax' Volk, die Karier, sich gegen die Perser und Dareios erhoben, war Skylax nicht auf der Seite seines Königs, sondern auf der seiner Landsleute.

– Aber Dareios hat ihm doch vertraut!

– Oh, kleine Engländerin, wie rasch du für das große Reich Partei ergreifst.

Es war ein scharfer Tadel, eindeutig, aber sie begriff nicht ganz, wofür. Dem Türken entging offenbar nicht, wie verwirrt und sogar gekränkt sie war, denn er stand auf und schlug wieder einen freundlicheren Ton an.

– Ich verrate dir ein Geheimnis, aber versprich mir, dass du es nicht weitererzählst: Eines Tages werde ich ihn finden. Den Stirnreif des Skylax.

Er gestikulierte lebhaft, durchschnitt die Luft mit der Glut seiner Zigarette.

– Irgendwo, unter einem Flecken Erde, wartet er auf den Menschen, der den Willen hat, ihn auszugraben.

– Wo wollen Sie suchen?

– An einem Ort namens Labraunda.

– Das habe ich dir erzählt? Ich dachte, das hätte ich nie jemandem verraten.

Tahsin Bey lehnte sich auf seine Ellbogen gestützt zurück und sah sie verblüfft an.

– Nun, aber du hast es mir erzählt. Und, enttäuscht?

– Enttäuscht? Oh, diese englische Ungeduld! Eines Tages werde ich den Stirnreif in Händen halten. Warum muss das schon heute sein? Und davon abgesehen – wie könnte man hier Enttäuschung empfinden?

Tahsin Bey entknotete seine langen Gliedmaßen, erhob sich und breitete die Arme aus, um alles um sich herum zu umfassen, den Tempelkomplex, die Ebene von Mylasa unten in der Tiefe, die Berge ringsumher und die Halbinsel in der Ferne, auf der sich Halikarnassos befand.

– Karien! Vivian Rose, wenn du schon vorhast, deine Sommer fortan dafür zu opfern, eines seiner heiligsten Heiligtümer auszugraben, musst du auch den Rest dieses Landes kennenlernen.

Von Vivs Teilnahme an künftigen Ausgrabungen war bisher noch nicht die Rede gewesen. Auch über den kommenden Monat hatten sie nicht gesprochen, geschweige denn über das kommende Jahr. Jetzt aber stand sie sofort auf, ohne die wütend bellende Alice weiter zu beachten, der es gar nicht recht war, wenn ihr so taktlos vor Augen geführt wurde, wie kurz ihre eigenen Stummelbeinchen waren.

– Ich möchte alles sehen, ehe ich wieder abreise. Mylasa, Halikarnassos, Alinda, Karyanda …

– Und wieder diese Ungeduld. Was hältst du von folgender Idee: Wenn du gewillt bist, deinen Aufenthalt in Konstantinopel zu verkürzen, wie wär's, wenn du mit uns die Küste hinaufreist? Dann sehen wir einiges von Karien und noch andere Orte. Ephesus. Troja!

– Uns? Mit dir und Alice?

– Nein, nein. Wilhelm und Gretel und ich. Du hast sicher schon gehört, wie wir darüber gesprochen haben.

– Ja, natürlich. Entschuldige. Natürlich hättest du mir niemals vorgeschlagen …

– Natürlich nicht! Dein Vater …

– Er würde nie wieder ein Wort mit uns sprechen, mit keinem von uns beiden.

– Entweder das oder er würde uns zwingen, zu heiraten, um deine Ehre zu schützen.

Sie hätte es wohl für einen Scherz gehalten, wäre da nicht seine eigene erschrockene Reaktion gewesen, kaum dass ihm die Worte über die Lippen gekommen waren. Er hob sich Alice auf den Arm, murmelte etwas Unverständliches und eilte dann hastig den Hang hinunter, dem Geräusch von Spaten und Meißeln entgegen. Ließ Viv allein in der Stille des Platanenhains zurück, wo sie begierig die heilige Luft von Labraunda einsog und sich darüber klarzuwerden versuchte, was es mit dem raschen Stakkato ihres Herzens auf sich haben mochte.

Das Ende der Ausgrabung war gekommen. Die Archäologen trennten sich voneinander mit dem Versprechen, sich nächsten Sommer wieder hier zu treffen; der Vorarbeiter und seine Leute sammelten ihre Spaten ein und zogen im Gänsemarsch den Berg hinab, den Bauarbeiten entgegen, die sie unten im Tal erwarteten; Alice wurde nach Bodrum vorausgeschickt, in Tahsin Beys Haus, zusammen mit Nergiz, der Köchin, und ihren Angehörigen sowie den Packeseln, die die ausgegrabenen Funde transportierten. Einige der Archäologen, darunter Anna und Mehmet, reisten nach Konstantinopel. Viv, Tahsin Bey, Wilhelm und Gretel machten sich gemeinsam auf den Weg zur anatolischen Küste, und zwar hoch zu Pferde.

Sie ritten mal hintereinander, mal jeweils zu zweit, Seite an Seite. Zunächst wechselten die Konstellationen noch, doch bald hatte sich ein Muster etabliert: die beiden Deutschen ritten voraus, Tahsin Bey und Viv folgten mit etwas Abstand. Wenn sie unterwegs Halt machten, um einen Ort oder eine Ausgrabungsstätte zu besichtigen, war es dasselbe; die Deutschen marschierten beherzt voran, während die anderen beiden ihnen gemächlich hinterherspazierten. Da der Mops sie nicht mehr begleitete, herrschte zwischen Viv und Tahsin Bey zunächst eine gewisse Befangenheit. Alice war immer eine willkommene Ablenkung gewesen, mit der sie sich beschäftigen konnten, wenn sich das Schweigen zwischen ihnen in die Länge zog und seine Form zu verändern drohte. Bald schon aber lernten sie, es auch dann gut miteinander auszuhalten, wenn es einmal nichts zu sagen gab, und Vivs Verdacht, dass es auf der Welt keinen interessanteren Menschen gab als Tahsin Bey, verfestigte sich zu absoluter Gewissheit. In Labraunda hatten sie sich fast ausschließlich über den Tempelkomplex und die neuesten Entdeckungen ausgetauscht, doch während ihres Ritts hatte sie Gelegenheit festzustellen, dass es praktisch nichts gab, was in seinem universalen Geist keinen Platz fand – die Geschichte jedes steinernen Überrestes aus der Antike, die Rufe der verschiedenen Vögel, die Dramen und Sonette Shakespeares, die Gemeinsamkeiten und Gegensätze in der Bibel und im Koran, die Geschichte des Tangos.

Eines Nachmittags standen sie auf einer niedrigen Klippe oberhalb der Ägäis, wo sie das Salz schmeckten und auf ihrer Haut spürten, während die Deutschen weiter unten im Wasser wateten. Es war ihr letzter Tag in der Gegend, die einstmals Karien genannt wurde.

Mit seiner Schuhspitze zeichnete Tahsin Bey, beinahe spielerisch, einen Umriss in den Sand auf der Felsklippe. Viv pflückte Blätter und Früchte von dem Feigenbaum, neben dem sie standen, und legte sie, immer abwechselnd, um den Umriss des Stirnreifs herum.

– Oh! Da ist er ja. Du hast ihn für mich gefunden, Vivian Rose.

Es gibt Zeitabschnitte, die ein Mensch in dem klaren Bewusstsein durchlebt, dass diesen Zeiten immer ein seltener Glanz anhaften wird, ein Glanz, der rückblickend umso heller strahlt, je mehr Enttäuschungen das weitere Leben mit sich bringt. Dies war einmal ich, dachte Viv wie in einer Vorwegnahme der Erinnerungen ihres künftigen Ichs; dies war einmal ich, Feigen von einem Baum pflückend, die ich mir eine nach der anderen in den Mund stecke, unersättlich, während ich das Glitzern der Sonne auf dem Wasser der karischen Küste betrachte, auf einem Meer, das tintenblau ist und so klar, dass man bis hinab auf die Felsen unten am Fuß der Klippen schauen kann. Beinahe in den Wahnsinn getrieben von dem Purpur auf meiner Zunge, dem Blau, das ich vor mir sehe – ein Augenblick der plötzlichen Erkenntnis, dass Sirenen gar keine Geschöpfe des Meeres waren, sondern das Meer selbst. Tahsin Bey lachte, als hätte er ihre Gedanken gelesen, und sagte, Sieh mal an, die Farbe deiner Augen hat sich verändert; die Ägäis ist jetzt in ihnen. Dann berührte er leicht ihr Handgelenk, dort, wo der Knöchel etwas nach außen vorsteht, und fügte hinzu, Und die Sonne ist in deiner Haut. Die Metamorphose der Vivian Rose Spencer.

– Diese Version gefällt mir besser.

– Ich habe nachgedacht. Es ist lange her, dass ich London zur Weihnachtszeit gesehen habe. Daher habe ich überlegt, vielleicht Ende des Jahres auf Besuch zu kommen.

– Das fände ich sehr schön.

Damit war zwischen ihnen alles gesagt. Vorläufig würden sie miteinander einen rein kollegialen Umgang pflegen, ohne in irgendeiner Weise, sei es in Worten oder Gesten, darauf anzuspielen, worüber sie sich beide einig waren, damit er, wenn er sich schließlich an ihren Vater wandte, seine Absichten als absoluter Ehrenmann vertreten konnte. Sicher würde Papa zunächst sehr überrascht sein, doch da es nur wenige Menschen auf der Welt gab, die er so aufrichtig bewunderte wie diesen gebildeten, großzügigen Mann – »englischer als die meisten Engländer«, hatte er einmal gesagt –, würde die Überraschung gewiss schon bald der Freude weichen. Im nächsten Sommer würden Viv und Tahsin Bey als Mann und Frau nach Labraunda zurückkehren, und auch alle Sommer danach. Nie zuvor im Leben hatte sie eine solche innere Ruhe, einen solchen inneren Frieden verspürt.

Sie kamen an der Südküste des Marmarameeres an, von wo aus sie mit der Fähre nach Konstantinopel übersetzen wollten, und dort schließlich erfuhren sie, dass in Europa Krieg ausgebrochen war. Kurz nachdem sie Labraunda verlassen hatten, war das geschehen, das Osmanische Reich war noch neutral, aber das würde vermutlich nicht lange so bleiben. Der Orientexpress?, sagte der Beamte an der Fährstation. O nein, der fuhr vorläufig nicht mehr. Die Deutschen und die Engländerin würden wohl auf anderem Wege heimreisen müssen, wenn auch natürlich nicht zusammen, jetzt, wo ihre Nationen gegeneinander Krieg führten. Aber – hieß die Engländerin zufällig Miss Spencer? Ihre Landsleute hatten überall längs der Küste Nachrichten für sie hinterlassen. Hier – er streckte ihnen einen Brief entgegen.

Kaum dass er die Worte »Krieg in Europa« ausgesprochen hatte – sie alle konnten gut genug Türkisch, um sie sofort zu verstehen –, hatten Gretel und Viv sich spontan an der Hand gefasst, und jetzt nahm Wilhelm den Brief in Empfang und reichte ihn an Viv weiter, wobei seine Finger leicht die ihren streiften.

Die Nachricht von der Botschaft in Konstantinopel war kurz. Ihr Vater sei in großer Sorge um sie. Sie solle sich umgehend bei der Botschaft melden, dann würde alles Nötige veranlasst, um sie wohlbehalten nach Hause zu bringen.

Danach ging alles viel zu schnell. Ein Telefon wurde ausfindig gemacht, der Botschafter persönlich sprach mit ihr und sagte, das sei ja ein Glücksfall, eine Fähre sei schon unterwegs zu dem Hafen, an dem sie sich jetzt aufhielt, mit einem englischen Ehepaar an Bord, das auf dem Seeweg in die Heimat zurückkehrte. Die Herrschaften wüssten schon von ihr – es gab nicht einen Engländer in Konstantinopel, der sich nicht um sie gesorgt hätte – und würden sie mit dem größten Vergnügen nach Hause zurückbegleiten, sie solle also unbedingt an der Fährstation warten und sich den beiden zu erkennen geben.

– Aber so sehr kann es doch unmöglich eilen?

– Miss Spencer, Sie hätten schon längst abreisen sollen. Ich werde Ihrem Herrn Vater umgehend ein Telegramm senden – was für Sorgen er in den letzten Wochen Ihretwegen ausgestanden hat, können Sie, glaube ich, gar nicht recht ermessen.

Es blieb keine Zeit, um sich richtig zu verabschieden, keine Zeit, um zu akzeptieren, was hier geschah. Die Deutschen meinten, sie würden jetzt lieber aufbrechen, um Viv nicht in eine peinliche Situation zu bringen, wenn das englische Ehepaar eintraf. Gretel umarmte sie, Wilhelm schüttelte ihr noch einmal kräftig die Hand, und dann waren sie auch schon fort, und sie stand mit Tahsin Bey auf dem Dock und erwartete die Fähre. Als sie einen Schritt auf ihn zumachte, wich er zurück und hielt warnend eine Hand in die Höhe, um zurückzuweisen, was auch immer sie im Sinn gehabt hatte.

– Womöglich können sie uns bereits sehen, sagte er und deutete auf die Fähre, die sich viel zu schnell dem Dock näherte.

– An Weihnachten kommst du aber trotzdem, oder?

– Selbstverständlich. Bis dahin wird das alles vorbei sein.

– Aber falls die Türkei nun doch in den Krieg eintritt, auf welcher Seite wird sie dann stehen?

– Dieser verrückte Enver wird sich auf die Seite der Deutschen schlagen wollen. Was die anderen vorhaben, schwer zu sagen.

– Es wird keine Rolle spielen. Für mich, meine ich. Dadurch wird sich nichts ändern.

– Vielleicht ändert sich nichts, vielleicht ändert sich alles. Der

Kranke Mann am Bosporus – kann sein, dass ein Krieg ihm endgültig den Rest gibt.

– Ich verstehe nicht.

– Alle Reiche gehen irgendwann zugrunde. Die Osmanen liegen schon lange genug auf dem Sterbebett.

– Oh! Wie schrecklich.

– Schrecklich? Wieso?

– Für dich, meine ich. Diese Vorstellung. Darüber nachzudenken.

Er wippte auf den Fußballen und stellte sich auf die Zehenspitzen, wie immer, wenn er tief in Gedanken war, mit auf dem Rücken verschränkten Händen. Unwillkürlich kam ihr der Gedanke, ob er sich mit Gewalt davon abhalten wollte, sie zu berühren; sie hätte ihm zu gern die Hand auf den Arm gelegt, sich an seinem muskulösen Unterarm unter dem Ärmel festgehalten wie an einem Rettungsanker. Um sich sicher zu fühlen.

– Wusstest du, dass Nergiz und ich miteinander verwandt sind?

– Nergiz, die Köchin?

– Ja. Ganz entfernt. Von der Seite meiner Mutter her. Verstehst du, was das bedeutet?

Er versuchte ihr etwas über Klassenzugehörigkeit zu erklären oder über gesellschaftlichen Status. Über einen Skandal, einen Fleck auf dem Namen der Familie, der ihr seiner Vermutung nach etwas ausmachen könnte. Sie wusste nicht, ob sie gerührt sein oder sich eher beleidigt fühlen sollte.

– Es ist nicht wichtig, sagte sie.

– O doch, es ist sogar sehr wichtig. Die Familie meiner Großmutter stammt aus Armenien. Für meine Brüder ist das nicht weiter von Belang. Aber schon seit ich klein war, liebe ich diesen Teil meiner Familie am meisten. Die Verwandten in Bodrum, das Haus der Familie in Karien. Und als ich als junger Mann in Frankreich studiert habe, wurde im Osmanischen Reich die erste sozialistische Partei überhaupt gegründet – eine armenische Partei, die sich das Ziel der Unabhängigkeit von den Osmanen auf die Fahne geschrieben hatte. Zum ersten Mal brauchte ich mich meinen französischen Kommilitonen gegenüber nicht mehr zu schämen, die ihre revolutionäre Tradition gern meiner despotischen Heimat gegenüberstellten. Wobei ich aber schon damals genug von der Welt verstand, um diese Überzeugung nicht auf der Zunge zu tragen, sondern nur in meinem Herzen zu hüten.

– Deshalb also hat Mehmet mich dazu gedrängt, dich zu unterbrechen, als du von Skylax gesprochen hast.

– Ja. Ich wusste sofort, was gespielt wurde. Skylax der Seefahrer, der von den Persern auf das größte aller Abenteuer ausgesandt wurde, ganz ähnlich, wie mir von den osmanischen Behörden gestattet wurde, an der erstaunlichsten Stätte von allen Ausgrabungen durchzuführen. Wir nehmen von dem Großreich an, was es zu geben hat – letzten Endes aber halten wir den Menschen die Treue, die wir als Erste geliebt haben und weiter am meisten lieben. So wie Skylax am Ende seiner Tage eine heroische Lebensbeschreibung des Herakleides von Mylasa verfasst hat, des Fürsten, der den Aufstand der Karier angeführt hat, werde auch ich eines Tages über meine armenischen Vettern schreiben, jene, die mutiger waren als ich und ihr Leben dem offenen Aufstand verschrieben hatten, ungeachtet der Folgen, die das für sie hatte.

– So darfst du nicht reden.

– All das habe ich noch nie offen ausgesprochen. Nur dir habe ich es jetzt anvertraut.

Er löste seine Hände voneinander, um sie noch einmal am Knöchel ihres Handgelenks zu berühren. Sofort begann ihr Puls zu rasen, als hätte sich die Berührung durch den Knochen hindurch direkt auf ihr Blut übertragen. Dann verschränkte er wieder die Hände auf dem Rücken, trat noch einen Schritt weiter von ihr weg und sagte nichts mehr.

Die Fähre legte an; ein älteres englisches Paar gehörte zu den ersten Passagieren, die an Land gingen; sie begrüßten Viv, als ob sie ihre lange verschollene Tochter wäre.

Danke sehr, von nun an kümmern wir uns um sie, beschied der Engländer Tahsin Bey kühl, als Viv sie miteinander bekannt machte. Der Argwohn in seiner Stimme war nicht zu überhören, und genau dies nahm Viv zum Anlass, sich auf die Zehenspitzen zu stellen und

Tahsin Bey einen Kuss auf die Wange zu geben. Er sah davon ab, sie zum Abschied zu umarmen, flüsterte ihr aber stattdessen etwas ins Ohr – ein Versprechen, einen Antrag, eine Warnung.

– Wenn der Krieg zu Ende ist, Vivian Rose.

Januar – Juni 1915

– Und dann hat Tahsin Bey gesagt, in diesen Breiten ist jeder geschenkte Gaul ein Trojanisches Pferd.

Der junge Soldat warf den Kopf zurück und lachte und schlug vor Vergnügen mit der Hand auf die Stelle der Bettdecke, wo sich eigentlich sein rechter Oberschenkel hätte befinden sollen. Mary, Vivs alte Schulfreundin und ebenso wie sie freiwillige Schwesternhelferin, fasste Viv am Ellbogen und ermahnte sie, Schwester! Die Arbeit wartet.

Der Soldat, der sechs Monate zuvor noch klassische Altertumswissenschaften in Oxford studiert hatte, berührte Viv leicht an der Hand.

– Das war das erste Mal, dass ich wieder lachen konnte, seit sie mir das Bein abgenommen haben. Kommen Sie wieder und erzählen mir mehr von Troja, wenn Sie Zeit haben?

Viv erwiderte sein Lächeln, freundlich, aber reserviert, ganz so, wie sie es mit Mary gewissenhaft eingeübt hatte, und folgte ihrer Freundin durch den Krankensaal. An der Tür wandte sie sich um und lächelte dem Soldaten rasch zu, als wortloses Versprechen, dass sie ihn auf jeden Fall wieder besuchen würde, ehe sie den Saal verließ.

– Du bist ja schlimmer als die Oberschwester, Mary. Schwestah! Die Arbeit wartet. Schwestah!

Mary, die auch nach zehn Stunden Dienst noch so makellos gepflegt und selbstbeherrscht wirkte wie zu Beginn ihrer zwölfstündigen Schicht, sagte nichts, bis sie in der Küche waren und die Tür hinter ihnen geschlossen war. Du wäschst, ich trockne ab, sagte sie und deutete auf die Becher, die sich im Spülbecken türmten. Viv zog einen ihrer Schuhe aus, hob ihn in die Höhe und drehte mit einer raschen Handbewegung den Wasserhahn auf. Der Wasserstrahl versetzte die Käfer im Spülbecken in Panik, sie wuselten und wimmelten wie wild zwischen den Bechern und Milchkännchen umher, um sich vor der Flut in Sicherheit zu bringen. Viv und Mary, die darin längst Übung hatten, schlugen die glänzenden schwarzen Körper, auf einem Fuß balancierend, einen nach dem anderen mit ihren Schuhen platt.

– Das Leben im Gefängnis kommt einem hiernach vermutlich wie der reinste Luxus vor, sagte Viv und bückte sich, um ihren Schuh wieder anzuziehen.

– Aber die Kopfbekleidung hier ist schöner, erwiderte Mary und zeigte auf ihre propere weiße Schwesternhaube. Im Gefängnis wird man gezwungen, eine Schute zu tragen. Eine richtige altmodische Schute. Die man mit einer Schleife unterm Kinn festbindet.

Viv versuchte es sich bildlich vorzustellen und lachte ungläubig. Nachdem sie rasch einen toten, auf dem Rücken treibenden Käfer aus dem Spülwasser gefischt hatte, krempelte sie die Ärmel hoch und wandte ihre Aufmerksamkeit den Bechern zu. Irgendwie war ihr immer noch rätselhaft, wie Mary sich von einer Fenster einschmeißenden Suffragette so schnell und vollständig in diese glühende Kriegsbefürworterin hatte verwandeln können, die mit Viv gleich am Tag ihrer Rückkehr aus der Türkei zum Roten Kreuz marschiert war, damit sie sich im Rahmen des VAD, kurz für Voluntary Aid Detachment, als Freiwillige zu einer Ausbildung als Krankenschwester anmeldete. Aber die Sache hatte auch ihr Gutes. Zumindest stand nun nicht mehr die Frage des Wahlrechts für Frauen zwischen ihnen, in der sie durchaus geteilter Meinung waren.

Sie sah aus dem Fenster über der Spüle, hinaus auf den grauen tiefhängenden Himmel über London. Es war noch nicht fünf Uhr nachmittags, und trotzdem erweckte die Sonne nicht einmal mehr den Anschein, an diesem Tag noch eine Rolle spielen zu wollen. Sie dachte an die Abende in Labraunda und seufzte wehmütig, woraufhin Mary sofort missbilligend mit der Zunge schnalzte.

Seifenschaum landete auf Marys Schwesterntracht, als Viv ein wenig zu temperamentvoll einen Becher in den Abtropfkorb stellte. Immerhin, einen Vorteil hatten die mörderischen Zwölf-Stunden-

Tage: Es blieb keine Zeit, um an Tahsin Bey zu denken oder an den Umstand, dass der Krieg einfach kein Ende nehmen wollte, oder an den schleppenden Briefverkehr zwischen London und der Türkei. Bisher hatte sie noch keine Post von ihm erhalten, obwohl sie Woche für Woche Briefe an ihn schrieb, die sie heimlich, wenn sie sich unbeobachtet fühlte, in den Briefkasten gleich bei ihnen um die Ecke warf. Ihre Eltern durften natürlich nichts von den Gefühlen erfahren, die sie Tahsin Bey entgegenbrachte, noch nicht – und der einzige Mensch, mit dem sie darüber hätte reden können, war Mary, die, was das Thema Deutsche und Türken betraf, inzwischen jede Vernunft vermissen ließ. Anfangs hatte Viv noch versucht, ihr ins Gewissen zu reden: Was hatten die einfachen Bürger Griechenlands und Trojas mit dem Zwist zwischen Agamemnon und Priamos zu tun? Einen Sultan oder Kaiser mochte man vielleicht verabscheuen, aber warum gleich alle Menschen hassen, die im Land dieser Herrscher geboren waren? Bemitleiden konnte man sie, das schon eher; all jene, die nicht das Glück hatten, als Engländer geboren zu sein – obwohl manche sich auf dem Weg der Bildung den Engländern annähern konnten, o ja, ganz gewiss –, aber warum sie gleich hassen? Doch es war zwecklos, und sie gab es bald auf.

Wie auch immer, bald schon würde tagsüber noch weniger Zeit bleiben, an Tahsin Bey zu denken – ihr Vater hatte, auf Marys Anstoß hin, seine Beziehungen spielen lassen und dafür gesorgt, dass sie beide nach ihrer Probezeit hier im Genesungsheim in ein Militärkrankenhaus der Klasse A versetzt würden, wo sie es nicht mehr nur mit Geschirr, Schrubbern und Staubwedeln zu tun bekämen, sondern auch mit vereiterten Wunden, brandigen Gliedmaßen und dem Röcheln Sterbender. Mary zufolge würden sie sich an all das ebenso schnell gewöhnen wie an die schwarzen Käfer, die Viv noch wenige Wochen zuvor in kreischendes Entsetzen versetzt hatten. Doch wer wollte sich schon an solche Dinge gewöhnen? Jedes Mal jedoch, wenn sie einen Rückzieher hätte machen und beteuern können, dass sie mit dem Dienst hier im Heim vollauf zufrieden war, Schrubber und schwarze Käfer hin oder her, hielt sie sich die Antwort ihres Vaters vor Augen, als Mary ihn das erste Mal gefragt hatte, ob er sie nicht irgendwohin vermitteln könnte, wo ihre Dienste am dringendsten gebraucht wurden. Eine Tochter, die in einem Militärkrankenhaus der Klasse A Verwundete pflegte, sei beinahe ebenso viel wert wie ein Sohn, der zu den Waffen eile, hatte Dr. Spencer verkündet. Dieses »beinahe« hatte Viv einen kleinen Stich versetzt, und sie hatte eilig ihr Bedauern darüber geäußert, dass sie noch nicht dreiundzwanzig war, weil sie sich sonst sofort zum Einsatz in einem Frontlazarett gemeldet hätte, um dort mit den anderen Schwestern Dienst zu tun. Das stolze Lächeln, mit dem ihr Vater sie dafür belohnte, würde ihr helfen, auch das schlimmste Grauen zu überstehen, das sie in dem Krankenhaus erwarten mochte.

Der Wagen machte vor dem Haus an der vornehmen Cambridge Terrace halt, und Viv stieg aus, hinaus in eine Welt voller Wind und Regen. Marys Fahrer geleitete sie unter einem großen Schirm zum Haus, aus dem der einarmige Exsoldat, den Dr. Spencer als Ersatz für ihren bisherigen Diener George – jetzt Gefreiter Roberts – eingestellt hatte, mit einem noch größeren Schirm herausgeeilt kam, um sie auf halbem Wege in Empfang zu nehmen und trockenen Fußes ins Haus zu geleiten. Ein Monat Dienst im Krankenhaus, in dem sie und Mary auch untergebracht waren, lag hinter ihr. Ein Monat, in dem sie Bettpfannen geleert, Verbände ausgewaschen und Besteck geschrubbt hatte, und jetzt diese Rückkehr in eine Welt, in der nicht ein Tropfen Regen ihre Haut benetzen durfte – nur um schon bald in die Welt des Militärkrankenhauses zurückgeschickt zu werden.

– Miss Spencer. Es ist ein Herr vom War Office hier, der Sie zu sehen wünscht.

– Der *mich* zu sehen wünscht? Das kann nicht sein.

– Sie mögen unverzüglich in den Salon kommen, hat Ihr Herr Vater gesagt, gleich nach Ihrer Ankunft.

In ihrer Schwesterntracht? Ohne sich erst umzuziehen? Ja, bestätigte der einarmige Diener, Dr. Spencer hätte sich da sehr unmissverständlich ausgedrückt. Viv nahm ihre Mütze ab, strich sich notdürftig das Haar glatt und zwickte sich etwas Röte in die Wangen.

Erst dann trat sie in den Salon, wo auf einem der Sessel ein Unbekannter saß, ein Mann von eher schmächtiger Gestalt. Ihr Vater stand auf, um sie mit einem erfreuten Lächeln in Empfang zu nehmen, während ihre Mutter bestürzt die Hand an den Mund hob und Viv damit erfolgreich das Gefühl vermittelte, es sei ihre Schuld, dass sie hereingekommen war, ohne sich vorher das Haar zu richten oder etwas präsentablere Garderobe anzuziehen.

– Da bist du ja! Wir haben uns gerade über deinen Sommer in der Türkei unterhalten, sagte ihr Vater. Über diese wunderbaren Karten, die du auf eurer Reise die Küste hinauf gezeichnet hast.

Ihre Skizzenbücher aus der Türkei lagen auf einem Tisch neben dem Unbekannten, der wirklich auffallend dünn war und einen Zwicker vorn auf der Nase trug, eins der Bücher hielt er in den Händen.

– Die sind bemerkenswert, sagte der Mann, erhob sich und setzte ein merkwürdig unbeholfenes Lächeln auf, als käme es nur selten vor, dass er diese mimische Regung zeigte. Diese Detailtreue! Als der Botschafter uns den Hinweis gab, dass Sie über Ihre Zeit in der Türkei womöglich die eine oder andere interessante Einzelheit berichten könnten, hätte keiner von uns sich das vorzustellen gewagt.

– Entschuldigung – was vorzustellen?

– Der Herr vom War Office ist der Auffassung, dass deine Zeichnungen sehr nützlich für die Landkartendivision sein könnten, antwortete ihr Vater. Er beabsichtigt, sie nach Kairo zu schicken.

– Nein, sagte sie heftig. Die gebe ich nicht her.

Der Mann hielt weiter eins ihrer Skizzenbücher in der Hand. Auf der Seite, die er aufgeschlagen hatte, erkannte sie ihre Zeichnung der lauschigen kleinen Bucht, in der Tahsin Bey ihr einen Seealgenstrang ums Handgelenk gewickelt hatte wie ein smaragdgrünes Armband.

– Vivian.

Ihr Vater hob nicht die Stimme, doch sein entschiedener Unterton reichte aus, um sie zum Schweigen zu bringen. Der dünne Mann vom Kriegsamt lud sie mit einer Geste ein, Platz zu nehmen, als wäre er der Hausherr.

– Miss Spencer, ich versichere Ihnen, Sie erhalten die Bücher bald zurück, in tadellosem Zustand. Ich muss bloß Kopien anfertigen lassen, die ich an Lawrence und Woolley schicken kann.

– T. E. Lawrence? Leonard Woolley?

– Unsere Männer in Kairo.

– Aber das sind doch Archäologen.

– Sie sind die großen Entdeckungsreisenden und Linguisten unserer Zeit. In Kriegszeiten sind solche Männer unersetzlich.

– Und wie sieht es mit solchen Frauen aus?

Beide Männer brachen in herzliches Gelächter aus, und ihr Vater sagte, Ich habe Ihnen ja gesagt, sie ist anders als anderer Leute Töchter.

Viv senkte den Kopf und wandte den Blick von den beiden ab. Einen Augenblick lang stellte sie sich vor, sie wäre in Kairo, würde mit Lawrence und Woolley im Schatten der Pyramiden stehen und unter ihren bewundernden Ausrufen eine Karte der türkischen Küste in den Sand zeichnen. Ihre Mutter mit ihrem gewohnt feinen Gespür dafür, wann Viv einen Gedanken in ihrem Kopf bewegte, der ihren Heiratsaussichten abträglich sein könnte, fing ihren Blick auf, spitzte die Lippen und schüttelte den Kopf.

– Mit diesen Zeichnungen sind Sie schon auf halbem Wege, unersetzlich zu sein, sagte der dünne Mann. Und was die andere Weghälfte betrifft – Dr. Spencer, würde es Ihnen etwas ausmachen, wenn ich mich mit Ihrer Tochter kurz unter vier Augen unterhalte?

Die Eile, mit der Dr. Spencer das Zimmer verließ, zusammen mit seiner eher widerstrebenden Frau, die er am Ellbogen vor sich herschob, war bemerkenswert.

In den Minuten danach bekam Viv einen Eindruck davon, wie es sich anfühlte, von einzigartigem Wert für das Empire zu sein. Es gab niemanden – niemanden! –, der über ihre Erkenntnisse verfügte. Niemand sonst hatte einen ganzen Sommer in Gesellschaft von Deutschen und Türken verbracht und danach einen der militärisch bedeutsamsten Landstriche der Welt zu Pferde bereist und aus so unmittelbarer Nähe mit eigenen Augen erkundet. Sie strich sich nervös das Haar hinters Ohr – eine Angewohnheit aus Kindertagen, die sie längst überwunden zu haben glaubte – und versicherte, dass es ihr größter Wunsch sei, sich nützlich zu machen, aber sie wüsste nicht ganz, wie. Der Mann, der sich ihr noch immer nicht namentlich vorgestellt hatte, schlug ein Notizbuch auf seinem Knie auf und sagte, zunächst einmal könne sie ihm alles erzählen, was sie über die Deutschen wisse, die dort in Labunda waren.

– Labraunda, berichtigte sie ihn, doch sein Lächeln gab ihr zu verstehen, dass der Name nicht von Belang war.

Schon bald wurde deutlich, dass praktisch alles, was sie wusste, nicht von Belang war. Er befragte sie zu Wilhelms politischen Ansichten, wollte wissen, ob Gretel mit einem bestimmten General verwandt war, ihres Nachnamens wegen, hakte nach, wo Anna Arabisch gelernt hatte. Zu all diesen Fragen konnte sie keine Angaben machen. Dagegen hätte sie ihm von Gretels Theorien über die religiösen Gebräuche der karischen Satrapen erzählen können. Von Annas fast schon unheimlichem Geschick dabei, die Scherben und Bruchstücke antiker Keramiken passgenau zusammenzufügen. Oder von der Anmut, die Wilhelm unvermutet an den Tag legte, wenn er tanzte. Bald schon hörte der dünne Mann auf, ihre Antworten in seinem Büchlein zu notieren, und seine Stimme nahm einen müden Unterton an, als würde er ihr seine Fragen nur noch der Gründlichkeit halber stellen, nicht etwa, weil er sich nützliche Erkenntnisse davon versprach. Sie war sich peinlich bewusst, dass sie die in sie gesteckten Hoffnungen auf ganzer Linie enttäuschte und dass auch ihr Vater von diesem Versagen bald erfahren würde.

Als der Mann ihr gerade die nächste Frage stellen wollte, fiel sie ihm ins Wort und sagte, Womöglich wäre es sinnvoller, wenn ich Ihnen erzähle, was ich weiß, statt nur das, was ich nicht weiß.

– Da könnten Sie recht haben, bestätigte er, schien sich aber nicht allzu viel davon zu versprechen.

Sie stand auf, ging zum Teewagen, um sich eine Tasse Tee einzuschenken, bot dem Mann Kuchen an, den er dankend annahm – eine kurze Zeitlang war alles vertraut und wie immer. Dies hier war ihr Zuhause, dies waren ihre Skizzenbücher, sie konnte das eine oder andere berichten, ohne alles zu enthüllen.

– Das Osmanische Reich ist sehr anders als unser Empire, fing sie an.

– Wie meinen Sie das?

– Nehmen Sie zum Beispiel die indischen Soldaten an der Westfront. Die mit ausnehmender Tapferkeit kämpfen, tausende Meilen von ihrer Heimat entfernt.

– Sie machen uns alle Ehre.

– Genau das meine ich. Da war dieser eine, ein Inder, der mit dem Victoria Cross ausgezeichnet worden ist. Ich habe von ihm gelesen und dabei gedacht, dass es eine ... eine Übereinkunft zwischen uns gibt, zwischen den Indern und uns Engländern. Wir ehren ihre Tapferkeit ebenso sehr, wie wir die Tapferkeit eines englischen Soldaten ehren würden, und umgekehrt kämpfen sie in unseren Kriegen mit demselben Eifer, den auch jeder Engländer aufbringen würde.

Ehe sie zu sprechen begann, war sie sich über ihre Empfindungen in dieser Angelegenheit gar nicht im Klaren gewesen, aber jetzt legte sie die Hand an die Schürze ihrer Schwesterntracht und konnte kurz vor Rührung nicht weitersprechen. Der dünne Mann nickte wortlos und nahm seinen Zwicker ab, um mit seinem Taschentuch die Gläser zu putzen, wobei er den Gesichtsausdruck eines Engländers zur Schau trug, der eine Gefühlsregung verspürte, die er zwar nicht verdrängen wollte, der er aber auch nicht recht Ausdruck zu verleihen wusste.

– Fairness, Moral – das sind nicht nur hohle Phrasen. Es sind wirkliche Werte, die in Kriegszeiten für beide Seiten von Vorteil sind, die den Herrscher an die Beherrschten binden, die Eingeborenen an die Engländer. Das Osmanische Reich dagegen wird durch seine eigene Brutalität lahmgelegt.

Sie hätte fast über sich selbst lachen müssen – hier saß sie nun einem Mann vom War Office gegenüber und erläuterte ihm die Unterschiede zwischen zwei Großreichen, als wäre sie eine Universitätsdozentin.

– Lahmgelegt? Inwiefern?, fragte er.

– Es gibt keine Liebe dort, keine Bewunderung für den osmanischen Sultan. Keine Loyalität. Das sollte das War Office wissen – die Osmanen haben keinen echten Rückhalt in ihrer eigenen Bevölkerung. Wie sollen sie ohne das einen Krieg gewinnen?

– Könnten Sie wohl etwas deutlicher werden, damit ich verstehe, was Sie damit meinen?

– Nun, nur mal als Beispiel – die Armenier.

– Oh, verstehe. Nein, auf die Loyalität der Armenier bauen die Osmanen selbstverständlich nicht, um den Krieg zu überstehen.

Eben noch hatte er sich interessiert zu ihr vorgebeugt, doch jetzt lehnte er sich wieder zurück und zeigte denselben etwas gelangweilten Ausdruck wie zuvor.

– Der Punkt ist, es sind nicht nur die Armenier. Es gibt noch andere, die alles andere als treuergebene türkische Untertanen sind, obwohl die Osmanen sie dafür halten. Weil ihr Gerechtigkeitssinn das nicht zulässt.

– Und wer zum Beispiel?

– Ich meine nur ganz allgemein gesprochen.

– Das nehme ich Ihnen nicht ab, Miss Spencer.

Sie überlegte, was sie darauf antworten sollte. Ihr betretenes Schweigen war so gut wie eine Bestätigung.

– Wer?, fragte der Mann leise, als verstünde er vollauf, dass diese Angelegenheit besser nur im Flüsterton besprochen werden sollte. Sie schüttelte den Kopf. Ihr Mund war auf einmal sehr trocken. Dennoch, den Mann vom War Office zu belügen, das brachte sie nicht über sich.

– Sie würden einen Vertrauensbruch begehen, wenn Sie es mir verraten? Ist es das?

– Ich schildere nur meine Eindrücke.

– Ich wollte, wir könnten es dabei belassen, glauben Sie mir. Doch was Sie da gerade angedeutet haben, ist für uns tatsächlich von größtem Interesse.

– Wirklich?

– Ganz ohne Frage. Es könnte auf jeden Fall erheblichen Einfluss auf die Gestaltung unserer Propaganda haben. Zur Bewertung dieser Aussage aber muss ich die Quelle kennen. Wenn sie von einem einfachen Arbeiter bei Ihrer Ausgrabung stammt, hat sie einen anderen Stellenwert, als wenn sie von einem General der Streitkräfte stammt.

Er legte sein Notizbuch beiseite, steckte den Stift in seine Brusttasche und breitete die Hände aus.

– Ich werde den Namen weder schriftlich festhalten noch an Dritte weitergeben. Einem Vertreter Seiner Majestät zu Kriegszeiten eine entscheidende Information zu liefern, ist etwas ganz anderes, als jemanden an die osmanische Obrigkeit zu verraten, das sollte Ihnen bewusst sein. Wenn Sie mögen, kann ich gern Ihren Vater hereinbitten, damit er Ihnen diesen Unterschied erklärt. Er würde das sofort verstehen, da bin ich mir ganz sicher.

Es war eine Liebeserklärung gewesen. Das konnte sie diesem Mann nicht erklären, und schon gar nicht ihrem Vater. *All das habe ich noch nie offen ausgesprochen. Nur dir habe ich es jetzt anvertraut.* Als er dies zu ihr sagte, war ihnen beiden klar gewesen, dass er gar nicht über Armenier oder Großreiche redete, höchstens indirekt. Aber die Welt hatte sich inzwischen bis zur Unkenntlichkeit verändert – dies gab der dünne Mann nun zu bedenken, in verständnisvollem Tonfall zwar, aber gleichwohl hartnäckig.

Wie viele wurden jeden Tag getötet oder verstümmelt – Ihnen brauche ich das nicht zu erklären, sagte er; Sie haben diese Jungen gepflegt, und das sind noch jene, die Glück gehabt haben. Gewiss, viele Frauen leisten heute als Krankenschwestern ihren Beitrag, aber Sie allein, Vivian, wenn Sie gestatten, dass ich Sie Vivian nenne, Sie allein können mir erzählen, was ich wissen muss.

Wie stolz es Papa machen würde, zu erfahren, dass sie dem Mann vom War Office eine nützliche Information geliefert hatte. Auch um den Preis jedoch, damit einen seiner engsten Freunde zu verraten? Alle, die diesem Krieg gegenüber die Haltung einnahmen, an der Viv sich, wie sie sehr wohl wusste, ein Beispiel nehmen sollte, stellten in dieser Zeit ihre privaten Wünsche und Bedürfnisse zurück, dem übergeordneten Wohl zuliebe. Mary hatte ihren eigenen Bruder dazu überredet, sich freiwillig zu melden, obwohl es ihr das Herz brechen würde, wenn er irgendwie zu Schaden kommen sollte. Papa hätte seine Söhne auf jeden Fall auch in den Krieg geschickt. Ja, Papa würde alles tun, was dem Krieg nutzte; und das war ein Zeichen seiner Stärke.

– Sie können einen Menschen nicht an seine Freunde verraten, nur an seine Feinde, sagte der Mann vom War Office. Was Sie sagen, wird keinen Schaden anrichten, und unseren Jungs an der Front könnte es sehr helfen. Einfacher oder ehrlicher vermag ich es nicht auszudrücken.

Eine Zeitlang blieb es völlig still, nicht einmal ein Atemzug war zu hören. Er sah sie abwartend an, mit ernster Miene und, ja, voller Vertrauen. Fühlte es sich so an, Tag für Tag, ein Mann zu sein – jemand, auf den andere sich verließen, der Verantwortung trug, in der Lage war, auf Entscheidungen Einfluss zu nehmen, wie ein Krieg zu führen war? Das Gewicht der Erwartung, das auf ihr lastete, war schrecklich und wundervoll zugleich.

– Tahsin Bey. Ein Teil seiner Familie ist aus Armenien.

Sie hatte damit gerechnet, dass ihr Herz ins Stolpern geraten, dass ihr der Atem stocken würde, doch sobald sie es ausgesprochen hatte, fühlte es sich unausweichlich an.

– Verstehe. Sind seine Sympathien bekannt?

– Niemand weiß davon. Sein Neffe möglicherweise, bis zu einem gewissen Grade.

– Würden Sie mir bitte schildern, was er im Einzelnen gesagt hat?

– Es war an dem Tag, als wir uns verabschiedeten …

Während sie sprach, behielt sie seine Hände im Auge – die flüssige Bewegung seines Stifts über das Papier, die hellen Halbmonde in den Fingernägeln. Er unterbrach sie nicht, und als sie geendet hatte, dankte er ihr und versicherte, dass niemand, nicht einmal ihre Eltern, die Einzelheiten dessen erfahren würde, was sie ihm anvertraut hatte. Dann war es vorbei; er verabschiedete sich; wenig später kehrte ihr Vater ins Zimmer zurück, und kein einschränkendes »beinahe« schwang in seinem Tonfall mit oder kam ihm über die Lippen, als er sagte, dass er sie nicht nach Einzelheiten befragen würde, aber nach den wenigen Andeutungen, die der Mann aus dem War Office gemacht hatte, davon überzeugt sei, dass sie keinen geringeren Dienst geleistet habe als anderer Leute Söhne, die auf dem Schlachtfeld kämpften.

– Oh, Papa, sagte sie und fiel ihm überschwänglich um den Hals, nunmehr in der festen Gewissheit, die richtige Entscheidung getroffen zu haben.

Schwielen von der Arbeit mit dem Spaten, Zypressen vor einem wolkenlos blauen Himmel, der Duft von Feigen, die Kameradschaft der Wissbegierde, uralte Wörter, eingeprägt in ihren Handteller, die gemächliche Reise kopfüber der Liebe entgegen, all das war einmal. Jetzt gab es Metall, das in Wunden stocherte, den Gestank von fauligem Fleisch, das Weinen von Männern, die zu grässliche Schmerzen litten, um noch so etwas wie Scham zu empfinden, das Schwinden von Farbe aus ihrer Haut, ihren Augen, aber nie aus ihren Träumen, in denen Männer starben, während sie hilflos dabeistand, wieder und wieder und immer wieder. Dies war die Welt des Militärkrankenhauses, und sie würde sich niemals daran gewöhnen können.

Einen Tag in der Woche hatten sie halbtags frei, wobei es als ungehörig galt, dies in Anspruch zu nehmen, wenn ein Mangel an Arbeitskräften herrschte – was so gut wie immer der Fall war. Es war also etwas ganz Besonderes, dass Viv an diesem Freitag schon um ein Uhr mittags Schluss machen konnte und einen herrlichen Aprilnachmittag ganz für sich hatte. Von Camberwell aus fuhr sie per Bus nach Hause, und beim Anblick der grünen Baumwipfel im Regent's Park ging ihr schier das Herz auf – in den drei Monaten, seit sie im First London General Hospital angefangen hatte, war sie kein einziges Mal mehr daheim an der Cambridge Terrace gewesen, obwohl sie während ihrer sechsmonatigen Dienstzeit Anspruch auf sieben Tage Urlaub hatte. (Nicht mal die Männer in den Schützengräben müssen so viel schuften wie wir, hatte eine der Schwestern gesagt, und Viv hatte den Verdacht, dass Mary nicht ganz unschuldig daran war, dass die arme Frau tags darauf für eine Doppelschicht eingeteilt worden war.)

– Du lieber Himmel, Vivian, sagte ihre Mutter, als sie durch die Tür trat. Du siehst ja fürchterlich aus.

Ihr Vater aber schwang sie übermütig in seinen Armen durch die Luft und sagte, Mein heimkehrender Soldat! Er hatte erwogen, seine eigene Praxis zu schließen, um seine Dienste einem der Militärkrankenhäuser anzubieten, aber eine Abordnung werdender Mütter war an seiner Tür vorstellig geworden, um ihn davon abzubringen. Ob es nicht schon genug sei, dass ihre Ehemänner in den Schützengräben die Geburt ihrer Kinder verpassen würden – müsse nun auch noch der beste Frauenarzt Londons sie im Stich lassen?

– Dieser Soldat lehnt es ab, heute über den Krieg zu sprechen. Bis auf diese Sache.

Aus ihrer Manteltasche brachte sie einen sorgfältig zusammengefalteten Zeitungsausschnitt zum Vorschein und behielt ihren Vater im Auge, während er den Bericht über die armenischen Intellektuellen las, die in der Türkei verhaftet und deportiert worden waren. Der Artikel enthielt keine Angaben dazu, was ihr weiteres Geschick betraf, doch es hieß, man müsse das Schlimmste befürchten.

– Habe ich heute Morgen gelesen. Scheußliche Geschichte.

– Papa!, sagte sie und lachte darüber, dass sie ihm nun die Welt erklären musste. Das ist bloß Propaganda. Und ich glaube, ich habe eine Rolle dabei gespielt, dass das nun in Umlauf gebracht wird.

Noch nie hatte sie ihn so erstaunt gesehen, so hellauf entzückt.

Der Abend neigte sich dem Ende zu, und sie konnte ihre Rückkehr in das Schwesternwohnheim nicht länger aufschieben, zurück in ihren Alltag im Krankenhaus, der aus harter Arbeit bestand, immer wieder unterbrochen durch unsägliches Grauen. Sie stand auf, um sich zu verabschieden, und erst da sagte ihr Vater, ach ja, es sei eine Weihnachtskarte von Tahsin Bey eingetroffen, adressiert an sie alle – sie sei schon vor Monaten abgeschickt worden, aber es war wohl ein Wunder, dass sie überhaupt angekommen war. Es sei eine Botschaft speziell an Viv darin enthalten, deshalb hätten sie die Karte aufgehoben – wo war sie noch? Etliche quälende Minuten vergingen, ehe der einarmige Diener auf Nachfrage hin das Rätsel löste und erklärte, die Karte sei in Miss Spencers Zimmer gelegt worden. Ob er sie holen solle?

– Nicht nötig, sagte Viv, selbst ganz verblüfft darüber, wie ruhig ihre Stimme klang. Ich brauche ohnehin etwas von oben – wenn ihr mich entschuldigen würdet, Papa, Mama.

Meine liebe Familie Spencer,
ich weiß nicht, ob Euch diese Zeilen erreichen werden – seit Beginn des Krieges habe ich keine Post mehr aus London erhalten, und ich klammere mich an die Hoffnung, dass dies nur auf das Versagen des Postdienstes zurückzuführen ist. Gleichwohl, in Zeiten wie diesen scheinen mir die Rituale der Freundschaft wichtiger denn je, weshalb ich Euch hiermit recht frohe Weihnachten wünsche! Hoffentlich vergeht nicht ein weiteres Weihnachtsfest, ehe wir uns wiedersehen.

Mir geht es so weit gut. Ich verbringe meine Tage damit, die Funde aus Labraunda an einem langen Tisch unter den Zypressen in meinem Garten zu katalogisieren, während Alice zu meinen Füßen liegt und schläft. Und trotz des vielen Unglücks, das derzeit auf der Welt herrscht, werde ich jeden Tag an die Fähigkeit des Lebens erinnert, uns auf immer neue Weise zu erfreuen und zu entzücken – neulich erst wieder bei der Lektüre von D. B. Spooners Bericht über die Ausgrabungen in Shah-ji-ki-Dheri, im Umland von Peschawar. Vivian Rose, Du findest diesen Bericht im »Archaeological Survey of India, Frontier Circle, 1908-9«. Ich bin mir sicher, Du wirst davon ebenso begeistert sein wie ich. Seit ich den Bericht gelesen habe, verspüre ich große Sehnsucht, nach Peschawar zu reisen (welches einst die Stadt Kaspatyros war, von wo aus Skylax zu seiner großen Reise den Indus hinunter aufgebrochen ist. Kaspatyros! Wo Reisen beginnen und auch wieder enden). Wenn ich könnte, würde ich gleich morgen nach Peschawar abreisen, um mir mit eigenen Augen das heilige Gefäß des Kanischka anzusehen, das Spooner dort entdeckt hat. Vielleicht findest Du ja sogar schon eher Gelegenheit, dies zu tun, als ich?

Mit herzlichen Grüßen
und meinen besten Wünschen
Tahsin

Der Text auf der Karte war in einer Miniaturversion seiner normalen Handschrift verfasst; er hatte so viele Wörter wie nur möglich auf dem begrenzten Raum unterbringen wollen. Viv, der es mittlerweile nichts mehr ausmachte, im Krankenhaus zwölf Stunden am Stück zu arbeiten, fühlte sich auf einmal so schwach auf den Beinen, dass sie sich an die Wand lehnen musste.

Der Bibliothekar am University College London erinnerte sich noch an Miss Spencer und war nach einem anerkennenden Blick auf ihre VAD-Schwesterntracht gern bereit, ihr zu gestatten, in den Regalen selbst nach dem Band zu suchen. Als sie die Bibliothek wenige Minuten später wieder verließ, winkte er ihr freundlich zu, ohne auf die Idee zu kommen, zur Kontrolle einen Blick in ihre Handtasche zu werfen. Das war ihr Glück, denn darin befanden sich einige Seiten, die sie aus einer Fachzeitschrift herausgerissen und in der Mitte zusammengefaltet hatte.

Was hatte er ihr mitzuteilen versucht? Viv, die auf dem Fensterbrett im obersten Stock des Schwesternwohnheims saß, während sich draußen das erste Licht der Morgendämmerung durch die hohen Ulmen zwängte, faltete die Seiten von D. B. Spooners Bericht auseinander, um ihn noch einmal in Ruhe durchzulesen und nach Möglichkeit besser zu verstehen als bei der Lektüre am Vorabend – das erste Mal hatte sie ihn voller Ungeduld draußen vor der Universität überflogen; danach noch einmal in dem Taxi, das sie zurück ins Wohnheim brachte; und ein letztes Mal bei Kerzenschein, als sie schon im Bett lag. In den Ruinen des Großen Stupa des Kanischka in Shah-ji-ki-Dheri, vor den Toren Peschawars, war also ein Reliquiar mit Überresten Buddhas gefunden worden. Und weiter? Was war gerade an dieser Entdeckung so bemerkenswert, dass sie Tahsin Bey »erfreute und entzückte«?

Mit besonderem Vergnügen wende ich mich nun dem Thema der Ausgrabungen in Shah-ji-ki-Dheri zu.

Dieses Mal lief ihr bei dem ersten Satz von D.B. Spooners Bericht ein Schauer die Wirbelsäule hinab, der so heftig war, dass sie sich mit beiden Händen am Fensterbrett abstützen musste. Sie rieb mit dem Daumen über die Fingerkuppen ihrer rechten Hand – mit ihnen hatte sie die lehmige Erde von dem Inschriftenstein in Labraunda abgewischt und gesehen, wie griechische Buchstaben zum Vorschein kamen. Jetzt hatte sie an diesen Fingern Frostbeulen, und die kleine Schnittwunde an ihrem Daumen war mit einem Pflaster bedeckt, damit kein Eiter aus der Wunde eines Soldaten in ihren Blutkreislauf gelangen konnte. Sie rieb ihre Hände gegeneinander, Handteller an Handteller – sie steckte jetzt in einer anderen Haut.

Sie lehnte sich an das graue Mauerwerk, das zusammen mit den hohen Bäumen rings um das Gebäude dafür sorgte, dass es in dem Wohnheim niemals richtig hell wurde. Vielleicht wollte Tashin Bey sie ja bloß daran erinnern, dass sie Archäologin war, eine Kollegin von ihm. Was diesen Schauer die Wirbelsäule hinab betraf, waren sie beide von ein und demselben Stamm, ungeachtet von Kriegen und Königen und Sultanen. Ob dies wohl schon alles war, was er ihr mitteilen wollte? *Kaspatyros! Wo Reisen beginnen und auch wieder enden.* Noch ein Rätsel. Skylax begann seine berühmte Reise den Indus hinunter zwar in Kaspatyros – der antike Name für Peschawar –, aber er beendete sie nicht dort. *Vielleicht findest Du ja sogar schon eher Gelegenheit, dies zu tun, als ich?*

– Oh, sagte sie.

Einige Meere weit entfernt saß ein Türke unter einer Zypresse an einem Tisch voller Entdeckungen und verstand, was niemand sonst zu verstehen schien: dass auch sie einen Ort auf der Welt brauchte, wo sie im Sonnenschein sitzen und alte Münzen oder Bruchstücke von Göttern untersuchen konnte, während der Krieg, den sie nicht begriff, wie eine Welle über sie hinwegspülte und hinten am Horizont verschwand.

– Schwester Spencer! Sie haben das Frühstück versäumt, und nun ist es höchste Zeit, Ihren Dienst im Krankenhaus anzutreten.

Stadt der Männer,
Stadt der Blumen,
Land jenseits der Berge:
Kaspatyros, Paruparaesanna, Paropamisadae, Ghandara,
Parapasur, Puruschapura, Puschpapura, Pu-lu-sha-pu-lo,
Fo-lu-sha, Farshabur, Peschawar.

Sie alle hatten einen eigenen Namen dafür, von Jahrhundert zu Jahrhundert – die Perser, die Griechen, die Maurya, die Indo-Hellenen, die Sassaniden, die Kuschan; Könige und Generäle und buddhistische Mönche und Reisende, alle fühlten sie den Sog, der von Peschawar ausging. Alle, eingeschlossen eine junge Engländerin in einem Militärkrankenhaus der Klasse A, die sich nichts sehnlicher wünschte als eine Zuflucht inmitten des Altertums.

Jetzt gab es Nächte, in denen sie andere Träume träumte und aus denen sie mit einer Sehnsucht erwachte, die sogar noch unerträglicher war als das Grauen, das ihre gewohnten Träume zu begleiten pflegte.

Gefreiter Andrews, einundzwanzig, seinen Verwundungen erlegen; Gefreiter Smith, achtzehn, an septischem Schock verstorben; Corporal Grimes, dreiunddreißig, einer Lungenentzündung erlegen. Der eine mit den schön geschwungenen Lippen, der sich gut erholte, aber nie mehr das Bewusstsein zurückerlangte, und niemand wusste, warum. Der andere, der sie »Königin von Saba« nannte und nicht mehr lange genug am Leben blieb, um ihr zu verraten, warum. Und ein anderer mit sandblondem Haar und blauen Augen, dessen Atem auf unerklärliche Weise süß nach Äpfeln duftete, der ihre Hand umklammerte und sie bat, sich zu ihm ans Bett zu setzen, worauf sie ihm erklärte, nein, das ginge leider nicht, das verstoße gegen die Krankenhausvorschriften, und dies, obwohl sie wusste, dass er dem Tode ganz nahe war und in Fällen wie diesem jedermann ein Auge zudrückte, sogar die strenge Oberschwester.

Er war der eine, über den sie nicht mehr hinwegkam.

Sie stand im Schatten des Krankenhauses, ein imposanter Bau aus rotem Backstein, und schlotterte am ganzen Leib. Das Zittern wollte und wollte nicht aufhören. Die Oberschwester forderte sie barsch auf sich zusammenzureißen; der Arzt gab ihr eine kräftige Ohrfeige; Mary nahm sie in den Arm und sang ihr ein leises Wiegenlied.

– Schicken wir sie nach Hause, hörte sie die Oberschwester sagen. Sie hat noch ein paar Tage Urlaub. Danach ist sie wieder auf dem Damm.

Ihr Bett fühlte sich fremd an, das bunte Muster der Tapete schmerzte ihr in den Augen. Draußen vor ihrer Tür hörte sie die erregten Stimmen ihrer Eltern, einzelne Worte drangen zu ihr herein, die keinen Sinn ergaben. Das Zittern hatte aufgehört, nach außen hin, ihr Geist aber vermochte keinen Gedanken zu fassen und auch nur für kurze Zeit festzuhalten, ohne zu zersplittern. Sie atmete tief durch, dachte an eine Klippe über dem Meer, an den Geschmack von Feigen auf ihrer Zunge, an den Zeigefinger eines Mannes, der den Knöchel außen an ihrem Handgelenk berührte, an das Meer, das so tiefblau war, dass sie das Gefühl hatte, es könnte sie in den Wahnsinn treiben, obwohl sie vom Wahnsinn damals noch nicht die geringste Ahnung hatte. Sie schloss die Augen und versank in Schlaf, ohne zu träumen.

– Dein Vater ist also der Ansicht, du könntest deinen Dienst wieder aufnehmen?

Mrs Spencer beugte sich vor, um eine halbgeöffnete Knospe im Rosengarten des Regent's Park zu begutachten, und schnippte ein Insekt von den Blütenblättern herunter.

– Papa kann das am besten beurteilen, sagte Viv, die sich im Stillen fragte, warum ihre Mutter sie so zu diesem Spaziergang gedrängt hatte, als der kurze Sommerregenguss vorüber war und sich ein Regenbogen über den Himmel spannte. Mrs Spencer ließ einen Laut vernehmen, der einem abfälligen Schnauben bemerkenswert nahekam, ehe sie sich wieder aufrichtete und ihrer Tochter zuwandte.

– Sollst du nun dein restliches Leben dafür büßen, dass meine Gebärmutter darauf bestanden hat, all seine Söhne zu töten?

Viv stocherte verlegen mit ihrem Schuh im regennassen Gras und wusste nicht, was sie sagen sollte. Es war das große Thema in ihrem Leben, über das nie gesprochen wurde.

– Es ist Krieg. Wir alle müssen unsere Pflicht erfüllen.

– O ja, aber gewiss doch. Wie rasch alles Mögliche, das für eine Frau bisher unvorstellbar war, zu ihrer Pflicht geworden ist. Grenzt es nicht an ein Wunder, was für Fähigkeiten wir auf einmal entwickelt haben, die genau den Bedürfnissen der Männer entsprechen?

Viv sah sich besorgt um und hoffte sehr, dass keine der anderen Frauen und auch keiner der verwundeten Soldaten, die im abendlichen Park spazieren gingen, sie hören konnten. Es war eine mehr als willkommene Überraschung gewesen, wie lieb und rücksichtsvoll Mama reagierte, als Viv zwei Tage zuvor von Mary halb ins Haus getragen worden war. Doch jetzt war sie wieder ganz die alte schwierige Mrs Spencer, kaum dass Viv wieder auf den Beinen war und sich für ihr Benehmen ein wenig töricht vorkam, das, wie ihr Vater sie beruhigte, nur eine Folge der Überarbeitung war. Schlaf dich zwei Tage richtig aus, dann bist du wieder wohlauf, hatte Dr. Spencer am Morgen fröhlich erklärt, als Viv zum Frühstück nach unten kam und nicht weniger als drei Eier und fünf Scheiben gebratenen Schinkenspeck verspeiste.

– Hast du schon einmal überlegt, dass deine halbjährige Dienstzeit in dem Krankenhaus so gut wie herum ist?

– Das hat nichts zu bedeuten. Nach Ende ihrer Dienstzeit verpflichten sich alle sofort für das nächste halbe Jahr.

– Meine Tochter ist nicht alle. Weißt du überhaupt, wie beängstigend es war, als Mary dich heimgebracht hat? Wie du ausgesehen hast? Leer. Dein Gesicht – eine bloße Hülle.

– Ich war einfach erschöpft. Überarbeitet.

– Das ist nicht die einzige Ursache. Dein Vater, er will es entweder nicht sehen oder er sieht es tatsächlich nicht, aber ich bin nicht so verblendet wie er. Weder, was dich betrifft, noch in der Frage, wie lange dieser Krieg noch dauern wird. Denn der ist längst noch nicht zu Ende. Willst du diesem Krieg deine ganze Jugend opfern? Deine Gesundheit, dein Herz, dein geistiges Wohlbefinden?

– Du übertreibst maßlos, Mama.

– Jedes Mal, wenn ich dich sehe, ist weniger von dir übrig. Es kommt mir vor, als wüsstest du gar nicht, was du dir für dein Leben wünschst. Außer, dass du es immer deinem Papa rechtmachen willst. Als Entschädigung dafür, dass er keine Söhne hat, die er losschicken kann, damit ihnen in den Schützengräben der Kopf weggeschossen wird. Wenn du nächsten Monat dreiundzwanzig wirst und er dich daran erinnert, dass du nun alt genug bist, um dich für den Lazarettdienst an der Front zu melden – was wirst du ihm dann sagen? Dir ist klar, dass er dich darauf hinweisen wird, oder?

Danach spazierten sie eine Weile schweigend dahin, drehten eine Runde durch den Garten; vorbei an gelben und rosafarbenen und roten Rosen, auf denen langsam die Regentropfen trockneten, während die Sonne sich weiter dem Zugriff der Wolken entzog.

– Peschawar, sagte Viv schließlich, ein wenig zögerlich. Das wünsche ich mir für mein Leben. Ich möchte nach Peschawar reisen.

Sie war darauf gefasst, von ihrer Mutter einen empörten oder fassungslosen Blick dafür zu ernten. Aber Mrs Spencer fragte nur, Warum?

– Weil es dort mehr Vergangenheit gibt als Gegenwart.

– Du kannst dich ruhig deutlicher ausdrücken. Heißt das, du möchtest gern dem Krieg entkommen?

– Ja.

– Gott sei Dank, endlich kommst du zur Vernunft. Warum Peschawar?

– Unter seiner Erde schlummern zweieinhalbtausend Jahre Geschichte. Wie viele Gründe soll ich dir aufzählen?

– Tahsin Bey hat es in seiner Weihnachtskarte erwähnt.

– Ja. Er wusste, dass es ein Ort ist, den ich sehr gern mal sehen würde.

Die Erklärung klang ihr selbst unglaubhaft in den Ohren, aber Mrs Spencer nickte bloß. Viv beschlich langsam das Gefühl, dass diese Unterhaltung absolut ernst war.

– Das würde Papa nie erlauben. Und ich kann ja auch schlecht einmal um die halbe Welt reisen, während gerade Krieg herrscht.

Mrs Spencer hob eine Rose auf, die von ihrem Stiel abgebrochen und ins Gras gepurzelt war. Sie fuhr sich mit der zarten Blüte über die Wange, und vor Genuss schloss sie halb die Augen dabei. Viv hatte den merkwürdigen Eindruck, ihre Mutter in diesem Augenblick so zu erleben, wie sie früher einmal gewesen war, als sehr junge Frau. Als die Welt für sie noch mehr Verheißungen barg als Enttäuschungen.

– Du bist in die Türkei gereist, um dort wochenlang in einem Zelt zu hausen, unter lauter wildfremden Leuten, von einem unverheirateten Ausländer einmal abgesehen. Das hat dein Vater in Gang gebracht. Er kann also nichts dagegen einwenden, wenn ich für dich ein weit konventionelleres Arrangement organisiere, im Herzen unseres eigenen Empire.

Sie biss leicht in ein Blütenblatt, verzog angewidert das Gesicht und warf die Rose zurück ins Gras.

– Ich verstehe nicht. Wie willst du ihm das erklären? Was für ein konventionelles Arrangement?

– Überlass das getrost mir.

Viv schwante langsam, dass sie nicht die geringste Ahnung hatte, was für eine Frau ihre Mutter tatsächlich war. Bisher war es ihr nie sonderlich reizvoll erschienen, das herauszufinden.

April 1915

Qayyum hob das mit Butter bestrichene Brot an seine Nase, dessen Duft ihm wie eine Bestätigung erschien, dass Allah selbst die Franzosen mehr liebte als die Paschtunen. Kalam Khan, der neben ihm stand, hielt eine Apfelsine in der Hand. Er biss voller Ungeduld hinein, um an das Fruchtfleisch unter der Schale zu gelangen, und schloss genießerisch die Augen.

– Wie ist sie?

– Fade. Ohne Geschmack.

Kalam wischte Qayyum einen Klecks Butter von der Nase ab, spuckte die Orangenschale auf die Zuggleise und grinste breit – ein Junge, der inmitten von Obstgärten aufgewachsen war und voller Genugtuung feststellte, dass die Früchte, die sein Vater im Tal von Peschawar zog, allem überlegen waren, was in Frankreichs Boden gedieh. Ungeachtet der Tatsache, dass hier ansonsten alles andere besser war als dort, wo sie herkamen – die Kühe waren hübscher und sauberer, die Gebäude größer und ansehnlicher, die Männer würdevoller, die Frauen … was sollte man von den Frauen halten? Einer der Männer, die gerade aus dem Bahnhof kamen, wölbte sich die Hände vor der Brust, als würde er zwei runde Melonen halten, worauf eine ganze Schar Männer neugierig auf den Eingang zueilte, aus dem in diesem Moment Lieutenant Bonham-Carter trat, gefolgt von einem Franzosen und einer Frau, deren Kleid weit ausgeschnitten war und ihren Busen zur Schau stellte wie eine Ware, die zum Verkauf stand.

– Hure, sagte Kalam fröhlich, aber Qayyum wandte den Blick ab, als er sah, wie die Frau erst schützend die Hände vor ihrer Brust kreuzte, sie aber dann in die Hüften stemmte und den Kopf in die Höhe reckte, um die gaffenden Männer mit herausforderndem Blick zu mustern.

Lieutenant Bonham-Carter rief die Musiker der Regimentskapelle auf, sich zu sammeln. Der Franzose wollte für die Erfrischungen, mit denen sich die Männer versorgt hatten – Zigaretten, Kaffee, Orangen, Brot – kein Geld annehmen und wünschte sich stattdessen nur, dass die Kapelle der 40th Pathans die Marseillaise spielte, wie schon einmal, als das Infanterieregiment nach seiner Ankunft am Hafen von Marseille mit klingendem Spiel durch die Stadt marschiert war. Lieutenant Bonham-Carter lächelte, während er seinen Männern vom Wunsch des Franzosen berichtete – er selbst hatte die Kapelle auf der Überfahrt aus Alexandria gelehrt, die französische Nationalhymne auf ihren indischen Instrumenten, Dhol und Shehnai, zu spielen. Die Engländer, das machte ihre Brillanz aus, verfügten über die seltene Gabe, alle Rassen dieser Welt zu verstehen; wie die Franzosen den Pathanen zugejubelt hatten, als sie vom Hafen aus quer durch Marseille zur Rennbahn gezogen waren. *Les Indiens! Les Indiens!* Ein Willkommensruf, der die Männer zu Helden adelte, ehe sie auch nur ein Schlachtfeld betreten hatten. Es war ungleich glanzvoller als Qayyums erster Einsatz in Kalkutta, wo die bengalischen *Babus* dem Raj Scherereien zu bereiten versuchten und der Anwesenheit einiger Pathanen bedurften, die ihnen Manieren beibrachten.

Nach der Marseillaise spielte die Kapelle die Regimentshymne, »Zakhmi Dil«, bei der alle Männer mitsangen, darunter auch die meisten englischen Offiziere. Kalam wandte sich Qayyum zu und breitete schicksalsergeben die Arme aus, während er auf einem Bahnsteig im ländlichen Frankreich, wo die paschtunische Sprache vermutlich noch nie zuvor gehört worden war, die ersten Zeilen sang:

Am anderen Flussufer steht ein Knabe
Mit einem Po, der einem Pfirsich gleicht
Aber ach! Ich kann nicht schwimmen.

Als das Lied zu Ende war, nickte der Franzose, dem keiner der Offiziere den Text übersetzt hatte, und sagte, *Magnifique!* Und die Frau stützte sich mit den Armen auf der Rückenlehne einer Bank ab, lehnte sich vor und hauchte ebenfalls, *Magnifique*, während sie Qayyum direkt ansah.

Verlegen über seinen Gedanken, ob sie damit womöglich etwas anderes meinte als das Lied, wandte Qayyum seinen Blick ab und sah sich auf dem Bahnsteig um; wie stolz sie waren, Punjabis, Dogras, Paschtunen, alle!, von diesen Fremden mit solcher Herzlichkeit empfangen zu werden. Die Großzügigkeit des Franzosen hatte für sie den Ausschlag gegeben, die leise Unzufriedenheit abzuschütteln, die sie seit Marseille mit sich herumschleppten, wo ihnen mitgeteilt worden war, dass sie ihre Turbane und grün-und-olivfarbenen Regimentsuniformen gegen Wollmützen und schlecht sitzende, kratzige graue Uniformen eintauschen mussten, die dem Klima hier eher entsprachen. Und auch ihre Gewehre hatte man ihnen abgenommen, weil sie nicht für die französische Munition geeignet waren; sie fremdelten mit den neuen Gewehren, die von Gewicht und Form her unvertraut und daher noch keine natürliche Verlängerung des Körpers jedes einzelnen Soldaten waren, wie es bei einer Waffe der Fall sein sollte.

Wenige Minuten später aber zeigte die junge Französin Qayyum in dem Lagerraum, in dem der intensive Geruch von Kaffeebohnen schon bald von einem noch kräftigeren Aroma überlagert wurde, wie rasch ein unvertrauter Leib sich mit dem eigenen Körper vereinigen konnte. Er hielt sich zurück, bis es beim besten Willen nicht mehr ging. Seine einzige bisherige Erfahrung hatte er in Kowloon gesammelt, am Vorabend, ehe die 40th Pathans sich nach Frankreich einschifften, mit einer Frau, die gar nicht erst so tat, als würde sie mehr von ihm begehren als das Geld, das er vorab auf einen Tisch hatte legen müssen. Das war in gewisser Weise weniger beunruhigend gewesen als die Reaktion dieser jungen Französin, die anscheinend Vergnügen an Dingen empfand, bei denen ihn die Sorge beschlich, er könnte ihr wehtun. Würde eine Paschtunin auch so reagieren?, überlegte er, kaum, dass es vorbei war, ein Gedanke, bei dem er sich schämte, nicht nur für sich selbst, sondern auch für die Französin, die ihn auf den Mund küsste und etwas sagte, was er nicht verstehen konnte. Erst da fiel ihm auf, dass sie noch keine

Silbe miteinander gewechselt hatten, und als er in seinem gebrochenen Englisch das Wort an sie richtete, schüttelte sie nur lachend den Kopf. Das erstaunte ihn, denn er hatte vermutet, dass alle Weißen ihre unterschiedlichen Sprachen verstehen konnten, so wie alle Inder in der Army mindestens eine Sprache gemeinsam hatten.

Kalam erwartete ihn schon, als er wieder aus dem Lagerraum kam, mit spöttischer, leicht gekränkter Miene.

– Sieh dich vor, Bruder. Du hast dich jetzt schon zu sehr in diese Leute verliebt.

– Salutiere vor deinem Offizier, Sepoy.

– Jawohl, Sir, Lance-Naik, Sir!

Er salutierte so zackig, als wollte er sich eine blutende Wunde zufügen. Qayyum, der erst wenige Tage zuvor vom einfachen Sepoy einen Rang höher befördert worden war, winkte mit einer lässigen Handbewegung ab und ließ Kalams herausfordernde Bemerkung auf sich beruhen. Ja, er war verliebt in diese Leute, in diese Welt. Die Scham hatte sich so rasch verflüchtigt, wie sie gekommen war, und er richtete sich zu seiner vollen Größe auf, als der Zug mit einem gellenden Pfiff in den Bahnhof einfuhr. In diesem Moment verstand er, was es bedeutete, ein Mann zu sein – wie schön das war, wie wundervoll.

Bei ihrer Ankunft in Ouderdom regnete es. Kalam humpelte, weil er auf dem nassen Kopfsteinpflaster ausgerutscht war und sich einen Knöchel verstaucht hatte. Er war ziemlich böse gestürzt, und Qayyum scherte aus der Kolonne aus, um ihm aufzuhelfen, legte sich Kalams Arm um die eigene Schulter und war bereit, ihn den restlichen Marsch über zu stützen, egal, wie lange er noch dauern mochte. Aber da kam eine Belgierin aus einem Haus, die Kalam Salbe auf den Knöchel strich und ihm einen Verband um den Fuß wickelte, um gleich darauf ohne ein Wort wieder in ihr Haus zu verschwinden. Kalam war über den Vorfall tief beschämt gewesen. Er hatte Qayyums Hilfe mit den Worten abgelehnt, er könne gut allein laufen, und seither kein einziges Wort mehr gesprochen.

Jetzt aber blickte Kalam über das flache Ackerland und lächelte

– da drüben marschierten Männer über das Feld, die ihnen vertraut waren, nicht persönlich, aber vom Schnitt und vom Ausdruck ihrer Gesichter her. Es waren die Soldaten der Lahore Division, die erste Abteilung der British Indian Army, die nach Frankreich geschickt worden war. Über das Heulen des Windes rief eine Stimme auf Paschtu herüber, Wo wart ihr denn so lange? Zu viele Pfirsich-Popos, die euch unterwegs abgelenkt haben?

– Wir dachten uns, wir lassen euch erst mal ein wenig Ruhm ernten, ehe wir ihn komplett für uns einheimsen!

Kalam hatte seine schlechte Stimmung offenbar wieder überwunden. Qayyum sah sich um, musterte die Männer, die nun alle grinsten und Spottnamen übers Feld riefen. Nicht nur die Paschtunen, sondern auch die Dogras, die Punjabis. Brüder, die voll plötzlicher Liebe, in die sich ein Schuss Rivalität mischte, ihre Brüder erkannten. Qayyum aber empfand beim Anblick der endlosen Bataillone indischer Soldaten, die auf dem Ackerland biwakierten, etwas ganz anderes – eine tiefe, unerklärliche Erleichterung.

Der Havildar-Naik der 57th Wilde's Rifles schloss zu Qayyum auf, während er einsam über die mondbeschienene Weide schlenderte. Es war vollkommen still, nur vereinzeltes Schnarchen war zu hören, dazu hin und wieder der Ruf eines Nachtvogels.

– Unruhig wegen morgen, Lance-Naik?

– Sir, nein, Sir.

– Lassen wir den »Sir« jetzt mal weg. Ich bin Mohammad Khan Afridi, aus Landi Kotal.

– Qayyum Gul. Peschawar.

– Was meinen Sie, wird man eines Tages Geschichten über uns erzählen, in der Straße der Geschichtenerzähler?

Der Afridi zündete eine Zigarette an, reichte sie an Qayyum weiter und steckte sich danach ebenfalls eine an.

Qayyums Stiefel quietschten im nassen Gras, als er auf den Fußballen zurückwippte. Er pustete eine Rauchwolke in die Luft und beobachtete, wie sie gespenstergleich nach oben schwebte, bis sie sich aufgelöst hatte.

– Haben Sie von der 5th Light Infantry gehört?, fragte der Afridi.

– Nein, Sir. Wieso? Sind die auch hier?

– Nein, in Singapur. Vor dem Kriegsgericht, wegen Meuterei. Nicht alle, aber viele.

– Paschtunen?

– Paschtunen und muslimische Radschputen. Ihnen kam das Gerücht zu Ohren, dass sie in die Türkei geschickt würden, um dort gegen andere Muslime zu kämpfen, also haben sie gemeutert. Haben ihre Offiziere umgebracht.

Qayyum fluchte laut, und der ältere Mann nickte zustimmend, hielt seine Zigarette an ein Eichenblatt und brannte ein Loch hinein. Der Geruch erinnerte ein wenig an Winterfeuer.

– Sie treten in eine Armee ein, die andere Paschtunen in den Stammesgebieten bekämpft, aber sie meutern schon beim Gedanken daran, gegen Türken zu den Waffen greifen zu müssen. So sind sie eben, unsere Landsleute, Lance-Naik.

Qayyum schüttelte den Kopf und ließ seinen Blick über das Feldlager schweifen. Morgen früh um halb sechs würden sie ihren Vormarsch fortsetzen. Er räusperte sich, fuhr sich mit der Zunge über die trockenen Lippen.

– Wie ist es wirklich? Gegen die Deutschen zu kämpfen?

– Gehen Sie jetzt schlafen, Lance-Naik. Träumen Sie von Peschawar. Das ist ein Befehl. Die Antwort auf Ihre Frage erhalten Sie morgen, in Ypern.

Vor Schmerz versank er immer wieder in Bewusstlosigkeit, aus der er durch erneute Feuerstöße der Artillerie in die Wirklichkeit zurückgerissen wurde. Dann senkte sich Stille herab, und er wartete darauf, von der wohltuenden Dunkelheit umfangen zu werden, doch da war nur Feuer, das ihm übers Gesicht raste und tief in seine Augenhöhle hineinzüngelte. Eine Ameise krabbelte einen Grashalm hinauf und wurde von einem seiner keuchenden Atemstöße hinuntergeworfen, Richtung Bach, der nur wenige Fuß entfernt und doch unerreichbar war; die Sonne, die das Feuer auf seinem Gesicht noch heißer brennen ließ, tauchte dort in das kühlende Nass ein, wie um ihn zusätzlich zu quälen. Ich werde hier sterben, dachte Qayyum und wartete darauf, dass Allah oder seine Familie oder die Berge von Peschawar von seinem Herz Besitz ergriffen. Aber da war nur das Feuer, das Blut, in dem sein Auge ertrank, und der Gestank toter Männer. War er der Einzige, der noch lebte, oder gab es noch andere wie ihn, die dalagen und sich nicht zu rühren wagten, weil die MG-Schützen sie sonst entdecken und unter Beschuss nehmen würden?

Vielleicht war er ja schon tot, und das hier war die Hölle. Das ewige Feuer. Es musste geschehen sein, als sie gerade die Anhöhe hinaufstürmten – die Deutschen befanden sich direkt jenseits davon, hinter dem Hügelkamm. Aber schon der erste Kugelhagel hatte ihn offenbar getötet und in diese teuflische Welt hinabgeschleudert, in der Männer ohne Deckung quer über ein Feld rennen mussten, über die Leichen ihrer Brüder stolpernd, und wenn die kärglichen Überreste einer Division die feindlichen Linien erreichten, auf der Anhöhe gegenüber, drang ein gelber Nebel in ihre Körper ein, der sie zusammenbrechen ließ, während ihnen der Schaum aus den Mündern trat. Sogleich wurde der Befehl ausgegeben, Nase und Mund zu bedecken, aber er nutzte nichts; hätten sie noch ihre Turbane getragen, hätten sie sich den Stoff ums Gesicht wickeln können, aber jetzt hatten sie ja nur die Wollmützen. Qayyum fiel das Taschentuch in seiner Jacke ein, das er auf Geheiß von Captain Dalmahoy in die Flüssigkeit getaucht hatte, die vor dem Angriff in Eimern herumgereicht wurde, und er hielt es sich vors Gesicht, während er gleichzeitig beobachtete, wie der gelbe Nebel vom Wind nach Osten geweht wurde. Dann war dies also doch nicht die Hölle. Sonst wäre der Nebel ihm in die Lunge gedrungen.

Das Smaragdgrün der Grashalme wandelte sich zum dunklen Grün von Kiefernnadeln; die Sonne versank gänzlich im Wasser. Seine Hand war eingeschlafen, doch er wagte nicht, sie zu schütteln, obwohl das taube Gefühl sich bereits seinen Arm hinauf ausbreitete. Ein Sepoy hatte aufrecht auf der Erde gesessen, während auf dem Feld um ihn herum die anderen Männer vorwärtsstürmten, sein einer Arm endete am Handgelenk. Qayyum hatte die abgetrennte Hand aufgehoben, auf die er um ein Haar mit dem Fuß getreten wäre, und sie dem Mann gegeben, der ihm sehr höflich dankte und dann den Versuch unternahm, die Hand wieder an seinem Arm zu befestigen. Ich glaube, es fehlt ein Stück. Kannst du mal schauen, ob du es findest?, sagte er und starb. Der Vorfall war Qayyum zwischenzeitlich völlig entfallen, dabei hatte er sich erst wenige Stunden zuvor zugetragen.

Qayyum versuchte zu beten, doch es hatte den Anschein, als hätte sich Gott der Gnädige, der Barmherzige von diesem Feld mitsamt allen Männern darauf abgewandt. In der Nähe bewegte sich etwas übers Gras, ein schweres Gewicht; ein ausgehungertes Tier, ein Wolf oder ein Schakal, das sich, flach an die Erde gedrückt, heranpirschte, weil es Fleisch witterte; oder ein Deutscher mit einem Messer zwischen den Zähnen. Gras wurde flachgedrückt, das Etwas rückte in die Zone zwischen Qayyum und dem Bach vor. Jede Bewegung war Schmerz, jede Bewegung bot den MG-Schützen eine Zielscheibe. Und dann flüsterte jemand seinen Namen.

– Kalam, bleib, wo du bist. Die knallen dich ab.

– Lance-Naik, Sir. Halt die Klappe.

Auf der Straße der Geldwechsler waren Qayyum und sein Bruder Najeeb eines Nachmittags auf etwas Grausiges gestoßen – ein totes Kaninchen mit zusammengenähten Lippen und Schaum vor dem Maul, das mitten auf der Straße lag. Qayyum blieb nicht stehen, denn in Peschawar begegneten einem täglich hunderte Grausamkeiten, Najeeb aber kniete neben dem toten Tier nieder, schob ihm die Hand unter das Köpfchen mit dem schmutzverkrusteten Fell und schnitt behutsam die Fäden entzwei, um sie zu entfernen. Als Qayyum dem Jungen eine Hand auf die Schulter legte, sah Najeeb zu ihm auf und fragte, Meinst du, seine Familie war in der Nähe und es hat versucht, nach ihnen zu rufen? Als wäre es gerade diese Vorstellung, die einem das Herz zerreißen sollte, nicht die Nadel, die die Lippen des Tieres durchbohrte, oder die Hand, die ihm die Nase zudrückte, bis es erstickt war. O Allah, die Grausamkeit dieser Welt. Woher hatte Najeeb gewusst, welche Qual es bedeutete, einsam und allein sterben zu müssen? Kalam legte ihm die Hand um den Fußknöchel, und er spürte, wie Tränen das Blut aus seinem Auge schwemmten, das er nicht berühren konnte, ohne das Gefühl zu haben, sich das gesamte Gesicht fortzuwischen.

– Lass mich nicht allein. Geh nicht wieder weg.

– Hirnloser Paschtune, meinst du, ich wäre den weiten Weg hergekrochen, um nur mal kurz an deinen Socken zu schnuppern?

Die Zeit hatte sich noch nie so endlos in die Länge gezogen wie in jenen Minuten – oder waren es Stunden? –, in denen Kalam sich Stückchen für Stückchen über die Erde schob, bis er auf der Höhe von Qayyums Gesicht angelangt war und sehen konnte, was das Feuer angerichtet hatte.

– Sag's mir. Wie schlimm ist es?

– Keine Sorge, schöner Yusuf, alle Suleikas werden dich auch weiterhin verführen wollen, und auch alle Potiphars.

– Kalam, lass die Witze.

– Lieber Witze als Tränen. Hab nur Geduld, wenn es dunkel ist, treten wir den Rückzug an.

– Die Sonne ist doch schon untergegangen.

– Du hast den Mond vergessen, mein Freund, so groß und rund und weiß wie die Brust deiner Französin, der jetzt über den Himmel wandert. Noch ein paar Stunden. Aber ich bin ja hier, keine Bange. Dein Kalam ist hier.

Seine letzten Worte gingen in lärmendem MG-Feuer unter. Qayyum zuckte heftig zusammen, in Erwartung der Kugeln, die seinen Körper zerfetzen würden, aber Kalam legte ihm eine Hand auf die Brust und zischte, er solle sich nicht rühren, die MG-Schützen würden auf etwas anderes feuern. Rühr du dich auch nicht, sagte Qayyum, aber Kalam beachtete ihn nicht. Stützte sich auf seine Ellbogen und benutzte sie, ohne seinen übrigen Körper zu bewegen, als Drehgelenk für seine Arme, während er, immer wieder, die gewölbten Hände in den Bach tauchte und sie vorsichtig, um so wenig kostbares Nass wie möglich zu verschütten, an Qayyums ausgedörrten Mund führte, um seinen brennenden Durst zu löschen.

Danach wusch er ihm behutsam das Blut vom Gesicht und versuchte die Sauerei zu säubern, die sein Auge war. In dem beißenden Gestank von Blut, der überall zu sein schien, kam das einzige Licht auf der Welt von diesen gewölbten Händen, von dem Wasser, das sie unermüdlich aus dem Bach schöpften.

Mai – Juni 1915

– Es tut mir leid. Nein, es wird nicht wieder heilen wie eine Schnittwunde an Ihrem Arm. Wir müssen es entfernen.

Der indische Arzt trat einen Schritt zurück und knipste eine kleine Taschenlampe aus, die Qayyum bisher gar nicht wahrgenommen hatte. Dann klopfte er ihm leicht auf die Schulter und ging weiter zum nächsten Bett. Die ältere hellhäutige Frau aber, grauhaarig und mit Falten rings um den Mund, blieb noch, um seinen Verband zu wechseln, ganz sachlich und unpersönlich, wie er es sich bei einer Frau nie hätte vorstellen können. Wo hatte man ihn hingebracht? Brighton, so hieß es, doch seine einzigen Eindrücke davon waren der Kiesstrand, der dumpfe, feuchtkalte Geruch in dem Ambulanzwagen und dann dieses Gebäude, in das man ihn getragen hatte, das ihm vorkam wie eine bebilderte Seite aus einem Märchenbuch. Die Wände, die Decken waren mit allem bemalt, was je geschaut oder von der menschlichen Phantasie erdacht worden war – Drachen und Bäume und Vögel und Männer aus Taschkent oder Ferghana, wie jene, von denen in der Straße der Geschichtenerzähler die Rede war. Eine solche Fülle von Farben und Motiven. Mehr, als ein einzelnes Auge zu erfassen vermochte. Er schwebte hoch über all dem, neben den vergoldeten Drachen oben an dem ledernen Baldachin der Decke. England hatte dafür gesorgt, dass der Schmerz aufhörte. Aber die Frau sprach gerade mit ihm, er musste in das Bett zurückkehren, um zu hören, was sie sagte.

– Wir lassen Ihnen ein Glasauge anfertigen, dann können Sie im Nu wieder Herzen brechen.

– Ich möchte niemandem das Herz brechen.

– Ach, Schätzchen.

Er wusste nicht, warum sie ihn so ansah oder was eine Frau unter all diesen Männern verloren hatte, doch als sie in diesem bekümmerten Tonfall »Schätzchen« sagte, begriff er, auch ohne gerade Schmerzen zu haben, dass er jetzt verstümmelt war, ein unvollständiger Mann, und künftig nie wieder Bewunderung erregen würde, nur noch Mitleid.

Bisher war er ein Mann gewesen, der auf Bäume kletterte, einfach nur, um von oben die Aussicht zu genießen. Einer, den es in die belebtesten Gassen zog, wenn er eine neue Stadt besuchte, ein Mann, der immer dort sein wollte, wo Lärm und Trubel herrschten. Wenn er jetzt an das Geäst von Bäumen dachte, sah er sofort vor sich, wie sich ein Zweig mit der Spitze in sein verbliebenes Auge bohrte. Alles war eine Bedrohung. Jeder Zweig, jeder Ball, der durch die Luft flog, jede heftige Windbö, jedes laute Geräusch, jedes dunkle Zimmer, jede Nacht, jeder Tag. Die Ellbogen einer Frau; ihre jähen Bewegungen auf ihn zu im Eifer der Leidenschaft; ihre Hände, die sein Gesicht nach jenen Regungen abtastete, die sich nur bei Dunkelheit zu zeigen pflegten. Er befühlte die Haut um sein verbundenes Auge herum. Wer war er jetzt, dieser Mann, der Nähe als bedrohlich empfand?

> Eine Warnung, Bruder, wenn Du mich irgendwo auf der Straße siehst, halte Dich fern von mir. Was ich haben will, werde ich mir nehmen – Frauen oder Männer, Wein oder Gold. Wer sich mir entgegenstellen will, dem stoße ich ein Messer ins Herz. So ist es, wenn ein Mann durch die Hölle geht und am Leben bleibt. Wenn Du wieder in Peschawar bist, richte meinem Vater aus, er hätte recht gehabt. Ich hätte in den Obstgärten bleiben sollen.

Qayyum hob den Blick von dem Brief. Der Eingang des Royal Pavilion mit dem imposant gewölbten Torweg und der grünen Kuppel ragte unwirklich aus dem Nebel empor, wie ein Traumbild, das durch das Heimweh der Soldaten vor den englischen Himmel gezaubert worden war. Er wickelte sich die Decke fester um die Schultern. Schon nach den wenigen Sätzen, die er gelesen hatte, schmerzte sein Auge vor Anstrengung. Kam es ihm nur so vor oder schwang da in dem Brief ein höhnischer Unterton mit, unter all dem Zorn, der gegen die Welt gerichtet war? Ein Tag in Ypern, und damit war der Krieg für ihn zu Ende gewesen. Jetzt saß er hier in den Anlagen eines Palastes in Brighton, während Sepoy Kalam Khan ihm aus den Schützengräben nahe Aubers schrieb.

Er hob die Hand an sein Augenlid, das nun dauerhaft geschlossen war, drückte leicht dagegen und spürte keinen Widerstand. Es gab Männer hier, die ihn darum beneideten, um seine Fahrkarte zurück in die Heimat. »Wenn Du wieder in Peschawar bist.« Doch es zog ihn weder zurück nach Peschawar noch nach Aubers – er wollte einfach nur hierbleiben in diesem von Zwiebeltürmen gekrönten Palast am Meer, in dem alles nur Menschenmögliche unternommen wurde, um versehrte, verwundete Männer gesund zu pflegen. Wo alle Soldaten gleich gut behandelt wurden, ungeachtet ihrer Religion oder Kastenzugehörigkeit, und wo man gleichwohl genug von diesen Dingen verstand, um neun verschiedene Küchen zu betreiben, in denen die Speisen für jede Gruppe separat zubereitet werden konnten, und wo es für die Muslime reichlich Fleisch gab, das obendrein halal war. Der König und Kaiser selbst hatte die strenge Anordnung erlassen, dass dunkelhäutige Soldaten – womit auch Paschtunen gemeint waren – von niemandem als Menschen zweiter Klasse behandelt werden durften. Beim Gedanken an den König und Kaiser legte Qayyum eine Hand an die Brust und verneigte sich leicht. Er hatte seinen eigenen Palast verwundeten indischen Soldaten zur Verfügung gestellt. Welcher Nawab oder Maharadscha wäre dazu schon bereit gewesen?

Zum ersten Mal kam ihm dieser Gedanke, als er den gewaltigen Kronleuchter im Krankensaal 1 betrachtete, der von der Klaue eines silberglänzenden Drachen herabbaumelte; dieses Fabelwesen mit seiner langen Zunge wiederum kam aus einem Kranz von Bananenblättern aus Kupfer zum Vorschein, die geradewegs dem Blattwerk zu entsprießen schienen, mit dem die Decke bemalt war. Ob das nun schön war oder hässlich, wusste er nicht zu entscheiden. Eines jedoch stand für ihn fest, dieser eine Kronleuchter war herrlicher und prächtiger als ganz Peschawar. Mit der Zeit erschien ihm der Kronleuchter wie ein Sinnbild für das Empire – der König war der Silberdrache, der in einer Klaue das Gewicht kleinerer Drachen, Lotosblüten aus Glas und einen Stern aus Spiegeln trug. Diese Beobachtung erzählte er einem der englischen Ärzte, und seither wurde er jedes Mal aufgefordert, wenn wichtige Besucher kamen, ihnen zu erklären, dass er, wenn er den Kronleuchter betrachtete, die Herrlichkeit des Königs vor sich sah. Was er sagte, erregte Bewunderung und Beifall, umso mehr, als er es noch dazu auf Englisch äußerte. Wenn die Oberschwester in der Nähe war und hörte, wie man ihn lobte, zwinkerte sie Qayyum zu und hielt sich einen Finger vor die Lippen – denn sie hatte ihm die entlegeneren englischen Worte beigebracht, hatte die Grammatik seiner Sätze verbessert und ihn außerdem darüber aufgeklärt, dass die Glasobjekte Lotusblüten waren und nicht etwa Nachbildungen der Staubwedel, mit denen das Personal regelmäßig den Kronleuchter reinigte.

Es war verblüffend, wie leicht die Krankenschwestern es einem machten, Umgang mit weiblichen Wesen zu haben, die weder Mutter noch Schwester noch Ehefrau waren. In den Krankensälen redeten die Soldaten über kaum etwas anderes als weiße Frauen – nicht nur über die Schwestern, sondern auch über die französischen Bauernmädchen, mit denen einige von ihnen biwakiert hatten, und über die Flugzeugpilotin, die einer angeblich kennengelernt hatte (niemand glaubte ihm, aber alle baten ihn immer wieder, die Geschichte zu erzählen). Die Frauen, das war der Aspekt, in dem sich Frankreich und England wohl am allermeisten von Indien unterschieden – und von hier aus war es für manche Soldaten nur ein kleiner Schritt, die Ansicht zu äußern, dass, sofern sich die Frauen in Indien änderten, auch Indien so erfolgreich und wohlhabend werden könnte wie die weißen Nationen, und alles, vom Vieh bis hin zu den Menschen, einen völlig neuen Glanz erhalten würde. Qayyum hörte ihnen zu und versuchte sich vorzustellen, wie er seiner Mutter erklärte, dass sie mehr so sein sollte wie die Frauen in Europa – sie würde ihm mit einem Schuh etwas hinter die Löffel geben, als wäre er noch ein kleiner Junge.

Ohne Vorwarnung setzte ein heftiger Regen ein, und Kalams Worte verschmierten auf dem Papier. Qayyum duckte sich, zerrte sich hektisch die Decke von den Schultern und zog sie sich komplett über den Kopf, wie ein Zelt. An dem Tag, als seine jüngste Schwester zum ersten Mal eine Burka trug, streifte sie sie versehentlich verkehrt herum über und war in Tränen ausgebrochen, weil sie kein Gitternetz vor dem Gesicht hatte, durch das sie Luft bekam und etwas sehen konnte, bis Qayyum ihr das Gewand wieder abgenommen und richtig herum angelegt hatte; sie war noch jung genug, um ihm um den Hals zu fallen und zu sagen, Lala, vergiss die Armee, bleib hier und beschütze uns vor unseren Irrtümern. Auch wenn er sein Auge verloren hatte, er bereute es nicht, dass er nicht auf sie gehört hatte. Er war in den Krieg gezogen, und zum Lohn wohnte er nun im Palast des Königs.

Aber diese Welt hatte noch eine Kehrseite, und Kalam Khan, der diese Seite gegenwärtig unmittelbar kennenlernte, verwünschte seine Uniform, die brüderliche Kameradschaft bei den 40th Pathans, die Ehre, als Soldat dienen zu dürfen. Qayyum fragte sich, wer Kalams Worte wohl für ihn zu Papier gebracht hatte, jetzt, wo er das nicht mehr übernehmen konnte, und ob der Briefschreiber wohl etwas ausgelassen hatte. Aus seiner eigenen Erfahrung als Briefschreiber für die des Lesens und Schreibens unkundigen Verwundeten hier im Royal Pavilion wusste Qayyum nämlich, dass ein gewisser Auswahlprozess dabei unumgänglich war. So viele der Männer baten ihn, in den Briefen an ihre Familien zu schreiben, um Himmels willen, lasst bloß nicht zu, dass mein Bruder, mein Cousin, irgendwer aus dem Dorf sich bei der Armee verpflichtet. Solche Äußerungen würden niemals den Zensor passieren und außerdem kein gutes Licht auf die indischen Truppen werfen, die man, ein großer Vertrauensbeweis, einmal um die halbe Welt schickte, um für ihren König zu kämpfen, obwohl es in England nicht wenige Stimmen gab, die daran zweifelten, dass ihre Loyalität dieser Herausforderung wirklich standhielt.

– Zweifel an euch haben nur jene, die niemals die Ehre hatten, an eurer Seite zu dienen.

Das war alles, was die englischen Offiziere sagten, oder zu sagen brauchten, als sie das Schiff bestiegen, das sie nach Frankreich brachte.

Der Regen prasselte heftig auf die Decke, und der Schmerz antwortete, ja, ja, ich bin noch hier, ich war niemals richtig fort. Qayyum zog sich die durchnässte Wolle vom Gesicht und hielt sie über sich wie einen Baldachin; es war eine Wohltat, sie nicht mehr auf der Haut zu spüren. Drüben auf der anderen Seite des Gartens sah er eine humpelnde Gestalt. Es war der Sepoy, dessen einer Fußknöchel von einer Kugel zertrümmert worden war und der obendrein Lungenschäden infolge einer Chlorgasattacke davongetragen hatte; er würde bald wieder nach Frankreich zurückgeschickt. Er hatte einen Brief an den König und Kaiser persönlich gerichtet, in dem er sich bitter darüber beklagte, dass verwundete Inder wie er wieder ins Feld zurückgeschickt wurden, während englische Soldaten, die ähnliche Wunden erlitten hatten, nach Hause durften. Qayyum schrieb jedes Wort auf, das ihm der Mann diktierte, da er wusste, dass dieser Brief den König ohnehin nie erreichen würde. Der Schlusssatz hatte gelautet: *Wenn ein Mann schon sein Leben für die Verteidigung eines Feldes opfern soll, möge dieses Feld wenigstens sein Feld sein, das Land sein Land, das Volk sein Volk.*

Zwei Schwestern kamen auf ihn zu, mit aufgespannten Regenschirmen. Sie rahmten Qayyum ein wie eine Leibgarde, legten ihm beide eine Hand an den Oberarm und geleiteten ihn zurück in den Krankensaal, während er sein eines Auge, das ihm noch verblieben war, geschlossen hielt, um es vor dem prasselnden Regen zu schützen.

Er sah die Oberschwester näherkommen, als er gerade mit einem der Sepoys im Garten des Pavilion saß und ihm einen Brief vorlas, den er von seiner Frau erhalten hatte. Der Sepoy saß in seinem Rollstuhl und weinte, in dem Bewusstsein, dass die Träume seiner Frau von den Kindern, die sie nach seiner Heimkehr bekommen würden, niemals in Erfüllung gehen würden. Die Schwester, vermutete Qayyum, wollte ihm wahrscheinlich Bescheid geben, dass der Wagen bereitstand, der ihn zum Glasmacher bringen würde, um sich ein Auge anmessen zu lassen. Doch so ungeduldig er sich auch danach sehnte, wieder, zumindest dem Anschein nach, als vollständiger Mann durch die Welt zu gehen, er las zunächst noch den Brief zu Ende vor und blieb so lange bei dem Sepoy sitzen, eine Hand auf seine Schulter gelegt, bis sich das Schluchzen des Mannes beruhigt hatte, ehe er aufstand und zu der Schwester hinüberging, die ihn unter einem Baum erwartete.

– Sie kümmern sich sehr nett um die Männer, Lance-Naik. Ich glaube, Sie verbringen den halben Tag damit, Briefe für andere zu schreiben oder ihnen vorzulesen.

– Es hilft, den Tag zu überstehen, bis es Abend ist.

– Ja. Nun, ich wollte Ihnen nur Lebwohl sagen und viel Glück wünschen.

– Werde ich entlassen?

– Nein, nicht Sie.

Sie sah sich um und richtete das Wort an den Engländer in Zivilkleidung, der sich unbemerkt genähert hatte.

– Nehmen Sie das in Ihren Bericht auf. Melden Sie denen, dass eine sechsundfünfzigjährige Witwe dabei beobachtet wurde, wie sie einem jungen Pathanen Zeichen der Gunst gewährte. Möge das Empire darüber in seinen Grundfesten erzittern.

Damit wandte sie sich wieder Qayyum zu und drückte ihm ihr Taschentuch in die Hand.

– Wenn Sie Ihr neues Auge haben, brauchen Sie vielleicht etwas, in das Sie es über Nacht einwickeln können.

Er verstand nicht sofort. Nicht an jenem Tag oder am Tag darauf, nicht einmal, als er verwundert feststellte, dass keine einzige Krankenschwester mehr da war. Später in der Woche jedoch, bei einem Ausflug ans Meer, traf er an dem Kiesstrand auf zwei andere Unteroffiziere, von der Lahore Division – ein Sikh und ein Radschpute –, die ihm berichteten, dass auch bei ihnen im York Place Hospital alle Frauen abgezogen worden waren.

– Haben die Engländer auf einmal entschieden, dass Frauen keine verwundeten Männer sehen sollten?, fragte Qayyum.

Der Sikh gab nur ein Knurren von sich, hob mit der ihm noch verbliebenen Hand, der linken, einen Kieselstein auf und konzentrierte sich ganz darauf, den Wurf vorzubereiten, während sein rechter Ärmel lose im Wind flatterte. Es war sehr früh am Morgen, die Sonne war eben erst aufgegangen; die Tageszeit, zu der sich entstellte, verstümmelte Männer in die noch menschenleere Welt hinauswagten.

Der Radschpute aber mit dem dick bandagierten Gesicht und der heiser krächzenden Stimme, die darauf schließen ließ, dass er auf dem Schlachtfeld Gas geschluckt hatte, schnaubte abfällig.

– Man hat sie nicht aus allen Lazaretten abgezogen. Nur aus denen mit indischen Patienten.

– Wieso?

– Was glaubst du, wieso? Und warum sind wohl die Engländerinnen, die dich im Lazarett besuchen kommen und dir beteuern, wie tief das Empire in deiner Schuld steht, niemals jung und niemals außer Sichtweite eines Engländers?

Der Sikh schleuderte den Kieselstein mit aller Kraft davon, wobei sein ganzer Körper eine schlenkernde Drehung vollführte. Qayyum hielt sich schützend die Hand vors Auge und trat eilig beiseite. Hätte der Radschpute ihn nicht aufgefangen, wäre der Sikh wohl zu Boden gestürzt. Der Kiesel landete mit einem scharfen, trockenen Klicken auf einem anderen Stein, ehe das Meer heranflutete und ihn überspülte. Der Sikh stieß den Radschputen wütend von sich und taumelte kurz, ehe er sich wieder gefangen und festen Stand gefunden hatte. Als er sprach, war sein Gesicht zu einer zornigen Grimasse verzerrt.

– Ja, ihre Sorgen sind nicht unbegründet. Ich werde jede einzelne Engländerin ausfindig machen, deren Mann im Krieg ist, und ihren Durst nach einem Mann stillen.

– Pass lieber auf, was du sagst. Ihr Sikhs müsst jetzt doppelt so loyal sein wie wir anderen.

Der Radschpute meinte es offenbar gut mit seinem Kameraden, handelte sich mit seinen Worten aber bloß einen Wust von Beschimpfungen ein. In Lahore fand gerade ein Prozess wegen Hochverrats gegen etwa dreihundert Männer statt, die meisten von ihnen Sikhs, denen zur Last gelegt wurde, sich verschworen zu haben, um mit deutscher Unterstützung einen Aufstand in der British Indian Army anzuzetteln. Die Oberschwester hatte zu Qayyum gesagt, Sollte dieses verruchte Komplott dazu missbraucht werden, die Soldaten hier im Lazarett auch nur dem Schatten eines Verdachts auszusetzen, reise ich selbst nach Lahore und knüpfe diese Verschwörer eigenhändig auf. Unwillkürlich hatte er sich ausgemalt, die alte Dame vor Dankbarkeit zu umarmen. Die Verschwörung selbst, die von vornherein kaum Aussicht auf Erfolg gehabt hatte, fand Qayyum dabei weniger beunruhigend als die Tatsache, dass einige der Sepoys im Pavilion bereits begonnen hatten, den Namen »Kirpal Singh« in abfälliger Weise zu gebrauchen, um damit einen Spitzel zu bezeichnen, einen Verräter, einen, dem nicht zu trauen war. Kirpal Singh war der Mann, der den Engländern von dem Komplott berichtet und so dafür gesorgt hatte, dass seine Glaubensgenossen nicht nur hinter Gitter landeten, sondern demnächst auch – das war unvermeidlich – vor dem Erschießungskommando.

Einer der indischen Ärzte aus dem Pavilion, der immer den Nachtdienst absolvierte, kam ihnen am Strand entgegen. Qayyum rief und winkte ihn herüber und sprach ihn auf die Krankenschwestern an. Der Arzt breitete die Hände aus, um die mitunter rätselhaften Ratschlüsse der Engländer anzudeuten, und erklärte, dass die Schwestern abgezogen worden waren, nachdem ein Zeitungsfoto in offiziellen Kreisen für große Empörung gesorgt hatte. Auf dem Foto war eine Krankenschwester zu sehen, die am Bett Khudedad Khans stand, des ersten Inders, dem das Victoria Cross verliehen worden war.

Weder der Radschpute noch Qayyum wussten so recht, was sie dazu sagen sollten. Mit dem Arzt zusammen standen sie da und beobachteten schweigend den Sikh, der sich seinen leeren Ärmel straff zwischen die Zähne geklemmt hatte und den Stoff direkt unterhalb seines Armstumpfes verbissen mit einem scharfkantigen Stein bearbeitete, in dem Bestreben anscheinend, den Ärmel abzutrennen. Das Wort »Unehre« kam Qayyum in den Sinn und wollte sich nicht mehr verscheuchen lassen.

Qayyum, ich bin hier, in Brighton. Im Kitchener Hospital. Keine Sorge, es sind nur Schusswunden an Körperstellen, wo das Fleisch wieder heilt, und man wird mich bald zurück nach Frankreich schicken. Aber jetzt bin ich erst mal hier, in Brighton. Ich bete zu Allah, dass Du noch nicht nach Peschawar abgereist bist.

Kalam Khan, Sepoy

Er spazierte im hellen Sonnenschein durch die Straßen von Brighton. Bisher hatte er den Pavilion immer nur frühmorgens verlassen, um den kurzen Weg zum Strand zurückzulegen. Jetzt lockte er eine ganze Schar neugieriger Kinder an, die ihm nachliefen und »It's A Long Way To Tipperary« pfiffen, bis er sich umdrehte und mit unbewegter Miene so tat, als würde er eine imaginäre Flöte spielen. Eine der Schwestern hatte ihm mal erklärt, dass dies eine gute Methode war, Kinder in die Flucht zu schlagen, und es funktionierte tatsächlich, die Kinder rannten kreischend davon, obwohl ihm nicht klar war, warum. Auf der Queen's Park Road hielt ein Automobil neben ihm an, und der Fahrer bot an, ihn zum Hospital zu fahren, aber es gefiel ihm, sich die vornehmen Häuser anzusehen, die die stille Straße säumten, und außerdem wollte er in Ruhe die Vorfreude auskosten, während er unterwegs zu Kalam war, deshalb lehnte er dankend ab und setzte seinen Weg zu Fuß fort. Ein Stück weiter die Straße hinunter lüftete ein Engländer mit einem gewaltigen Backenbart vor Qayyum grüßend seinen Hut, und seine Gattin murmelte, Vielen Dank. Mit frischem Schwung setzte er seinen Weg fort, hocherhobenen Hauptes, von der Sonne beschienen, die ihn verschwenderisch mit Wärme überschüttete. Er war noch immer Qayyum Gul, trotz allem.

Das Kitchener Hospital war ein riesiges Gebäude, vierstöckig und mit einem Uhrenturm, vor dem Qayyum kurz stehenblieb, um seine Armbanduhr aufzuziehen und den Minutenzeiger ein wenig vorzustellen, damit sie die Zeit wieder korrekt anzeigte. Einer der Ärzte auf dem Hospitalschiff nach Brighton hatte sie ihm ums Handgelenk gebunden, ohne ein Wort der Erklärung. Er würde die Uhr

Kalam schenken, beschloss er, während er langsam auf das Tor zuging und blinzelnd zu den offenen Fenstern emporspähte, um zu sehen, ob dort nicht vielleicht eine vertraute Gestalt herauslehnte, die ihn schon erwartete. Derart auf die oberen Stockwerke konzentriert, bemerkte er den Mann in dem Schilderhaus gar nicht und wäre vermutlich einfach durch das offene Tor spaziert, wenn der Mann – ein Militärpolizist – ihn nicht aufgefordert hätte, stehenzubleiben, um ihn sodann zu fragen, was sein Begehr sei.

– Lance-Naik Qayyum Gul. Ich bin hier, um Sepoy Kalam Khan zu besuchen.

– Besuch ist hier nicht gestattet.

– Um wie viel Uhr soll ich wiederkommen?

– Besuch ist hier nicht gestattet.

– Weil heute Sonntag ist?

– Nein, weil Besuch hier nicht gestattet ist. Egal an welchem Tag, egal um welche Uhrzeit.

– Mein Freund ist da drinnen. Wir waren zusammen in Ypern. Mit den 40th Pathans.

– Besuch. Ist. Hier. Nicht. Gestattet.

– Ich bin ein Lance-Naik, ein Unteroffizier. Bei den 40th Pathans.

– Das wird mich nicht daran hindern, Sie festzunehmen, wenn Sie jetzt nicht weitergehen.

Ein Automobil, in dem drei Inder und ein Engländer saßen, kam durch das offene Tor gefahren und hielt neben dem Schilderhaus an. Was ist los?, fragte der englische Offizier auf Urdu. Qayyum atmete im Stillen auf, salutierte und sagte, da läge ein Missverständnis vor, sein Englisch sei nicht besonders gut, ob der Offizier dem Militärpolizisten wohl bitte erklären könne, dass er hier sei, um einen der Sepoys zu besuchen, der seinem, Qayyums, Befehl unterstand.

– Tut mir leid, Lance-Naik, Besuch ist nicht gestattet. Das sind die Vorschriften hier im Krankenhaus.

– Können Sie in Erfahrung bringen, ob er herauskommen kann? Ich weiß nicht, wie schwer er verwundet ist, aber vielleicht kann er ja gehen oder einen Rollstuhl benutzen.

– Kein indischer Soldat, mit Ausnahme der Unteroffiziere, darf allein das Krankenhausgelände verlassen. Nur in der Gruppe und unter Aufsicht.

– Sir?

– Schauen Sie, Lance-Naik, ich habe die Vorschriften nicht gemacht.

– Aber wie kann ich ihn sehen?

– Gar nicht, fürchte ich.

– Aber wir waren zusammen in Ypern. Sir? Wir haben in Ypern gekämpft. Er hat an der Schlacht um Aubers teilgenommen. Er stand unter meinem Befehl. Bei den 40th Pathans.

– Ich verstehe, was Sie mir sagen wollen. Tut mir wirklich sehr leid, ich kann da nichts machen, nicht mal für Männer, die in Ypern dabei waren.

Qayyum suchte verzweifelt Blickkontakt zu den drei indischen Unteroffizieren in dem Wagen, von denen sich zwei demonstrativ abgewandt hatten. Der dritte, der seinen Abzeichen nach den Rang eines Naik bekleidete, streckte die Hand aus dem Fenster und berührte ihn am Arm. Sagen Sie mir seinen Namen, sagte der Naik. Dann sorge ich dafür, dass er erfährt, dass Sie hier waren.

Qayyum legte den Kopf in den Nacken, wölbte beide Hände um seinen Mund und rief aus Leibeskräften durch das Tor zum Krankenhaus hinüber:

– Kalam Khan!

Im nächsten Augenblick wurde seine Stimme auch schon durch eine Hand erstickt, die sich ihm um den Hals legte. Der Militärpolizist kam mit seinem Gesicht dicht an Qayyum heran, so dicht, dass er den Augapfel des Mannes in allen Einzelheiten vor sich sah, die gelbliche Färbung, die feinen Blutgefäße. Was fiel ihm ein, diesem jungen, gesunden Engländer, der vor einem Krankenhaus Wache stand, dass er sich anmaßte, einen Soldaten von seinem Kameraden fernhalten zu wollen?

– Sie sind niemand, hörte Qayyum sich selbst zu dem Engländer sagen.

– Wie war das, was haben Sie da gesagt?

Die Hand des Militärpolizisten schloss sich fester um Qayyums Kehle, und Qayyum wusste, dass er es tun könnte – er könnte einen Engländer schlagen, jetzt und hier. Doch ehe es dazu kommen konnte, sprang der Naik, der mit ihm gesprochen hatte, aus dem Wagen und stellte sich zwischen Qayyum und den Militärpolizisten, wobei er Qayyum eine Hand an die Brust legte.

– Er gehorcht nur den Vorschriften, Lance-Naik. Sie müssen jetzt gehen.

Die Wellen rauschten wieder über die Kiesel am Strand – nein, es war das Tor, das gerade geschlossen wurde und über den mit Kies bestreuten Boden scharrte. Der Militärpolizist schob den Verschlussbolzen zu und baute sich mit vor der Brust verschränkten Armen vor dem Tor auf.

– Vorschriften? Gibt es Vorschriften, die einem verbieten, den Namen eines Freundes zu sagen?

Wieder rief er nach oben, so laut er nur konnte:

– Kalam! Ich bin's, Qayyum. Kalam!

Der Naik legte einen Finger direkt unter Qayyums noch unversehrtes Auge, fuhr mit der Fingerkuppe sanft über die Haut dort. Qayyum verstummte sofort.

– Braver Mann. Machen Sie jetzt hier keinen Ärger.

Er neigte sich zu ihm vor und fuhr im Flüsterton fort: Auch ich darf nur unter Aufsicht raus. Wir sind hier Gefangene. Sie machen es für Ihren Freund nur noch schlimmer.

Der letzte Satz ließ ihm keine andere Wahl, als sich geschlagen zu geben und den Rückzug anzutreten. Bei seiner Rückkehr zum Pavilion sah er gewisse Einzelheiten mit ganz neuen Augen – den Stacheldraht rings um die Mauern, die Wachtposten am Tor, die mit Brettern verrammelten Lücken in der Hecke. Kurz kam es ihm so vor, als befände er sich in einem deutschen Kriegsgefangenenlager, in dem die Männer und Frauen zum Schein Englisch sprachen – ein raffinierter Plan, um die indischen Soldaten gegen ihren König und Kaiser aufzuwiegeln.

Aber nein, dies hier war England, und Kalam Khan war in ein Krankenhaus eingesperrt und wartete darauf, dass Qayyum zu ihm kam, ganz so, wie er bei Mondschein über ein Feld voll toter Männer und deutscher MG-Schützen zu Qayyum gekommen war. Morgen würde Qayyum eine Möglichkeit finden, ihn zu besuchen, und wenn er dazu eine Bittschrift an den König und Kaiser persönlich richten musste.

Am Morgen darauf erhielt er einen kurzen Brief von dem Naik im Kitchener Hospital, in dem dieser ihm mitteilte, dass Kalams Genesung gute Fortschritte machte und er in der Zwischenzeit nach Barton-on-Sea verlegt worden war. Und am Nachmittag traf Qayyums Auge aus der Werkstatt des Glasmachers ein, und der Arzt sagte, nun könne er nach Indien heimkehren.

An seinem letzten Tag in Brighton stand Qayyum lange Zeit bei der Tür, die in Krankensaal 3 führte. Die Wände dort waren mit schlanken Bäumen bemalt. Ein Vogel in einem Käfig und ein Vogel in Freiheit sahen einander an, ohne sich von den schwarz-weiß gemusterten Schmetterlingen stören zu lassen, die zwischen ihnen umherflatterten. Der eingesperrte Vogel hatte dieselbe Farbe wie die Tür seines Käfigs, ein mattes Orangegelb; der freie Vogel war ebenso braun wie der Ast, auf dem er saß, während seine Flügelspitzen dasselbe Grün und Rot aufwiesen wie die Blätter und Blumen rings um ihn herum. Qayyum trat einen Schritt zurück – die Vögel, die Blumen, die Schmetterlinge und der Baum selbst waren in einen goldenen Rahmen eingefasst, der wiederum die Form eines Käfigs hatte.

Erst auf dem Hospitalschiff, das ihn zurück nach Indien bringen würde, wurde Qayyum mit Verspätung klar, warum er auf die Briefe, die er nach Barton-on-Sea geschickt hatte, keine Antwort erhalten hatte – weil der Naik ihn in seinem Schreiben schlicht belogen hatte. Er hastete aufs Deck hinaus, bereit, in die kalten Fluten des Atlantiks zu springen, doch es war zu spät, Britannien war nur noch ein winziger Fleck am Horizont – so eine kleine, kleine Insel.

STADT DER MÄNNER, STADT DER BLUMEN

Juli 1915

Da endlich, der Fluss aus zwei Flüssen.

Viv musste heftig blinzeln, so gleißend hell wurde es mit einem Mal, als der Zug aus dem befestigten Zugang der Brücke rollte; durch ihre zusammengekniffenen Augen nahm sie den Fluss, die Hügel, das Fort nur als dunklen, unbestimmten Abdruck wahr. Eines vermochte dieses Negativbild leider nicht zu offenbaren, nämlich, dass hier zwei Flüsse parallel zueinander in einem Gewässer dahinströmten – der eine, der seinen Ursprung hoch oben in den Gipfeln des Himalayas hatte, blau von geschmolzenem Schnee, der andere, von Kabul her heranwirbelnd, schlammig braun. Seite an Seite dahinfließend, bis sie unterhalb des Forts von Campbellpur aufeinandertrafen und sich zu einem einzigen Strom vereinten.

Genau hierher war Skylax zweieinhalbtausend Jahre zuvor gekommen, auf dem schlammigen Arm des Kophen heransegelnd, und hechtete mit einem Sprung – drängte sich diese Vorstellung nicht geradezu auf? – mitten hinein in das juwelenfunkelnde Blau.

Während der Zug in das Tal von Peschawar einfuhr, nahm Viv eilig ihr kalbsledergebundenes Notizbuch, schlug es auf und drückte es ans Fensterglas, um ihre Eindrücke rasch zeichnerisch festzuhalten, ehe ihr Gedächtnis anfangen konnte, ihr Streiche zu spielen. War das Licht von den zwei Flüssen in einem irgendwie anders reflektiert worden? Hatte sie tatsächlich einen Delphin wiederholt aus dem Wasser schnellen und wieder eintauchen sehen, längs der Grenze zwischen den Gewässern, wie eine Nadel gleichsam, die sie zusammennähte? All das musste sie so genau wie möglich mit dem Zeichenstift festhalten, Tahsin Bey zuliebe.

Nachdem sie den von Norden nach Süden verlaufenden blauen Fluss mit *Indus* und den schlammig braunen, von Westen nach Osten verlaufenden mit *Kabul/Kophen* beschriftet hatte, schlug sie in ihrem Notizbuch die Seite mit den Zeilen auf, die sie sich aus Arrians *Anabasis Alexandri* notiert hatte: *Der Indus, groß gleich aus seinen Quellen hervorströmend, nimmt noch fünfzehn andere Flüsse auf, alle größer als die kleinasiatischen, und behält seinen Namen bei, bis er ins Meer fällt.* Arrian hatte als Bürger des Römischen Reiches über das Reich Alexanders geschrieben, und seine Formulierung, *behält seinen Namen bei*, fand bis heute einen Widerhall im britischen Empire, das seinem Herrschaftsgebiet mit Vorliebe eigene Namen überstülpte. Denn was war es anderes, wenn die Briten die Namen von Erbauern des Empire an indische Nachsilben pappten, woraus dann Ortsnamen wie Campbellpur, Abbottabad und Forbesganje resultierten? Ihr allerdings ging es nicht darum, alten Orten neue Namen überzustülpen. Im Gegenteil, sie wollte die heutigen Namen herunterschälen, zurück und immer weiter zurück, um den Kophen unter dem Kabul zutage zu fördern, das Peukelaotis unter Charsadda, das Kaspatyros – vor allem das Kaspatyros – unter Peschawar.

– Kaspatyros!

Die Silben explodierten förmlich in der Stille des Zweite-Klasse-Abteils, und Qayyum Gul hob reflexhaft die Hand, um sein linkes Auge zu schützen. Irgendwie hatte sich sein Erschrecken wohl auch akustisch manifestiert, denn die Engländerin, die die seltsame Lautfolge ausgestoßen hatte – war es ein Name, ein Niesen, eine fremde Sprache? –, sah sich zu ihm um, ohne ihn direkt anzusehen, ehe sie sich wieder zum Fenster umwandte.

Er hatte keine Ahnung, warum sie hier war; etwa eine Stunde zuvor, Qayyum lag gerade behaglich ausgestreckt auf der Sitzbank und döste vor sich hin, war sie auf einmal im Abteil aufgetaucht und hatte sich mit den Worten: Hier ist doch noch frei, oder?, mitsamt ihrer großen Tasche auf der Sitzbank gegenüber niedergelassen. Er hatte sich hastig aufgerichtet und zunächst die Abteiltür im Auge behalten, in der Erwartung, dass noch ein Ehemann hereinkommen würde, oder ein Vater vielleicht. Schon bald jedoch wurde klar, dass er sich das Zugabteil ganz allein mit einer jungen Engländerin teilte, deren Äußeres voller Widersprüche war: Die blauen Augen mit den langen Wimpern waren ganz und gar weiblich, ihr Haar aber war kurzgeschnitten wie bei einem Jungen; die sonnengebräunte Haut ließ vermuten, dass sie Feldarbeit verrichtete, ihrem Benehmen nach jedoch schien sie alles andere als arm zu sein. Der Rock, der nur bis zur Hälfte ihrer Waden reichte, hätte darauf schließen lassen können, dass sie die abgelegte Kleidung einer kleineren Frau auftrug, doch aus ihrem aufreizend selbstsicheren Auftreten zog er den Schluss, dass sie es bewusst darauf anlegte, Männern ihre Fußknöchel zu zeigen. Selbstverständlich hatte er das Abteil sofort verlassen und den Schaffner aufgesucht, der ihm allerdings beschied, der einzige noch verfügbare freie Platz befinde sich in dem Abteil mit den zwei englischen Damen, der Platz nämlich, auf dem die andere englische Dame eigentlich hätte sitzen sollen. Während Qayyum draußen im Korridor wartete, betrat der Schaffner das Abteil, um mit ihr zu sprechen, kam jedoch kurz darauf wieder heraus und schüttelte wortlos den Kopf. Da tauchte hinter ihm auch schon die Engländerin auf und sah Qayyum mit einem Lächeln an. Sie jagen mir ein ganz schlechtes Gewissen ein, wenn Sie hier draußen herumstehen; bitte, kommen Sie doch wieder herein, sagte sie. Als ob das so einfach wäre. Aber dann kehrte er doch ins Abteil zurück, auch in Erinnerung an den Zorn, den er in Brighton verspürt hatte; sollten sie ruhig protestieren, die körperlich unversehrten Engländer in den anderen Abteilen – er würde sich selbstbewusst vor ihnen aufbauen und sagen, Lance-Naik Qayyum Gul, 40th Pathans. Aber das Abteil befand sich am hinteren Ende des Zuges, und es war niemand vorbeigekommen, der hätte Ärger machen können.

Er sah zu der Engländerin hinüber, die ihm, seit er wieder an seinen Platz zurückgekehrt war, keinerlei Beachtung geschenkt hatte – ob aus Sittsamkeit oder Desinteresse, wusste er nicht. Was sah sie, was hoffte sie zu sehen, draußen vor dem Fenster, an dem sie der Hitze der Sonne voll ausgesetzt war, ohne sich um die roten Flecken an ihrem unbedeckten Hals zu kümmern? Qayyum rückte tiefer in den schattigen Teil der lederbezogenen Sitzbank, die dort, wo das Sonnenlicht hinfiel, inzwischen glühend heiß war, und war sich bewusst, dass sein Unbehagen der Engländerin wohl kaum verborgen blieb.

Ein Mann in einer gestärkten weißen Uniform kam ins Abteil, mit einem Hocker unter dem Arm und zwei tropfnassen Rollos in den Händen. Die Engländerin trat von dem Fenster zurück, mit den Worten *Jaldi, jaldi* – diese Vokabel lernte jeder Engländer und jede Engländerin in Indien mit als Erstes, um Einheimische zur Eile antreiben zu können –, und der Uniformierte stieg, sich unentwegt entschuldigend, auf den Hocker, um die inzwischen trockenen Rollos vom Fenster zu entfernen und durch die neuen, nassen Exemplare zu ersetzen. Sobald er das erste, mit Khus-Öl getränkte Rollo befestigt hatte, pustete der Ventilator dahinter einen kühlen, frisch duftenden Lufthauch durch das Abteil, und Qayyum atmete spontan auf. So ließ es sich wieder aushalten in der Welt.

Die Engländerin vollführte voller Ungeduld eine drehende Bewegung mit ihrem Finger, worauf der Uniformierte eilig eins der Rollos hochrollte und mit Kordel festband, sodass eine Fensterhälfte wieder zum Vorschein kam und einen freien Blick auf die hitzeflirrende Ebene gewährte. Sofort setzte die Engländerin ein Lächeln auf, dankte dem Uniformierten, als hätte er nicht etwa eine Anweisung ausgeführt, sondern ihr einen Gefallen erwiesen, und reichte ihm eine Münze – der Mann tippte sich dankend mit der Hand an die Stirn und verbeugte sich mehrmals tief, geradezu unterwürfig. In der Army sorgte die Hierarchie dafür, verlangte es geradezu, dass man Stolz empfand; wenn ein Sepoy vor seinem General salutierte, dann immer in aufrechter, kerzengerader Haltung.

Die Engländerin griff in ihre Tasche, nahm ein Brötchen heraus und brach es in zwei Hälften. Der Duft war wie ein Echo von einem anderen Kontinent. Das frisch gebackene Brot bei dem Zwischenhalt am Bahnhof in Marseille, unterwegs zur Front.

– Sind Sie Pathane?

Die Engländerin stand in dem freien Raum zwischen den Sitzbänken und hielt ihm die eine Brötchenhälfte entgegen. Ihre Hand war mit Sommersprossen gesprenkelt, wie die Schulter der jungen

Französin. Qayyum schüttelte den Kopf, sehr viel heftiger allerdings, als nötig gewesen wäre, um anzudeuten, dass er keinen Appetit hatte. Sie warf ihm einen Blick zu, ehe sie sich hinsetzte, einen Blick, der auszudrücken schien, Was fällt dir ein, ein freundliches Angebot so rüde auszuschlagen? Er hob eine Hand an sein Gesicht.

Das Flattern der Rollos, die Wassertropfen, die über das Fenster rannen und den Eindruck von Regen erzeugten – diese Geräusche wirkten auf einmal unnatürlich laut, wie verstärkt durch das Schweigen zwischen dem Mann und der Frau in dem Abteil, das ganz anders war als das Schweigen, das vor dem kleinen Vorfall geherrscht hatte. Qayyum räusperte sich und beugte sich etwas vor.

– Ja, ich bin Pathane.

Als Pathane empfand er sich erst seit seinem Eintritt in die Army. Sein Urgroßvater hatte das Stammesgebiet der Yusufzai schon Jahrzehnte vor Qayyums Geburt verlassen, und Qayyum war folglich ein Peschawari, ein Stadtbewohner, dessen erste Sprache nicht etwa Paschtu war, sondern Hindko. Diese Paschtunen!, sagte sein Großvater gern, in dem überlegenen, mitleidigen Tonfall eines Mannes, der glaubt, einem besseren Geschick bestimmt zu sein. In der Army aber wurde Qayyum gesagt, er sei ein Yusufzai, und in der Gesellschaft der anderen Yusufzai des Regiments, die ihn ihren Stammesbruder nannten und die Auffassung äußerten, dass Yusufzai-Blut auch durch die Luft von Peschawar nicht verwässert werden konnte, lernte er, sich als ebensolcher zu betrachten. Warum sollte man in der Army etwas anderes sein wollen als ein Pathane – das Wort selbst explodierte von den Lippen der englischen Offiziere wie eine Kanonenkugel, geradeheraus und treu.

– Fahren Sie nach Peschawar?

– Ja. Meine Heimatstadt.

– Haben Sie jemals von Skylax gehört?

– Ich kenne keine Engländer in Peschawar.

Sie lachte herzlich, und er fragte sich, ob dieser Skylax vielleicht Schotte war, wie Captain Dalmahoy. Er, Allah habe ihn selig, hatte Verständnis dafür gehabt, dass für die Inder alle Briten automatisch Engländer waren, und hätte einem Mann nie das Gefühl vermittelt, ein Tölpel zu sein, weil er einen englischen Namen nicht von einem schottischen zu unterscheiden wusste, obwohl er, Captain Dalmahoy, sehr wohl zwischen Dogra und Paschtune, zwischen Hindu und Moslem zu unterscheiden wusste.

– Entschuldigung, ich lache über mich selbst. Haben Sie in der Schule Englisch gelernt?

– Nein, in der Army.

Bisher hatte die Engländerin ihn betont neutral angesehen, sichtlich bemüht, so zu tun, als sei an Qayyums Gesicht nichts sonderlich bemerkenswert. Jetzt aber richtete sich ihr Blick direkt auf sein Augenlid, das immer geschlossen war.

– Mesopotamien oder Frankreich?

– Frankreich. Belgien.

– Ypern?

Er nickte knapp und brachte damit unmissverständlich die Bitte zum Ausdruck, das Thema nicht weiter zu vertiefen. Die Engländerin erhob sich, um die Rollos herunterzulassen, und eine Zeitlang blieb es still in dem Abteil, das nun wohltuend dämmrig und von kühlendem Wohlgeruch erfüllt war. Als sie schließlich wieder das Wort ergriff, klang ihre Stimme anders als zuvor.

– Es gab heftige Debatten in London, als bekannt wurde, dass eine indische Division in Frankreich eingesetzt würde. Aber die Armeeveteranen, die in Indien gedient hatten, haben sich dafür verbürgt, dass die Loyalität der indischen Soldaten der Krone gegenüber völlig außer Zweifel stand.

Außer Zweifel. Diesen Ausdruck kannte Qayyum bisher noch nicht. Außer Zweifel. Falls Zweifel die alliierte Linie war, befand sich die Loyalität der indischen Soldaten irgendwo außerhalb davon, rannte ohne jede Deckung quer über das Feld und die Anhöhe hinauf, hinter der die deutschen MG-Schützen auf der Lauer lagen.

Er stand unvermittelt auf und ging auf den Korridor hinaus.

Das Licht, das durch die offene Abteiltür hereinfiel, war unerträglich hell. Viv spähte durch die Tür, hinüber zu den Fenstern auf der anderen Seite des Waggons. Draußen zog eine karge Ebene vorüber, übersät mit Schiefergeröll und Felsen von derselben rötlichen Färbung wie die Hügel in der Ferne. Als ob jugendliche Riesen sie aus den Hängen dort geklaubt und in die Ebene hinausgeschleudert hätten, um ihre Kräfte zu messen. Ein Wettstreit, der über viele Jahrhunderte ausgetragen wurde. Wie hatte sich die Landschaft so dramatisch verändern können? Doch als sie eine Ecke des Rollos anhob, war die Aussicht nach Norden noch dieselbe wie zuvor – der dahinströmende Kophen und fruchtbarer Boden; Zuckerrohrfelder und Obstplantagen; jenseits davon die terrassierten Gipfel von Hügeln, auf denen hie und da die Kuppeln antiker Stupas zu sehen waren.

Endlich genoss sie die Einsamkeit, nach der sie sich gesehnt hatte, seit sie London als Begleiterin eines ältlichen Fräuleins verlassen hatte, das eine Reise nach Karatschi unternahm. Es war die Idee ihrer Mutter gewesen, eine solche Dame zu finden, die eine Reisebegleiterin suchte – so erhielt Vivs Reise nach außen hin einen Anstrich von Schicklichkeit, zumindest bis Karatschi, wo sie und die alte Miss Adamson sich, beide ohne übermäßiges Bedauern, adieu gesagt hatten und Viv in den Zug gestiegen war. Jetzt empfand sie es als ungeheuren Luxus, das Tal von Peschawar ungestört auf sich wirken lassen zu können, während sie sich ausmalte, dass Tahsin Bey neben ihr saß und ebenso wie sie jede neue Sehenswürdigkeit mit einem Ausruf des Entzückens kommentierte. Es war nicht nur Miss Adamson gewesen, die sie hatte loswerden müssen, um endlich ihre Ruhe zu haben, sondern auch die Frau aus Norfolk mit ihrer Tochter in dem Abteil am anderen Ende des Waggons. Als sie das Abteil betrat, hatte die Frau sie einmal kurz gemustert – ihren V-Ausschnitt, der knapp drei Zentimeter Haut unterhalb von ihrem Hals freiließ, den kurzen Rock, die fleischfarbenen Strümpfe und vor allem den gewagten Bubikopf, den Viv sich auf der Seereise vom Schiffsfriseur hatte schneiden lassen –, und sofort war die Atmosphäre im Abteil durch allerlei bösartige Rückschlüsse vergiftet worden. In beide Richtungen, wie Viv sich eingestehen musste. Wobei sie zumindest die Höflichkeit besaß, das rüschenübersäte Geschöpf im bauschigen Reifrock, das ihr gegenübersaß, schweigend zu verabscheuen. Die andere Frau aber entschied sich, ihrer Tochter, einem gelangweilten Kind von höchstens zehn Jahren, einen Vortrag darüber zu halten, wie wichtig es für eine Frau war, sich sittsam und anständig zu kleiden, um die zivilisatorischen Ansprüche zu erfüllen, die es im Empire aufrechtzuerhalten galt. Viv hielt es irgendwann nicht mehr aus, ergriff die Flucht und rettete sich in ein Abteil am hinteren Ende des Zuges, das sie auf den ersten Blick zunächst für unbesetzt gehalten hatte. Erst als sie hineintrat, bemerkte sie den Mann, der, den Kopf auf seine verschränkten Arme gebettet, auf der einen Sitzbank lag und schlummerte. Himmel, was für ein schöner Mensch, das war ihr spontaner erster Gedanke bei seinem Anblick. Wie eine zum Leben erwachte Statue des Herakles, groß und breitschultrig, mit wellig gelocktem Haar und markanten Gesichtszügen, die wie gemeißelt wirkten. Er hatte mehr Ähnlichkeit mit einem griechischen Helden der Antike als jeder moderne Grieche, den sie je gesehen hatte. Aber dann wachte der Mann auf, wandte ihr den Kopf zu, und – möge Gott ihr verzeihen – eine Art kalter Freude hatte ihr Herz durchrieselt: Dies war der Monophthalmos, der einäugige Bewohner Indiens, von dem Skylax in seinen Aufzeichnungen berichtet hatte.

Obwohl sie ja eigentlich hatte allein sein wollen, war in ihr der Wunsch aufgekeimt, den Pathanen anzusprechen, als sie sah, wie er die Hand an sein augenloses Auge hob und mit den Fingerspitzen über das vernarbte Gewebe dort fuhr, ganz leicht nur, als sei es ihm unerträglich, seine eigene Haut zu berühren. Sie hatte genug Männer gepflegt, die ein Auge verloren hatten, um zu verstehen, warum sein anderes Auge so wund und rot entzündet wirkte – dieser große, kräftige Mann, der jetzt in beständiger Furcht vor jedem Stäubchen, jedem noch so winzigen Sandkorn lebte, in der Sorge, es könnte ihm das noch verbliebene Augenlicht rauben.

Wofür genau sind Sie in den Krieg gezogen? – das war die Frage, die sie dem Mann, der vor Ypern sein Auge verloren hatte, am liebsten gestellt hätte. Aus Loyalität dem Empire gegenüber oder doch aus banaleren Beweggründen – um in einem Zugabteil Zweiter Klasse reisen zu können, der Aussicht auf eine Pension wegen, in der Hoffnung, irgendwann zum Offizier befördert zu werden? Sie beugte sich zur offenen Tür vor und betrachtete den Mann verstohlen, während sie darüber nachsann, was sie zu ihm sagen könnte. Der einzige Satz, der ihr spontan einfiel, lautete: Haben Sie es schon mal mit einem Glasauge probiert? Aber damit würde sie dem Mann auf taktlose Weise zu verstehen geben, dass sein geschlossenes Augenlid sie förmlich dazu zwang, sich die leere Höhle dahinter vorzustellen. Sie fröstelte bei der unschönen Erinnerung an zu vieles, was sie zu vergessen bemüht war, und wandte ihre Aufmerksamkeit wieder dem Fenster zu.

Die Landschaft nahm immer vertrautere Züge an, während sie sich Peschawar näherten, die Welt da draußen schien nur noch aus Obstbäumen zu bestehen. Unvermutet empfand Qayyum eine Großzügigkeit, oder nein, fast schon so etwas wie die Verpflichtung eines Gastgebers, der Engländerin gegenüber, die jede noch so verfallene alte Ruine skizziert hatte, an der der Zug vorbeigefahren war.

– Peschawar. Wollen Sie es sehen?

Die Engländerin kam in den Korridor hinaus.

– Bala Hissar.

Qayyum zeigte auf die erhöht gelegene Festung, die ihren Schatten auf die Ummauerte Stadt warf. Mit einem einzelnen Auge betrachtet, schienen die Sehenswürdigkeiten viel näher beieinanderzuliegen. Peschawar wirkte in seiner Wahrnehmung gleichsam zusammengezogen, so eng, als wäre jeder Raum zum Atmen herausgepresst.

– Die Stadtmauern. Das Gor Khatri. Die Mahabat-Khan-Moschee.

Seine Fingerspitze tippte gegen das Fenster, während er auf die verschiedenen Bauwerke zeigte, und hinterließ kleine Punkte auf dem Glas. Eine Konstellation von Sternen in einem Himmel aus Staub.

– Und Shah-ji-ki-dheri, die Ausgrabungsstätte. Wo die Archäologen in der Erde graben. Wissen Sie auch, wo die ist?

– Nein. Warum graben die Engländer in der Erde nach alten,

kaputten Sachen?

– Wir fördern gern die Geschichte ans Tageslicht.

– Warum?

– Keine Ahnung.

Früher mal hatte er sie für ein Zeichen von Bescheidenheit gehalten, diese Bereitwilligkeit der Engländer, ihr Nichtwissen einzugestehen. Mittlerweile aber war er zu der Überzeugung gelangt, dass es sich eher um das genaue Gegenteil handelte – Engländer zu sein, das hieß, sich durch die Welt zu bewegen, ohne das Bedürfnis zu haben, andere zu beeindrucken oder zu überzeugen. War das so, weil sie ein Weltreich hatten, oder hatten sie ein Weltreich, weil das so war? Ein Schatten huschte über das Fenster und verwandelte es in einen Spiegel. Qayyum wandte sich ab und kehrte ins Abteil zurück, wobei er die Schiebetür mit einem heftigen Schlag zur Seite beförderte. Er wusste nicht recht, woran es lag, dass er so wütend war. Es gab zu viel Zeit und Raum in diesen Tagen ohne festen, vorgeschriebenen Ablauf, ohne die Gesellschaft von Männern, die um dieselbe Zeit wie er aufstanden, schlafen gingen und ihre Mahlzeiten einnahmen, deren Leben auch sein Leben war. Selbst in Brighton hatte er das noch gehabt. Jetzt aber gab es vor der Einsicht kein Entrinnen mehr – er war ein Paschtune, der seine Stammesgenossen zurückgelassen hatte, in einer Gaswolke, in einem Schützengraben, im Visier von tausend Maschinengewehren.

Er bekam gar nicht mit, dass der Zug angehalten hatte, war sich gar nicht bewusst, dass er vornübergebeugt dasaß und den Kopf in beide Hände gestützt hatte, bis er das schrappende Geräusch des Feuersteins hörte. Die Engländerin saß ihm gegenüber und hatte ein langes dünnes Röhrchen im Mund, in dessen Ende eine Zigarette steckte. Sie hielt Qayyum ein geöffnetes Etui aus Silber entgegen; die Zigaretten darin waren dünner als alle, die er je gesehen hatte.

– Türkisch. Das sind türkische Zigaretten.

Er nahm sich eine Zigarette, dankbar für jeden Aufschub, der ihm ermöglichte, noch ein paar Minuten hier sitzen zu bleiben und sich der Außenwelt noch nicht stellen zu müssen.

– Wie alt sind Sie?, fragte sie. Neunzehn? Zwanzig?

– Einundzwanzig.

– Wenn ich Ihnen mit der Weisheit meiner dreiundzwanzig Jahre etwas sagen dürfte? Die Dinge können sich sehr rasch ändern; das hier ist erst der Anfang.

Anscheinend erkannte sie gleich darauf selbst, wie unsinnig diese Worte waren. Als sie weiterredete, klang ihre Stimme sehr viel nüchterner.

– Immerhin sind Sie jetzt wieder zu Hause.

– Kaiser Babur hat gesagt, wenn ein Blinder durch Indien wandert, kann er am Duft der Blumen erkennen, dass er in Peschawar angekommen ist.

Schweigend rauchten sie ihre Zigaretten. Als er aufstand, um zu gehen, erhob sie sich ebenfalls und streckte ihm ihre Hand entgegen, an der sie keinen Handschuh trug. Er nahm ihre Hand und schüttelte sie, wobei er im Stillen hoffte, dass ihm sein Unbehagen bei diesem Hautkontakt nicht anzusehen war, der ungleich persönlicher war als die liebevolle Fürsorge der Krankenschwestern im Lazarett. Eigentlich hätte er ihr gern seinen Namen gesagt, aber womöglich fasste sie das falsch auf. Als würde er daran die Erwartung knüpfen, dass diese Sympathie zwischen ihnen fortbestand, nachdem sie aus dem Zug ausgestiegen waren. Also hievte er sich seinen Rucksack auf die Schultern und verließ wortlos das Abteil.

Juli – August 1915

Viv stieg aus dem Zug, hinaus in die schwüle Hitze des Nachmittags. In der Zeit, die es gedauert hatte, die Zigarette zu rauchen, hatten alle übrigen Fahrgäste den Bahnsteig verlassen, und jetzt entfernte sich auch der Pathane, es war also niemand mehr in der Nähe, der hätte sehen können, wie sie sich mit weit ausgebreiteten Armen einmal auf den Absätzen herumdrehte, um die Welt zu umarmen, ganz so, wie Tahsin Bey es zu tun pflegte, wenn er von Schönheit umgeben war. Die Berge, oh, überall diese Berge! Dunkelgrüne, beinahe schwarze Berge; blaue Berge; rosafarbene Berge; und, weit hinten in der Ferne, Berge mit schneebedeckten Gipfeln. Zweieinhalbtausend Jahre zuvor war Skylax durch diese Berge gekommen und hatte vor sich das Tal von Peschawar erblickt – genau den Streifen Land, auf dem sie jetzt stand. Unser eigen, murmelte sie unwillkürlich vor sich hin.

Während sie sich um die eigene Achse drehte, hatte sie aus dem Augenwinkel eine Bewegung gesehen, die sich nun als pathanischer Junge entpuppte. Er hatte ebenso lockiges Haar wie ihr einäugiger Reisegefährte und die frühen, griechisch beeinflussten Buddha-Skulpturen von Gandhara, dazu mandelförmige Augen, denen die Verwunderung über die Engländerin, die sich hier so selbstvergessen im Kreise drehte, deutlich anzusehen war. Viv kramte eine Münze aus ihrer Jackentasche und warf sie dem Jungen zu, der sie geschickt aus der Luft auffing.

– Zum Dean's Hotel?

– Ist nicht weit von hier. Ich kann Sie hinbringen, Memsahib.

Aus dem Zug hatte sie bereits gesehen, dass die Eisenbahngleise Peschawar in zwei Hälften teilten, die Ummauerte Stadt säuberlich vom Cantonment trennten, dem Viertel, in dem die Briten lebten. Sie folgte dem Jungen, und aus dem Bahnhof gelangten sie unmittelbar ins Cantonment mit seinen breiten Straßen, baumbestandenen Chausseen und Kirchtürmen. Beinahe wie ein englisches Dorf, wären da nicht die imposanten Prachtbauten gewesen, die es hier ebenfalls gab. Sie deutete auf das große, etwas versetzt von der Straße errichtete rote Gebäude mit den vier Kuppeln oben auf dem Dach, die zugleich Indien und die Krone repräsentierten, und empfand es als eine Art von Triumph, als der Junge das Gebäude als Museum identifizierte.

– Warst du da schon mal drin?

– Nein. Das ist für die Engländer.

– Haben Inder in dem Museum keinen Zutritt?

– Doch, wir haben Zutritt. Aber –

Er hob die Hände in die Luft, mit nach oben gekehrten Handtellern, um zum Ausdruck zu bringen, wie unnütz das Museum in seinem Leben war.

– Welchem Stamm gehörst du an?

– Die Eltern meines Großvaters waren Yusufzai.

– Ich habe viel über euch gelesen. Eure Vorfahren haben gegen Alexander gekämpft, bei Peukelaotis.

– Peu…?

– Du weißt nicht, wer Alexander war, oder?

– Ein Engländer?

Sie schüttelte den Kopf. Wie konnte man jene heilen, die ihr Gedächtnis verloren hatten und keine Neugier empfanden? Der Junge überquerte die Straße, in dem gelassen schlendernden Tempo, wie es all jenen zu eigen ist, die in den warmen, sonnigen Breiten dieser Welt zu Hause sind, und Viv folgte ihm. Gemeinsam schritten sie eine lange, von sorgsam gepflegten Gärten gesäumte Auffahrt hinauf, die zu dem wohltuend schlichten Dean's Hotel führte, einem weiß getünchten, kasernenartigen Gebäude, das tröstliche Ruhe und große Gläser mit eisgekühlten Getränken verhieß. Es war ihr von einem Ehepaar namens Forbes aus Peschawar empfohlen worden, mit dem Mrs Spencer über ihren Cousin, den Bischof, in Kontakt getreten war, der nach über zwanzig Jahren in Indien kürzlich nach England zurückgekehrt war. Es würde ihnen eine Freude sein, Miss Spencer in Peschawar willkommen zu heißen und in die Gesellschaft dort einzuführen, hatten die Eheleute Forbes telegrafiert, wobei allerdings die meisten Leute den Sommer im kühleren Simla verbrachten. Bei der Ankündigung ihrer Mutter, für sie in Peschawar ein »konventionelles Arrangement« zu organisieren, war Viv ein wenig mulmig zumute geworden. Umso mehr atmete sie auf, als sich herausstellte, dass damit lediglich die wachsamen Augen eines älteren englischen Ehepaares gemeint waren, das von dem Bischof als vertrauenswürdig eingeschätzt wurde. Tatsächlich waren durch den Krieg inzwischen so viele Regeln außer Kraft gesetzt worden, dass kaum noch jemand zu wissen schien, welches Benehmen für Frauen als unschicklich galt.

Viv kehrte die Tasche ihrer leichten Leinenjacke auf links, zwängte ihre Finger durch das Loch im Innenfutter und brachte noch eine Münze zum Vorschein. Der Junge hielt die Münze in die Höhe, die sie ihm bereits gegeben hatte, und schüttelte streng den Kopf, als liefe Viv Gefahr, gegen eine Art Ehrenkodex zu verstoßen, indem sie ihm noch mehr Geld anbot.

– Weißt du zufällig, wie weit es nach Shah-ji-ki-Dheri ist?

– Ich kann Sie hinbringen. Gleich morgen, ganz früh?

Der Junge spähte blinzelnd zur Sonne, aber Viv hatte den leisen Verdacht, dass seine Antwort eigentlich bedeutete, dass er keine Ahnung hatte, wo Shah-ji-ki-Dheri war. Gleichwohl, ihr war etwas schwindelig, und sie hatte Kopfschmerzen vom grellen Licht der Sonne, dem sie sich am Zugfenster ausgesetzt hatte. Mit anderen Worten, heute würde sie auf keinen Fall mehr zu einer Ausgrabungsstätte hinausfahren. Ja, sagte sie also und winkte ihm zum Abschied zu, in der stillen Gewissheit, dass sie ihn wohl niemals wiedersehen würde.

Ihre Zimmer waren geräumig und erfreulich modern ausgestattet. Sie bewunderte gerade die elektrischen Deckenventilatoren, als sie lautes Klopfen am Schlafzimmerfenster hörte und auf einen Mann aufmerksam wurde, der draußen im Blumenbeet stand und etwas in die Höhe hielt, das aussah wie ein Armband aus roten Korallen.

Sie berührte ihr Handgelenk und dachte kurz an smaragdgrüne Seealgen, ehe sie das Fenster öffnete. Das Armband bestand aus einer Kordel, auf die edelsteinartige Korallenstückchen aufgefädelt waren. Der Mann – vermutlich der Gärtner, dem Korb und der Heckenschere unten neben seinen Füßen nach zu urteilen – schüttelte das Armband mit den Korallenstückchen und drückte seinen Daumen und Zeigefinger vorn an der Spitze zusammen, als wollte er einen kleinen Schnabel darstellen. Dann zeigte er zum anderen Zimmer, machte eine drehende Bewegung mit dem Finger und schüttelte traurig den Kopf.

Da sie nicht begriff, was er meinte, ließ sie sich von ihm in das andere Zimmer dirigieren. Dort aber verstand sie im Nu, was er ihr mitzuteilen versuchte: ein Vogel hatte oben im Deckenventilator sein Nest gebaut; von dort kamen die leise zirpenden Geräusche, die sie zunächst auf eine Grille zurückgeführt hatte. Sie durfte den Deckenventilator nicht anschalten, sonst käme es zum Gemetzel. Der Gärtner, der nun vor dem Fenster dieses zweiten Zimmers stand, überreichte ihr das Armband und legte in einer bittenden Gebärde die Hände zusammen.

Sie drückte mit dem Daumen auf eins der gesprenkelten Stückchen, das zu einem feinen Pulver zerbröselte. Der Gärtner sah aus, als würde er gleich in Tränen ausbrechen. Dies hier war eine behutsamere Welt, in der auch die großen Tragödien eines Militärkrankenhauses nicht das Mitgefühl abtöteten, das auch den kleinsten und schwächsten Lebewesen entgegenbracht wurde.

Keine Angst; ich komme lieber um vor Hitze, als ihnen etwas zuleide zu tun, versicherte sie mit Nachdruck. Und obwohl der Gärtner offenbar kein Englisch verstand, verstand er doch den Tonfall ihrer Stimme und berührte dankend seine Stirn mit der Hand.

Sie kehrte ins Schlafzimmer zurück, in dem die Flügel des Deckenventilators lebhaft im Kreis rotierten. Nachdem sie sich im Wohnheim ein Zimmer mit vier anderen Schwestern geteilt hatte, genügte ihr der Raum zwischen diesen vier Wänden vollauf. Sie band sich das Korallenarmband ums Handgelenk und war dankbar dafür, dass ihr dieser Moment der Großzügigkeit beschert worden war.

Nachdem sie ein kühles Bad genommen hatte, ging sie direkt zum Bett hinüber und streifte sich eine locker geschnittene türkische Robe über den Kopf, ohne sich vorher abzutrocknen. So legte sie sich aufs Bett und spürte mit Behagen, wie der Luftzug vom Deckenventilator wunderbar erfrischend über die Baumwolle und ihre nasse Haut darunter fächelte; die Vorhänge hatte sie sorgsam zugezogen, das Fenster aber stand einen Spalt weit offen, sodass sie das Rieseln des Wassers draußen vor ihrem Zimmer hören konnte, wo der Gärtner gerade die Blumenbeete mit dem Gartenschlauch sprengte. Es war ein Zustand des reinsten Wohlgefühls. Sie schloss die Augen, versuchte aber, in jenem unbestimmten Schwebezustand zwischen Schlafen und Wachen zu verharren, in dem der Geist ins ziellose Schweifen gerät, und dabei wachträumte sie, sie wäre bei einer Ausgrabung – zusammen mit Tahsin Bey, der mit den Daumen eine silberne Feige entzweibrach und unter der metallisch glänzenden Haut purpurrotes Fruchtfleisch zum Vorschein brachte.

Am Morgen darauf trat Viv auf die Terrasse hinaus und wurde von einem Windzug empfangen, verursacht von zwei Dienern, die gerade eine Tischdecke durch die Luft wirbelten, dunkle Hände auf weißem Tuch. Sie war ins Freie gegangen, um zuzusehen, wie die Sonne hinter den Bergen aufging, aber der Himmel war dunstig, und mit ihrer Anwesenheit störte sie eindeutig das Hotelpersonal bei seinen frühmorgendlichen Vorbereitungen. Einer der Diener bat um Entschuldigung – wofür? Weil er nicht unsichtbar war? Irgendwo krähte ein Hahn, und ein Hund antwortete mit einem Bellen. Wäre Mary jetzt hier gewesen, hätten sie zu einem altvertrauten, aber noch immer unterhaltsamen Thema zurückkehren können, Hunde und ihre verschiedenen Akzente. Die ulkig gerollten Rs kläffender Pudel, das dunkle Knurren Deutscher Schäferhunde. Und wie kam es, dass alles, was bei einem Mann so abstoßend wirkte – geifernde Begeisterung, Vorhersagbarkeit, ein schlichtes Gemüt –, bei einem Hund so reizend war? Sie empfand eine Verachtung, die einem Mops alle Ehre gemacht hätte, und wusste nur zu gut, dass es eigentlich nicht Mary war, deren Gesellschaft ihr hier fehlte.

Sie setzte sich an einen Tisch unter einer Kiefer, zückte ihren Federhalter und überlegte, was sie schreiben könnte, um ihrem Papa eine Freude zu machen. Als Mrs Spencer ihn mit der Eröffnung, dass Viv nach Peschawar reisen würde, vor vollendete Tatsachen stellte, richtete er all seinen sichtbaren Unmut gegen seine Frau, während er Viv gegenüber nichts als ratlose Verwirrung zeigte. Warum?, fragte er immer wieder, tief verletzt von ihrer Entscheidung, die er einfach nicht zu verstehen vermochte. Jeden Morgen spielte Viv mit dem Gedanken, am Frühstückstisch zu verkünden, ich kehre ins Krankenhaus zurück – aber dann dachte sie an den Jungen mit dem sandblonden Haar und den blauen Augen zurück und rückte jedes Mal wieder davon ab. Also war sie mit einem Versprechen abgereist: Bis Weihnachten würde sie nach London zurückkehren, und wenn dann immer noch Krieg herrschte, würde sie wieder ihren Pflichten als Krankenschwester nachgehen. Ihre Mutter seufzte nur und schüttelte den Kopf, als sie das hörte, sagte aber nichts.

Einer der Diener fegte Blätter und Samenhülsen von der gestärkten weißen Tischdecke, brachte ihr Frühstück und schickte ihr einen kleinen Jungen, der sich hinter ihren Stuhl stellte und ihr mit einem großen Wedel in seiner kleinen Hand Luft zufächelte. Mit seinem Turban und der Weste erinnerte er sie an den ganz ähnlich gekleideten Affen bei einem Fest in London, zwei Sommer zuvor, das unter dem Motto *Tausendundeine Nacht* gestanden hatte. Der Affe hielt einen japanischen Fächer in der Hand, mit dem er sich auf so ordinäre Weise über den Körper gefahren war – den Kopf zurückgeworfen, die Beine gespreizt –, dass Mary das Fest unter Protest zu verlassen drohte, bis der Gastgeber das Tier hatte wegbringen lassen. Viv gab dem Jungen eine Münze und schickte ihn fort. Die Hitze, die sich schon jetzt, am frühen Morgen, zunehmend bemerkbar machte, kam ihr vor wie ein alter Freund.

Sie legte den Federhalter beiseite und wandte sich ihrem Frühstück zu. Tee und Brot und Marmelade in Peschawar. Es war alles so merkwürdig. Als sie fertig war, kam der Diener an den Tisch und teilte ihr mit, dass draußen ein Junge auf sie wartete. Zunächst begriff sie nicht ganz, was er meinte, folgte ihm aber zum Haupteingang des Hotels. Und da draußen stand er schon, der Junge vom Bahnhof, vor einer offenen zweisitzigen Kutsche samt Fahrer, der den Weg nach Shah-ji-ki-Dheri kannte.

Das Pferd trottete durch das Cantonment, mit gleichförmig klappernden Hufen und knarrendem Geschirr, breite, von Platanen und Zypressen überschattete Straßen hinunter, die fast schmerzlich vertraut anmuteten. Dann aber rollte die Kutsche durch das hohe gewölbte Tor der Ummauerten Stadt, und Viv hielt es nicht mehr auf ihrem Sitz vor Begeisterung über die Farbenpracht, die Geräuschkulisse und sonstige, all ihre Wünsche und Erwartungen erfüllende Eindrücke, die sie mit einem Mal umgaben. Sie sah Vögel in kuppelförmigen Käfigen, die wild mit den Flügeln schlugen, Kinder, die an Melasse-Kieseln lutschten, Zuckerrohrhändler, die ihre Schneidemesser durch die Luft sausen ließen, um mit dem pfeifenden Geräusch Kunden anzulocken, Wasserträger mit tief gebeugtem Rücken. Zu Pyramiden getürmte Pfirsiche und Pflaumen in Weidenkörben, über Balkone und Äste drapierte Teppiche, zwischen Fenstern im obersten Stock gespannte Wäscheleinen, auf denen Männerkleidung zum Trocknen aufgehängt war (einheimische Männer jeden Alters waren dabei zu beobachten, wie sie den Kopf in den Nacken legten und nach oben spähten, in der stillen Hoffnung, ein weibliches Kleidungsstück zu entdecken, das versehentlich oder – warum nicht daran glauben? – mit voller Absicht den Blicken aller preisgegeben worden war). Tatsächlich spähte überhaupt niemand nach oben, aber sie würde es trotzdem behaupten, wenn sie und Tahsin Bey sich wiedersahen. Sie würde ihm Geschichten von Kaspatyros erzählen, die ihm sein so typisches warmherziges Lächeln aufs Gesicht zaubern würden, und er würde ihr gewiss darin beipflichten, dass die Erfindung von Geschichten eine Art Verneigung vor Skylax war, der in seinen Erzählungen aus Indien ebenfalls von den unglaublichsten Wunderwesen berichtete.

Die Kutsche war ohne ersichtlichen Grund stehen geblieben, und der Junge, er hieß Najeeb, sagte, sie solle sich besser wieder hinsetzen. Eine Art weißes Zelt glitt vorüber, und Viv fragte sich, ob die Frau darin beim Anblick einer Engländerin, die aufrecht in einer Kutsche stand und sich frei und ungehindert in alle Richtungen umsah, eher Verachtung oder Neid empfand. Andere Frauen waren auf der Straße nicht zu entdecken, weder in Zelten noch ohne, aber beim Blick nach oben meinte sie hinter den hölzernen Balkonen oberhalb der Läden Bewegung zu erahnen; dieses Holzgitterwerk fand seine Entsprechung in dem Rechteck aus Netz in der Burka der verhüllten Frau. Ganz ähnlich wie das Gitter in der Ladies' Gallery, hinter dem Frauen Platz nehmen mussten, wenn sie einer Debatte in Westminster beizuwohnen wünschten, damit die Männer im Parlament nicht durch ihren Anblick abgelenkt wurden. In diesen Burkas musste es noch wärmer und stickiger sein als in der Ladies' Gallery, in der sie einmal gesessen hatte, auf Marys Drängen hin, um einer Debatte über das Wahlrecht für Frauen zu lauschen – das war, ehe ihr Vater ihr zu diesem Thema ein Licht aufsteckte, indem er sie zu einem Vortrag der großartigen Gertrude Bell schickte, die vor der Anti-Suffrage-League sprach, einer Vereinigung, die sich ausdrücklich gegen das Frauenwahlrecht wandte. (Wenn alle Frauen so wären wie Miss Bell und du, würden Männer euch das Wahlrecht eher heute als morgen einräumen, hatte Papa gesagt, als sie nach Hause kam und ihm berichtete, was Miss Bell alles gesagt hatte.) Sie setzte sich wieder hin und fragte den Jungen, ob er Schwestern hätte. Ja, drei. Ob sie unter einer Burka nicht zu schielen anfingen? Nein, ihre Augen gewöhnten sich daran, durch das Gitter zu sehen, sagte er, und sie wusste nicht recht, ob sie das glaubhaft finden sollte oder nicht.

Die Kutsche rollte durch die berühmte Straße der Geschichtenerzähler, und Najeeb machte sie auf die Geschichtenerzähler selbst aufmerksam – Männer, die im Schneidersitz auf dem erhöhten Fußboden offener Läden saßen, während ihr Publikum ihnen auf Flechtbetten gegenübersaß, überschattet von Bäumen.

Ihre Geschichten erzählten sie in Form von Gedichten, die Badalas genannt wurden, erklärte Najeeb auf ihre Nachfrage hin, und sie wiederholte das Wort *Badala* und überlegte unwillkürlich, wo sie wohl einen Sprachlehrer auftreiben könnte. Hindko war die

Sprache der Peschawaris, erklärte Najeeb, während die Pathanen Paschtu sprachen.

– Dann sprichst du also Paschtu, sagte Viv.

– Zu Hause sprechen wir Hindko. Wir sind eher Peschawaris, aber Pathanen sind wir eben auch. Aber hier spricht jeder sowohl Hindko als auch Paschtu, und viele Leute sprechen außerdem Urdu und Englisch, und auch jede andere Sprache der Welt kann hier irgendjemand. Das ist schließlich Peschawar.

Er sagte es voller Stolz, mit einer ausholenden Armbewegung, wie um die gesamte bunte Vielfalt auf der Straße zu umfassen – Turbane und Kopfbedeckungen und fließende Gewänder aller Art. Dieser Mann ist aus Taschkent, sagte er, und der da aus Tibet; da drüben ist ein Punjabi, das da ist ein Afridi, also auch ein Pathane, der da ist ein Sikh und die beiden daneben sind Hindus. Zum ersten Mal wandte sie ihm ihre volle Aufmerksamkeit zu – diesem immer lächelnden Jungen, der ausgezeichnet Englisch sprach, wenn es auch mit der Aussprache haperte, als hätte er sich seinen Wortschatz größtenteils aus Büchern angelesen. Er war heute mit mehr Sorgfalt gekleidet als am Vortag, trug eine enge schwarze Hose und eine weiße Tunika, außerdem einen weißen Turban mit einem Grasfleck, der darauf schließen ließ, dass er einen Kopfstand gemacht hatte.

Sie bogen in eine andere Gasse ein. Najeeb sagte, dies sei die Straße der Rebhuhnliebhaber, und sah ganz bestürzt drein, als sie darüber in Gelächter ausbrach.

– Was gibt es noch für Straßennamen? Zähle sie mir auf!

– Die Straße der Zahnärzte. Die Straße der Töpfer. Die Straße der Filzmützen. Die Straße des Silbers. Die Straße der Geldwechsler. Die Straße der Kupferschmiede. Die Straße der Engländerinnen.

– Die Straße der Engländerinnen?

– Ja. Dort werden Engländerinnen gekauft und verkauft. Wir werden versuchen, einen Bogen darum zu machen.

– Machen wir einen Umweg durch die Straße der einfallsreichen Stadtführer, wenn es sein muss.

Er strahlte vor Freude darüber, ertappt worden zu sein, und sie freute sich ihrerseits darüber, dass er sich einen kleinen Scherz mit ihr erlaubt hatte.

Er überreichte ihr eine Pflaume, die er en passant aus dem Korb stibitzt hatte, den ein Mann auf dem Kopf trug, mit der lässigen Gebärde eines Menschen, für den Diebstahl kein Verbrechen darstellt, und ihr kam sogleich eine Vorlesung Woolleys in den Sinn, in der er betont hatte, wie lehrreich es für Archäologen sein konnte, bei Ausgrabungen im Orient und anderswo die einfachen einheimischen Arbeitskräfte zu beobachten, da ihr Verhalten und ihre Denkstrukturen einem zu einem besseren Verständnis der Menschen des Altertums verhelfen könnten. Wenn das zutraf, warum sollten dann nicht auch die großen Männer der Antike, neben den Sklaven, ihren Schatten in der Gegenwart haben? Womöglich fand sie ja in dieser Stadt, in der es eine Straße der Geschichtenerzähler gab, nicht zu vergessen die Jahrhunderte unter griechischem Einfluss, noch einen Herodot. Herodot war kein Grieche, sondern Karier! Sie konnte sich Tahsin Bey so lebhaft vorstellen, während er das sagte, sich auf den Zehenspitzen aufrichtend und mit einem Ausdruck der Empörung in seinem markanten Gesicht.

Sie passierten wieder ein Tor, das aus der Ummauerten Stadt hinausführte – sofort ließen sie Lärm und Trubel hinter sich und gelangten in eine ländliche Umgebung mit bestellten Feldern zu beiden Seiten einer holprigen Straße. Irgendwo inmitten dieser Felder befand sich der Große Kanischka-Stupa.

Der Große Stupa war einstmals ein imposantes Bauwerk gewesen, gut zweihundert Meter hoch. Überall im Tal von Peschawar konnten Männer und Frauen vom Staub ihrer Tage aufblicken und den goldumrandeten Pfeiler sehen, der aus seinem obersten, mit Perlen geschmückten Kuppeldach gen Himmel ragte. Rings um den Stupa befand sich ein weitläufiger Klosterkomplex. Wohin ein Reisender in der Gegend auch blickte, begegneten ihm auf Schritt und Tritt Ebenbilder Buddhas, gemeißelt aus jedem nur verfügbaren Stein, in einem Zeitalter, als die Menschen dieser Region die Vision hatten, den Gott in jedem Stein zu finden. Sein gelassener Blick, der alles um sich herum beobachtete – hier aus weißem Stein gemeißelt, dort aus rötlich-blauem, der einen wundersam goldenen Glanz annahm, wenn ihn die Sonne berührte, und anderswo aus dem grauen Stein von Gandhara.

Jetzt war dort nur noch, inmitten von Weizenfeldern, eine verwüstete Einöde. Der niedrige Erdhügel, das einzige Überbleibsel des Großen Stupa, lag einsam und verlassen da, das Gelände ringsherum zeigte Spuren früherer Ausgrabungen, Gruben und Gräben, Miniaturstupas und allerlei Schutt. Die Stupas waren stark beschädigt, und ihre Reliefs waren nicht annähernd so fein ausgeführt wie die Gandhara-Plastiken, die Viv im British Museum gesehen hatte. Und das wild wuchernde Gras überall machte deutlich, dass hier schon lange niemand mehr gearbeitet hatte. Dies war ein Ort, der von den Archäologen aufgegeben worden war. Weil zu vieles hier unrettbar zerstört war und die wenigen noch intakten Überreste nicht wertvoll genug waren, um sie kostenintensiv zu bergen. Viv wischte sich den Schweiß aus dem Nacken; die Temperaturen waren längst nicht mehr so erträglich wie noch am frühen Morgen, und die Sonne brannte inzwischen so hell, dass der Himmel weiß wirkte.

– Miss Spencer!

Die Stimme des Jungen drang von dem größten Graben zu ihr herüber, sie hallte leicht nach. Viv eilte sofort los und verwünschte sich dafür, ihn nicht besser im Auge behalten zu haben. An dem Graben angelangt, warf sie einen Blick hinein und erblickte eine Wand, die mit Kalksteinfiguren Buddhas geschmückt war – der Junge, der in der Sitzhaltung Buddhas neben der Wand saß, mit überkreuzten Beinen, fuhr sanft mit der Hand über das Knie des Erleuchteten. Wenn sie künftig das Wort »Graben« hörte, nahm sie sich im Stillen vor, wollte sie nur noch an diese Szene denken. Er wandte sich ihr zu, mit einem breiten Lächeln, als wäre er persönlich der Entdecker der Kalksteinfiguren. Es waren Stufen in der lehmigen Erde angelegt, die in den Graben hinabführten, und bald schon hockte sie neben dem Jungen. Als sie die Hand ausstreckte und das Gesicht des Buddhas berührte, bekam sie eine Gänsehaut.

– Wenn dir das hier gefällt, solltest du mal sehen, was es im Museum alles gibt.

– Können wir dahin gehen? Jetzt?

– Hast du denn Zeit? Musst du nicht in die Schule?

– Nein. Sommerferien.

– Und deine Familie wird sich keine Sorgen um dich machen, wenn du zu lange fortbleibst?

Sein Lächeln erlosch mit einem Mal. Viv überlegte, was »Familie« für ihn bedeuten mochte und warum er sich am Vortag allein im Bahnhof herumgetrieben hatte. Aber all das, entschied sie, ging sie ja nichts an.

Sie sah auf ihre Uhr. Am Vorabend war sie im Speisesaal von einem Herrn und einer Dame angesprochen worden, die sich ihr als die Forbeses vorgestellt hatten. Die beiden baten um Verzeihung dafür, sie nicht vom Bahnhof abgeholt zu haben – sie hatten damit gerechnet, dass sie ihnen von Karatschi aus telegrafierte, mit welchem Zug sie ankommen würde – und luden sie freundlich ein, sie doch zum Mittagessen zu beehren. Sehr gern, mit Vergnügen, hatte sie erwidert, und beileibe nicht nur aus Pflichtgefühl; Mr Forbes hatte eine Ausstrahlung, die ihr auf Anhieb sympathisch war, womöglich, weil er praktischer Arzt war, während seine Frau auf sie einen eher hektischen, nervösen Eindruck machte.

– Wir können zusammen hingehen, aber nicht jetzt. Komm morgen wieder zum Hotel.

Es war bereits Abend, als sie sich nach einem ausgiebigen Nachmittagsschlaf, verursacht von dem unbestimmbaren Eintopf, den es bei den Forbeses zu Mittag gegeben hatte, vom Bett aufrappelte, kurz frischmachte und in den Garten des Dean's hinausging. Die Luft dort war von einem fast schon übersüßen Duft erfüllt – vor allem nach Nachtjasmin, der alle sonstigen Düfte überlagerte. Was Kaiser Babur über den Blinden und den Blumenduft Peschawars geäußert hatte, war also keine Übertreibung gewesen. Sie setzte sich an einen Tisch und spähte in die Ferne, hinüber zu den schneebedeckten Bergen, die jetzt wieder deutlich zu sehen waren und wie grimmige Wächter wirkten, die den Rest der Welt in Schach hielten.

Der Diener brachte ihr eine Tasse Tee.

Während sie den Tee in kleinen Schlückchen zu sich nahm, beobachtete sie den Schatten eines Mannes, der über die rückwärtige Hotelfassade wanderte. Als der Schatten neben dem Umriss einer Frau mit einer Teetasse in der Hand stehenblieb, merkte sie, dass jemand neben ihr stand.

Ein rotes verschwitztes Gesicht mit einer knubbeligen Stupsnase, mit der verglichen Wangen und Stirn seltsam überdimensioniert wirkten – das waren die Einzelheiten, die der Schatten nicht offenbart hatte. Der Schattenmann strahlte sie an, nannte sie bei ihrem Namen. Er heiße Remmick, sagte er, und wolle sie recht herzlich in Peschawar willkommen heißen. Die Forbeses hatten ihr schon von ihm erzählt. Remmick ist ein Politischer, hatten sie gesagt, als würden sie diesen Ausdruck bei ihr als bekannt voraussetzen; er weiß hier über jeden Bescheid.

Nachdem sie sich verständigt hatten, dass ein Sundowner um diese Tageszeit und bei diesem Wetter einer Tasse Tee bei weitem vorzuziehen war, kam Remmick, der Politische Agent, zur Sache und fragte, was eine Engländerin mitten im Hochsommer nach Peschawar verschlug.

– Wenn ich darauf eine gute Antwort wüsste. Ich sollte in London sein, ich weiß. Bis vor ein paar Wochen habe ich noch als VAD-Schwester gearbeitet, aber leider war ich dafür nicht ganz geeignet. Deshalb, muss ich zu meiner Schande bekennen, habe ich damit aufgehört, und, na ja, nun bin ich also hier.

Dieses Gespräch hatte sie schon am Vorabend mit den Forbeses führen müssen, und die Eile, mit der Mr Forbes sie unterbrochen hatte, um stattdessen eine Anekdote über eine Krankenschwester zum Besten zu geben, mit der er mal zusammengearbeitet hatte, führte ihr unzweideutig vor Augen, dass sie sich wohl eine bessere Geschichte ausdenken sollte. Und sei es nur, um ihren Gesprächspartnern die Verlegenheit zu ersparen, ihre Schande überspielen zu müssen. Bisher aber war ihr noch nichts anderes eingefallen.

– Seien Sie unbesorgt. Dass Sie hergekommen sind, statt in England zu bleiben, kann Ihnen niemand in Peschawar zum Vorwurf machen. Sehr löblich, dass Sie sich um unsere Verwundeten gekümmert haben – an Ihnen könnten sich viele andere ein Beispiel nehmen, finde ich. Sie können stolz auf sich sein, Miss Spencer.

Sie nickte ihm dankbar zu, merkte, wie ihr ein Stein vom Herzen fiel. Da tauchten zwei englische Offiziere im Garten auf. Viv musterte sie und war selbst erstaunt, als ihr spontan das Wort »Drückeberger« in den Sinn kam.

– Die beiden dort, empfinden die es eher als Glücksfall oder als Schande, hier zu sein, so weit weg vom Krieg?

– Auch hier in Peschawar ist der Krieg niemals fern.

Remmick deutete zu den Bergen hinüber.

– Da oben treibt ein übler Fanatiker mit einer Bande blutrünstiger Anhänger sein Unwesen, ein gewisser Haji Turangzai. Machen Sie sich keine Sorgen deswegen, wir sind es gewöhnt, mit diesen Hitzköpfen fertigzuwerden. Dennoch würde ich Ihnen davon abraten, Ausflüge außerhalb der Stadt zu unternehmen, ohne das vorher mit mir abzuklären. Und von einem Abstecher zum Khyber-Pass sollten Sie auf jeden Fall absehen. Zu gefährlich.

Remmick sprach im Tonfall einer Autoritätsperson, der bei einem so jungen Mann wie ihm, er konnte nicht viel älter sein als sie, fast komisch wirkte, aber seine Worte hatten eine Saite in ihr zum Klingen gebracht. Kiplings Peschawar! Die berüchtigte Nordwest-Grenzprovinz! Wo sogar das beste Hotel der Stadt eine Art weißgetünchter Kaserne war, wie zur Erinnerung daran, dass die Welt der Waffen hier niemals fern war. Es war ungeheuer beruhigend, sich in einer Welt zu wissen, in der Kämpfe noch nach dem Muster ausgetragen wurden, das in Büchern geschildert wurde, die von Tapferkeit und Abenteuern handelten. Schon der Begriff »Khyber-Pass« weckte in ihr allerlei wildromantische Vorstellungen.

– Der Krieg scheint hier unendlich weit weg zu sein.

– Das würde ich so nicht sagen. Der Haji hat uns schon häufiger Ärger gemacht, aber diesmal steckt mehr dahinter, die verdammten Türken nämlich. Die hetzen die Stämme in letzter Zeit gezielt auf, haben sie dazu aufgerufen, im Namen des Kalifats einen Heiligen Krieg gegen uns zu führen. Bitte, meine Ausdrucksweise zu entschuldigen, Miss Spencer. Aber diese Türken sind wirklich eine verdammte Plage.

– Ja. Darüber scheint soweit Einigkeit zu herrschen, sagte sie, hob ihr Glas an die Lippen und überlegte angestrengt, wie sie am besten das Thema wechseln konnte.

Als sie in ihre Suite zurückkehrte, kam ihr ein livrierter Hoteldiener entgegen, mit einer Kehrschaufel und ihrem Papierkorb in der Hand. Sie legte wortlos die Hand an den Korb, und er überließ ihn ihr. In dem Korb erblickte sie ein Durcheinander aus Stroh und Gras. Sie griff hinein und brachte aus dem zerstörten Nest zu ihrer Bestürzung einen winzigen Schnabel, ein federloses Köpfchen zum Vorschein. So etwas wie schlechte Vorzeichen gab es nicht, beruhigte sie sich hastig.

Wenn sie sich nur wenige Zentimeter vorbeugte und ihren Mund auf die geschwungenen Lippen legte, könnte sie womöglich das Blut spüren, das warm unter der Oberfläche aus Stein zirkulierte. Aber was sollte er mit ihrem Kuss anfangen, dieser Mann, der an dem Tag, als sein Sohn geboren wurde, sein bisheriges Leben hinter sich ließ, um die Erleuchtung zu suchen und schließlich auch zu finden?

Viv berührte das Gesicht. Der graue Stein fühlte sich an ihrer Hand kühl an, die Oberfläche war glatt, bis auf die kleine Kerbe, die ein Spaten in der Stirn hinterlassen hatte, gleich neben dem erhabenen Punkt, der die Urna, das dritte Auge, markierte – sie berührte die Kerbe, um für die Verbrechen der Ausgrabung um Verzeihung zu bitten. Dann fuhr sie mit den Fingern über die Furchen zwischen den Ringellocken, die sich zu dem Haarknoten auf dem Kopf des Buddhas emporschlängelten. Bei ihrer ersten Begegnung mit einem Gandhara-Buddha, im British Museum, hatte sie seine Haare als mediterran eingestuft, aber jetzt nicht mehr – sie sah zu Najeeb hinüber.

Der Junge stand vor den überlebensgroßen Buddhas in den wunderbar gefältelten Gewändern, von denen der Museumswärter behauptete, er habe gesehen, wie sie sich im Luftzug bewegten. Während sie hinübersah, sagte Najeeb etwas zu dem Wärter, der daraufhin in die Knie ging und sich den Jungen auf die Schultern hob.

– Schauen Sie, Miss Spencer!

Er deutete aufgeregt auf die Pupillen, die der Bildhauer in den Augen eines der großen Buddhas ganz zart angedeutet hatte – schon nach einer Runde durch das Museum war ihm aufgefallen, wie ungewöhnlich das war. Eine ganze Zeitlang verharrte er reglos und betrachtete das steinerne Antlitz vor sich, bis Viv zweimal in die Hände klatschte, woraufhin er von den Schultern des Wärters zu Boden sprang, gewandt und offenbar ohne jede Sorge, sich dabei womöglich zu verletzen. Viv legte ihm die Hand an den Arm, und gemeinsam drehten sie noch eine Runde durch die weißgestrichenen hohen Räumlichkeiten des Peschawar Museum. Diesmal eilte er nicht ungeduldig von Exponat zu Exponat, sondern bat sie, ihm all jene Einzelheiten zu erklären, die sein besonderes Interesse erregten. Als Tahsin Bey das erste Mal mit ihr ins British Museum gegangen war und ihr geduldig all ihre Fragen beantwortet hatte, war sie ungefähr im selben Alter gewesen.

– Das ist alles von hier, wiederholte Najeeb in einem fort. Das hier auch? Das hier auch?

– Ja, alles, was hier ausgestellt ist. Wir haben die Sachen hiergelassen, statt sie nach London mitzunehmen, damit ihr eure eigene Geschichte kennenlernen könnt.

Sie spazierten durch sämtliche Galerien, bis sie wieder in dem Raum ankamen, in dem Funde aus Shah-ji-ki-Dheri und Takht-i-Bahi zu sehen waren. Hier das Fragment eines zum Skelett abgemagerten fastenden Buddhas; dort die Göttin Hariti mit einem Füllhorn, das sie mit der linken Hand umfasst hielt, während ihre andere Hand auf dem Oberschenkel ihres Gefährten ruhte, der neben ihr saß. Und dann noch das bedeutendste Exponat, ein Reliquiengefäß, dessen Deckel eine Buddhafigur zierte, auf Lotusblättern sitzend und eingerahmt von den Hindugöttern Indra und Brahma. Rings um den Deckelrand waren fliegende Wildgänse dargestellt, und darunter stand der König, Kanischka persönlich, in hohen Stiefeln und mit einem Umhang angetan; und dann war da noch die altvertraute Gestalt des Eros, der eine Girlande um das Reliquiar herumdrapierte. Sie machte Najeeb der Reihe nach auf die verschiedenen Gestalten aufmerksam, erklärte ihm den Begriff »Synkretismus«.

– Wegen dieses Reliquienbehälters bin ich nach Peschawar gekommen, Najeeb.

Der Junge zog die Nase kraus.

– Warum? Er ist nicht besonders schön.

Damit hatte er allerdings recht, das Reliquiar war bei weitem nicht das attraktivste Exponat hier. Zu grob in der Ausführung, zu überladen. Aus welchem Grund hatte Tahsin Bey sie ausgerechnet auf dieses Stück aufmerksam gemacht, ihr gerade den Bericht über die Ausgrabungen von Shah-ji-ki-Dheri ans Herz gelegt? Sie wurde das Gefühl nicht los, dass sie irgendetwas übersehen hatte.

– Das ist also ein Park aus der Mogulzeit.

Najeeb sah sie an und zuckte mit den Schultern.

– Es ist der Ort, den ich in Peschawar am liebsten mag, erwiderte er schlicht, als wäre das weitaus wichtiger.

Der Ort, den er am liebsten mochte, war der Shalimar-Garten – für den er allerdings die weniger märchenhafte einheimische Bezeichnung Shahi Bagh benutzte –, ein riesiger Park mit Spazierwegen, die an langgezogenen rechteckigen Wasserbecken vorbeiführten. Auf einem dieser Wege spazierten Najeeb und Viv auf den Pavillon mit den Rundbögen zu, der in der Mitte des Parks errichtet war. In jedem Becken, an dem sie vorbeikamen, sprudelten Fontänen, deren unablässiges Geplätscher angenehm erfrischend für Auge und Ohr war. Und auch die farbenprächtigen Sommerblumen sorgten für ein wenig Trost in der Hitze. Najeeb hatte ihr, im Austausch für die Wunder des Museums, die Wunder dieses Gartens versprochen, ganz im Geist der stets auf Gegenseitigkeit beruhenden Höflichkeit, die bei seinem Volk Brauch war.

– Ich komme immer nach der Schule hierher, um zu lesen, wenn ich eigentlich in der Moschee sein sollte, beim Maulvi. Nur mein Bruder weiß davon. Die Bücher von Mr Dickens mag ich am liebsten. Dem Maulvi ist es egal, solange ich ihm nur monatlich sein Geld vorbeibringe. Ich vergeude das Geld meines Vaters nur ungern, aber mein Bruder sagt, solange ich die Zeit zum Lernen nutze, spricht nichts dagegen, und von dem Maulvi lerne ich überhaupt nichts – es ist so langweilig bei ihm, er lässt mich bloß laut aus dem Koran vorlesen und erklärt mir nie etwas.

– In Glaubensfragen ist eine gewisse Faulheit blindem Eifer jederzeit vorzuziehen, meiner Erfahrung nach. Von Mr Dickens kannst du mit Sicherheit sehr viel mehr lernen.

– Außerdem ist es da in der Moschee, wo er mich unterrichtet, furchtbar warm, und hier ist es immer schön schattig.

– Ja, die Bedeutung von Schatten in Peschawar. Ein Thema, das Ausländer schon vor langer Zeit fasziniert hat.

– Tatsächlich?

Viv ließ sich auf der Umrandung eines Beckens nieder und schöpfte etwas lauwarmes Wasser heraus, mit dem sie sich Hals und Nacken benetzte. Dann nahm sie das Skizzenbuch aus ihrer Umhängetasche, schlug es auf dem Knie auf und wollte eben anfangen, die beiden Pavillons zu zeichnen, die sie vor sich sah – das Bauwerk selbst und sein Spiegelbild im Wasser des Beckens –, als sie bemerkte, dass Najeeb sie fragend ansah.

– Hm? Ach ja. Es gab einmal einen Mann namens Skylax, der vor langer Zeit hierhergereist ist. Lange bevor die Werke entstanden sind, die wir im Museum gesehen haben. Er ist von Peschawar aus den ganzen Indus hinuntergesegelt, und als er wieder abreiste, hat er eine Sammlung von Geschichten über die Stämme, die hier lebten, mit nach Hause genommen.

– Geschichten über die Yusufzai?

– Geschichten über den Schatten. Es gab zum Beispiel einen Stamm, die sogenannten Otoliknoi, deren Ohren so groß wie Getreideschwingen waren und ihnen Schatten spenden konnten, wie Sonnenschirme.

– Wie bitte?

– O ja. Hast du die noch nie gesehen? Nein? Dann halte mal die Augen nach ihnen auf. Und auch nach den Skyapoden, das heißt so viel wie Schattenfüßler. Wenn es zu heiß wird, legen sich die Skyapoden flach auf den Boden und heben ein Bein in die Höhe. Ihre riesigen Füße werfen einen so großen Schatten, dass er sie komplett vor der Sonne schützt.

– Das habe ich noch nie gesehen.

– Jetzt sag bloß, du hast auch die goldgrabenden Ameisen noch nie gesehen.

– Nein, wo denn!

Er sah tief geknickt drein.

– Hast du ein Glück. Noch so viel zu entdecken. He, wo willst du denn hin?

Er war ganz plötzlich losgerannt, ohne jede Erklärung. Als sie ihn wieder einholte, auf der anderen Seite des Pavillons, bot sich ihr ein bemerkenswerter Anblick: vor ihm lag ein bärtiger Pathane auf dem Boden und ließ es geduldig geschehen, dass Najeeb sein in die Höhe gerecktes Bein mal hierhin, mal dorthin bewegte.

– Schauen Sie, Miss Spencer, die Füße brauchen gar nicht so groß zu sein. Es kommt nur auf den Winkel des Beins und die Position der Sonne an. Sehen Sie?

Sie war ungefähr in Najeebs Alter gewesen, an jenem strahlenden Sommertag, als sie einmal sah, wie sich ein Wachtmeister zu einem Schuljungen hinunterbeugte, um zu hören, was dieser ihm sagen wollte. Der silberne Kamm am Helm des Polizisten hatte dabei so hell in der Sonne gefunkelt, dass er kurz wirkte wie eine Sagengestalt. Sie hatte sich Tahsin Bey zugewandt und gesagt, Wäre Skylax auch mal hier in London gewesen, hätte er vielleicht über den Glaukocephalos geschrieben, den schimmerköpfigen Mann, der dort, wo sich ein Gesicht befinden sollte, aus Licht bestand und seine Kraft von der Sonne bezog. Erst heute konnte sie in vollem Umfang nachempfinden, warum Tahsin Bey sich über ihre Bemerkung damals so sehr gefreut hatte.

Als sein Blick auf Viv fiel, stand der ältere Pathane hastig auf, gab Najeeb einen Klaps auf den Hinterkopf und stolzierte davon, sichtlich um Würde bemüht. Der Junge wandte sich ihr zu und strahlte sie an.

– Was ist das, eine Getreideschwinge?

Die meisten Teile Asiens sind von Darius entdeckt worden, welcher gern zu wissen wünschte, wo der Fluss Indus, welcher allein unter allen Flüssen nächst dem Nil Krokodile enthält, ins Meer auslaufe, und deshalb mehrere andere, zu denen er das Vertrauen hatte, dass sie die Wahrheit sagen würden, mit Schiffen aussendete, insbesondere den Skylax aus Karyanda. Der fuhr mit seinen Leuten von der Stadt Kaspatyros und der Landschaft Paktyika aus den Strom hinunter in der Richtung nach Osten und Sonnenaufgang bis ans Meer …

Unter dem surrenden, nun nestlosen Deckenventilator gelang es Najeeb nur mit größter Mühe, den Satz komplett vorzulesen, dessen verschachtelte Syntax ihn ebenso sehr überforderte wie der Versuch, die fremdartigen Namen auch nur halbwegs flüssig auszusprechen. Er blickte von der Buchseite auf und sah sie voller Verzweiflung an.

– Tja, das ist Herodot, der Vater der Geschichte. Das hier hat er vor über zweitausend Jahren geschrieben. Es ist leider keine sonderlich gute Übersetzung – Skylax war der Mann, dem Dareios am meisten von allen vertraute. *Kai de kai*, ›insbesondere auch‹, so lautet der Ausdruck, durch den das betont wird. Kaspatyros ist Peschawar.

– Peschawar? Aber hier gibt es doch gar keinen Fluss.

– Gemeint ist der Bara, der seinen Lauf über die Jahrhunderte verändert hat.

– Und diese Landschaft Paktyika …?

– Ja. Das seid ihr, Najeeb Gul. Du bist ein Paktyer aus Paktyika. Er schreibt hier über die Pathanen. Schlag die Seite mit dem Lesezeichen auf. Sie – also ihr – tauchen noch einmal auf.

Dagegen wohnen andere Stämme nicht weit von der Landschaft Paktyika und deren Hauptstadt Kaspatyros, nördlich von den anderen Indern ... Sie sind die kriegerischsten indischen Stämme ...

Hier hörte er auf zu lesen.

– Miss Spencer, darf ich Sie etwas fragen?

– Selbstverständlich.

– Hatten Sie schon mal mit jemandem zu tun, der im Krieg war?

– Mit vielen sogar. Sehr vielen.

– Werden diese Männer jemals wieder so, wie sie vorher waren?

– Das weiß ich nicht. Ich habe sie mitten im Krieg kennengelernt, nicht danach. Warum fragst du?

– Ach, nur so. Darf ich jetzt gehen? Es wird langsam spät.

– Ja, natürlich.

– Und darf ich morgen wiederkommen?

– Ja. Natürlich.

– Wie ich höre, haben Sie sich eine Zivilisierungsmission gesucht.

Remmick griff über das Tor, um den Riegel zu öffnen, und ließ ihr mit einer Handbewegung höflich den Vortritt auf dem Gartenweg hinüber zu dem »bescheidenen« Bungalow, der zu vermieten war.

– Sie arbeiten im größeren Rahmen für das Empire, Mr Remmick, ich beschränke mich auf einen kleineren Rahmen. Oh, das ist ja zauberhaft!

Sie ging an den ionischen Säulen vorbei, die ein rot geschindeltes Schrägdach stützten, und trat durch die Tür in das dunkle Hausinnere. Remmick, der ihr dichtauf folgte, schloss die Tür hinter sich, und dann spürte sie unvermutet seine Hand, die sie von hinten an der Taille berührte. Sie trat erschrocken von ihm weg, worauf er sich sogleich entschuldigte. Hier sieht man ja die Hand vor Augen nicht. Als Nächstes war ein rostiges Knarren zu hören. Remmick hatte einen der schweren Fensterläden aus Holz geöffnet, und helles Sonnenlicht flutete herein, das einen Flur mit hoher Decke zum Vorschein brachte. Der Flur führte hinüber in ein geräumiges Zimmer mit einem großen Schreibtisch in der Mitte und Fensterläden, die vom Boden bis zur Decke reichten. Viv trat an die Läden, öffnete sie und erblickte vor sich einen Garten, der zu einer Seite von Bäumen mit feurig orangeroten Blüten gesäumt wurde; an seinem hinteren Ende stand eine Trauerweide. Zauberhaft, sagte sie noch einmal, während sie auf die Veranda hinaustrat.

– Ich bin immer noch der Ansicht, dass Sie im Dean's besser aufgehoben wären.

– Sie sind sehr freundlich, aber ich komme allein hervorragend zurecht.

– Wollen Sie ihm hier Unterricht geben? Ihrer Zivilisierungsmission, meine ich?

– Er heißt Najeeb, und ja, das habe ich vor.

– Ein Pathane ist und bleibt ein Pathane, egal in welchem Alter, das sollten Sie nicht vergessen. Die sind die Gesellschaft von Frauen nicht gewohnt.

– Ich könnte schwören, dass dieser Junge griechisches Blut hat. Ich nenne ihn den Herodot von Peschawar.

– Achten Sie einfach darauf, immer jemand Drittes im Haus zu haben, wenn er hier ist. Ich werde Ihnen Personal schicken, das vertrauenswürdig ist. Ach ja, und den Paschtu-Lehrer, nach dem Sie mich gefragt haben – Sie haben Hindko gesagt, ich weiß, aber die meisten Leute hier verstehen Paschtu, und Sie können sich damit im gesamten Tal von Peschawar verständigen.

– Sie sind wirklich zu gütig. Wenn Ihre Gattin wieder aus Simla zurück ist, müssen Sie beide unbedingt mal zum Abendessen vorbeikommen.

– Es dauert noch eine Weile, bis sie zurückkommt.

– Es dauert ja auch noch eine Weile, bis ich dieses Haus so weit hergerichtet habe, dass ich Gäste empfangen kann.

– Ganz wie Sie meinen, Miss Spencer. Ich stehe Ihnen jedenfalls jederzeit gern zur Verfügung.

Viv tat so, als würde sie nicht verstehen, was er damit andeuten wollte, und ging in den Garten hinaus, wo sie verstohlen vor sich hin lächelte; sie hatte zwar keineswegs vor, ihn in Hinblick auf seine Verfügbarkeit beim Wort zu nehmen, doch nützlich und schmeichelhaft war es allemal, dass ein so einflussreicher Mann wie Remmick bereit war, sich um all ihre Bedürfnisse zu kümmern. Er hatte sogar versprochen, sie mit John Marshall bekanntzumachen, der, sobald es etwas kühler wurde, seine Ausgrabungen in Taxila fortzusetzen beabsichtigte – und wenn Marshall erst von Labraunda hörte, würde er sie gewiss einladen, sich ihm anzuschließen, ganz ohne Zweifel.

Der Gedanke, im Dezember nach London zurückzukehren, rückte in immer weitere Ferne.

Ihre Tage folgten dem immer gleichen Ablauf: Morgens nahm sie Paschtu-Unterricht bei einem pensionierten angloindischen Schullehrer; nachmittags schrieb sie Briefe und döste in ihrem abgedunkelten Schlafzimmer mit den dicken Mauern vor sich hin; am frühen Abend dann kam Najeeb zum Unterricht vorbei, der immer unterschiedliche Formen annahm. Mal saßen sie mit Büchern im Garten, mal unternahmen sie Ausflüge nach Gor Khatri, zum Bala Hissar, nach Pipal Mandi, ins Museum – immer und immer wieder ins Museum. Später endete der Tag fast immer mit einem Schlummertrunk (oder mehreren) mit Remmick im Peschawar Club oder einem Abendessen mit den Forbeses im Dean's Hotel. Und dann kehrte sie nach Hause zurück, bei Einbruch der Dunkelheit, noch ehe die Sterne am Himmel funkelten, um sich bei Lampenschein mit einem Buch in ihren Garten zu setzen, der anscheinend von einem eher nachtaktiven Vorbesitzer angelegt worden war, den vielen Blumen nach, die erst abends ihre Kelche öffneten.

Während die alliierten Streitkräfte in Gallipoli einen Rückschlag nach dem anderen erlitten, klangen die Berichte über das Schicksal der Armenier immer dramatischer. »ARMENIER ZUM STERBEN IN DIE WÜSTE GESCHICKT«, lautete eine Schlagzeile, »NEUE ARMENIER-GREUEL« eine andere. Ob die Leute aus der Propagandaabteilung nicht langsam ein wenig zu dick auftrugen?

Sie folgte den übermütigen Stimmen und dem Geräusch ins Wasser platschender Körper, das vom Swimmingpool des Peschawar

Club zu ihr herüberdrang. Durch die Bäume sah sie Männer, die vom Himmel fielen – jung und muskulös, breitschultrig, mit blassen Oberkörpern, auf denen Wassertropfen glitzerten, und dunkel gebräunten Hälsen. Offiziere des Frontier Corps, auf Urlaub nach wochenlangem Dienst in den Schluchten der geröllübersäten Berge im Umland, um Peschawar vor den Fanatikern dort zu beschützen. Kaum war einer von dem Sprungbrett ins Becken gehechtet, folgte ihm auch schon der nächste. Manche ließen sich wie Kanonenkugeln ins Wasser plumpsen, andere schwangen sich gestreckt ins kühle Nass hinab, geschmeidig und elegant wie Schwalben. Sie schienen ganz in ihrem Element zu sein, sei es im Wasser, sei es in der Luft. Nur den Kontakt mit der Erde schienen sie zu scheuen, denn aus dem Wasser kletterten sie jeweils wieder direkt zum Sprungbrett hinauf, über eine Strickleiter, die jemand oben am Geländer befestigt hatte.

Einer von ihnen, mit sandblondem Haar, saß oben auf dem hohen Sprungbrett, ließ die Beine baumeln und lächelnd den Blick umherschweifen. Der Herrscher über alles. Viv lehnte sich an den Baum gleich neben ihr und legte ihren Arm um den Stamm, während sie ihn und die anderen jungen Männer beobachtete. In diesem Augenblick schien es ihr, als wäre die Welt wieder in Ordnung.

Sie saßen unter der Trauerweide. Najeeb an der Schulbank, die er vergangene Woche von sonst woher angeschleppt hatte, Viv auf ihrem Korbsessel. Der einheimische Name der Trauerweide lautete Madschnu, hatte Najeeb ihr bei seinem ersten Besuch hier im Garten erklärt und gleich im Anschluss daran die Liebesgeschichte von Laila und Madschnu erzählt, so stolz und voller Begeisterung, dass sie es nicht übers Herz brachte, ihm zu sagen, dass sie diese Geschichte bereits kannte. In Labraunda hatte Mehmet die Handlung über mehrere Abende hinweg ausgesponnen, wobei er jedes Mal, wenn er von Madschnus unsterblicher Liebe zu Laila sprach, Anna direkt anblickte, die jüngere der beiden deutschen Frauen. Zigaretten, Feigen, Wein und Geschichten unter dem Himmel Kariens – würde das jemals wieder in dieser Form möglich sein?

Najeeb blickte von seinen griechischen Buchstaben auf, und der Wind blätterte die Seiten in seiner Übungskladde um, verschmierte das Datum, das er gerade mit Tinte aufs Papier geschrieben hatte. Viv beugte sich vor und legte einen grauen Schieferstein als Papierbeschwerer auf die Kladde. Najeeb besah sich den Stein genauer. Tatsächlich handelte es sich um das Bruchstück einer Skulptur, eine Hand nämlich mit nach oben gerichtetem Handteller. Ein Fragment von einem Stupa, auf dem Atlas statt der Weltkugel eine Plattform mit darauf sitzendem Buddha auf den Schultern trug, ein sehr häufig verwendetes Motiv. Das Stück war nicht viel wert – ein Antiquitätenhändler in der Ummauerten Stadt, ein Sikh, hatte es ihr als Geschenk überreicht, als sie seinen Laden mit leeren Händen wieder verließ, um sich zu empfehlen, damit sie ihn demnächst einmal wieder beehrte –, doch es besaß einen gewissen Reiz. Najeeb legte die kleine Hand zwischen die Seiten seiner Kladde und rieb mit seinem Bleistift übers Papier; das Grau des Schiefers stimmte so genau mit dem Grau der Bleistiftmine überein, dass es wie ein Akt der Metamorphose wirkte, als würde Stein sich nach und nach zu Papier verwandeln.

Während sie ihn dabei beobachtete, fiel ihr auf, wie vertraut er ihr inzwischen war, sein Mienenspiel, die Art, wie er den Bleistift umfasst hielt und sich konzentriert über seine Bücher beugte. Sie hatte ihm den Vorschlag gemacht, während seiner Schulferien bei ihr vorbeizukommen, wenn er gern mehr Geschichten über Peschawar hören wollte, er aber hatte den Wunsch geäußert, dass sie ihm Altgriechisch beibrachte und sie den Unterricht obendrein fortsetzten, nachdem die Schule wieder begonnen hatte. Warum lassen Sie sich so von ihm ausnutzen, hatte Remmick sie gefragt, aber sie teilte diese Sicht nicht. Für sie gab es in Peschawar kaum etwas Schöneres als Najeebs aufgeweckten Verstand, seine grenzenlose Wissbegierde, die manchmal Züge von Habsucht trug – wie auch jetzt wieder, als er den Abrieb fertiggestellt hatte und das Steinfragment in den Händen wendete. Sie überlegte, ob es sich wohl ähnlich anfühlte, wenn man Kinder hatte, und lächelte bei der Vorstellung, wie Tahsin Bey sich Najeeb auf die Schultern hob, damit er einem riesigen Buddha in die Augen sehen konnte.

– Möchtest du von der Suche nach einem Schatz hören?

– Was für ein Schatz?

– Der Stirnreif des Skylax. Du erinnerst dich noch an Skylax, aus unserer ersten Stunde?

– Natürlich. Der Schattenmann.

– Der König Dareios vertraute ihm so sehr, dass er ihm einen Stirnreif aus Silber schenkte, das ist eine Art Krone, verziert mit Feigen. Eine überaus große Ehre, denn sonst erhielten solche Stirnreife nur Helden und Männer, die Ungeheuer erschlugen. Die Feigen allerdings waren eigens für Skylax in den Reif eingraviert worden. Lange nach Skylax' Tod herrschte in seiner Heimat Karien eine Dynastie, die Hekatomniden, die den Stirnreif als ganz besonderen Besitz hüteten und als Abdruck auf ihre Münzen prägen ließen.

– Und was ist dann damit passiert?

– Das ist die Frage. Karien wurde im Jahr 334 vor Christus von Alexander erobert, damit endete die Epoche der Hekatomniden, und mit ihnen verliert sich auch die Spur des Stirnreifs. Bis auf diesen Bericht hier.

Sie hob ein schmales ledergebundenes Buch auf, das neben ihr im Gras lag, schlug es auf der richtigen Seite auf und hielt es vor Najeeb in die Höhe.

– Die Fragmente des Kallistos. Er war ein Historiker aus Byzanz, der es leider versäumt hat, sein großes Lebenswerk an einem Ort zu lagern, wo es vor Mottenfraß sicher gewesen wäre, deshalb ist nur wenig davon erhalten geblieben. Lies selbst; ich hole inzwischen frisches Eis.

Sie stand auf, hievte die Zinkwanne in die Höhe, die zwischen ihrem Sessel und Najeebs Pult im Gras stand, und kippte ihm das kalte Wasser darin über die nackten Füße, sehr zu seiner Freude. Als sie einige Minuten später mit der Wanne, randvoll gefüllt mit frischem, dampfendem Eis, in den Garten zurückkam, hätte sie es schon begrüßt, wenn Najeeb ihr beim Tragen geholfen hätte; aber er war im Schatten der Trauerweide so konzentriert in den Text des Kallistos vertieft, dass sie ihn nicht stören mochte.

– Deswegen also, rief er und blickte auf.

– Was, deswegen?

– Deswegen verbringen Sie im Museum immer so viel Zeit damit, das hässliche Ding anzuschauen.

– Wieso, was hast du gefunden?

Sie kam zu ihm herüber, nahm das Buch vom Pult und stützte es auf seinem Kopf ab, während sie Worte las, die sie seit Jahren nicht mehr angesehen hatte.

> Sie führte die frommen Männer zu dem heiligen Gefäß mit dem plastischen Abbild des Heiligen, welches die Reliquien enthielt, doch sie ließen sich nicht in Versuchung führen. Denn sie waren nicht auf Raub ausgezogen, und sie vertrauten darauf, dass das Gefäß unter göttlichem Schutz stand und ihm also kein Unbill geschehen würde. Als Nächstes flehte sie sie an, die Feigenkrone des großen Reisenden an sich zu nehmen, die sie in ihrer Obhut hatte, aber sie sahen keinen Grund, etwas mit sich zu führen, das für sie keinen Wert hatte, deshalb ging sie hinaus ins Freie und vergrub die Krone am Fuß der Großen Statue des Heiligen. Das Licht des Heiligen strahlte dabei auf sie hernieder und erleichterte so ihr Tun, was die Anwesenden in der Gewissheit bestärkte, dass sie richtig handelte.

Das Buch rutschte ab und kippte ihr gegen die Brust, als Najeeb den Kopf zu ihr umwandte.

– Ich habe richtig geraten, oder? Das heilige Gefäß ist das Kanischka-Reliquiar. Und die Feigenkrone ist unterhalb einer Statue begraben, irgendwo dort in der Nähe, wo das Reliquiar gefunden worden ist? Irgendwo in Shah-ji-ki-Dheri?

– Ein Reliquiengefäß mit dem Abbild eines Heiligen? Gefäße, auf die diese Beschreibung zutrifft, lassen sich zu tausenden überall auf der Welt finden. Und bei den meisten davon dürfte es auch eine Statue in der Nähe geben.

Er sah so enttäuscht aus, dass sie ihm aufmunternd die Locken zauste und sagte: In den achtzig Jahren, seit man die Fragmente des Kallistos im Dachstuhl einer Kirche wiederentdeckt hat, ist es noch niemandem gelungen, den Stirnreif irgendwo zu finden. Es wäre fast unhöflich all jenen gegenüber, die seit Jahrzehnten danach suchen, wenn ein Elfjähriger mit einem Blick erkennen würde, wo der Reif vergraben liegt.

– Ich bin jetzt schon zwölf.

– Tatsächlich? Seit wann denn das?

– Seit letztem Monat.

– Warum hast du nichts gesagt? Pack sofort deine Hefte und Bücher ein. Wir treiben etwas Kuchen für dich auf. Ach, und hier – herzlichen Glückwunsch zum Geburtstag.

Sie drückte ihm das Fragment von dem Stupa in die Hand. Er sah zu ihr hoch, mit verständnislosem Blick, und sie sagte: Nun, warum solltest du es nicht haben. Es ist ja schließlich deine Geschichte, Paktyer.

Najeeb fuhr mit dem Daumen über das Handgelenk des Atlas, mit einem sonderbaren Glanz auf den Augen, der ihr kurz Rätsel aufgab, bis sie erkannte, dass es Tränen waren. Sie meinte zu verstehen, was gerade in ihm vorging: Bisher war es ganz hübsch gewesen, dieses kleine Stück Gandhara-Kunst, aber nun, da es in seiner Hand lag, nicht nur als Geschenk, sondern auch als steinernes Erbe, war es für ihn zu einer Kostbarkeit geworden. Und hatte, zusammen mit dem Versprechen von Kuchen, jeden Gedanken an Kallistos aus seinem Kopf verscheucht.

Tahsin Bey, so viel wusste Viv, war weder unbesonnen noch töricht noch faul. Ein Reliquiengefäß mit einer Buddha-Figur auf dem Deckel wäre kein hinreichender Grund für ihn, seinen langgehegten Traum, den Stirnreif in Labraunda zu finden, zugunsten eines Stupa hintanzustellen, der erst fünfhundert Jahre später errichtet worden war, nachdem der Stirnreif das letzte Mal in den Annalen der Geschichte erwähnt wurde. Es gab also noch etwas anderes; etwas, was sie, davon schien er überzeugt, schon selbst herausfinden würde, wenn er ihr nur einen Fingerzeig gab, der in Richtung Peschawar wies. Kaspatyros! *Wo Reisen beginnen und auch wieder enden.* Nicht ihre Reise – die Reise des Stirnreifs.

Während sie mit der Gabel ein Stückchen Kuchen zum Munde führte, beobachtete sie Najeeb, der mit dem Daumen einen der letzten Krümel von seinem Teller aufstippte und sich in den Mund steckte. Die anderen Gäste in dem Tearoom, Inder ebenso wie Engländer, sahen immer wieder zu ihrem Tisch herüber. Sie tauschte kurzerhand die Teller und überließ ihm das Stück Kuchen, das sie kaum angerührt hatte. Nicht aus Großzügigkeit jedoch; wenn er mit Essen beschäftigt war, redete er nicht, und nur dann konnte sie in Ruhe nachdenken.

Auf welchem Wege könnte ein wertvolles Artefakt aus dem Besitz des karischen Herrscherhauses schließlich in Peschawar gelandet sein? Und da kam ihr die Erleuchtung. Die Antwort drängte sich förmlich auf: Alexander. Natürlich. Er dürfte nach der Eroberung Kariens den Stirnreif an sich genommen und auf seinem Feldzug gen Osten nach Indien gebracht haben – wo er seinen Admiral Nearchos beauftragte, dem Beispiel des Skylax folgend, zu Schiff den Indus hinunterzusegeln.

– Najeeb Gul, du bist ein lebendes Wunder!

Der Junge sah erstaunt auf, den Mund voller Kuchen; ringsum im Tearoom Getuschel.

Als sie wieder zu Hause war, wusste sie genau, welches Buch sie nun benötigte. *Buddhist Records of the Western World* – eine Sammlung von Berichten aus der Feder chinesischer Reisender, die auf ihren Reisen durch Indien auch in Shah-ji-ki-Dheri gewesen waren. Sie hatte es kurz nach ihrer Ankunft in Peschawar gelesen, ohne jedoch zu wissen, wonach sie im Text Ausschau halten sollte. Und dies, obwohl Tahsin Bey in seinem Brief eigens die Worte »heiliges Gefäß« verwendet hatte, die sie als direkte Anspielung auf Kallistos hätte identifizieren müssen. Wobei – ein wenig präziser hätte er sich schon ausdrücken können. Gleichwohl, jetzt, wo sie im Garten saß, das Buch aufgeschlagen vor sich auf Najeebs Schulpult, konnte sie es kaum fassen, dass sie das überlesen hatte: Im Jahr 518 nach Christus reiste der chinesische Pilger Sung-Yun, zusammen mit einem jungen buddhistischen Novizen, auf Geheiß der Kaiserin von China nach Indien, um heilige Schriften des Buddhismus zu bergen und nach China zu bringen, da Indien zu jener Zeit von einer »Horde roher Türken« verheert wurde. Über diese Formulierung hatte Tahsin Bey vermutlich gelacht, konnte sie sich vorstellen, und die Stelle noch einmal laut vorgelesen, um auch andere in seiner Nähe an seiner Heiterkeit teilnehmen zu lassen – und sei es nur Alice, die zu seinen Füßen lag. Vielleicht wäre er aber auch zu sehr in seine Überlegung vertieft gewesen, dass Sung-Yun und sein Gefährte identisch mit den frommen Männern bei Kallistos waren, die »nicht auf Raub ausgezogen« waren. Sie las alles, was Sung-Yun über Shah-ji-ki-Dheri geschrieben hatte, und blätterte dann zu dem Bericht Hiuen-Tsangs vor, der denselben Ort über hundert Jahre später besucht hatte. Die Horde roher Türken und ihre Nachkommen hatten ihr Werk der Zerstörung mit großer Gründlichkeit verrichtet – wo Sung-Yun noch Tempel und Stupas angetroffen hatte, fand Hiuen-Tsang nur noch Trümmer und Ruinen vor. Der Kanischka-Stupa aber war noch intakt, und –

> Südwestlich des Großen Stupa, gut hundert Schritt weiter, steht eine Buddhafigur aus weißem Stein, etwa achtzehn Fuß hoch. Es ist eine Standfigur, die nach Norden blickt. Sie verfügt über große spirituelle Kraft und verbreitet ein hell strahlendes Licht.

Das heilige Gefäß. Das Abbild des Heiligen. Die frommen Männer. Die Licht verbreitende Statue. Es war alles da, in allen Einzelheiten.

Die letzte Ausgrabung in Shah-ji-ki-Dheri hatte 1911 stattgefunden. Seither berichtete der *Archaeological Survey of India, Frontier Circle*, der archäologische Jahresbericht für die Nordwest-Grenzprovinz, Jahr für Jahr von einem sich zäh hinziehenden Disput mit dem Grundbesitzer, die Höhe des Pachtzinses betreffend. Der jüngste Bericht schien vielversprechend – »eine Enteignung des Landes könnte in Betracht gezogen werden«. Viv machte sich über das

1894 erlassene Gesetz zur Landenteignung kundig – sie sah keinen Grund, warum es nicht auch auf Shah-ji-ki-Dheri Anwendung finden könnte. Vielleicht bedurfte es dazu nur eines kleinen Winks von den maßgeblichen Stellen.

– Es gibt da eine Angelegenheit, in der ich Ihren Rat benötige, Mr Remmick. Eine Sache, auf die ich kürzlich aufmerksam geworden bin.

Sie wedelte beiläufig mit der Hand, wie um anzudeuten, dass es nur um ein harmloses Hirngespinst ging, und neigte sich ein wenig zu Remmick vor, dessen rotes Gesicht sich daraufhin noch ein wenig röter verfärbte. Sie waren die einzigen Gäste, die auf der Veranda des Peschawar Club saßen und sich einen kühlen Gin Tonic genehmigten, während sie den Sonnenuntergang betrachteten.

– Es gibt da eine Ausgrabungsstätte, für die ich mich interessiere. Shah-ji-ki-Dheri.

– Der Kanischka-Stupa?

– Ja. Den Hauptausgrabungen am Stupa, die ja derzeit ruhen, möchte ich selbstverständlich nicht in die Quere kommen, aber es gibt da eine leuchtende weiße Statue, die früher einmal am Rande des Stupa-Komplexes stand. Ich würde zu gern herausfinden, ob es davon noch Überreste gibt.

– Eine leuchtende Statue?

– Wahrscheinlich eine Geschichte, die sich aus dem Anblick von Mondlicht auf weißem Marmor herleitet – aber es ist genau der Marmor, der mich interessiert. Wieso hier, in einer Gegend, in der Schiefer als Gestein dominiert, eine Marmorstatue? Oder handelte es sich um Kalkstein? Ich habe da eine Theorie, Handelswege zur Zeit der Kuschan-Herrschaft betreffend.

Er nickte mit einem Ausdruck von geheucheltem Interesse, ganz wie erwartet, sodass sie nun zum eigentlichen Kern der Sache kommen konnte.

– Wie sieht es mit diesem Pacht-Disput aus? Darf man da bald mit einer Lösung rechnen?

– Sehr bald sogar, denke ich. Der Deputy Commissioner prüft

derzeit ein Enteignungsverfahren gegen den Grundbesitzer. Bis zum Beginn der Ausgrabungssaison dürfte alles geklärt sein.

– Hurra, Mr Remmick! Das sind ja großartige Neuigkeiten, damit hätte ich gar nicht gerechnet. Wann beginnt die Ausgrabungssaison?

– Schon im November mitunter. Aber gemach, Miss Spencer, versprechen Sie sich nicht zu viel. Mir ist bekannt, dass Frauen inzwischen archäologisch tätig sind, in Griechenland, in der Türkei. Sogar in Ägypten. Wir sind hier aber in Peschawar. Die pathanischen Männer sind wenig begeistert von der Vorstellung von Frauen …

– Wenig begeistert von der Vorstellung von Frauen, die was genau tun?

– Wenig begeistert von der Vorstellung von Frauen im Allgemeinen.

Sie dachte an den Soldaten im Zug; an das einvernehmliche Schweigen, das zum Ende der Reise hin zwischen ihnen geherrscht hatte. Doch was mochte ihm dabei tatsächlich durch den Kopf gegangen sein.

– Lassen sich die Engländer hier in Indien neuerdings von den Eingeborenen vorschreiben, was sie zu tun und zu lassen haben?

– Ha! Wohl gesprochen.

Er prostete ihr mit seinem Glas zu.

– Auf die Ausgrabungssaison!

Eine schwere, lastende Stille ging von den Bergen aus, die sogar die Vögel zum Schweigen brachte, die sonst in der Nacht noch zu hören waren. Fleisch pochte vernehmlich gegen Holz, als Viv in der Dunkelheit gegen einen Gartenstuhl stieß. Sie legte ein Kleidungsstück nach dem anderen ab, bis sie splitternackt war und den leisen Windzug spürte, der ihr in der mondbeschienenen Nacht warm über die Haut fuhr. Dann bückte sie sich, hob das Ende des Gartenschlauchs auf und ging damit zum Haus zurück, wo sie den Wasserhahn aufdrehte, im Gras in die Hocke ging und sich das Schlauchende oben zwischen die Schulterblätter hielt. Wasser ergoss sich über ihre Wirbelsäule. Zunächst noch lauwarm, aber dann immer kühler, während es aus den tieferen Regionen des unterirdischen Wassertanks geströmt kam, woraufhin sie sich aufrichtete und im Stehen jede Stelle ihrer Haut mit Wasser benetzte. Zum krönenden Abschluss beugte sie den Kopf nach vorn und ließ sich das Wasser übers Haar laufen, bis es klatschnass war.

Sie wandte sich um und spähte hinüber zu den Bergen in der Ferne. Tahsin Bey stand hinter ihr, ließ sanft seine Finger über ihre Haut kreisen. Der äußerste Kreis war der Gürtel, die zerbrochene Schale, der Reif aus Gebirgszügen, Hügeln und Felsvorsprüngen; dort befanden sich auch die Stammesregionen, wo Männer einander vor dem Frühstück aus den geringfügigsten Anlässen töteten, sei es ein Huhn, ein schlechter Traum, ein Lächeln; näher heran, im Vorgebirge, die britischen Truppen, die Peschawar vor den Stammeskriegern schützten; dann die Felder, Obstplantagen und Gärten, in denen der Sommer, vor dem die Engländer die Flucht in die kühleren Regionen der Hill Stations antraten, Früchte aller Art heranreifen und feuerfarbene Blumen erblühen ließ; näher dann, noch näher, die stolzen englischen Silhouetten von Kirchtürmen und Kasernen; und genau in der Mitte, im innersten Kreis, im Auge des Sturms: Vivian Rose Spencer, die im Garten ihres Bungalows stand und spürte, wie ein Schauer der Wonne ihren Körper durchlief.

Juli – September 1915

Die Vertrautheit Peschawars erstickte jede Hoffnung im Keim, dass das Leben irgendwelche Wendungen nehmen könnte, die Qayyum noch nicht vorherzusehen vermochte. Kein Wind, nur Hitze, die ihm die Kleider am Körper kleben ließ. Er dachte an die Schlange, die er einmal bei der Häutung beobachtet hatte. Es sah verblüffend mühelos aus, das Tier war einfach nur über einen schotterbedeckten Pfad hinweggeglitten und hatte eine Schicht Schuppen zurückgelassen. Als ob die Haut, in der es gelebt hatte, bloß eine Art Socke gewesen wäre. Qayyum hatte die abgeworfene Haut aufgehoben, die völlig intakt war, bis auf einen Riss vorn am Maul. Er drückte die zerrissenen Enden zusammen und hielt eine durchsichtige, federleichte Schlange in den Händen; sogar mit deutlich umrissenen Augen. Als er die Haut hochhob, um sie gegen das Sonnenlicht zu betrachten, flirrten auf einmal schillernde Regenbögen darüber hinweg, als würde etwas darin wirbelnd zum Leben erwachen, und er ließ sie erschrocken zu Boden fallen.

Stufen konnte er mittlerweile gut bewältigen. Dennoch blieb er zunächst zögerlich an der offenen Zugtür stehen, bis eine Bewegung rechts von ihm die schändliche Möglichkeit eröffnete, dass da jemand herbeieilte, um einem Blinden beim Aussteigen behilflich zu sein. Also sprang er mit einem Satz auf den Bahnsteig hinab – nicht ohne ein kurzes flaues Gefühl im Magen, ehe seine Füße sicher auf dem Zement landeten – und marschierte eilig davon, mit seinem Rucksack auf dem Rücken, der sich ohne seine Soldatenausrüstung viel zu leicht anfühlte. Was sich jetzt darin befand, waren größtenteils Briefe und Andenken von Männern, die hier im Tal von Peschawar zu Hause waren: ein Kiesel aus Brighton, der mit einer Rose bemalt war; ein Foto, das eine Flugzeugpilotin zeigte; ein Orden; eine Patrone, leicht eingedellt vom Auftreffen auf einen Knochen;

ein Zettel mit einem Namen darauf, in der krakeligen Handschrift eines Mannes, der gerade erst lernte, einen Stift übers Papier zu führen; ein Teddybär mit zwei Uniformknöpfen anstelle von Augen. Wenn er all diese Sachen wunschgemäß verteilt hatte, wäre seine Dienstzeit in der Armee endgültig zu Ende.

Vor dem Bahnhof stieg er in eine Kutsche und nannte dem Fahrer sein Ziel. Früher war er es gewohnt, dass Kinder auf der Straße und auch Kutscher vor ihm salutierten, sobald sie seine grün-und-olivfarbene Uniform sahen, die ihn als Angehörigen der 40th Pathans auswies. Jetzt war es das fehlende Auge, das alle sofort bemerkten. Auch wenn er beide Augen geschlossen hatte, das wusste er, war sofort klar, nicht bloß wegen der Schwellung, dass mit dem rechten etwas nicht stimmte; die Haut dort wirkte leicht durchscheinend.

Die Kutsche rollte durchs Kabuli-Tor und gelangte auf die Straße der Geschichtenerzähler. *Wenn ein Mann schon sein Leben für die Verteidigung eines Feldes opfern soll, möge dieses Feld wenigstens sein Feld sein, das Land sein Land, das Volk sein Volk.* Aber die Leute hier waren nicht Qayyums Volk – die Kaufleute und Händler, die Kurtisanen und Maulvis, die Geldwechsler und Bettler. Die 40th Pathans, diese Männer waren sein Volk; nicht nur die Yusufzai, auch die Afridis, auch die Dogras. Er hätte heftiger darum kämpfen müssen, bleiben zu dürfen. Gut, er hatte also nur noch ein Auge. Na und? Admiral Nelson hatte auch nur noch ein Auge und außerdem nur einen Arm. Es wäre besser, jetzt dort zu sein als hier.

Die Kutsche näherte sich zwei Afridis, die sich an den Händen hielten – beide hatten langes Haar, und der größere der beiden hatte eine Blume hinterm Ohr stecken. In der Army hatte Qayyum gelernt, dass das Aussehen solcher Männer wie auch das Benehmen, das sie an den Tag legten, für einen Soldaten (oder, wie ein Offizier geschnarrt hatte, für Männer überhaupt) absolut ungehörig war. In jener Nacht in Ypern aber, als er neben dem Bach lag und darauf wartete, dass der Mond endlich seine Wanderung über den Himmel beendete, hatte er zwei Sepoys von den 40th gesehen, Bahadur Khan und Afroze, die Hand in Hand dalagen, mit ineinander verschlungenen Fingern; und dann das fürchterliche Schluchzen, als

Bahadur Khans Finger kalt und steif wurden. Es war so laut, dass es bis zu den deutschen MG-Schützen hinübergedrungen war. Und wie hätte er jene Nacht ohne Kalam Khan überstehen sollen, der neben ihm lag und sich den Mund immer wieder mit Wasser aus dem Bach füllte, um seinem Kameraden möglichst kühle Luft auf das brennende Gesicht pusten zu können? In jenen Stunden war die körperliche Nähe, die Qayyum dem anderen Mann stets verweigert hatte, das Einzige, was ihm Linderung brachte.

Eine Gruppe Kamele zwang die Kutsche, langsamer zu fahren. Qayyum hielt sich die Hand vor die Augen, um das eine zu schützen und das andere zu verbergen, deshalb sah er nicht, wie der Afridi die Ringelblume nahm, die er hinter seinem Ohr trug, und sie ihm in die andere Hand drückte. Die Blütenblätter fühlten sich zarter an als die Lippen der Französin, als Qayyum sich damit über die Haut fuhr. In Brighton hatte er Freundlichkeit kennengelernt, aber niemals solche Vertrautheit.

Die Kutsche bog von der breiten Straße der Geschichtenerzähler ab und rollte bald an engen Gassen vorbei, die für sie unpassierbar waren; die Häuser links und rechts standen so dicht zusammen, dass sich ein Junge oben aus dem Fenster lehnen und einen Nachbarn bitten konnte, ihm seinen Turban zu wickeln, damit er nach unten zu seiner Mutter laufen und so tun konnte, als hätte er das ganz allein fertiggebracht. Nun war er fast zu Hause. Möge Allah ihm verzeihen, er wäre lieber in den Schützengräben gewesen.

Oben auf der Treppe öffnete er die Holztür, und dunkle Gestalten stürzten auf ihn zu; ohne einen Laut wich er zurück, die Klinke noch in der Hand, und schloss die Tür wieder. In der Schlacht von Khaibar riss Hasrat Ali das Tor einer Festung aus den Angeln, um seinen verlorenen Schild zu ersetzen. Qayyums Angreifer riefen auf der anderen Seite der Tür seinen Namen, und er forderte sie auf, Tretet zurück, tretet zurück. Als er die Tür gleich darauf erneut öffnete und ins Zimmer trat, standen sie reglos und mit unsicherer Miene da und überließen es ihm, seinen Vater und seine Mutter zu umarmen und seinen drei mittlerweile alle verheirateten Schwestern zuzunicken, während er hinter ihnen gleichzeitig Ausschau nach Najeeb hielt.

Die jüngste seiner Schwestern brach in Tränen aus, kam auf ihn zu und hob die Hand an die mit Schrapnellnarben übersäte Haut rings um seine Augen, ohne sie zu berühren. Qayyum nahm ihre Finger und führte sie stattessen an ihren gewölbten Leib. Ein Junge, sagte er, und sie erwiderte, Ein Soldat. Qayyum schüttelte nur den Kopf, wandte den Blick von ihr ab – wie klein dieser Raum war, wie beengt und düster, mit schmalen Lichtstreifen, die schräg durch die Fensterlamellen hereinfielen, direkt auf den Esstisch englischer Art, den er bei seinem letzten Urlaub, er hatte darauf bestanden, von seinem Sold gekauft hatte. Der Tisch war so groß und massiv, dass er den Raum beherrschte; zu seiner einen Seite befanden sich Bücher, zu der anderen Küchengerätschaften. Seine Mutter hielt einen Koran in die Höhe, so hoch es ihre Arme eben zuließen; Qayyum tauchte leicht gebeugt darunter hindurch, seine Mutter flüsterte ein Gebet, und damit war er wieder zu Hause.

– Ein Mann trägt seine Narben nicht anders als eine Frau ihr Armgeschmeide.

Seine Mutter hielt ihre fleischigen Handgelenke in die Höhe und rasselte kurz mit ihren Armreifen. Sie war siebenunddreißig oder achtunddreißig, und für eine Engländerin wäre das noch nicht alt gewesen. Sie aber sah genauso alt aus wie ihr zwanzig Jahre älterer Mann, dessen Wangen zwar eingefallen waren, weil ihm schon einige Zähne fehlten, der aber nach wie vor schlank und rüstig war. Er räusperte sich; als Briefschreiber verbrachte er sein Leben damit, die Worte anderer Leute zu Papier zu bringen, doch er selbst war wortkarg bis zur Verschlossenheit.

– Najeeb ist losgegangen, um dich am Bahnhof abzuholen, sagte sein Vater.

– Ich habe ihn dort nicht gesehen.

Bei dieser Erwähnung des Sehsinns sackte der ältere Mann etwas in sich zusammen; er blickte seine Frau an und nickte, wie um seine Zustimmung zu dem zum Ausdruck zu bringen, was sie als Nächstes sagen würde.

– Du bekommst doch eine Pension, oder? Für den Rest deines Lebens?

– Ja, Amma.

– Immerhin, dann hat die Sache ja doch ihr Gutes. Wenn ich mich nach einer Braut für dich umsehe, kann ich sagen, welcher Mann mit zwei Augen kann schon ein garantiertes Einkommen vorweisen, solange er lebt?

Die mittlere Schwester kicherte und fing an, ein Hochzeitslied zu summen. Hinter dem Rücken ihrer Mutter aber zog sie eine Fratze und schielte mit den Augen, um Qayyum auf diese Weise zu verstehen zu geben, dass die schönsten Mädchen in der Ummauerten Stadt Männern vorbehalten waren, die heil und unversehrt waren. Auf einmal hatte er das Gefühl, in diesem Raum keine Luft mehr zu bekommen. Da spürte er, wie ihm jemand leicht gegen den Rücken tippte, und wandte sich um. Vor ihm stand Najeeb und sah ihn an, mit einem Gesichtsausdruck, der nicht so tat, als wäre alles in Ordnung.

– Tut es weh?

Er zog den Kopf des Jungen an seine Brust und stieß die Luft aus.

Qayyum ließ sich auf dem Flechtbett nieder und beugte sich zu der Petroleumlampe vor, die vor ihm auf dem Boden stand. Er nahm die Glashülle ab, entzündete ein Streichholz, hielt es an den Docht und stellte die Flamme ein, wobei ihm der Geruch des Petroleums in die Nase stieg. Diese kleinen mechanischen Handgriffe waren wie ein Ritual, das ihm Trost spendete. Erst als er das Glas sorgfältig wieder über die Flamme gestülpt und am Lampenrand befestigt hatte und mit untergeschlagenen Beinen auf dem Bett saß, in ausreichendem Abstand von der Lampe, holte er das zusammengeknotete Taschentuch heraus und platzierte es behutsam in seiner gewölbten Hand. Er entknotete es mit der anderen Hand, schlug die Seide auseinander und entfernte die schützende Watte. Im Schein des Vollmonds und der Lampe starrte ihm aus seiner Hand glasig ein Auge entgegen.

Er berührte es leicht mit dem Daumen. Nie zuvor hatte er ein solches Wunderwerk gesehen. Das Braun der Iris stimmte fast exakt mit der Farbe seines verbliebenen Auges überein, das Weiß ringsherum war mit winzigen Blutgefäßen bemalt. Wenn die Entzündung erst abgeklungen war, hatte ihm der Arzt auf dem Schiff nach Karatschi versichert, könne er es wieder tragen. Und auch die noch frischen Schrapnellnarben würden mit der Zeit verblassen. Sie werden im Nu wieder Herzen brechen. Die Bemerkung der Krankenschwester, das verstand er nun, war nicht als Vorwurf gemeint; im Gegenteil, sie hatte ihn damit aufmuntern wollen.

Er ging zu der mannshohen Schilfmatte hinüber, die das Dach vor Einblicken schützte, stellte sich auf die Fußballen und spähte darüber hinweg, hinunter auf die Straße und die Gebäude ringsherum. Häuser aus Lehmziegeln und einst bunt bemalte Fenster und Türen, die nun alle in die Farbe der Nacht gehüllt waren. Die Bauweise war teils so abenteuerlich, dass Obergeschosse den Eindruck erweckten, als könnten sie jederzeit in die Tiefe kippen. Auf Dächern da und dort der schwache Lichtschein von Lampen. Schlafende Kamele in der Karawanserei, ein Junge, der zusammengerollt an den Flanken eines der übelriechenden Viecher lag. Musste man wirklich lernen, Menschen auf eine Weise abzuschlachten, die für einen Paschtunen unvorstellbar war, um aus seinem Land einen Ort zu machen, wo jedes Kind genug zu essen bekam, jeder Haushalt wohlhabend war, alle Städte ansehnlich und gepflegt und die Äcker fruchtbar und wohlbestellt waren?

– Lala?

Er tat so, als hätte er nichts gehört, in der Hoffnung, dass Najeeb wieder gehen würde.

– Lala, sie schlafen jetzt alle. Ich habe dir etwas zu essen gebracht. Ich stelle es dir hierhin.

Das Geräusch eines Tellers, der abgestellt wurde, und der Duft von etwas Köstlichem. Ein Festmahl zur Feier seiner Heimkehr, von dem er sich selbst ausgeschlossen hatte.

– Nein, bleib.

Najeeb ließ sich auf dem Rand des Bettgestells nieder, um seinem Bruder beim Essen zuzusehen. Er war der Einzige aus der Familie gewesen, der Qayyums Schweigen ebenfalls mit Schweigen begegnet war statt mit immer lauterem Geplapper. Sogar ihr Vater hatte sich daran zu beteiligen versucht, was dem Missklang eine weitere Facette hinzufügte.

– Streck mir deine Hände entgegen. Aber sei vorsichtig.

Qayyum legte seinem Bruder das wieder zusammengefaltete Taschentuch in die Hände. Najeeb senkte den Kopf und fuhr mit dem Gesicht über die Seide.

– Was ist das für ein Duft?

– Eine Engländerin.

Najeeb riss ungläubig den Mund auf, und Qayyum lachte. Sein erstes Lachen seit langer Zeit.

– Sie war älter als unsere Mutter, und ihr Mund sah aus, als hätte sie ihr Leben lang Zitronen gegessen. Aber sie war sehr freundlich. Falte es auseinander, sieh hinein. Aber schön vorsichtig.

Najeeb faltete das Taschentuch fast andächtig auseinander, als würde es ein Geschenk enthalten. Falls es ihn überraschte, von einem Auge angestarrt zu werden, ließ er sich jedenfalls nichts davon anmerken. Er barg es behutsam in beiden Händen und streckte sich bäuchlings auf dem Boden aus. Stützte sich auf die Ellbogen und hielt seine Hände, so dicht es ging, an die Lampe. So lag er da und betrachtete das Glasauge eine ganze Weile, drehte es mal hierhin, mal dorthin, um es sich von allen Seiten anzusehen. Ähnlich versunken wirkte er mitunter auch, wenn er ein Buch las, einen Schmetterlingsflügel betrachtete, einen Stein. Eine gewisse Stille im Kern seines Wesens. Es gab einige Jungen in seinem Regiment, die in Qayyum einen ganz besonderen Beschützerinstinkt geweckt hatten; jetzt begriff er, dass er in ihnen den Schatten seines Bruders erblickt hatte.

Schließlich stand Najeeb auf. Im Stehen befand sich sein Gesicht auf derselben Höhe wie das seines sitzenden Bruders.

– Was ist jetzt hinter dem Augenlid?

– Schau.

Qayyum legte Daumen und Zeigefinger um sein Auge wie eine Krebsschere und zog die Haut auseinander, damit sich das geschlossene Lid öffnete. Er sah Najeebs Finger auf sich zukommen, verspürte dabei nicht den Impuls, zurückzuweichen. Wie merkwürdig – nicht beunruhigend, bloß merkwürdig –, zu spüren, wie der Finger seines Bruder den Knochen seiner Augenhöhle betastete.

Aber nein; das hatte er sich bloß eingebildet. Najeeb beugte sich lediglich vor, legte ihm die Hand an die Stirn und beließ es dabei, in die Augenhöhle zu spähen – wozu Qayyum selbst sich nicht überwinden konnte, wenn er vor dem Spiegel stand.

– Es ist zu dunkel, man kann nichts erkennen.

– Du kannst morgen früh noch mal reinschauen.

– Danke.

Najeeb setzte sich wieder und lehnte sich an seinen Bruder.

– Tut mir leid, dass ich nicht da war, als du nach Hause gekommen bist.

– Ist schon gut.

– Ich war am Bahnhof, um dich abzuholen. Du hast mich nicht gesehen, als du aus dem Zug gestiegen bist, obwohl ich mitten auf dem Bahnsteig stand.

– Warum hast du nicht nach mir gerufen?

Qayyum kannte die Antwort: Weil ihm der Anblick seines narbenübersäten, einäugigen Bruders Angst eingejagt hatte. Er nahm Najeebs Hand und drückte sie stumm, zum Zeichen, dass er ihn verstand und ihm nicht böse war. Der Junge erwiderte seinen Händedruck, und dann nahm er den Teller vom Bett und drehte ihn lachend herum, um zu zeigen, dass Qayyum alles restlos aufgegessen und nicht mal eine Zwiebelscheibe übriggelassen hatte.

– Unsere Mutter hat sich Sorgen darum gemacht, womit man dich im Krankenhaus ernährt hat.

– Es gab neun Küchen.

Najeeb schien ungeheuer beeindruckt, und Qayyum hätte gern etwas gesagt, um die ehrfürchtige Bewunderung für die Großzügigkeit der Engländer etwas zu dämpfen, die aus der Miene seines Bruders sprach.

– Lala?

– Ja.

– Bist du jetzt noch Soldat?

– Nein.

– Wärest du gern noch einer?

– Geh jetzt schlafen, Najeeb.

Die Brüder standen einander auf dem Dach gegenüber; der eine angespannt und nervös, der andere mit einem aufmunternden Lächeln, ein wenig ungeduldig.

– Bereit?

– Nein, warte noch. Sekunde.

Am Vortag war Qayyum vor Schreck die Teetasse aus der Hand gefallen, als vom Dach auf einmal ein Stakkato pochender Geräusche zu hören war; als es lange genug weitergegangen war, um sich eher nach Hagel als nach Trommelfeuer anzuhören, war er aufs Dach hinaufgestiegen, um der Sache auf den Grund zu gehen. Was er dort vorfand, war Najeeb, der sich das rechte Auge zuhielt, während er mit der anderen Hand den Ball vom Boden aufspringen ließ. Er hatte den Ball bereits über fünfzig Mal ununterbrochen aufspringen lassen, ehe er bemerkte, dass er von Qayyum beobachtet wurde, der genau diese Übung Tag für Tag wiederholte, allerdings nicht annähernd so erfolgreich wie Najeeb. Qayyum wand sich innerlich bei der Vorstellung, dass er all die Tage gedacht hatte, er könnte hier oben unbemerkt üben. Nun musste er erkennen, dass seine Familie unten im Haus alles mitbekommen hatte, vor allem die quälenden Pausen jedes Mal, nachdem der Ball ein paar klägliche Male aufgesprungen war. Morgen spielen wir Fangen, hatte Qayyum nur gesagt und sich abgewandt, um wieder nach unten zu gehen.

– Jetzt.

Najeeb warf den Ball, der etwa in Brusthöhe in einem gemächlichen Bogen durch die Luft segelte und bereits wieder auf dem Weg nach unten war, ehe er bei Qayyum ankam. Um ihn aufzufangen, brauchte er bloß die Hände in Hüfthöhe auszustrecken.

– Gut gemacht!, rief Najeeb herüber.

Qayyum blickte langsam von seinen Händen auf, in denen er das Kinderspielzeug hielt.

– Ja, »gut gemacht«. So sieht jetzt mein Leben aus.

Er sah, wie Najeeb das Gesicht abwandte, dem sommerweißen Himmel zu, und ahnte, dass sein Bruder sich weit weg wünschte.

– Entschuldige, sagte Qayyum. Najeeb schüttelte den Kopf, vermied es aber weiter, ihn anzusehen. Qayyum wusste seine Reaktion nicht recht zu deuten: Schlug er seine Entschuldigung damit aus oder wollte er ihm zu verstehen geben, dass sie nicht nötig war?

– Ich habe mich auch satt. Mehr als du.

– Ich habe dich nicht satt.

– Meinst du, mir ist nicht aufgefallen, wie du nach dem Mittagessen gleich wieder verschwindest und erst abends wieder hier auftauchst, lange nachdem der Unterricht beim Maulvi zu Ende sein sollte?

– Das hat nichts damit zu tun, dass ich dich satthätte.

– Nein, du brauchst dich nicht zu entschuldigen. Es freut mich, wenn ich mir vorstelle, wie du im Shalimar Bagh an einem Springbrunnen sitzt und liest. Da, in Ypern, war ein Offizier – er hatte immer ein Buch dabei, und in den Minuten, als wir am Fuß der Anhöhe versammelt waren und auf den Befehl zum Angriff warteten, habe ich gesehen, wie er auf dem Bauch im Gras lag, die Nase in sein Buch gesteckt, und in einer ganz anderen Welt zu sein schien. Ich habe ihn beneidet, und dann habe ich mich gefreut, weil ich wusste, dass mein Bruder dazu auch in der Lage ist. Egal was auf der Welt passiert, Najeeb kann immer irgendwohin entfliehen.

Qayyum warf den Ball zurück. Najeeb tat so, als hätte er Mühe, ihn zu fangen – nur, um seinem Bruder eine kleine Freude zu machen, das war offensichtlich.

– Lala, ich würde dich gern etwas fragen. Über die Zeit, als du da drüben warst.

– Frag, was du willst. Aber frag mich nicht danach, was auf dem Schlachtfeld passiert ist.

Beim Sprechen schien ihm sein Mund nicht recht gehorchen zu wollen. Als wären seine Lippen mit losen Stichen zusammengenäht. Najeeb kam auf ihn zu, mit erhobener rechter Hand, die Handfläche nach außen gekehrt; eine formelle Geste wie aus einer anderen Welt, die Qayyum nicht kannte.

– Erzähle mir von der Engländerin, die dir das Taschentuch geschenkt hat. War sie nett? Hast du mit ihr Englisch geübt?

– Hör zu, Najeeb. Interessiere dich nicht zu sehr für Engländerinnen.

– Ich meine es doch nicht böse.

– Die Engländer sind aber der Meinung, dass ein Inder kein Recht dazu hat, sich für ihre Frauen zu interessieren. Vielleicht haben sie recht damit. Würdest du wollen, dass Engländer hierherkommen und neugierige Fragen nach unseren Schwestern stellen?

– Was denn für Fragen?

– Sind sie nett? Kann ich mit ihnen Hindko üben?

Die Vorstellung, dass ein Engländer mit einer ihrer Schwestern, egal welcher, Hindko üben wollte, schien so widersinnig, dass Najeeb in Gelächter ausbrach. Dann holte er mit dem Arm aus und warf Qayyum den Ball mit aller Kraft zu, ganz wie in alten Zeiten. Der Ball sauste pfeilgerade durch die Luft, schien immer schneller zu werden, während er auf Qayyums Gesicht und vor allem sein Auge zuflog. Najeeb schrie eine Warnung, aber sein Bruder hob reaktionsschnell die Hände und fing den Ball mit demselben Geschick wie früher. Das Geräusch seiner Handflächen, die sich um den heransausenden Ball schlossen, klang Najeeb süßer in den Ohren als alle Sitars der Welt.

Dann kam endlich der Morgen, an dem die Entzündung restlos abgeklungen war. Qayyum setzte sich das Glasauge ein und betrachtete sich lange im Spiegel. Fast wieder er selbst, und doch ändert sich alles, wenn ein Mann die Welt nur noch mit einem Auge wahrnimmt. Er zog seine robustesten Schuhe an, schnallte sich den Rucksack mit den Andenken der Soldaten auf den Rücken und ging nach unten.

Seine Mutter sah von den Erbsen auf, die sie gerade am Esstisch aus den Schoten pulte, und er erkannte ihr Gesicht nicht wieder. Sie wurde erst blass, dann rot, und dann warf sie mit einem Freudenschrei zwei Handvoll Erbsenschoten in die Luft wie Rosenblätter bei einer Hochzeit. Najeeb war mit seiner Schultasche gerade auf dem Weg nach draußen, kehrte aber noch einmal in den Raum zurück und legte seiner Mutter die Arme um die Schultern.

– Es ist nur ein Glasauge, Amma.

Qayyum las schweigend die Erbsenschoten vom Fußboden und vom Tisch auf und warf sie in den Topf zurück. Als seine Mutter nach seiner Hand greifen wollte, entzog er sie ihr.

In Dörfern und Kleinstädten, weit weg vom Lärm und Chaos Peschawars, wurde er in Empfang genommen wie ein Traum, der in Erfüllung gegangen war: ein paschtunischer Soldat, der aus dem Krieg heimkehrte. Wohin er auch kam, lud man ihn ein, über Nacht zu bleiben, und ein Festmahl wurde ihm zu Ehren zubereitet, selbst wenn dazu das Huhn geschlachtet werden musste, das die Familie mit Eiern versorgte; der Gegenstand, den er mitbrachte – ob Kiesel oder Patrone oder Foto –, wurde ehrfürchtig von Hand zu Hand gereicht, als handelte es sich um ein Stück des Schwarzen Steins von Mekka, überbracht vom Engel Jibril persönlich. Er wanderte durch die Obstgärten des Tales, überquerte seine strudelnden Bäche an den Stellen, wo sie am schmalsten waren. Eines Tages, als er sich an einem dieser Bäche das Gesicht wusch, spürte er förmlich, wie er sich mit dem kalten, klaren Wasser Europa aus den Augen spülte. Wie hatte er bloß Frankreichs Landschaften als schöner empfinden können als dies hier – er breitete die Arme aus, überwältigt vom Anblick der Bäche und Flüsse, die rauschend über die Gebirgsausläufer talabwärts strömten, als würden sie sich ein Wettrennen liefern – diese juwelenglänzende Erde.

Sein letztes Ziel, ehe er wieder nach Peschawar heimkehrte, war Shahbaz Garhi im Gebiet der Yusufzai, der Heimat seiner Vorfahren. Die Brüder von Sepoy Khuda Buksh nahmen den Brief und die rote Feder vom Hals eines Vogels in Empfang, die er ihnen mitgebracht hatte, und eröffneten ihm, dass der Mann, der diese Andenken geschickt hatte, tot war; jemand von der Army war in der Woche zuvor vorbeigekommen, um ihnen die traurige Neuigkeit zu überbringen. Dann bist du jetzt an seiner Stelle unser Bruder, stellten sie fest, als wäre es eine schlichte Tatsache und nicht etwa eine

Ehre, die sie ihm antrugen, und gestatteten ihm Zutritt zur Senana, wo die älteren Frauen ihn mit unverschleierten, verweinten Gesichtern empfingen und unter Tränen baten, ihnen alles, was er wusste, über den Jungen zu erzählen, den nur Qayyum als Mann gesehen hatte. Als die Zeit gekommen war, Abschied zu nehmen, fasste ihn einer der alten Männer der Familie am Ellbogen:

– Da ist noch etwas, was du dir ansehen solltest, Yusufzai-Schreiber.

Seine neuen Brüder brachten ihn zu einem großen Felsen, in den Schriftzeichen eingemeißelt waren. Der jüngste von ihnen kniete sich hin und benutzte das Ende seines Turbans, um den Staub von einem kleinen Abschnitt der Inschrift abzuwischen. Bereits recht verwitterte Symbole bildeten Zeilen, die sich mal zu der einen, mal zur anderen Seite neigten wie erschöpfte Bataillone. Schon ehe es Papier gab, gab es bei den Yusufzai Schreiber, sagte der alte Mann. Aber was steht denn da?, fragte Qayyum. Der alte Mann wusste es nicht genau, doch es handelte sich um die Worte des Königs Ashoka, der mit Feuer und Schwert herrschte, bis er eines Tages auf einem Schlachtfeld einmal den Berg von Toten betrachtete und das Schluchzen einer Frau hörte, die ihren Mann und all ihre Söhne in der Schlacht verloren hatte, woraufhin er sich zu einem Anhänger Buddhas bekehrte, der Gewalt ein für alle Mal abschwor und Felsen mit seinem Bekenntnis zu Frieden und Gewaltlosigkeit beschriften ließ.

Qayyum fuhr mit den Fingern behutsam über die uralten Worte und dabei meinte er Ashoka vor sich zu sehen, wie er über jenes Feld bei Ypern schritt und zu sich selbst sagte: Genug. Nie wieder.

In der Leinwand, die über die Äste gebreitet war, befand sich ein kleines Loch, und wenn die Sonne direkt darüber stand, fiel ein dünner Lichtstrahl in das Tintenhorn. Qayyum schloss die Hand um das Büffelhorn – es fühlte sich warm an, erwärmt von der erhitzten Tinte, die es enthielt.

Sein Vater war seit einigen Tagen krank, er lag mit Fieber im Bett, und Qayyums Mutter hatte ihren Sohn mit einem Blick angesehen, der ihn daran erinnerte, dass er noch andere Pflichten hatte, als den Postboten zu spielen. Und hier saß er nun also, unter einem Baum, die Beine unter den Tisch mit dem eingebauten Tintenhorn gezwängt, der der ganze Stolz seines Vaters war. Früher als Kind war ihm der Geruch von Tinte zuwider, weil er ihn mit der Langeweile heißer Nachmittage verband, an denen er mit einem Fächer hinter seinem Vater stehen und ihm Luft zufächeln musste, aber bloß nicht zu heftig, damit die Tinte auf dem Papier nicht verschmierte. Und auch die Briefe, die seinem Vater diktiert wurden, waren alles andere als aufregend – jemand benötigte Geld, jemand schickte Geld, jemand war gerade angekommen, jemand reiste ab, jemand hatte geheiratet, jemand hatte Nachwuchs bekommen, jemand war gestorben. Allen ging es gut, alle vermissten jemanden, jemand vermisste alle, das Huhn legte auf einmal keine Eier mehr, wo blieben die Ballen Seide? Neuigkeiten über eine Blutfehde oder einen Mord lockerten die Nachmittage hin und wieder etwas auf, aber nicht sehr oft. Für ihn hatte immer schon festgestanden, dass er im Leben einen anderen Weg einschlagen würde – er war im Schatten einer Festung aufgewachsen; war es da nicht natürlich, dass die Soldaten in Uniform, die mit blinkenden Knöpfen und Stiefeln über öffentliche Plätze paradierten, auf ihn einen unwiderstehlichen Reiz ausübten?

In der Armee aber wurde ihm nachdrücklich vor Augen geführt, wie wichtig Briefe waren, und mochte ihr Inhalt noch so banal sein. Ganz besonders an jenem Tag in Brighton, als ein Sepoy aus Peschawar in seinen Krankensaal gehumpelt kam, der ein Blatt Papier in der Hand schwenkte und sagte, Endlich ein Brief von zu Hause. Als Qayyum das Blatt entgegennahm, erkannte er die Handschrift sofort. Seine Stimme stockte ein wenig, während er und sein Vater sich über die Kontinente hinweg die Hände reichten, um dem Sepoy mitzuteilen, dass daheim alles in Ordnung war, die Ernte war gut gewesen, und das kranke Huhn hatte sich wieder erholt.

Als der Morgen in den frühen Nachmittag überging, schien sich alles zu verlangsamen. Vom Minarett der Mahabat-Khan-Moschee aus ließ der Muezzin mit bebender Stimme seinen Gebetsruf erschallen. Etwas Verwischtes huschte in das Tintenhorn hinab. Qayyum nahm das Horn aus dem Halter und entdeckte eine Fliege, die in der dunklen Flüssigkeit um ihr Leben kämpfte. Die Tinte als todbringender Ozean. Vorsichtig schob er seine Schreibfeder unter das wild zappelnde Insekt, hob es heraus und schüttelte es auf den Boden hinab. Die Fliege krabbelte benommen umher, eine blaue Tintenspur hinter sich herziehend, hob und senkte vergebens die mit Tinte verklebten Flügel. Qayyum kippte aus dem Krug, der neben seinen Füßen stand, ein wenig Wasser in seine Hand und ließ ein paar Tröpfchen auf die Fliege hinunterfallen.

– Na, viel zu tun, Lala?

Qayyum machte eine Handbewegung und bespritzte mit dem kleinen Rest Wasser Najeeb, der sein breitestes Lächeln aufsetzte.

– Statt hier Fliegen zu baden, komm lieber mit und hör dir mit mir eine Badala an.

Der Messerschleifer, der sich das schattige Plätzchen unter dem Zeltdach mit ihm teilte, sagte, er würde auf Qayyums Sachen aufpassen, und bei diesen Worten teilte er das noch immer am Boden herumkrebsende Insekt mit seinem Messer säuberlich in zwei Hälften. Najeeb nahm seinen älteren Bruder an der Hand und schwatzte unterwegs zur Straße der Geschichtenerzähler fröhlich vor sich hin. Es gebe so viele Geschichten über Peschawar, die keiner der Geschichtenerzähler im Basar je zum Besten gab; sein Leben lang hätte er immer nur dieselben alten Geschichten gehört, und vielleicht sollte er die Geschichtenerzähler mal darauf aufmerksam machen, dass es noch andere gab. In letzter Zeit legte er eine immer keckere Selbstsicherheit an den Tag, warum, war nicht ganz klar; man würde darauf achten müssen, dass dies nicht in Hochmut überging. Augenblicklich aber war er einfach nur ausgelassen und vergnügt, und Qayyum musste unwillkürlich lächeln, als er sich vorstellte, wie sein Bruder zu einem alten Geschichtenerzähler ging und ihm eröffnete, dass er eine bessere Geschichte wusste als all die alten Erzählungen, die im Basar zu hören waren. Wahrscheinlich etwas, was er in der Missionsschule aufgeschnappt hatte – hoffentlich keine Geschichte mit christlichem Inhalt, sonst würde sich das noch zu ihrer Mutter herumsprechen, die Qayyums Drängen, dass Najeeb eine englische Schulbildung benötigte, um es später im Leben zu etwas zu bringen, seinerzeit ohnehin nur widerstrebend nachgegeben hatte.

Während sie durch die Straße der Geschichtenerzähler gingen, verschaffte sich Qayyum Freiraum, indem er seine Ellbogen seitlich etwas abgewinkelt hielt, eine Haltung, die er sich zunächst rein zum Selbstschutz angewöhnt hatte, die aber immer mehr zu einem Ausdruck stolzer Selbstbehauptung wurde. Er verlangsamte seinen Schritt, als sie sich der Reihe von Geschichtenerzählern näherten, die dem Publikum altvertraute Kost servierten, jene Geschichten Peschawars, die sich, wie Najeeb ganz richtig bemerkt hatte, seit Generationen nicht verändert hatten: »Laila Madschnu«, »Hasrat Ali«, »Der Prinz und der Fakir«, Hadda Mullas Dschihad gegen die Engländer. Diese Geschichte hatte das größte Publikum angezogen, und auch Najeeb zwängte sich zwischen die dichtgedrängte Schar der Zuhörer, sodass Qayyum ihm notgedrungen folgen musste, obwohl er selbst sich lieber »Laila Madschnu« angehört hätte.

Die Engländer rückten bei Nacht heran,
Bewaffnet bis an die Zähne ein jeder Mann.

Hadda Mulla, ihr Feind, es ist wahr,
Schien endlich für sie zum Greifen nah.

Als sie geschlichen kamen in die dunkle Stadt,
Brach vom Himmel ein Hagel mit Donner und Blitzen herab.

Taghell wurde die Nacht, damit alle es sah'n:
Ein Schwarm Bienen griff die weißen Soldaten an.

Schon eine Handvoll Stiche reichen aus,
Sie sind bezwungen, nehmen feige Reißaus.

Haben die Bienen sie in die Flucht geschlagen,
Oder war es der Zorn Allahs, wer weiß es zu sagen?

Zehn Jahr' und länger ist es her, dass sich dies zugetragen hat,
Doch heut', ihr Männer, ruft aufs Neue der Dschihad.

Haji Sahib sammelt seine Scharen, da oben in den Bergen.
Auf, auf! Schließt ihm euch an! Zu Fuß oder zu Pferde.

Was hatte sie zu bedeuten, diese große Leere, die sich in Qayyums Brust ausbreitete, während er dieser Badala lauschte? Nach den letzten beiden Zeilen reckte ein Mann, ein Stammesangehöriger der Mohmand offenbar, sein Gewehr in die Höhe, wobei er mit dem Kolben Qayyum einen Stoß gegen die Schulter versetzte. Männer um ihn herum brachen in Jubel aus und wiederholten zustimmend die letzte Zeile, Auf, auf! Schließt ihm euch an! Qayyum wandte sich wortlos ab und ging eilig davon. Als Najeeb ihn einholte, saß er bereits wieder unter dem Zeltdach und schob mit dem Schuh angeekelt die Überreste der Fliege beiseite.

– Entschuldige, Lala. Ich wusste nicht, dass da so viele Leute sein würden.

Er stieß Najeeb von sich, weit gröber als beabsichtigt.

– Was wird unsere Mutter sagen, wenn ich ohne Geld nach Hause komme, weil ich mir den ganzen Tag dumme Geschichten angehört habe? Los, hau ab. Lass mich arbeiten.

– Du hast ja wirklich vor allem Angst, rief Najeeb und lief davon, ehe Qayyum etwas erwidern konnte.

Qayyum sah auf seine Hand hinab, rieb mit dem Daumen über den schwieligen Höcker seitlich an seinem Finger, dort, wo er immer die Schreibfeder hielt. Er hatte die Schwielen ersetzt, die er früher vom Hantieren mit dem Gewehr an den Händen hatte. Wie sollte Qayyum seinem Bruder begreiflich machen, dass er nicht vor der Menschenmenge bei dem Geschichtenerzähler Reißaus genommen hatte, oder aus Angst, einen Gewehrkolben ins Auge zu bekommen. Tatsächlich war er vor Scham geflüchtet, weil ihm kurz ein Erinnerungsbild vor Augen gestanden hatte: er selbst in der Uniform der British Indian Army.

Eine Abdeckplane löste sich von einem Eselskarren. Er war mit Handspiegeln beladen, die nun das Licht der Sonne in alle Richtungen reflektierten, Lichtkreise auf Hausfassaden warfen, deren Fenster die gleißende, blendende Helligkeit in die Augen der Männer auf der Straße zurückwarfen – Kameltreiber, Kutscher, Händler, Kunden, Reisende. Wildes Chaos war die Folge. Ein Esel ging durch, ein Karren mit Rüben kippte um, ein Mann riss einen kunstvoll aufgetürmten Berg von Vasen aus gehämmertem Messing zu Boden; dazu am Rande von Qayyums Gesichtsfeld der verwischte Eindruck anderer Dinge, die zu Boden krachten oder zusammenstießen. Er schloss einen längeren Moment lang die Augen, ohne jede Furcht allerdings. In den vergangenen Wochen hatte er Tag für Tag erleben können, wie höflich und kameradschaftlich es auf dem Basar zuging; mit der Folge, dass er andere Menschen nicht länger als Bedrohung empfand.

In den wenigen Sekunden, die er nicht hinschaute, hatte auch schon die Phase des Nachspiels begonnen. Ernsthaftere Schäden waren glücklicherweise nicht zu beklagen, doch in Ermangelung einer Tragödie gab es nun nichts, um die sommerlich erhitzten Gemüter zu beruhigen. Männer kamen aus Läden gelaufen oder stiegen von Fahrrädern, zeigten vorwurfsvoll auf Kratzer und Schrammen und zerbeultes Messing. Eine unschöne Stimmung lag in der Luft; jeden Moment würden nun Fäuste fliegen oder Messer gezückt werden.

Ein kleiner Junge, der Qayyum von dem viel zu groß wirkenden Tablett, das er in den Armen hielt, eben noch einen Fliegenwedel aus Ochsenschwanzhaar hatte aufschwatzen wollen, stellte das Tablett eilig auf dem Gehweg neben dem Messerschleifer ab und flitzte über die Straße. Er nahm einen Spiegel aus dem Eselskarren und benutzte ihn geschickt dazu, mit dem reflektierten Sonnenlicht einen Mann zu blenden, der den ängstlich wirkenden Eselskarrentreiber immer wütender beschimpfte, als wollte er gleich handgreiflich werden. Der Mann hielt sich blinzelnd die Hand über die Augen und wandte sich dem Jungen zu, der nächsten Zielscheibe seines Zorns. Lachend senkte der Junge den Spiegel und bedeckte ihn teils mit der Hand, sodass ein runder Lichtschein genau auf den Genitalbereich des Mannes fiel, zusammen mit dem Schatten einer Hand, die dort herumtastete, wie um etwas zu fassen zu bekommen, das aber nicht vorhanden war.

Allgemeines Gelächter brach auf der Straße aus; der Junge flitzte wieder zum Gehweg herüber, stieß einen kleinen Schrei der Entrüstung aus, als er die Fliegen sah, die sich inzwischen auf seinen Wedeln niedergelassen hatten, lud sich das Tablett wieder auf die Arme und war im Nu von Kunden umringt, darunter auch der Messerschleifer. Der Mann, der die Messingvasen umgerissen hatte, half dem Eselstreiber dabei, die Plane wieder über den Karren zu breiten, und der Mann, der dem Streich des Jungen zum Opfer gefallen war, deutete mit dem Finger auf seinen Schritt und verkündete, Sogar meine Frau hat beim ersten Mal gedacht, ich hätte da noch einen dritten Oberschenkel, eine Reaktion, mit der er im Handumdrehen zum Helden des Tages wurde, wenn auch nicht, weil irgendjemand seiner Prahlerei Glauben geschenkt hätte.

Wie sehr Qayyum diese Männer inzwischen ins Herz geschlossen hatte. Was hatte ihn bloß dazu verleitet, sein Leben fernab von ihnen leben zu wollen?

Er lächelte noch immer, als ein anderer Junge bei ihm auftauchte, zerzaust und in zerlumpter Kleidung, und ihm ein Blatt Papier entgegenstreckte. Qayyum forderte ihn auf, sich zu setzen; weil er ganz so wirkte wie jemand, der vorhatte, auszureißen, ohne zu bezahlen, nachdem Qayyum ihm alles vorgelesen hatte. Das kam zwar so gut wie nie vor – die Menschen schienen an sie adressierte Schriftstücke nicht aus der Hand geben zu wollen, auch dann, wenn sie die Symbole auf dem Papier nicht verstehen konnten –, doch Ausnahmen gab es immer. Aber der Junge lachte bloß und lief davon, während Qayyum mit dem Blatt in der Hand zurückblieb.

Dein Bruder aus den Obstgärten hat die Hölle überlebt. Seine Klinge aus Eis wird schmelzen, wenn er Dich wiedersieht. Keine Sekunde früher.

Qayyum legte spontan die gewölbten Hände zusammen, mit dem körnigen Blatt Papier dazwischen, und sprach ein Gebet. Ein fehlendes Körperglied, ein fehlendes Auge – das waren die einzigen Gründe, aus denen ein indischer Soldat aus dem Dienst entlassen wurde und wieder nach Peschawar heimkehren konnte, aber Allah, bitte lass ein Wunder geschehen; lass es etwas anderes sein. Er legte einen Finger an sein Glasauge und stellte zu seiner Verblüffung fest, dass es nass von Tränen war.

Kalam kam ihm zwischen den Obstbäumen entgegen, mit schlenkernden Armen. Ein Auge also. Oh, Kalam, wäre ich doch nur bei dir gewesen, um deine Wunden zu säubern, um für dich ein Licht in der entsetzlichen Dunkelheit des Tages zu sein, um dir leise die Namen aller Tore der Ummauerten Stadt zuzuflüstern, einen nach dem anderen, wie Perlen an einer Gebetskette. Kurz bevor ihn der andere umarmte, sah er jedoch, dass er noch beide Augen hatte, eindeutig, keines war aus Glas. Das konnte nur eines bedeuten: Es war nicht sein Körper, sondern sein Geist, der zerstört worden war.

– Die Engländer haben beschlossen, keine Paschtunen mehr zu rekrutieren.

Kalam biss in eine Pflaume und reckte eilig den Hals vor, damit der herausspritzende Saft nicht auf seiner Kleidung landete.

– Für die Armee?, fragte Qayyum.

Der andere nickte und wischte sich den Mund am Ärmel ab, mit der Folge, dass der Saft, den er so sorgsam von seiner Kleidung ferngehalten hatte, nun als dunkler Fleck auf dem Stoff an seinem Handgelenk zurückblieb. Von dieser etwas blödsinnigen Idee abgesehen aber hatte er in den letzten Minuten einen völlig normalen, geistig gesunden Eindruck gemacht, während er Qayyum freundlich besorgt Fragen zu seiner Zeit in Brighton stellte, zu seiner Seereise und der Rückkehr nach Peschawar.

– Zu viele von uns meutern, zu viele desertieren. Vor allem, wenn man uns auffordert, gegen unsere muslimischen Brüder zu kämpfen. Nun guck nicht so entrüstet, Lance-Naik – du solltest stolz sein, dass du einem Volk angehörst, das nicht einfach so seine Brüder umbringt, wenn seine Unterdrücker es ihm befehlen.

Kalam grinste breit. In der Lücke zwischen seinen Schneidezähnen hing Fruchtfleisch.

– Vielleicht gehöre ich aber auch einem Volk an, dessen Angehörige desertieren, weil sie wissen, dass sie sich bei den Stämmen verstecken können. Wo die Engländer sie niemals finden und vor ein Kriegsgericht stellen können.

– Du hast es also erraten. Ja, morgen mache ich mich auf in die Berge, zur Sippe meiner Mutter, und tue, was getan werden muss.

– Was muss denn getan werden?

– Dschihad.

Am Morgen erst waren ihm neue Gerüchte über die blutigen Kämpfe zu Ohren gekommen, die sich die Engländer mit Haji Sahibs Anhängern oben in den Vorgebirgen und Schluchten lieferten; auf seinem Weg zum Obstgarten war Qayyum einem Bataillon begegnet, das unterwegs in die Berge war, und das Geräusch der im Gleichschritt marschierenden Füße zog und zerrte an seinem Herzen, als wären es die Schritte einer Geliebten, die ihn für immer verließ. Er erzählte Kalam davon, um der trotzigen Entschlossenheit einen Dämpfer zu versetzen, die er auf seinem Gesicht zur Schau trug. Aber sein Freund hob bloß abwehrend die Hände.

– Du kämpfst bereitwillig für die Europäer, wenn sie ihr Land vor Eindringlingen schützen wollen. Wenn aber deine Brüder dasselbe vorhaben, ergreifst du plötzlich für die Eindringlinge Partei.

– Kalam, weißt du noch, dieser eine Sepoy, der im hellen Mondschein aufgestanden und wild schreiend auf die Deutschen zugerannt ist?

– Natürlich, wie könnte ich den vergessen.

– Warum erinnerst du mich bloß so sehr an ihn?

Kalam legte Qayyum eine Hand ans Gesicht und streichelte mit dem Daumen sanft über die Narben neben seinem Auge.

– Komm mit.

Qayyum stand unendlich tief in Kalams Schuld – er konnte ihm diese Bitte nicht abschlagen, und das wusste der andere auch. Doch als er etwas zu lange zögerte, schüttelte Kalam bloß den Kopf und ließ seine Hand wieder sinken.

– Also immer noch ein loyaler Soldat, Lance-Naik?

– Nein, Kalam. Überhaupt kein Soldat mehr.

– Aber deine Loyalität gehört den Engländern.

– Nein, nur meinem Freund Kalam. Und ich weiß, dass einen Deserteur, der beim Kampf gegen englische Truppen gefangengenommen wird, die Todesstrafe erwartet.

– Mich bekommen sie nicht.

Ehe Qayyum auch nur begriff, was los war, hatte Kalam ihn herumwirbeln lassen und von hinten in den Würgegriff genommen, während er ihm von vorn die Spitze eines Messers an die Brust drückte.

– Siehst du, Lance-Naik? Ich kenne all ihre Tricks, aber sie kennen meine nicht. Und falls ihre Kugeln mich finden, dann soll es eben so sein. Ich fürchte mich nicht.

– Ich schon. Was wäre es für eine Welt, wenn es Kalam nicht mehr gäbe?

Kalam löste seinen Arm von Qayyums Hals und zog ihn enger an sich. So standen sie eine Zeitlang da, in schweigender Betrachtung der Pflaumenbäume, der Berge, des klaren blauen Himmels. Es war friedlich hier draußen in den Obstgärten, ganz anders als in Peschawar mit seinen ständigen Militärparaden und patronengurtbehängten Stammeskriegern. Als Kalams Hand auf Wanderschaft zu gehen begann, schlug Qayyum sie mit einem Klaps beiseite – es war wie ein altvertrautes Ritual zwischen ihnen, dieses Wechselspiel aus Annäherungsversuch und Zurückweisung, ein Schatten der Vergangenheit, bei dem von beiden Seiten dieselbe Hitze mit im Spiel war. Und es hatte beinahe etwas Tröstliches. Im Umgang mit allen anderen Menschen in seinem Leben hatte es einen jähen Schnitt gegeben – der Qayyum von heute war anders als der Qayyum von früher; mit Kalam aber fügte sich sein Leben wieder zu einem zusammenhängenden Ganzen.

– Ich habe versucht, dich im Kitchener zu besuchen.

– Ich weiß; ich habe dich gehört. Aber ich hielt dich für einen

Traum, eine Morphiumphantasie. Erst später hat man mir erzählt, dass du wirklich da warst und dass sie dir weisgemacht hatten, ich wäre fortgeschickt worden.

– Bleib hier. Tu so, als wärst du kein Deserteur, Kalam Khan. Kümmere dich mit deinem Vater um die Obstgärten. Such dir eine schöne Frau und zeuge mit ihr viele Söhne.

– Das klingt wie ein wunderschöner Traum.

– Wenn wir Albträume erleben können, können wir auch Träume leben.

Eine kurze Stille, während Kalam darüber nachdachte, und dann dröhnendes Gelächter.

– Lance-Naik, Sir, das ist so mit das Dümmste, was ich je gehört habe.

– Ich weiß, ich weiß!

Wie schön es war, einen Kameraden zu haben, wie gut es tat. Wie sollte er künftig an Tagen, wenn er sich mut- und haltlos fühlte, dem Drang widerstehen, hinauf in die Berge zu reisen, um einen Tag in Kalam Khans Gesellschaft zu verbringen? Doch er kannte die Gesetze, die es jedem in Britisch-Indien untersagten, Verbindungen zu Angehörigen feindseliger Stämme zu unterhalten. Wenn Kalam sich erst seinen Vettern angeschlossen hatte, den Mohmands, wäre es bereits ein Verbrechen, ihm auch nur zu schreiben.

– Tust du mir dann einen anderen Gefallen, Bruder?, fragte Kalam.

– Alles.

– Wenn es Zeit ist zu pflanzen, kommst du und hilfst meinem Vater, wenn er nach dir schickt? Bisher hat er dafür immer jemanden angestellt, mit dem Geld von der Army, das ich ihm geschickt habe, aber jetzt …

– Natürlich helfe ich ihm. So lange, wie er mich braucht.

Armer Kalam – mit seinen gerade einmal einundzwanzig Jahren war er nun ein Deserteur auf der Flucht, der den Männern, bei denen er Unterschlupf suchen wollte, nichts anzubieten hatte als seine kriegerischen Fertigkeiten. Außer Stande, seine Pflichten als Sohn zu erfüllen. Und es gab kein Zurück für ihn, nie wieder.

Qayyum rollte ein Blatt zwischen den Händen umher, um den Duft freizusetzen, und empfand sein eigenes Leben als gesegnet.

Es war immer Nacht in der Straße der Kurtisanen, einer schmalen Gasse, in die kaum Tageslicht drang. Qayyum wickelte sich das Ende seines Turbans ums Gesicht und ging leicht gebeugt, um nicht erkannt zu werden, während er auf die verrufene Gasse zusteuerte. Die Einzigen, deren Handel um diese Nachmittagszeit florierte, waren die Eisverkäufer, daher standen die meisten Türen in der Gasse offen, und die Frauen stellten sich offen zur Schau, an Kissen gelehnt und auf einen Ellbogen gestützt.

Zwei Männer, die vor einer geschlossenen Tür warteten, unterhielten sich über das Massaker, das Haji Sahibs Streitkräfte bei Rustam unter englischen Truppen angerichtet hatten. Sie sind den Ambela-Pass heruntergekommen und haben das Lager angegriffen, sagte der kleinere der beiden – es gab so viele tote und verwundete Soldaten, dass sechzehn Lastwagen nötig waren, um sie ins nächste Krankenhaus zu transportieren. Allah segne und beschütze Haji Sahib, sagte der andere, woraufhin der kleine Mann verzweifelt die Hände in die Luft warf.

– Wie kann ich noch länger hierbleiben, jetzt, wo du Allahs Namen genannt hast. Du Mistkerl, du willst mich bloß loswerden, damit du als Nächster an die Reihe kommst. He, du. Du da mit den Narben.

Qayyum hatte seinen Schritt verlangsamt, um den beiden zuzuhören – auch Kalam gehörte zu Haji Sahibs Streitkräften –, und stellte nun fest, dass der kleine Mann ihn direkt ansah und sagte, Komm, ich lasse dich vor. Der größere Mann zog einen Dolch aus dem Gürtel. Qayyum schüttelte den Kopf, teils, um das Angebot des einen abzulehnen, teils, um den anderen zu warnen, konnte sich aber eine neugierige Frage nicht verkneifen.

– So viele Türen stehen offen. Warum wartet ihr gerade vor dieser hier?

Die Antwort lieferte eine der Kurtisanen auf der anderen Seite der Gasse. Sie rief herüber:

– Manche Paschtunen lecken den Engländern die Stiefel, und manche wollen lieber was anderes lecken.

Das Gelächter der anderen Kurtisanen hallte durch die Gasse. Ehe Qayyum weitere Fragen stellen konnte, öffnete sich die Tür, und ein nach Rosenwasser duftender Mann kam heraus. Die Frau in dem Raum trat in die offene Tür, eine Hand in die Hüfte gestützt, sah zu der anderen Kurtisane hinüber und machte nur eine abfällige Handbewegung. Qayyum wich zurück, Schritt für Schritt, bis er mit dem Rücken an die Hauswand gegenüber stieß. Es war eine Engländerin in einem langen weißen Kleid, sie trug Handschuhe, die fast ihre gesamten Arme hinaufreichten, und dazu eine Haube auf dem Kopf. Graue Augen, Sommersprossen, kaum älter als zwölf oder dreizehn Jahre.

– Guten Tag, die Herren.

Sie sprach Englisch, aber mit dem Akzent der Einwohner Peschawars. Damit wurde auch klar, dass sie nur teilweise englisch war, vermutlich die Tochter eines Freiers einer der Frauen in der Gasse.

– Wir sind uns noch nicht begegnet.

Noch immer Englisch sprechend, kam sie auf Qayyum zu und streckte ihm ihre behandschuhte Hand entgegen. Das war dem kleinen Mann offenbar nicht recht, er zog ein böses Gesicht und murrte, er habe es eilig, als sei er nicht länger bereit, einem anderen den Vortritt zu lassen. Qayyum hielt den Blick auf ihre ausgestreckte Hand gesenkt, um nicht ihr Gesicht ansehen zu müssen, das ihm, ebenso kindlich wie wissend, geradezu monströs erschien.

– Nicht zum Spielen aufgelegt, mein Hübscher?

Er kniff abwehrend die Augen zu, als sie mit ihrem Gesicht dichter herankam, so dicht, dass er den merkwürdigen Geruch ihres Atems wahrnahm, ein Geruch, über den er nicht näher nachdenken wollte. Dann spürte er an den Narben neben seinem Auge etwas Feuchtes – ihren Mund, ihre Zunge?

– Du schmeckst nach Tod.

Qayyum wandte sich heftig ab und rannte davon, verließ fluchtartig die Gasse, verfolgt vom spöttischen Gelächter der Phantasiebilder der Ummauerten Stadt.

Der alte Mann kam in der grün-und-olivfarbenen Uniform der 40th Pathans die Straße entlang; sie schlackerte ihm um den hageren, ausgemergelten Greisenkörper, Ärmel und Hosenbeine waren hochgekrempelt. Er blieb stehen, um Qayyums Vater aufmerksam zu betrachten, der gerade einem seiner ältesten Kunden einen Brief vorlas. Der Mann war fast taub, und der ältere Gul hielt leicht seinen Kopf umfasst, während er ihm die Worte direkt ins Ohr sprach. Der alte Mann trat um das sich nahezu umarmende Paar an dem Tisch mit dem Büffelhorn herum und reckte den Hals mal hierhin, mal dorthin, als würde er etwas suchen. Qayyum, der ein Stückchen weiter weg auf dem Boden saß, wohin er seit der Rückkehr seines Vaters verbannt worden war, hob eine Hand, um den Mann auf sich aufmerksam zu machen.

– Kann ich Ihnen helfen, solange mein Vater zu tun hat?

Der alte Soldat trat dicht vor ihn hin und berührte ihn leicht am Gesicht, direkt unter seinem fehlenden Auge.

– Ein Brief, schreiben Sie einen Brief für mich?

Der alte Mann ging in die Hocke, nicht gegenüber von Qayyum, sondern direkt neben ihm, sodass Qayyum sich zur Seite wenden musste, um ihn anzusehen.

– Richten Sie ihn an Sepoy Hakimullah, Mardan. Wir haben zusammen gedient.

– Ich benötige mehr Angaben zur Adresse, das wird nicht ausreichen.

– Schreiben Sie einfach.

– Aber …

– Schreiben Sie!

Qayyum nahm die Feder in die Hand und wartete. Der Mann räusperte sich, hob eine Hand und begann zu sprechen, in der Haltung und im Tonfall eines Redners.

– Mein Bruder, heute erreicht uns die Kunde, dass jene mutigen Sikhs, denen in Lahore wegen Meuterei der Prozess gemacht wurde, ihre Urteile empfangen haben, manche darunter das Todesurteil. Ich weiß, würden wir heute noch dienen, du und ich, wir hätten zu jenen ehrenhaften Soldaten gehört, die bereit waren, ihre aufständischen Pläne zu unterstützen. Aber warum von Aufstand sprechen, wenn es doch tatsächlich ein Kampf um Befreiung ist?

Qayyum legte die Feder aus der Hand und schüttelte stumm den Kopf, nein. Gemäß den neu erlassenen Gesetzen gegen aufrührerische Bestrebungen jedweder Art machte er sich bereits strafbar, wenn er diese hochverräterischen Äußerungen nur zu Papier brachte. Seine Pension würde man ihm auf alle Fälle streichen, schlimmstenfalls drohte ihm sogar Gefängnis. Der alte Mann aber redete unbeirrt weiter.

– Vielleicht entsinnst du dich noch, dass der Prozess selbst am 26. Juni dieses Jahres begonnen hat. An genau jenem Datum wurden die Soldaten unseres alten Regiments fern der Heimat auf einem Schlachtfeld nahe dem Ort Ypern in Stücke gerissen, ohne zu wissen, wofür sie ihr Leben gaben, und ohne zu fragen, warum sie dafür ihr Leben gaben. Wäre es nicht mutiger und klüger gewesen, wenn diese Männer für ihr eigenes Land gekämpft hätten, für ihre eigene Freiheit?

– Was soll das? Warum sagen Sie das alles?

– Kalam Khan schickt mich, Glasauge.

Qayyum stand wortlos auf und fing an, das Blatt Papier, auf dem er zu schreiben begonnen hatte, in dünne Streifen zu zerreißen. Dabei kehrte er dem Mann den Rücken zu.

– Behandelst du so einen Boten von dem Mann, der für dich sein Leben riskiert hat?

– Was wollen Sie von mir?

– Ich will dir helfen, die Ketten loszuwerden, die deine Füße fesseln. Das ist auch Kalams Wunsch.

– Und wie wollen Sie das anstellen?

– Indem ich dich ins Osmanische Reich schicke.

– Was soll ich da?

– Du sollst mit den indischen Soldaten sprechen, die dort in Kriegsgefangenschaft sitzen. Du bist Soldat – auf dich werden sie hören, wenn du ihnen erklärst, dass sie für die falsche Seite kämpfen. Wenn sie sich bereit erklären, sich dem Indischen Freiwilligen-Corps anzuschließen, winkt ihnen die Freiheit, sie dürfen das Kriegsgefangenenlager verlassen, und dann erkämpfen sie für uns alle die Freiheit von der englischen Tyrannei.

– Wie bitte? Das was? Das Indische Freiwilligen-Corps?

– Du bist so blind, Glasauge. Dem Corps schließen sich jeden Tag mehr Männer an – wenn die osmanischen Truppen erst durch Persien bis nach Indien vorstoßen, das haben unsere Brüder, die Türken, versprochen, wird das Freiwilligen-Corps, befehligt von indischen Generälen, Teil der Streitmacht sein. Du könntest einer davon sein, Lance-Naik. Ein General in der indischen Befreiungsarmee.

– Sie müssen wahnsinnig sein, herzukommen und mir all das zu erzählen.

– Kalam hat gesagt, du gehörst zu uns, du weißt es bloß noch nicht. Wenn du uns verrätst, hat er gesagt, schneidet er sich eigenhändig die Kehle durch.

– Dann richten Sie Kalam aus, er soll selbst ins Osmanische Reich reisen.

– Er hat seinen Platz in der Welt schon gefunden, an der Seite von Haji Sahib nämlich, um die Engländer hier zu bekämpfen. Wenn das Freiwilligen-Corps erst durch den Khyber-Pass marschiert, werden sich die beiden Streitmächte vereinigen. Und was ist dein Platz in der Welt, Lance-Naik? Unter einem Baum, um Briefe für Leute zu schreiben, die ihren Brüdern etwas von den Mehlpreisen vorjammern?

Da legte sich von hinten eine Hand auf die Schulter des Alten, und Qayyum fragte sich erschrocken, wie lange sein Vater ihnen schon zuhören mochte.

– Aber es gibt auf der Welt nichts Wichtigeres als Mehlpreise, sagte sein Vater. Sohn, warum gehst du nicht nach Hause? Deine Mutter benötigt deine Hilfe.

Hier draußen, wo er stolzer Inhaber eines Tisches mit einem eingebauten Tintenhorn war, verfügte sein Vater über Autorität. Dies war sein Platz in der Welt, ein Tisch unter einem Baum. Der alte Mann sagte nichts mehr. Der wilde Eifer, den er eben noch zur Schau getragen hatte, war einem Ausdruck stiller Resignation gewichen, wie in der Einsicht, dass ihm der Wind aus den Segeln genommen worden war und er hier nichts mehr erreichen konnte. Er zuckte stumm mit den Schultern und wandte sich zum Gehen, und in genau diesem Moment erkannte Qayyum, dass die Uniform dem Mann nicht etwa deswegen zu groß war, weil er alt und geschrumpft war, sondern weil es sich um Kalams Uniform handelte, mit dunklen Flecken neben dem Kragen, die von Qayyums Blut stammten. Die Botschaft war unmissverständlich: Du stehst in meiner Schuld, also revanchiere dich.

September 1915

Najeeb schritt langsam durch den Saal mit den Statuen, wie ein Prinz auf Besuch bei seinen zu Stein erstarrten Brüdern, allesamt Opfer eines Zauberbanns, den er allein aufzuheben vermochte. Stille, bis auf das Surren des Deckenventilators und seine Stimme, die einfache griechische Sätze sprach, den Artefakten zugeeignet, die ihn auch alle zu verstehen schienen: das geflügelte Seeungeheuer; Ichthyokentauren und Stiere mit Fischschwänzen; vor Buddha kniende Tritonen; Indra und Brahma, die Ihn anbeteten; eine geflügelte Figur, die auf dem Fragment einer achämenidischen Säule saß und den Betrachter aus tiefliegenden Augen anblickte. Ein Zentaur mit einem Schild. Buddha, dem ein Abbild Buddhas überreicht wurde.

Es gab viele erstaunliche Dinge im Peschawar Museum; am erstaunlichsten aber war wohl der mit einem englischen Anzug bekleidete Paschtune, der sich mit der Selbstsicherheit eines Besitzers durch den Saal bewegte und über jedes einzelne Artefakt detailliert Auskunft zu geben wusste, besser noch als Miss Spencer. Dies war Mr Wasiuddin, der Native Assistant im Peschawar Museum. Ja, warum nicht, hatte Miss Spencer gesagt, als Najeeb sie gefragt hatte, ob er diesen Posten wohl eines Tages bekleiden könnte. Dann verschränkte sie die Arme und lehnte sich in ihrem Sessel zurück. Nein, warum hier schon halt machen? Najeeb Gul, Leiter der Ausgrabungsbehörde in der Nordwest-Grenzprovinz. Was natürlich kein ganz so glanzvoller Titel ist wie Herodot von Peschawar, aber passen würde er ebenso gut zu dir.

Am Ausgang, er hatte bereits die Tür geöffnet, wandte er sich noch einmal um, ehe er in die normale Welt zurückkehrte. Ein riesiger Buddha verabschiedete ihn mit erhobener Hand. Najeeb erwiderte den Gruß feierlich und trat dann ins Freie hinaus. Das Weiß des Sommerhimmels hatte sich an diesem Septembermorgen endlich zu einem freundlichen Blau gewandelt, das Wetter lud zum Herumtrödeln ein – die Wochenenden, die er früher kaum hatte erwarten können, erschienen ihm nun fad und öde, weil er an diesen beiden Tagen nicht zu Miss Spencer ging. Er lief zum Bahnhof, wo ihm an jenem Tag vor Bestürzung kurz das Herz ausgesetzt hatte, als er sah, wie Qayyum mit dem Gesicht eines Fremden aus dem Zug auf den Bahnsteig trat, und stieg die Treppe hoch, die auf die Eisenbahnbrücke hinaufführte. Von hier oben aus konnte man das gesamte Cantonment überblicken – breite, schnurgerade Straßen, einstöckige, von Gärten umgebene Häuser für Menschen, die andere Menschen eher als Belästigung denn als Zuflucht empfanden, Automobile, die aussahen wie flügellose Insekten aus Metall, Kasernen für Soldaten, denen Qayyum in letzter Zeit zunehmend aus dem Weg ging, das Haus des Gouverneurs gegenüber vom Museum, mit weitläufigen Gärten ringsherum, die eher an einen Park erinnerten, was vermutlich bedeutete, dass der Gouverneur andere Menschen wirklich tief verabscheute, und überall Engländer und Engländerinnen, deren Münder schier unerklärliche Laute formten (auch Miss Spencer zog den Laut zwischen dem N und dem J in seinem Namen immer merkwürdig in die Länge). Seit er Miss Spencer kannte, kam ihm das Cantonment etwas weniger wie ein Ort vor, an dem er nichts zu suchen hatte. Dennoch, das etwas beklemmende Gefühl, in einem Klassenzimmer vor einem Lehrer zu sitzen, den er noch nicht gut genug kannte, um abzuschätzen, wie er es vermeiden konnte, seinen Unwillen zu erregen, ließ erst nach, als er die Brücke überquert hatte und sich wieder in der Ummauerten Stadt befand.

Er spazierte durch die Straße der Geschichtenerzähler und blieb zwischendurch immer wieder stehen, um mal dieser, mal jener Badala kurz zuzuhören, aber nichts davon fesselte ihn wirklich. All diese alten Geschichten, und doch war keine alt genug. Vielleicht sollte er lieber Qayyum ausfindig machen. Große Vorfreude empfand er nicht bei dem Gedanken, es kam ihm eher vor wie eine Pflichterfüllung, und das fühlte sich schrecklich an. Im Großen und Ganzen sah sein Bruder wieder so aus wie vor dem Krieg, schon richtig – sein Auge war nicht mehr so rot und verschwollen, die

Narben ringsherum waren nur noch Flecken, die aussahen, als hätte ein Vogel, der über Holzkohle gelaufen war, kurz eine Kralle auf Qayyums Gesicht gesetzt, ehe er weiterflog, und an den meisten Tagen vergaß Najeeb sogar, dass das eine Auge seines Bruders aus Glas war. Die Wunden mochten also soweit verheilt sein, aber er sah trotzdem völlig anders aus als früher. Sein Mienenspiel hat sich verändert, daran liegt das, so hatte ihre Mutter es ihrem jüngsten Kind zu erklären versucht. Eine seiner neuen, ungewohnten Mienen war dieser Ausdruck von Unruhe, jedes Mal, wenn von den Engländern die Rede war; und dies bedeutete, dass Najeeb den wichtigsten Teil seines Lebens vor dem wichtigsten Menschen in seinem Leben geheimhalten musste.

Da plötzlich ein ungewohnter Klang inmitten des Straßenlärms. Eine laute Frauenstimme:

– Ihr Männer von Peschawar! Oh, ihr Männer des Marktes! Wie viel gebt ihr mir für meine Tochter?

Wo kam diese Stimme her? Sogleich spähten alle Männer suchend auf der Straße umher, auf der nur hie und da ein paar vereinzelte Frauen in Burkas unterwegs waren, und Najeeb stieg eilig auf den Rahmen eines Flechtbetts, das sonst als Sitzgelegenheit für die Zuhörer eines Geschichtenerzählers diente, um über die Köpfe der Männer hinweg etwas sehen zu können. Die Frauen entdeckten sie als Erste, scharten sich wie auf ein geheimes Stichwort hin zusammen und beugten sich in ihre Richtung, es mutete beinahe an wie ein Tanz, den sie einstudiert hatten. Die Männer wandten die Köpfe um – nur noch das Tschilpen von Vögeln war zu hören, das von der Straße der Rebhuhnliebhaber herüberdrang, ansonsten war es in der Straße vollkommen still –, und dort stand sie, eine auffallend hochgewachsene, unverschleierte Frau mit wild zerzaustem Haar, die ein Kind in ihren ausgestreckten Armen hielt.

Im nächsten Augenblick trat auch schon ein Mann in einem Turban mit lang herabhängendem Ende auf sie zu und packte sie am Arm.

– Nein, tu das nicht!, rief jemand von einem Balkon herunter. Der Teppichhändler, der sich besonders bei den Engländern großer

Beliebtheit erfreute, beugte sich über die Balustrade, die eine Hand in einer flehentlichen Gebärde ausgestreckt. Die Frau wandte ihr Gesicht nach oben und sah den Teppichhändler direkt an.

– Im Namen Allahs, retten Sie uns, sagte sie. Doch da sie unverschleiert war, blieb dem Teppichhändler nichts übrig, als den Blick von ihrem Gesicht abzuwenden, und als er dies tat, zerrte der Mann, der sie am Arm festhielt, sie mit sich fort.

Um Näheres herauszufinden, drückte Najeeb sich danach noch eine Weile zwischen den Männern herum, die in Grüppchen beisammenstanden und den Vorfall beredeten, während sie mal zu dem Balkon hinaufsahen, mal zu der Stelle, wo die Frau gestanden hatte.

Binnen kurzem war er über die Geschichte im Bilde. Der Mann mit dem Turban mit dem lang herabhängenden Ende war verschuldet und lehnte es ab, sich Geld von einem der Hindu-Geldverleiher zu borgen, weil er es mit seinem Glauben nicht vereinbaren konnte, Zinsen zu zahlen. Also hatte er stattdessen mit einem der wohlhabenden Kaufleute eine Vereinbarung getroffen – im Austausch für das Geld würde seine kleine Tochter den Sohn des Kaufmanns heiraten, sobald sie im heiratsfähigen Alter war. Man könnte annehmen, dass der Mann eine Art Zauberer war, da er auf diese Weise nicht nur zu Geld gekommen war, sondern obendrein an einen Ehemann für seine Tochter. Der Sohn des Kaufmanns aber, das war die traurige Wahrheit, trug eine Art Dämon in sich. Er hatte seine erste Ehefrau umgebracht; die zweite hatte sich selbst das Leben genommen. Eine dritte Ehefrau war kürzlich gefunden worden, doch auch sie würde mit Sicherheit tot oder wahnsinnig sein, ehe jenes kleine Mädchen alt genug war, um das Heim seiner Eltern zu verlassen. Und der Teppichhändler? Er war der Bruder der ersten Ehefrau.

Seit Qayyums Rückkehr aus England hatte sich in Najeeb zunehmend die Überzeugung verfestigt, dass die Welt voller Traurigkeit war. Jetzt sah er diese Traurigkeit überall. Da drüben, der Junge mit dem verkrüppelten Arm, der in einen Käfig voller Vögel mit gestutzten Flügeln schaute; der Greis dort, der vom Alter so krumm und gebeugt war, dass er einen Spiegel in der Hand halten musste, um darin die Welt oberhalb seiner Knie wahrnehmen zu können;

der Teppichhändler oben auf seinem Balkon, der noch immer hilflos mit den Armen gestikulierte, als würde er im Geist durchgehen, was er hätte sagen können, was er hätte sagen sollen, was er auf jeden Fall sagen würde, wenn er noch einmal die Gelegenheit bekäme, jenes Kind vor dem Schicksal seiner Schwester zu bewahren.

Einen kurzen Moment lang hatte das kleine Mädchen Najeeb direkt angesehen, mit einem verwirrten Ausdruck in den grünen Augen. Die Kleine schien kaum älter als drei oder vier Jahre zu sein, und doch war bereits entschieden worden, dass ihr ein Leben voller Grausamkeit bevorstand.

Ich kenne die Geschichten von Männern, die vor zweitausendfünfhundert Jahren gelebt haben, aber ich werde niemals erfahren, was mit dir geschieht.

November 1915

Jeden Tag war Qayyum darauf gefasst, dass wieder ein Bote in der blutbefleckten Uniform seines Regiments bei ihm auftauchte. Der erste Bote war bloß die Vorbereitung gewesen; der zweite würde ihn unmittelbar zum Handeln auffordern. Dass er als ehemaliger Unteroffizier ins Osmanische Reich reiste, um dort Soldaten zu erklären, dass sie ihrem Regiment keine Loyalität schuldig waren, war vollkommen undenkbar; noch undenkbarer aber war es für Qayyum, Kalam noch einmal eine Bitte abzuschlagen. So wartete er denn Tag für Tag und fühlte sich dabei wie ein Tier, das hilflos in einer Schlinge zappelt. Nach einigen Wochen jedoch, es war inzwischen November, die Tage waren spürbar kürzer geworden, schöpfte er die zaghafte Hoffnung, dass Kalam, der zwar aus Liebe zu ihm den Wunsch verspüren mochte, ihn leiden zu lassen, ihn aber doch zu sehr liebte, um dieses Leiden übermäßig in die Länge zu ziehen, sich letzten Endes doch dazu entschieden hatte, ihn sein Leben unbehelligt weiterleben zu lassen, ohne ihn entzweizureißen.

Eine seltsame Ernüchterung machte sich in ihm breit, als er zu dieser Schlussfolgerung gelangt war. Dann war es das also, dachte er, dies ist mein Leben. Sein Vater war an jenem Tag zu Hause geblieben – die Kälte, die ihm in all den Jahrzehnten in die Knochen gekrochen war, während er tagein, tagaus im Freien saß, auch im Winter, der in Peschawar empfindlich kalt sein konnte, machte ihm von Jahr zu Jahr mehr zu schaffen –, und Qayyum saß an dem Tisch mit dem Büffelhorn und dachte, das ist mein Erbe, so geht es nun immer weiter, bis ich sterbe, ob es nun die Kälte ist, die Hitze oder die Langeweile, die mich letzten Endes umbringt.

Eine Frau setzte sich auf den Hocker gegenüber von Qayyum. Er fragte sich, ob sie wohl einen Mann oder Sohn in der Army hatte – in den vergangenen Monaten hatte er irgendwann aufgehört, die Frauen zu zählen, die zu ihm kamen und sagten, sie hätten gehört, dass er am Krieg teilgenommen hatte, ob er ihnen helfen würde, ihren Brief zu schreiben. Sie sahen in ihm nicht bloß einen Schreiber, sondern jemanden, der etwas von der Lage verstand, in der sich ihre Männer gerade befanden. Soll ich ihm berichten, dass sein Vater gestorben ist? Macht es ihn traurig, wenn ich sage, ich wünsche mir, dass er bald heimkommt? Verzeihen Sie mir, aber bitte seien Sie ehrlich: Stimmt es, dass weiße Frauen in die Unterkünfte der Soldaten kommen?

Diese Frauen riefen Erinnerungen in ihm wach, über die er lange nicht nachgedacht hatte. Erinnerungen an die Mädchen, die früher in seiner Kindheit immer an den Spielen in der Nachbarschaft teilgenommen hatten, bis sie ein gewisses Alter erreichten und plötzlich nicht mehr zu sehen waren. In den ersten Tagen nach ihrem Verschwinden schickten manche von ihnen noch Botschaften, überbracht von ihren jüngeren Schwestern, etwa: Auch mit einer Burka kann ich immer noch schneller rennen als du; und manchmal öffnete sich kurz ein Fensterladen, und irgendein Gegenstand flog heraus, dessen genaue Bedeutung nicht immer zu entschlüsseln war – eine Haarspange, ein Apfel, in den ein erschrockenes Gesicht eingeschnitzt war, ein zu einer Kugel zusammengeknülltes, aber leeres Blatt Papier. Auch diese Form der Kommunikation aber hörte irgendwann auf. Wenn Qayyum heute an einem Haus vorbeikam, in dem eine seiner Spielgefährtinnen damals gewohnt hatte, und es kam eine Gestalt in einer Burka heraus, fragte er sich nicht einmal mehr, ob das womöglich sie war. Selbst wenn sie es war, wäre sie heute so anders als früher, dass sie ebenso gut ein anderer Mensch sein könnte. Jungen wuchsen zu Männern heran wie ein Schössling, aus dem ein Baum wird, aber wenn Mädchen zu Frauen wurden, ähnelten sie eher der Raupe, die sich in einen Schmetterling verwandelt. Vor allem bei seinen Schwestern war das so; sie schienen nur noch aus aufgeregt schlagenden Flügeln zu bestehen.

Die Frau aber, die sich an den Tisch gesetzt hatte, schlug nicht mit den Flügeln, fragte ihn nicht nach der Army und verriet ihm nicht einmal, an wen der Brief gerichtet war. Sie bat ihn lediglich, aufzuschreiben, was sie ihm diktierte, langsam und sorgfältig, so als legte sie größten Wert darauf, dass er wirklich jedes einzelne ihrer Worte aufschrieb:

> Machen Sie sich keine Sorgen wegen der Gefahr, in die Sie mich durch die Übersendung Ihrer Botschaft gebracht haben. Sie war der einzige Lichtblick in dunkler Zeit. Wenn meine Tochter alt genug ist, um zu heiraten, schicke ich sie in Ihr Haus und damit unter Ihren Schutz.

Es war eine rätselhafte Botschaft, die seine Neugier weckte, doch er gab sich alle Mühe, sich nichts anmerken zu lassen, eine Kunst, die sein Vater perfekt beherrschte. Der Klang ihrer Stimme erlaubte keinerlei Rückschlüsse auf die Frau, bis auf den Umstand, dass sie noch jung war. Er fragte, welche Adresse er auf den Umschlag schreiben sollte, und sie sagte, keine, das sei nicht nötig. Dann nahm sie den Brief an sich, ging davon und bog in die Straße der Geschichtenerzähler ein. Ihr dichtauf folgte unvermutet die Gestalt einer Engländerin mit einem Tropenhelm auf dem Kopf und in Kleidung, die fast ihre gesamten Arme und einen Teil ihrer Beine unbedeckt ließ. Selbst hier, selbst in Peschawar nahmen sich die Engländer heraus, nur ihren eigenen Regeln zu gehorchen. Nein, besonders hier.

Kurz empfand er heftige Sehnsucht nach Kalam. Kalam, der ihn gnadenlos dafür verspotten würde, dass er unter einem Baum saß und seufzend mit seinem Büffelhorn-Erbe haderte, während eine Engländerin durch die Ummauerte Stadt stolzierte, als hätte sie ein größeres Anrecht darauf als jeder Mann hier in Peschawar.

Ohne Früchte, die schwer von den Zweigen der Bäume hingen, wirkte der Pflaumengarten seltsam unvollständig. Hier draußen folgte die Zeit einem anderen Rhythmus als in der Ummauerten Stadt, wo ein Tag so gleichförmig und vorhersehbar verlief wie der nächste, von kleineren Variationen abgesehen. Während er durch den kahlen Garten stapfte, wurde ihm bewusst, dass er keine Ahnung hatte, wo er Kalams Vater suchen sollte oder welches der angrenzenden Felder ihm gehörte. Er rief einen Gruß, der aber unbeantwortet blieb. Also wölbte er die Hände um seinen Mund und rief, Kalam!, in der Gewissheit, dass es kein Geräusch auf der Welt gab, das so zuverlässig die Aufmerksamkeit eines Vaters erregte wie der Name seines abwesenden Sohnes.

Er wiederholte den Ruf mehrere Male, immer wieder, bis schließlich ein Mann auftauchte, der bis auf die kantige Kinnpartie wenig Ähnlichkeit mit Kalam besaß.

– Was wollen Sie, warum rufen Sie nach meinem Sohn?

– Khan Sahib, ich bin Qayyum. Kalams Freund von den 40th. Ich bin hier, weil ich fragen wollte, ob Sie Neuigkeiten von ihm haben.

– Du bist also Qayyum. Khan Sahib? Deine guten Manieren jedenfalls hast du meinem Sohn nicht beigebracht.

Der Mann setzte ein Lächeln auf, das ebenfalls an Kalam erinnerte. Er kam auf Qayyum zu und umarmte ihn, so fest, so voller Inbrunst, dass daraus im Grunde nur ein Schluss zu ziehen war; Qayyum sackte gegen den älteren Mann, der ihn weiter fest an sich drückte, ihn aufrecht hielt.

Wie lange war er jetzt hier, seit einer Minute, seit einer Stunde? Er saß im Gras, das noch feucht war, weil es am Morgen geregnet hatte, und diese Nässe sickerte in seine Kleidung ein, bis hinauf zum Kragen, oder waren das die Tränen? Er hielt die Hand in die Höhe, um das Gesicht des Mannes zu verdecken, bis auf diese Kinnpartie, die etwas verwischt vom Alter war. Kalams Vater setzte sich neben ihn ins Gras und klopfte ihm sanft mit der Hand auf den Rücken, als wäre er ein trostbedürftiges Kind.

– Sohn, sagte der alte Mann. Mein Sohn.

– Was ist passiert? Die Engländer?

– Eine alte Familienfehde. Kalams Vetter hat ihm ein Messer in den Leib gerammt und ihn dann verbluten lassen.

Blut und Schaum rings um das Maul des Kaninchens, das die Augen weit aufgerissen hatte. Das süße Gefühl des Zorns, da war es auch schon, durchströmte heiß seine Adern, während Kalams Vater sich mit einem Finger seitlich gegen den Körper tippte, um zu zeigen, wo das Messer eingedrungen war.

– Wissen Sie, wer es war? Wer hat es getan?, fragte Qayyum.

– Ja. Warum?

Bisher wusste ich nicht, warum ich hier war, aber von nun an ist jeder Deutsche, den ich töte, der Mann, der dir das angetan hat. Dies waren die letzten Worte, die Kalam ihm ins Ohr geflüstert hatte, ehe ihn die Ambulanz fortbrachte. Qayyum stand auf, zog an dem tiefhängenden Ast des Baumes direkt hinter ihm und sah sich um. In jener endlosen Nacht neben dem Bach hatte Kalam über das Leben gesprochen, das sie beide vor sich hatten – der eine in der Ummauerten Stadt, der andere in den Obstgärten. Du kommst mich besuchen, wenn die Luft süß nach reifen Pflaumen duftet und man sich an diesem Duft gar nicht satt atmen kann, hatte er gesagt. Irgendwie hatte er es inmitten all des Grauens geschafft, Qayyum den Blick auf eine idyllische Zukunft zu eröffnen: zwei alternde Männer, die unter einem Baum saßen und hin und wieder eine verblasste Erinnerung an ihre Zeit bei den 40th Pathans austauschten. Kalam – sein spöttisches Lächeln, seine Augen, die so voller Hoffnung waren.

– Ich werde seinen Tod rächen.

– Du willst seinen Mörder töten?

– Ja.

– Dann werden dessen Brüder dich töten.

– Sollen sie es nur versuchen.

– Wie viele Brüder hast du?

– Einen.

– Wie alt ist er?

– Zwölf.

– Wenn sie kommen, um dich zu töten, werden sie auch ihn töten.

– Er hat doch nichts damit zu tun.

– An ihrer Stelle würde ich ihm vorsorglich die Kehle durchschneiden, ehe er alt genug ist, um seinerseits Rache zu üben.

Kalams Vater stand auf, reckte und streckte sich. Ein Mann, der die Spielregeln der Welt verstand und längst aufgehört hatte, über diese Regeln bestürzt zu sein oder sich auch nur darüber zu wundern.

– Lass es dir ein paar Tage durch den Kopf gehen.

Sie hatten ihn an einer steinigen Bergflanke begraben, diesen Jungen der Obstgärten und Bäche. Noch im Tod blieb ein Deserteur ein Mann auf der Flucht. Qayyum watete durch den eisigen Bach in der Nähe des Pflaumengartens und spürte, wie die Strömung an seinen Knöcheln zerrte.

– Inna lillahi wa inna ilaihi raji'un.

Wir gehören Allah, und zu Ihm kehren wir zurück.

In Ypern, als Afroze von den deutschen MG-Schützen aufs Korn genommen und erschossen wurde, weil er den Tod eines Geliebten nicht schweigend hinnehmen konnte und, im vollen Bewusstsein der Folgen, die das für ihn haben würde, seinen Schmerz laut hinausschrie, strich danach ein Flüstern über das Feld: Inna lillahi wa inna ilaihi raji'un. Die Männer der 40th, darunter auch Nicht-Muslime, flüsterten diese Worte für die beiden toten Freunde, und für die Schützen auf ihrer Anhöhe dürfte sich das Gebet angehört haben wie ein Windhauch, der über einen See streicht, oder wie das Seufzen von Geistern. Kalams Hand, die auf Qayyums Brust ruhte, um seinen Herzschlag zu dämpfen, damit das Geräusch nicht zu den Deutschen hinüberdrang.

– Inna lillahi wa inna ilaihi raji'un.

Die Hände noch immer zum Gebet gewölbt, bückte er sich und schöpfte Wasser aus dem Bach, das er sich über den Kopf rinnen ließ. Immer und immer wieder.

– Inna lillahi wa inna ilaihi raji'un.

Am Abend, auf dem Heimweg durch die Ummauerte Stadt, konnte er nur mit Mühe dem Drang widerstehen, sich in eine stille Gasse zu hocken und dort seinen Erinnerungen nachzuhängen. Er war schon fast zu Hause, als er einen spitzen Schrei hörte, der etwas Entsetzliches hatte, weil er so unvermittelt wieder verstummte. Wer oder was mochte da geschrien haben, ein Tier, ein Mensch? Doch er zog es vor, sich nicht umzuwenden. Schon früher, als er noch zwei gesunde Augen hatte und mit einer Unerschrockenheit durchs Leben ging, die schon fast an den Glauben grenzte, er sei unverwundbar, wusste er, dass es nicht ratsam war, sich in die nächtlichen Händel von Peschawar einzumischen. Er öffnete die Haustür neben dem Schusterladen, wo Hari Das im Schein einer einzigen Kerze dasaß und mit einer dicken Nadel eine Sohle an einen Schuh nähte, und stapfte die Treppe hinauf. Schon auf halber Höhe hörte er das Geschrei, jagte die letzten Stufen im Eiltempo hoch und stieß die Tür auf. An einem Ende des Zimmers bildeten seine Schwestern eine Art schützenden Wall um Najeeb herum, während seine Mutter Seiten aus einem Buch herausriss, die sie ihrem jüngsten Kind wutentbrannt entgegenschleuderte. Ein Blatt landete auf einer brennenden Kerze, und im auflodernden Schein der Flamme, die sich durch das Papier fraß, konnte er kurz seinen Vater sehen, der sich mit dem Rücken an eine Wand drückte.

– Genug.

Qayyum legte seiner Mutter eine Hand auf den Arm und nahm ihr das Buch aus der Hand. Erst jetzt sah er, dass es sich um eine linierte Kladde handelte, deren Seiten dicht mit Symbolen beschriftet waren, darunter auch Buchstaben des englischen Alphabets.

– Frage deinen Bruder, na los, frag ihn, was er an den Nachmittagen getrieben hat, wenn wir dachten, er wäre beim Maulvi.

– Lass ihn in Ruhe. Ich weiß, dass er in den Shalimar Bagh geht, um zu lesen; ich habe ihm gesagt, das wäre in Ordnung. Lass die Finger von seinen Büchern.

– Er geht in den Shalimar Bagh, um zu lesen? Er geht in den Shalimar Bagh, um zu lesen?

Sie riss Qayyum die Kladde aus der Hand und hieb ihm damit auf die Schulter, wobei ihn weniger die Wucht des Schlages erschreckte als das Geräusch, mit dem der Einband auf sein Fleisch klatschte.

– Jeden Nachmittag geht er in das Haus einer jungen, unverheirateten Engländerin und kommt erst nach Stunden wieder heraus. Alle hier in der Nachbarschaft wissen es, sie wissen es schon seit Wochen. Erzähle es ihm!

Sie wedelte ungeduldig mit der Hand, in Richtung ihrer ältesten Tochter, die nun eigentlich im Hause ihrer Schwiegereltern das Abendessen für die Familie hätte zubereiten sollen, aber offensichtlich lieber hergekommen war, um ihrer Mutter Gift ins Ohr zu träufeln. Jetzt stand sie da und hatte die Arme um Najeeb gelegt, als hielte sie es tatsächlich für möglich, sowohl Bajonett als auch Schild zu sein. Sie drückte Najeeb einen Kuss aufs Haar, um ihrer Mutter keine Antwort geben zu müssen, die daraufhin verächtlich abwinkte.

– Frag du Najeeb, was sie mit ihm anstellt, sagte seine Mutter zu Qayyum. Mach schon, frag ihn. Mir erzählt er nichts als Lügen.

– Es ist nicht gelogen!, sagte Najeeb. Lala, bitte, sie unterrichtet mich in klassischer Altertumskunde. Erkläre es unserer Mutter.

Aber ihre Mutter sah Qayyum nicht einmal an und richtete ihren geballten Zorn auf ihr jüngstes Kind.

– Was soll denn das heißen, »klassische Altertumskunde«? Was bringt sie dir bei, was treibst du die ganze Zeit bei ihr?

Qayyum sah seinen Bruder an, der sich aus der Umarmung seiner Schwester befreit hatte und nun die am Boden verstreuten Blätter auflas, mit grimmig zusammengebissenen Zähnen und ohne eine Träne zu vergießen, wie Qayyum es eigentlich erwartet hätte. Qayyum kniete sich neben ihn, fasste ihn am Kinn und hob es hoch, um ihm ins Gesicht zu sehen. Auf seiner Oberlippe spross der erste zarte Flaum; warum war ihm nicht schon eher aufgefallen, dass sein Bruder kein kleiner Junge mehr war?

– Ich habe dir doch gesagt, du sollst dich von Engländerinnen fernhalten.

Statt ertappt dreinzusehen, blickte sein Bruder ihn zu seiner Bestürzung fast verächtlich an.

– Du weißt gar nichts über sie.

– Das ist auch nicht nötig. Ich habe ihre Männer kennengelernt.

– Lala, bitte. Du kannst mich zum Unterricht begleiten, komm mit und sprich mit ihr, dann wirst du ja sehen; sie ist nicht wie andere. Bitte, verlange nicht von mir, mit dem Unterricht bei ihr aufzuhören. Auf dich hört unsere Mutter, wenn du es ihr erklärst. Es hat nicht immer etwas Schlimmes zu bedeuten, wenn Engländerinnen mit uns sprechen.

Qayyum legte seinem Bruder die Hand auf die Schulter. Najeeb befand sich nun in jenem unsteten Alter zwischen Knabe und Mann, in dem er im Nu von einem dieser Pole zum anderen pendeln konnte. Und was würde geschehen, wenn der Knabe in einem dieser Augenblicke eine junge, unverheiratete Engländerin mit den Augen eines Mannes ansah? Was, wenn ein Engländer den Eindruck gewann, er hätte den Jungen dabei ertappt, wie er eine englische Frau auf diese Weise ansah? Nicht einmal ein Victoria Cross, die höchste Auszeichnung überhaupt, verliehen für besondere Tapferkeit, gab einem Paschtunen das Recht, die Aufmerksamkeit einer Engländerin zu verdienen.

– Du musst tun, was unsere Mutter sagt.

Er stand auf und wandte sich ab, um nicht in Najeebs Gesicht sehen zu müssen, während seine Mutter ihm verkündete, dass sie ihn von nun an jeden Tag nach dem Mittagessen zur Moschee bringen und dort warten würde, während ihn der Maulvi unterrichtete, und ihn danach auf direktem Wege wieder nach Hause bringen würde. An jedem anderen Tag als diesem hätte Qayyum womöglich die Worte und die Gedanken gefunden, um seinen Bruder zu verteidigen, aber Kalam war tot, und sein Geist presste seine Lippen auf Qayyums Ohr. Najeebs Tränen, die er nun nicht länger zurückzuhalten vermochte, waren die Tränen eines Kindes, das erst noch einsehen muss, dass sich die Welt nicht immer seinen Wünschen beugt.

Beim Essen saß Najeeb sonst immer zur Linken seines Bruders, das war sein Stammplatz. An diesem Abend jedoch setzte er sich bewusst rechts von ihm an den Tisch, dorthin, wo Qayyum ihn nicht sehen konnte.

Eigentlich war es nachts mittlerweile zu kalt, um noch im Freien zu schlafen. Aber Najeeb hatte sich in der kleinen Kammer verbarrikadiert, die sie sich teilten, indem er von innen die Tür blockiert hatte – mit Büchern wahrscheinlich. Eine dieser großen Gesten, wie sie bei Jungen seines Alters üblich waren, wenn jedes Gefühl sich anfühlt, als wäre es ewig und unumkehrbar. Ich werde dich immer hassen, hatte er gesagt. Doch er klang nicht wütend dabei, eher verzweifelt.

Um sich zu wärmen, zog Qayyum die Beine an sich und rollte sich unter der Decke so eng wie möglich zusammen. Am Himmel standen dicht an dicht die Sterne, kalt funkelnd und allein, ein jeder für sich. Kalam dürfte bei ihnen keinen Trost gefunden haben, während er einsam und verlassen an dem steinigen Berghang lag und langsam verblutete. Verlangte die Gerechtigkeit, dass er Kalams Mörder dasselbe Schicksal bereitete? Dass er ihn an einen abgeschiedenen Ort lockte, ihm eine Klinge tief ins Fleisch trieb und ihn dann liegenließ, allein mit seiner Furcht, dieser grauenhaften Furcht

– Allah

Er stieß die Decken von sich, kniete verzweifelt auf dem Boden nieder und presste die Stirn auf die Ziegel. Und was, wenn sie dann später hierherkamen, um sich an ihm zu rächen, und stattdessen Najeeb vorfanden und ihm die Lippen zusammennähten und ihn langsam erstickten

– Allah

Und falls sie ihn vorfanden, nur ihn, sollte er darauf vorbereitet sein, sollte gewillt sein, alles zu riskieren, um Kalams Tod zu rächen, aber die Sterne, die kalt funkelnden Sterne, waren wunderschön, und die Nachtluft schnitt ihn wie das Leben selbst, und er wollte hierbleiben, in dieser Welt, für immer, in dem Tal, das manchmal rosarot war wie Rosen, manchmal violett wie Pflaumen und dabei immer vielfältig, unendlich. Er hatte noch nie eine Frau in Liebe berührt oder einen Baum gepflanzt und zugesehen, wie er von Jahr zu Jahr wuchs, war noch nie einem Bach den ganzen Weg durch ein Tal und den Berg hinauf gefolgt, bis nach oben in jene Regionen, wo Schnee lag. Wie konnte er da in eine Welt des Blutes zurückkehren; wie konnte er andererseits Kalams Geist abweisen

– Allah Allah Allah

Najeeb wollte sich von Qayyum mit den Büchern nicht helfen lassen, nicht einmal beim Einsteigen in die Kutsche. Während der Fahrt saß er da und ließ seine Wange oben auf dem Stapel ruhen, den er fest an sich gedrückt hielt. Als wäre ihr Geruch, ihre Berührung etwas, das es zu umarmen galt. Fünf Bücher, drei in festem Einband, zwei in Leder gebunden. Eines sogar mit Goldschnitt. Was für eine Welt hatte sein Bruder da betreten? Klassische Altertumskunde, hatte Najeeb gesagt, als müsste er, Qayyum, wissen, was damit gemeint war.

Am Morgen, als Najeeb in der Schule war, hatte Qayyum sich in ihrer gemeinsamen Kammer an die Arbeit gemacht. Es war nicht schwierig gewesen, Najeebs Schulbücher von den viel wertvolleren Büchern zu trennen, die ihm die Engländerin gegeben hatte. Darunter eines mit Englisch auf der einen Hälfte der Buchseite und auf der anderen Hälfte Schriftzeichen, die aussahen wie englische Buchstaben, aber mit Dreiecken und Gabeln und anderen merkwürdigen Symbolen, die zwischen die erkennbaren »A«s und »O«s eingestreut waren. Die einzigen englischen Buchstaben, die Qayyum kannte, waren jene in seinem Namen, LANCE-NAIK QAYYUM GUL. Er hielt eine Ecke des feinen goldgeschnittenen Papiers zwischen Daumen und Zeigefinger. Was hatte Najeeb all die Zeit in der Welt der Engländer getrieben, die sich so wohl darauf verstanden, einem das Gefühl zu vermitteln, es sei eine unvergleichliche Ehre, von ihnen geehrt zu werden?

Als sie ins Cantonment kamen, bog die Kutsche in eine Wohnstraße ein, gesäumt von geräumigen Häusern, die einstöckig auf separaten Grundstücken standen, statt in die Höhe zu wuchern. Erneut empfand er sie, die Scham, die er in Frankreich gelernt hatte. Die abenteuerliche Bauweise der aufeinandergeschichteten, dichtgedrängten Gebäude in der Ummauerten Stadt schien dagegen fehlerhaft, bot Grund zum Spott. Er sah seinen Bruder an und fragte sich, ob wohl auch er etwas von dieser Scham in sich trug; er konnte kein Anzeichen dafür entdecken. Vier Jahre zuvor, als Qayyum von zu Hause fortgegangen war, um Soldat bei den 40th Pathans zu werden, hatte er gedacht, der Schwung der Veränderung sei etwas, das nur er mit sich nahm, während in Peschawar alles beim Alten blieb. Niemand in seiner Familie würde in seiner Abwesenheit älter werden oder erkranken, niemand würde neue Gewohnheiten annehmen, neue Vorlieben entwickeln. Er war derjenige, den alle um ihn herum, wenn er wieder zurückkam, neu entdecken, neu kennenlernen müssten. Von diesem Gedanken hatte er sich nie ganz verabschiedet, bis heute.

– Wie heißt sie, diese Engländerin?

– Ich will mit dir nicht über sie reden.

– Es gibt Dinge, die du nicht verstehst.

– Aber dafür verstehe ich Griechisch!

Qayyum boxte seinem Bruder leicht gegen die Schulter, um ihn zum Lachen zu bringen, aber Najeeb rückte bloß stumm von ihm ab. Während Qayyum noch überlegte, ob er seinen Bruder darüber belehren sollte, dass Älteren stets und unter allen Umständen mit Respekt zu begegnen war, machte die Kutsche auch schon vor einem etwas kleineren Haus halt, erbaut aus rotem Backstein und mit Kletterpflanzen, die sich an der Fassade emporrankten. Die Brüder stiegen aus und blieben auf dem Gehweg stehen, während das Pferd mit der Kutsche davontrottete; als es um die Straßenecke gebogen war, blieb eine Stille zurück, die so nur in einer englischen Welt herrschen konnte.

– Willst du mitkommen?

– Ich bleibe hier. Aber geh nicht ins Haus. Bleib da, wo ich dich sehen kann.

– Es schaut doch niemand her.

– Wenn niemand herschauen würde, würde auch niemand wissen, dass du sie jeden Nachmittag besuchen gehst. Bleib draußen stehen, gib ihr die Bücher und komm wieder zurück.

– Ich möchte nicht, dass du sie ansiehst, wenn sie rauskommt.

– Warum nicht?

– Weil du sie mit einem Blick ansehen wirst, der mir nicht recht wäre.

– Wenn du so redest, weiß ich, dass es richtig ist, dir den Umgang mit ihr zu verbieten.

Doch er drehte sich trotzdem um und kehrte dem Haus den Rücken zu. Er hörte, wie sein Bruder tief durchatmete und dann den Pfad hinaufschritt, der durch den Vorgarten führte. Die Haustür wurde geöffnet, leises Gemurmel, die Stimme einer Frau, erst lauter, dann wieder leiser. Und dann war Najeeb wieder da und stürmte wortlos an ihm vorbei. Qayyum musste ihm nachlaufen, um ihn einzuholen, und als er ihn am Ellbogen erwischte und zu sich umdrehte, sah er im Gesicht seines Bruders den tiefen Kummer eines Jungen, herzzerreißend anzusehen.

– Hör zu, Najeeb, ich habe heute meine Pension bekommen. Hast du schon mal Eiscreme gegessen? Das ist englisches Kulfi. Es soll hier im Cantonment einen Laden geben, wo es das zu kaufen gibt. Gehen wir und suchen ihn.

– Ich möchte jetzt ins Museum.

– Ich komme mit.

– Du wirst dort rein gar nichts verstehen.

Hätte er ihm diesen Satz entgegengeschrien, hätte Qayyum ihn geohrfeigt und an der Hand gepackt, um den Laden mit der Eiscreme ausfindig zu machen, die sein aufgewühltes Gemüt wieder besänftigen würde. Aber er sagte die Worte ganz ruhig, mit tonloser Stimme, als würde er einen Gedanken aussprechen, den er schon länger hegte. Qayyum ließ seinen Bruder los, und Najeeb marschierte davon, ohne sich noch einmal umzusehen. Blieb nur einmal kurz stehen und rieb mit seinem Ellbogen über eine Grundstücksmauer, ähnlich wie ein Brahmane, der sich von dem Handabdruck eines Unberührbaren zu säubern versucht.

Das Museum war errichtet worden, damit Menschen sich klein vorkamen. Als er in die hohe Eingangshalle trat, fand Qayyum sich zwischen riesigen Steinfiguren wieder, die links und rechts an der Wand standen. Ganz hinten befand sich eine erhöhte Balustrade, von der aus ein Paschtune in englischem Anzug aufmerksam zu ihm hinübersah. Qayyum wandte den Blick von ihm ab und entdeckte eine Steinfigur an der Wand, mit vorgestrecktem Unterarmstumpf, an dem die Hand fehlte. Der Geruch von Blut, von totem Fleisch. Ihm wurde schwindelig, er musste sich kurz anlehnen. Während er dastand, das Gesicht an die riesige Figur gedrückt, nahm er einen anderen Geruch wahr: nach Stein, uralt. Qayyum trat zurück, um sich die Statue genauer anzusehen. Es war ein Mann, dessen Nabel sich in Höhe von Qayyums Augen dunkel unter den Gewandfalten abzeichnete. Er streckte neugierig die Hand aus, um den Nabel zu berühren; wie ließ sich dieser Effekt bei behauenem Stein erzielen? Als er ein Stückchen zurücktrat, sah er, dass die Figur den rechten Ellbogen angewinkelt hatte und die Hand wie grüßend nach oben hielt, mit geschlossenen Fingern, die Handfläche nach außen gekehrt. Es war eine Geste, die er auch bei Najeeb schon einmal gesehen hatte, kurz nach seiner Rückkehr aus Ypern.

– Sind Sie zum ersten Mal hier im Museum?

Es war der Paschtune im englischen Anzug, der plötzlich neben ihm stand. Qayyum nickte.

– Was hat diese Handhaltung zu bedeuten?

– Das ist die Abhaya Mudra. Eine Geste, die Furcht abwehrt und Schutz spendet.

Qayyum hob seine Hand auf dieselbe Weise, fühlte, wie er dabei in die Haut eines Jungen schlüpfte, der zum ersten Mal seinen Bruder wiedersah, der mit nur noch einem Auge aus dem Krieg heimkehrte.

– Wenn Sie Fragen haben, ich stehe Ihnen gern zur Verfügung. Ich heiße Wasiuddin, ich bin wissenschaftlicher Assistent hier im Museum.

– Lance-Naik Qayyum Gul. 40th Pathans.

Warum er sich auf diese Weise vorstellte, wusste er nicht recht. Aber dieser Mann in dem Anzug, diese hohen Wände, diese Steinfiguren schienen es unbedingt erforderlich zu machen.

– Najeebs Bruder? Natürlich. Sie sehen ihm ähnlich. Er ist gerade in Pundit Aiyars Büro, er schaut sich dort Münzen aus der Kuschan-Zeit an. Soll ich Sie zu ihm bringen?

– Pundit Aiyar?

– Der Leiter des Museums. Unser befehlshabender Offizier, Lance-Naik.

– Ein Inder hat hier das Sagen?

– Ja.

– Und mein Bruder ist in seinem Büro?

– Ich möchte mich nicht in Familienangelegenheiten einmischen, und ich verstehe durchaus, wie heikel die Situation ist. Aber er hat einen sehr aufgeweckten Verstand und …

– Schön, dass Sie verstehen, dass es sich um eine Familienangelegenheit handelt.

– Selbstverständlich. Soll ich Sie zu ihm bringen?

Er deutete zu einer geschlossenen Tür hinüber, und Qayyum sagte, vielleicht in ein paar Minuten. Zuerst würde er sich gern ein wenig umsehen, aber wenn der Assistent anderweitig zu tun hätte, würde er ihn wirklich ungern davon abhalten. Dieser kleine Wink genügte vollauf. Falls Sie irgendetwas brauchen, sagte der Mann mit einer kleinen Verbeugung und entfernte sich.

Einige junge Männer schlenderten zusammen durch den breiten Korridor, deuteten mal auf dieses Objekt, mal auf jenes. Manche machten sich Notizen, während sie vor einer Vitrine oder einer Statue standen. Studenten vom Islamia College, tippte er, die nur wenig jünger waren als er. Einer von ihnen schlang einem Kameraden lachend den Arm um den Hals, und Qayyum ging eilig an ihnen vorbei – auch an dem Engländer, der gerade die Statue eines schnurrbärtigen Mannes betrachtete und dabei prüfend über seinen eigenen Schnurrbart strich – und bog in einen kleineren Saal ab. Hier war niemand außer ihm, er war allein mit den Steinen.

Männer und geflügelte Kreaturen und ein Vogelkopf mit menschlichem Ausdruck und Gesichter, die geradewegs aus den Straßen Peschawars kamen, und andere Gesichter, die eher aus anderen Gegenden stammten. Es gab Schönheit hier, das sah er wohl, doch es war eine Schönheit, die um Bewunderung heischte. Stumm und abweisend, sie hatte nichts mit der Welt da draußen zu tun. Müsste man unter diesen Objekten leben, würde einem irgendwann das Herz zu Stein. Diese Überlegungen stellte er gerade an, in dem Bewusstsein, dass er ein Argument aufbaute, als er vor einen bärtigen Mann trat, der in sitzender Haltung dargestellt war. Er hatte ein Knie an die Brust hochgezogen und hielt in einer Gebärde der Verzweiflung seinen Hinterkopf umfasst. Qayyum hörte, wie sich sein

Atem auf einmal veränderte, zu einem Röcheln in seiner Kehle wurde. Eine zweite Figur – ob Mann oder Frau, war nicht zu sagen, ihr Gesicht fehlte – umschloss mit den Fingern der einen Hand den Oberarm des Mannes und hatte die andere Hand an seine Brust gelegt. Dadurch, dass der bärtige Mann den Kopf zur Seite wandte, von der Figur weg, die ihn umarmte, machte der Bildhauer deutlich, dass es keinen Trost geben kann, wenn einem ein Verlust das Herz durchbohrt. Qayyum presste sich die Hand vor den Mund und fühlte sich entsetzlich verlassen und allein, während er das Abbild seines eigenen Kummers betrachtete. Kalam.

Da schob sich eine Hand in die seine, und Najeeb zog ihn von der beschädigten Statue fort. Das hier, das musst du dir ansehen, sagte er, während er mit Qayyum in den Hauptsaal zurückkehrte, der nun menschenleer war.

– Hier, Buddha. Das ist er.

Die Falten in der Haut des Propheten ließen noch den gepflegten Prinzen erahnen, der er einst gewesen war; die tief eingesunkenen Augen wussten um jeden Kummer, jedes Leid dieser Welt. Alles, was du schon ertragen hast; alles, was du erst noch wirst ertragen müssen. Qayyum legte eine Hand an die Glasscheibe der Vitrine und beugte sich zu dem abgemagerten Antlitz Buddhas vor, das über der gefurchten Haut seines Oberkörpers schwebte. Stein, der zu Fleisch geworden war; nein, Stein, der zu Haut und Knochen geworden war. Wer seine Hand auf diesen Brustkorb legte, könnte möglicherweise ein Herz darin pochen spüren; aber vorsichtig, vorsichtig, diese dürren Rippen könnten unter dem Druck eines einzigen Fingers entzweibrechen. Er wich zurück, ihn fröstelte; jetzt verstand er, was Götzenanbetung bedeutete. Bismillah-ir-Rahman-ir-Rahim, flüsterte er, der Buddha aber blickte ungerührt an ihm vorbei, wie in weite Ferne, und in seinen Augen lag das gesamte Grauen von Ypern, all die toten Soldaten, jeder einzelne, und auch Kalam Khan, der frierend und allein in den Bergen lag und verblutete. Und noch jenseits all der toten Männer, im tiefsten, traurigsten Winkel dieses Blickes Buddhas, war Kalams Mörder, ein Mann, der im Namen der Pflicht, der Familie, der Tradition ein Leben auslöschte.

Qayyum sank auf die Knie, und Najeeb setzte sich neben ihn, lehnte sich an die Schulter seines Bruders, bot ihm mit seinem Gewicht einen Halt.

Er folgte dem Geräusch der Axt, das ihn quer durch den Pflaumengarten zu einem Feld mit gefurchter Erde führte. Dort hockte Kalam Khans Vater neben einem Felsblock, über den er ein Zuckerrohr hielt, das er mit der Axt in unterarmlange Stücke zerhieb. Mit geradezu mechanischen Bewegungen, die Gefahr liefen, unachtsam zu werden.

– Warum tun Sie das?

– Zum Pflanzen, du Stadtmensch.

Er tauchte die Axtklinge in einen Kübel voll Wasser und führte sie dann über einen Wetzstein, einmal, zweimal, dreimal. Qayyum streckte schweigend die Hand aus, und der Mann reichte ihm die Axt, ehe er aufstand und sich mit dem Stoßseufzer, Bismillah, die Hand ins Kreuz drückte. Qayyum streifte seine Sandalen ab, hockte sich auf den Boden und ließ die Axt auf das Zuckerrohr niedersausen, zwei Handbreit unter der Spitze. Der Duft, der dabei aus dem Rohr aufstieg, entführte ihn zurück in seine Kindheit.

– Kalam hat mich gebeten, Ihnen beim Pflanzen zu helfen.

– Ja.

– Das habe ich ihm versprochen. Das bin ich ihm schuldig.

– Und für diese einfache Erkenntnis hast du drei Tage gebraucht? Seid ihr Stadt-Paschtunen denn sogar noch dümmer als eure Vettern oben bei den Stämmen?

Der ältere Mann sah ihn mit einem spöttischen Lächeln an, das ihm sehr vertraut vorkam.

– Ein zweites Paar Hände nützt mir mehr als noch ein Junge, der tot in den Bergen liegt. Dachtest du wirklich, ich würde von dir erwarten, dass du da hinauf in die Wildnis steigst und dir die Gurgel durchschlitzen lässt, ehe du auch nur dein Messer ziehen kannst? Nun schau mich nicht so belämmert an. Schneide! Schneide, was das Zeug hält. Und wenn du mit allem fertig bist, komm zu mir.

Qayyum betrachtete erst das Häuflein zerkleinerten Zuckerrohrs und dann den großen Berg noch intakter Rohre. Er zog das längste Rohr heraus und machte sich mit einem beherzten Bismillah! an die Arbeit.

Stunden später tat ihm alles weh, sein Arm, sein Rücken, die Muskeln in seinen Oberschenkeln. Bei der Arbeit hatte er seinen Körper völlig vergessen. Nun kam er ihm durch die Schmerzen, die ihn bei jedem Schritt durchzuckten, während er durch den Pflaumengarten ging, nachdrücklich wieder zu Bewusstsein. Kalams Vater brachte ihm heißen Tee und kaltes Naan, und es kam ihm vor wie das herrlichste Festmahl. Den späten Nachmittag hindurch saßen die beiden Männer unter einem Pflaumenbaum, bis es Abend wurde und alles um sie herum in Schatten versank, und tauschten Geschichten aus, über Kalam, den kleinen Jungen, und Kalam, den Sepoy, über das Leben in den Obstgärten und das Leben in der Army. Schließlich fing der alte Mann an, über das alte paschtunische System zu sprechen, unter dem Land niemals jemandem fest gehörte, sondern regelmäßig unter den Stämmen neu verteilt wurde, damit niemand je dauerhaft die Kontrolle über das fruchtbarste Land ausübte und ein jeder Mann über ausreichend Wohlstand verfügte, um ein ehrenhaftes Leben führen zu können. Es war Jahrhunderte her, dass dieses System gänzlich frei von Korruption funktioniert hatte, doch es war weiter halbwegs aufrechterhalten worden und sorgte für größere Gerechtigkeit als die meisten anderen Systeme –

– Bis deine Engländer es mit ihren Gesetzen in Stücke gefetzt haben, Qayyum Gul, um eine Klasse von Grundbesitzern zu erschaffen, die der Krone gegenüber loyal sind. Mein Großvater hat alle Rechte auf das Land eingebüßt, auf dem er schon sein Leben lang lebte, und seither muss meine Familie für das Land Pachtzins an einen Mann entrichten, der von Obstbäumen so viel versteht wie ein Fisch von den Bergen. Sein Leben lang hat Kalam das alles von mir gehört – und dann ist er in die Army eingetreten, um für die Engländer bluten zu dürfen. Wir haben das Joch wahrlich verdient, das wir tragen müssen. Aus eurer Generation ist nur Ghaffar Khan ein wahrer Paschtune.

– Wer?

Der alte Mann versank eine Weile in Schweigen und nickte dann mit Nachdruck, als wäre er zu einem Entschluss gelangt.

– Wenn wir mit dem Pflanzen fertig sind, gehst du los und suchst Ghaffar Khan. Er wird dich alles lehren, was du wissen musst.

– Und was soll das sein? Was muss ich denn wissen?

– Du musst lernen, deine Augenbinde abzunehmen und deinen Platz auf dieser Welt zu erkennen.

Hatte man erst einmal die Witterung Khan Abdul Ghaffar Khans aufgenommen, konnte man ihr mühelos durch das Tal von Peschawar folgen. Wadpadda, Sardaryab, Charsadda, Utmanzai und diverse Stationen dazwischen. Schon jetzt, mit gerade einmal fünfundzwanzig Jahren, war er von einem solchen Nimbus umgeben, dass die Augen alter Männer zu leuchten begannen, wenn sie nur seinen Namen hörten, und kleine Jungen in andächtiges Flüstern verfielen, wenn sie über ihn Auskunft gaben, ganz so, als würden sie Liebesverse rezitieren. Nachdem er sich, der Empfehlung von Kalams Vater folgend, auf den Weg gemacht hatte, beschlich Qayyum schon nach wenigen Stunden das Gefühl, dass er weniger dem Mann selbst auf den Fersen war als seiner Geschichte, die er im Tal stückchenweise zu hören bekam: Ghaffar Khan quittierte seinen Dienst beim Elitecorps der Guides, als er dort miterlebte, wie ein paschtunischer Offizier von einem Engländer beleidigt wurde; er hätte sich beinahe nach England eingeschifft, ließ sich aber durch die Tränen seiner Mutter davon abbringen; Haji Sahib von den Turangzai nahm mit ihm Verbindung auf, als er gerade einmal zwanzig war, und sie entwarfen gemeinsam ein ehrgeiziges Bildungs- und Reformprogramm; als Haji Sahib den Dschihad ausrief, trennten sich ihre Wege, und während der eine nun das Leben eines Gesetzlosen in den Stammesgebieten führte, reiste der andere kreuz und quer durchs Land und rief überall Schulen ins Leben, in denen den Paschtunen Bildung vermittelt werden sollte, die ebenso frei war vom Aberglauben der Mullahs wie von der Gehirnwäsche der Engländer.

Am dritten Nachmittag seiner Reise erhielt Qayyum von einem Mann, dem er unterwegs begegnete, endlich einen konkreten Hinweis. Ein heftiger Winterregen setzte gerade ein, als er das ringsum von einer Lehmmauer umfriedete Anwesen an der Straße zwischen Utmanzai und Mardan betrat. Dort empfing ihn das Geräusch dicker Regentropfen, die auf eine große blaue Zeltplane klatschten, unter der gerade eine Versammlung stattfand und die an den Ecken von vier hochgewachsenen Männern in die Höhe gehalten wurde. Ein viereckiger blauer Himmel zwischen den Männern und dem Regen. Qayyum rannte quer über den Hof und rettete sich unter die Plane, die die Männer mit ausgestreckten Armen über ihre Köpfe hielten, obwohl sie groß waren und die versammelten Männer alle saßen, ungeachtet der Schmerzen, die ihnen diese Haltung bereiten mochte. Aber für ihn, für Ghaffar Khan, war diese Höhe nun einmal erforderlich. So groß wie ein Engel oder ein Dschinn, hatte Kalams Vater gesagt, und Qayyum, der selbst über einen Meter achtzig maß, stellte fest, dass er in der Tat zu Ghaffar Khan aufblicken musste, der ganz hinten unter der Plane stand. Ein Lächeln zwischen der kühnen Adlernase und dem kurz getrimmten Vollbart hieß Qayyum willkommen, ohne dass Ghaffar Khan seinen Vortrag darüber unterbrochen hätte, wie das Übel der Blutfehden und der Blutrache die Paschtunen von innen her schwächte und zersetzte. Während er sprach, flitzte von einer der Türen rings um den Innenhof ein verwischter Fleck durch den Regen und entpuppte sich als kleiner Junge, der ganz in der Nähe des jungen Khan Aufstellung bezog; vor Ungeduld oder Aufregung auf einem Bein balancierend, während er mit den Händen auf seinem Rücken an seinem anderen Fuß herumknetete. Ein Flamingo-Junge; die alten Bildhauer von Gandhara hätten ihn in dieser Haltung in Stein gehauen.

Als Ghaffar Khan seinen Vortrag beendet hatte, brach ein Stimmengewirr los, und etliche Hände schossen in die Höhe. Er jedoch wandte seine hochgewachsene Gestalt zunächst dem Jungen zu.

– Bringst du mir eine Frage?

Da begriff Qayyum, dass der Junge als Bote zwischen der Versammlung und den Frauen in ihren Gemächern fungierte. Er drehte sich etwas zur Seite, damit niemand ihn verdächtigte, in die Richtung der Frauen zu schielen, nun, da er wusste, wo sie sich aufhielten.

– Warum hast du dich nicht Haji Sahib und seinem Dschihad angeschlossen?

Einige Männer sahen sich an, kratzten sich am Kinn, seufzten ein wenig. Diese Frage war ihnen nicht neu.

– Zu den Waffen zu greifen, nachdem deine Heimat erobert worden ist, ist so, als würdest du einen Brunnen bohren, nachdem in deinem Haus ein Feuer ausgebrochen ist. Das Schwert in den Händen der Stammeskrieger wird uns nicht von dem Joch befreien, das uns niederdrückt. Gar kein Schwert wird uns von diesem Joch befreien. Wenn wir irgendwie vorankommen wollen, müssen wir …

Bisher hatte er Paschtu gesprochen, wechselte nun aber in einen Urdu-Dialekt, um den Satz zu beenden. Der Mann, der neben Qayyum die Plane in die Höhe hielt, beugte sich zu ihm und sagte:

– Wie war das? Was hat er gesagt?

– Er hat gesagt, wir müssen uns von unseren falschen Vorstellungen befreien. Wir müssen aus diesem Kaninchentraum aufwachen.

Qayyum trat unter der Plane hervor in den nachlassenden Regen. Er legte den Kopf in den Nacken, und aller Lärm der Welt um ihn herum verstummte, bis auf das zarte Klirren einzelner Regentropfen auf einem Glasauge, die unvermutete Musik des Himmels.

Oktober – November 1915

Viv hob ihren Bogen und blickte an dem Pfeil entlang, den sie eingespannt hatte, zu den Minaretten der Mahabat-Khan-Moschee hinüber, die sie mit der Pfeilspitze anvisierte. Der italienische Söldner Paolo Avitabile hatte diese Minarette als Galgen benutzt, an denen er all jene aufknüpfen ließ, die seine Gesetze nicht achteten. Tatsächlich kam es Viv kurz so vor, als würde sie im Mondschein, der auf den weißen Marmor fiel, Schatten von Männern sehen – die Geister derer, die dort oben, weithin sichtbar für alle Einwohner Peschawars, am Strang gestorben waren. Noch heute, siebzig Jahre nach dem Ende von Avitabiles Herrschaft, wurde unartigen Kindern in den Straßen der Altstadt mit dem fürchterlichen Abu Tabela gedroht, der in der Nacht kommen und sie holen würde. Doch Avitabile hatte in seiner Zeit als Gouverneur auch die Straßen verbreitern und die Mauern rings um die Altstadt hochziehen lassen und in Peschawar mit eiserner Faust für Sicherheit gesorgt, damals, als es unter der Herrschaft der Sikhs stand. Sie fürchten und verehren ihn bis heute, hatte ein alter Major zu Viv gesagt, Er hat uns vorexerziert, wie man als Europäer die Pathanen zur Räson bringt und über sie herrschen kann. Remmick aber war anderer Ansicht. Wir sind hier, um die Zivilisation zu verbreiten, nicht um uns wie unzivilisierte Barbaren zu benehmen, hatte er gesagt, und dann noch hinzugesetzt, während er auf Viv deutete, Jeder auf seine Art. Manche von uns in größerem Rahmen, und andere in kleinerem Rahmen. An gewissen Tagen empfand sie Remmick beinahe als Freund.

Heute Abend befand er sich nicht unter den Gästen, die auf dem breiten Laufgang oben auf dem Tor von Gor Khatri versammelt waren. Das imposante Bauwerk aus der Mogulzeit stand erhöht auf einem Hügel, hoch oberhalb der Ummauerten Stadt. Den Einladungen zu diesem Fest, das unter dem Motto »Olympische Nacht in

Gor Khatri« stand, hatte jeweils eine handgeschriebene Notiz beigelegen, in der den Gästen die Rolle einer griechischen Gottheit zugeteilt wurde, die sie den Abend über zu verkörpern hatten. Viv war Artemis, die jungfräuliche Jägerin. Ein etwas platter Scherz, in dem sich die weithin geteilte Auffassung spiegelte, dass eine junge Engländerin eigentlich nur aus einem Grund nach Peschawar kommen konnte, nämlich, um einen Ehemann zu finden. Jemand sollte ihr einmal erklären, dass damit die Suche nach jemandem gemeint ist, der eben noch kein Ehemann ist, hatte Mrs Remmick mit spitzer Stimme bemerkt, als sie sich gerade in Hörweite befand, aber da Mrs Remmick nicht sonderlich beliebt war und niemand ernstlich glauben mochte, dass Viv sich ausgerechnet für Remmick-den-Rotgesichtigen interessierte, wo doch genug gutaussehende Junggesellen zur Verfügung standen, hatte diese Bemerkung Viv lediglich Sympathien bei den anderen britischen Ehefrauen eingetragen, denen kaum etwas mehr Freude bereitete als eine Gelegenheit, in einem vermeintlichen Konflikt Partei zu ergreifen.

Sie ließ Pfeil und Bogen sinken, legte beides auf dem breiten Mauersims des festungsähnlichen Tores ab und nahm sich ein Glas geeiste Limonade vom Tablett eines Dieners, der zwischen den Gästen seine Runde drehte. Mit dem Ende des Sommers und der Rückkehr der Briten aus Simla war das bisher eher verschlafene Peschawar zu neuem gesellschaftlichem Leben erwacht, Bälle und Picknicks und Jagdgesellschaften standen nun wieder auf der Tagesordnung. Und dank der sinkenden Temperaturen rückten noch andere Zerstreuungen in den Blick: eine Schiffsfahrt den Indus hinunter; das Tadsch Mahal; die Höhlentempel von Ajanta und Ellora; ein Besuch der Ausgrabungen in Taxila, zu dem John Marshall sie eingeladen hatte. Und im Frühjahr die berühmte berittene Jagd im Tal von Peschawar, ein nach Aussage der Stammgäste des Peschawar Club unvergessliches Erlebnis, das Viv sich auf gar keinen Fall entgehen lassen sollte. Nachdem sie nun die brütende Sommerhitze in Peschawar durchgestanden hatte, warum wollte sie da wieder abreisen, kaum, dass die Witterung endlich angenehm und erträglich wurde? Wo war da die Logik?

Viv stimmte ihrem Gesprächspartner bereitwillig zu: Ja, das entbehrte jeder Logik. Unerwähnt ließ sie jedoch, dass ihr Hauptinteresse Shah-ji-ki-Dheri galt. Remmick hatte ihr zwar versprochen, sich mit Hochdruck um eine Lösung der Pachtstreitigkeiten zu kümmern, doch mit einer endgültigen Klärung war wohl erst Anfang des Jahres zu rechnen. Erst dann könnte sie dort auch mit Grabungen beginnen.

Sie blickte hinab auf das Gewirr der Altstadt, das unter ihr ausgebreitet lag. Von hier oben ließen sich sämtliche Hausdächer überblicken, die zwar ringsherum abgeschlossen, aber zum Himmel hin offen waren – oder eben für die olympischen Götter von Gor Khatri. Es war, als würde man in eine Schmuckschatulle mit vielen einzelnen Fächern schauen, wobei der Schein von Lampen in so manchem Fach etwas Buntes und Glitzerndes zum Vorschein brachte: eine Frau in einer grün-rosaroten Tunika, die kleine Spiegel auf ein Hemd nähte; ein Mann auf einem Flechtbett, der einigen Kindern zu seinen Füßen aus einem Buch vorlas; eine Frau, die einem Mann, der mit freiem Oberkörper vor ihr saß, eine Hand auf die Schulter gelegt hatte, während sie ihm das lange Haar durchkämmte, ein Sikh vermutlich. In welchem dieser Häuser mochte Najeeb wohnen, überlegte Viv. Sie wusste so wenig über seine Welt.

Dionysos berührte sie leicht am Ellbogen. Die angloindische Musikkapelle hatte ihre sperrigen Instrumente endlich die Treppe hinaufbefördert und begann ihr Programm nun mit »For Empire and England«. Artemis tanzte dazu mit Dionysos über das Dach von Peschawar, beschienen vom silbrigen Licht des Mondes. Über eine Frage war sie sich mitunter nicht ganz schlüssig: Benutzte sie nun die Frühjahrsjagd im Tal von Peschawar als Vorwand, um länger in Peschawar zu bleiben und nach Tahsin Beys Traum graben zu können – oder benutzte sie Tahsin Bey als Vorwand, um bis zur Frühjahrsjagd zu bleiben?

Najeeb hatte eine Rolle Papier mitgebracht, die er nun auf ihrem Schreibtisch ablegte, der an einem Fenster mit Blick auf den Garten hinaus stand. Darf ich?, fragte er, ehe er vorsichtig die Bücher, die Schreibmaschine und die Lampe vom Tisch räumte. Danach legte er einen Briefbeschwerer auf das eine Ende des Papiers und rollte es aus, bis es den gesamten Tisch bedeckte und sogar noch zum Boden hinabhing.

– Die Felsedikte des Ashoka, verkündete Najeeb. Aus Shahbaz Garhi.

Viv beugte sich über den Abrieb der Inschrift. Die in Kharoshthi abgefassten Worte bildeten wellenförmige Zeilen, der unregelmäßigen Oberfläche des Felsblocks folgend, in den sie eingemeißelt worden waren.

– Wie bist du darangekommen?

– Der Felsen steht auf dem Gebiet der Yusufzai, erwiderte er stolz. Das hier gehört meinem Stamm.

– O ja. Den Männern, die in Peukelaotis gegen Alexander gekämpft haben.

– Wie konnte ich bloß denken, Alexander wäre ein Engländer!

– Würde er heute leben, wäre er einer. Wie konnte *ich* bloß denken, du wärst nicht neugierig. Das war wahrhaft ignorant von mir. Danke, dass du mir das hier zeigst.

– Es gehört Ihnen. Ich habe meinen Bruder gebeten, mir das mitzubringen, damit ich es Ihnen schenken kann. Es ist für meine Lieblingslehrerin, habe ich gesagt.

– Vielen Dank, Najeeb. Ich werde es in Ehren halten.

Sein Lächeln war wie das erste Schimmern eines silbernen Stirnreifs, der aus dem Erdreich zum Vorschein kam.

Viv musste heftig blinzeln, geblendet vom Schein der Vormittagssonne, als sie aus Avtar Singhs Antiquitätenladen, einer wahren Schatzhöhle, wieder auf die Straße trat.

– Es würde mir das Herz zerreißen, Miss Spencer, Hariti an jemand anderes verkaufen zu müssen. Das müssen Sie mir ersparen.

Viv verdrehte die Augen. Diese Aussage hörte sie von dem Sikh mit dem Turban nicht zum ersten Mal. In letzter Zeit kam sie fast täglich vorbei, um mit Avtar Singh um die Statue der Hariti zu feilschen, die große Ähnlichkeit mit dem Exemplar hatte, das im Museum zu bewundern war und die Göttin an der Seite ihres Gefährten darstellte, dem sie eine Hand auf den Oberschenkel gelegt hatte, besitzergreifend und mit wandernden Fingern. Es war nicht nur die Lage ihrer Hand, die ausgesprochen erotisch wirkte, sondern auch die Haltung ihres Gefährten, des großen Generals Panchika in seinem kurzen Uniformrock, dessen Beine die Form eines Diamanten bildeten – seine Knie waren weit auseinandergespreizt, während die Fußknöchel sich berührten. Viv wusste im Grunde, dass sie nicht den Mut aufbringen würde, sich eine solche Skulptur zuzulegen, doch es bereitete ihr Vergnügen, Tag für Tag mit dem Händler darum zu feilschen, während er ihr Tee kredenzte, und dabei auch über andere Skulpturen und Münzen in dem Laden zu sprechen, die für sie viel eher für einen Kauf in Betracht kamen, irgendwann, wenn entweder sie oder Avtar Singh einen Weg fanden, sich aus diesem endlosen Tanz um Hariti zu lösen.

– Senken Sie den Preis, dann bleiben Ihrem Herzen diese Qualen erspart, Mr Singh.

Sie setzte sich ihren Tropenhelm auf, der mit einem Samtband geschmückt war, und ging los. Da sie kein festes Ziel hatte, bog sie mal in diese Gasse ab, mal in jene, wobei sie allerdings darauf achtete, nie die hohen Mauern des Gor Khatri aus dem Auge zu verlieren, das ihr als Orientierungspunkt diente. Schließlich fand sie sich in einer Gasse wieder, die in die Straße der Geschichtenerzähler einmündete. Der Laden mit dem Schild BESTE ENGLISCHE SCHULUNIFORMEN kam ihr irgendwie bekannt vor, und erst nach kurzem Nachdenken fiel ihr wieder ein, dass Najeeb genau diese Gasse hinuntergedeutet hatte, als er ihr ohne jede Verlegenheit erklärte, dass dort sein Vater arbeitete.

Während sie die Gasse hinunterging, erspähte sie einen Briefschreiber. Er saß unter einer Pappelfeige, über deren Äste als Sonnenschutz eine Art Plane gebreitet war, an einem Tisch mit eingelassenem Tintenhorn. Wie war es möglich, dass eine pathanische Familie aus der Ummauerten Stadt, deren Vater und Ernährer unter einem Baum im Freien arbeitete, einen Jungen wie Najeeb hervorgebracht hatte? Die indischen Sagen von Hirtenjungen oder

Sklaven, die am Ende König wurden, ergaben erst dann wirklich einen Sinn, wenn man jemandem wie Najeeb begegnete. Ob seine Eltern wohl ahnten, in was für Sphären er sich mittlerweile bewegte, wie weit er sie damit hinter sich ließ? Wohl eher nicht, vermutete sie, obwohl sie ihn nie danach gefragt hatte. Wenn sie jetzt zu Najeebs Vater hinüberging und sich als Miss Spencer vorstellte, würde sie wahrscheinlich nur einen leeren, verständnislosen Blick ernten. Aber der Mann an dem Tisch, der ihr den Rücken zuwandte, konnte unmöglich der Vater eines zwölfjährigen Jungen sein, das sah sie seinen Händen an, die er links und rechts von sich auf den Tisch gelegt hatte; es waren die Hände eines jungen Mannes. Vielleicht war Najeeb nicht ganz ehrlich gewesen, als er stolz erzählte, dass sein Vater als einziger Briefschreiber nicht auf dem Boden saß, sondern über einen Tisch verfügte. Was mussten das für armselige Lebensumstände sein, wenn schon der Besitz eines Tisches Grund zur Prahlerei war.

Ihr Interesse wandte sich von dem Mann an dem Tisch der auffallend hochgewachsenen Frau in der weißen Burka zu, die sich gerade von dem Hocker ihm gegenüber erhoben hatte und nun das Blatt Papier zusammenfaltete, das er ihr über den Tisch hinweg zugeschoben hatte, nicht ohne sogleich seine Hände zurückzuziehen, damit sie es auflesen konnte, ohne seine Fingerspitzen zu berühren. Die Gestalt in Weiß eilte davon, ehe ihr einfiel, dass sie als Frau in Peschawar in der Öffentlichkeit jedes Aufsehen zu vermeiden hatte. Ihr Schritt verlangsamte sich, nun war sie ein weißes Laken, das in demselben Tempo dahinschwebte wie die anderen weißen Laken. Viv folgte ihr in die Straße der Geschichtenerzähler. Mit einer Frau hatte sie in der Ummauerten Stadt bisher noch nicht gesprochen, obwohl ihr Paschtu Fortschritte machte und für ein einfaches Gespräch bereits ausreichte.

Die Frau bewegte sich auf der Straße in Richtung Kabuli-Tor, bog aber dann in eine Gasse ab. Viv entschied, ihre alberne Verfolgungsjagd jetzt zu beenden, und setzte ihren Weg in Richtung Kabuli-Tor fort. Dann aber blieb sie doch noch einmal stehen und sah sich um, unmöglich zu sagen, ob aus Neugier, einer Eingebung folgend oder veranlasst durch irgendein Geräusch. Dort war die Frau in der weißen Burka – Viv erkannte sie an ihrer Größe zweifelsfrei wieder –, die nun wieder aus der Gasse zum Vorschein kam, jetzt ohne Briefumschlag in der Hand, und auf die andere Seite der Straße der Geschichtenerzähler hinüberging. Dort stellte sie sich neben einen schlanken Baum und blickte zu dem Balkon des Teppichhändlers hinauf, oben in dem Haus, das gleich an der Ecke stand, wo die Gasse von der Straße abzweigte. Es war ohne Frage einer der schönsten Balkone hier in der Ummauerten Stadt, mit Rosen und Arabesken, die oberhalb seiner drei Rundbögen in das Holz geschnitzt waren. Am Fuß des Balkons waren springende Hirsche eingeschnitzt, die einander von einem Bogen zum anderen zu verfolgen schienen. An den kunstvollen Schnitzereien aber schien die Frau in der Burka nicht interessiert zu sein; ihre reglose Haltung ließ darauf schließen, dass sie auf etwas wartete.

Viv näherte sich ihr einige Schritte. Männer und Jungen gingen auf der Straße an ihnen vorbei, bisweilen Hand in Hand, mit einer Blume hinter dem Ohr und Patronengurten, die quer über ihre Brust geschlungen waren. Als hätten sie beschlossen, sowohl Mann wie Frau gleichzeitig zu sein, mit langen, gebogenen Wimpern und breiten Schultern. Wieder einmal fiel Viv auf, dass die Männer ihr keinerlei Beachtung schenkten, als wäre sie ebenfalls in ein weißes Laken gehüllt. Dass man Sie nicht anstarrt, ist ein Zeichen der Höflichkeit, hatte Avtar Singh ihr erklärt, als sie ihm einmal ihr Befremden darüber schilderte, dass sie in der Altstadt praktisch wie Luft behandelt wurde; dann setzte er sein wölfisches Lächeln auf und setzte hinzu, Und dann sind die Pathanen natürlich noch der Ansicht, dass Männer Frauen nicht ansehen sollten, um damit sicherzustellen, dass auch kein Mann ihre Frauen ansieht. Bei dieser Aussage führte er zwei Finger quer über den Hals wie eine Messerklinge, die eine Gurgel aufschlitzt.

Da trat der freundliche weißbärtige Teppichhändler, bei dem Viv erst kürzlich einen Teppich gekauft hatte, auf den Balkon. Er rief dem Apfelverkäufer, der auf der Straße direkt unter ihm stand, etwas zu, worauf dieser einen Apfel zielgenau in die Höhe warf, beinahe direkt in die nach unten gestreckte Hand des Teppichhändlers, der gleich im Anschluss eine Münze nach unten schnippte. Der Teppichhändler biss in den Apfel, richtete seinen Blick kurz zu der Frau in Weiß hinüber, die auf der anderen Straßenseite stand, und nickte mit dem Kopf. Ein ganz unverfängliches Kopfnicken, mit dem er seine Wertschätzung für den wohlschmeckenden Apfel zum Ausdruck zu bringen schien, es sei denn, man erwartete etwas anderes. Die Frau in Weiß blieb danach noch einige Momente an den Baum gelehnt stehen, als würde sie bloß kurz rasten. Dann erst setzte sie sich in Bewegung und verschwand in eine der schmalen Gassen, die in das innere Labyrinth der Ummauerten Stadt führten.

Eine Frau steht im Schatten eines Baumes. Ein Mann blickt auf die Straße hinunter, während er auf seinem Balkon einen Apfel verzehrt. Irgendwo darin war eine Geschichte verborgen. Aber welche? Viv vermochte es sich nicht auszumalen.

Der Brief ihrer Mutter war mit schwarzer Tinte an sie adressiert. Es war also wieder einmal jemand gestorben.

Viv setzte sich in ihren Korbsessel und zog einen Zweig der Trauerweide zu sich herunter, sodass die Blättchen über ihre Wange strichen. Das Kreischen und metallische Zwitschern der Vögel, die Stiefeltritte eines Regiments, das in die Kaserne zurückmarschierte, ihre Finger, die an dem Geflecht des Korbsessels herumzupften wie an den Saiten eines Instruments – all das war ihr mittlerweile nahe und vertraut. Die Briefe aus England kamen dagegen aus einer anderen Welt.

> Meine liebe Vivian,
> Marys Bruder Richard ist in Mesopotamien »seinen Verwundungen erlegen«. Sie geht sehr Mary-mäßig damit um, spricht von ihrem großen Stolz auf das noble Opfer, das er erbracht hat, doch Du und ich, wir wissen ja, dass er sich nur gemeldet hat, weil sie ihn entsprechend unter Druck gesetzt hat, und ich mag nicht glauben, dass ihr das nicht schwer auf der Seele lastet. Sie hat es sehr bedauert, dass Du an seiner Beerdigung

nicht teilgenommen hast – in Zeiten wie diesen braucht eine Frau ihre Freundinnen. Sie redet davon, dass sie sich zum Lazarettdienst an der Westfront melden will. Auch Dein Vater ist sehr gedrückter Stimmung. All die Jungen, die er mit auf die Welt gebracht hat und die nun alle viel zu früh von uns gehen. Diese Erkenntnis hat ihn sehr verändert, praktisch über Nacht.

Aber keine Sorge, wir blasen nicht nur Trübsal hier. Zeitungsanzeigen für »Kriegspelze zu Kriegspreisen« hellen die Stimmung erheblich auf, und der Wettstreit im Kreise meiner Freundinnen und Bekannten, wer den größten patriotischen Eifer an den Tag legt, treibt weiter die seltsamsten Blüten. Wobei gerade diejenigen, die dabei den größten Ehrgeiz an den Tag legen, am lautesten über den Mangel an brauchbarem Personal jammern, der infolge des Krieges zu beklagen ist. (Hier bei uns zu Hause setzen sich die Probleme mit dem einarmigen Diener unverändert fort.)

Ich habe vor einigen Tagen die Bekanntschaft von Miss Murray gemacht. Sie sagte, es gebe derzeit kaum einen Arbeitgeber in England, der Frauen nicht mit Kusshand einstelle, um all die Männer zu ersetzen, die nun im Krieg sind – Museen und Universitäten eingeschlossen. Vielleicht wäre es doch an der Zeit, dass Du Deine Rückreise buchst? Dein Vater war so enttäuscht, als er hörte, dass Du nun doch nicht, wie versprochen, an Weihnachten zurück sein wirst – dass er Dich als Krankenschwester an die Front schicken will, ist wohl eher nicht zu befürchten. Und selbst wenn er es versuchen sollte, entnehme ich Deinen Briefen, dass Du nun, wo Du Deinen eigenen Haushalt führst und selbst entscheidest, wie Du Deine Tage verbringst, kein kleines Mädchen mehr bist, das sich blind den Wünschen und Vorstellungen anderer fügt, sondern Dich zu einer selbstbewussten jungen Frau entwickelt hast.

Deine Dich liebende Mutter

Oh, Mary. Sie ließ den Brief auf ihren Schoß hinabsinken und dachte voller Erschütterung an Richard zurück, den Jungen mit den stets aufgeschürften Knien, den sie und Mary immer die Bäume hinaufgescheucht hatten, als er noch klein gewesen war. Den sie gnadenlos geneckt und aufgezogen hatten, als er seinen Babyspeck verlor und anfing, die interessierten Blicke von Mädchen auf sich zu ziehen. Der stets zuverlässig als Begleiter zur Verfügung stand, wenn sie und Mary während ihrer Studienzeit eine Party besuchen wollten. Richard, der Marys Aktivitäten als Suffragette zwar nicht billigte, sie aber trotzdem immer zu Versammlungen der *Women's Social and Political Union* fuhr und aus dem Gefängnis auslöste, wenn sie wieder einmal verhaftet worden war. Dieser liebe, sanfte Junge. Seinen Verwundungen erlegen. Sie kannte den Klang, den Geruch und die Qualen, die sich hinter dieser Floskel verbargen. Wusste, wie es war, wenn erwachsene Männer nach ihrer Mutter wimmerten. Und Richard hatte gewiss nach Mary gerufen, seiner älteren Schwester, die seinem Schatten Festigkeit verlieh.

Was tue ich hier? Wie soll ich je zu all dem zurück?

Auf der Fahrt vom Cantonment nach Shah-ji-ki-Dheri strömten ihr fast ununterbrochen die Tränen übers Gesicht. Richard ist tot, murmelte sie in einem fort vor sich hin, während sie in die Pedale trat, als könnten die Worte diesem Verlust irgendwie Sinn verleihen. Schon ganz in der Nähe des Stupa-Geländes kam sie an einem Friedhof vorbei, den gerade eine Gruppe Trauernder betrat, die einen in ein weißes Leintuch gehüllten Toten mit sich führte. Richard ist tot. Auf einmal wurde ihr so übel, dass sie ihr Fahrrad eilig an den Straßenrand lenkte und neben dem Weizenfeld anhielt, um einige Male tief durchzuatmen.

Erst als aus dem Weizenfeld zwei Männer auftauchten, die nachsehen wollten, ob die Memsahib Hilfe brauchte, stieg sie wieder auf den Sattel und fuhr weiter zu dem Ruinenfeld, das wegen der Querelen mit dem Grundbesitzer vorläufig in einer Art rechtlichen Grauzone zwischen Bebauung und Ausgrabung verharrte.

Sie stieg in die tiefe Grube hinab, die sie im Geist als Najeebs Graben bezeichnete, und zog dort ihr Notizbuch aus der Jackentasche. Der Kalbsledereinband steckte voller Erinnerungen an die

Türkei: dort der Brandfleck von einem Funken, der von dem Lagerfeuer aufgestoben war, an jenem auf einmal empfindlich kühlen Abend in Labraunda, als der Himmel nach einem heftigen Gewitter aufklarte; hier der Saft einer Feige, hinterlassen von Alice, dem Mops; ein Tintenfleck, Abdruck eines Daumens, der an dem ersten Tag ihrer Wanderung längs der karischen Küste auf geheimnisvolle Weise auf dem Einband aufgetaucht war und den sie im Stillen als Gruß einer Sirene deutete, die dort ihr Zeichen hinterlassen hatte; ein Tropfen Blut von Tahsin Bey, als er sich den Ellbogen an einem schartigen Stein im Tempel des Zeus aufgeschürft hatte.

Sie kniete sich auf den lehmigen Boden und schlug das Notizbuch auf, um einen der Buddhas aus Kalkstein in seinem Rundbogen zu zeichnen. Sie war noch längst nicht fertig, als sie den Bleistift fortwarf und stattdessen anfing, in der vorderen Hälfte des Notizbuchs zu blättern. Auf jeder Seite Erinnerungen. Plötzlich erschien ihr alles unerträglich. Alles an diesem verlassenen, vor sich hin bröckelnden Ort, an dem nur noch halb abgenagte Knochen zurückgeblieben waren, nachdem alle halbwegs wertvollen Funde geborgen und ins Museum geschafft worden waren. Wäre doch Tahsin Bey jetzt hier, damit sie mit den Fäusten auf ihn eintrommeln könnte. Warum hast du mir diesen Brief geschickt und mich hierhergelotst, mich zur Geisel deiner Träume gemacht. Er ist vermutlich nicht einmal hier! Sie klaubte eine Handvoll Erde vom Boden auf und bewarf den Buddha damit. Das fühlte sich so gut und richtig an, dass sie es etliche Male wiederholte, immer und immer und immer wieder. Als sie endlich aufhörte, war ihr Haar zerzaust, und die Bluse klebte ihr schweißnass auf der Haut. Der Buddha aus Kalkstein blickte ihr ungerührt entgegen, mit grüßend erhobener Hand. Sie legte ihre Fingerspitzen an die seinen.

Seit jener Weihnachtskarte hatte sie nichts mehr von Tahsin Bey gehört. Sie schickte ihm jede Woche einen Brief, dem sie Zeichnungen und Fotos und Abriebe von Stupas beifügte. Doch sie erhielt nie eine Antwort. Wenn sie über mögliche Erklärungen für dieses rätselhafte Schweigen nachdachte, klammerte sie die schlimmste Möglichkeit immer sorgsam aus. Aber nicht heute. Heute malte sie sich einen in ein weißes Leintuch gehüllten Körper aus, der in die Erde hinabgesenkt wurde. Und niemand war auf die Idee gekommen, sie von seinem Tod zu unterrichten, weil man ihr in seinem Leben keinen Stellenwert zubilligte.

Sie lehnte den Kopf an die lehmige Wand neben ihr. Auch dies wird vorübergehen.

Die Zeit verging. Die winterliche Partysaison bot allerlei Kurzweil und Zerstreuungen, tagsüber schien die Sonne, und abends fuhr ihr der Wind angenehm kühl über die Haut. Ein Tag folgte dem nächsten. Alle Ängste hatte sie wieder tief in sich verschlossen.

Viv trat auf ihre Veranda hinaus und summte vor sich hin:

Stadt der Männer,
Stadt der Blumen,
Land jenseits der Berge:
Kaspatyros, Paruparaesanna, Paropamisadae, Ghandara,
Parapasur, Puruschapura, Puschpapura, Pu-lu-sha-pu-lo,
Fo-lu-sha, Farshabur, Peschawar.

Sie setzte sich auf den Sessel aus Holz und Rattan, dessen Armlehnen herausgezogen und so verlängert werden konnten. Als Najeeb ihn das erste Mal zu sehen bekam, hatte er ihn Lang-Arm genannt, denn so hieß dieser Sessel bei den Einheimischen; als sie diese Bezeichnung ein paar Tage später gebrauchte, war er rot angelaufen und in heftiges Kichern ausgebrochen, woraus sie den Schluss zog, dass er mit seiner grenzenlosen Neugier inzwischen herausgefunden hatte, wie der Sessel von den Briten genannt wurde. Bombay Fornicator nämlich, Unzucht-Sessel, der ungehörigen Haltung wegen, die Benutzer automatisch einnahmen, wenn sie links und rechts auf den verlängerten Armlehnen ihre Beine ablegten. Nur mit Mühe war es ihr gelungen, nicht ebenfalls loszuprusten.

Sie sah auf ihre Uhr. Najeeb hätte längst hier sein müssen. Als das Pochen des Türklopfers durchs Haus hallte, war sie davon überzeugt, dass es jemand anderes war; er klopfte immer dreimal in schneller Folge an, es klang fröhlich, ein wenig ungeduldig fast und voller Vorfreude. Dieses dumpfe Pochen von Messing auf Holz klang ganz und gar nicht nach ihm. Doch als sie öffnete, stand er vor der Tür. Kerzengerade, mit kummervoller Miene. Er streckte ihr auf beiden Händen einen Stapel Bücher entgegen, mitsamt der Hand des Atlas aus Schiefer, die obenauf lag. Seine steife, förmliche Körperhaltung stand in seltsamem Widerspruch zu seiner tieftraurigen Miene.

– Hier sind Ihre Bücher, Miss Spencer. Danke, dass ich sie lesen durfte. Leider kann ich unseren Unterricht nicht fortsetzen und Sie auch nicht wiedersehen.

Eine wie einstudierte Rede, mit stockender Stimme vorgetragen.

– Was ist passiert, Najeeb? Komm rein, komm rein und erzähle es mir.

Der Junge sah sich wortlos um. Sie folgte seinem Blick durch den Vorgarten bis hinüber zum Gehweg, wo ein großer, breitschultriger Mann stand. Er kehrte ihnen den Rücken zu, ein echter Pathane offenbar mit der typischen Aversion gegen den Anblick einer unverschleierten Frau.

– Ich muss gehen. Auf Wiedersehen, Miss Spencer. Ich hoffe, Sie vergessen Ihren Paktyer nicht.

– Habe ich nicht wenigstens eine Erklärung verdient?

Er hielt ihr noch immer die Bücher entgegen, doch sie machte keine Anstalten, sie ihm abzunehmen. Seufzend bückte er sich und stellte den Stapel vor ihr auf dem Boden ab, sodass es kurz wirkte, als würde er sich voll Ehrfurcht vor ihr verneigen. Er nahm noch einmal das Schieferfragment an sich, drückte einen Kuss auf Atlas' Handgelenk und legte es dann wieder auf die Bücher.

– Das habe ich dir doch geschenkt. Bin ich dir jetzt so zuwider, dass du mir meine Geschenke zurückgeben musst?

Er richtete sich wieder auf und steckte die Schieferhand in die Tasche seiner Tunika.

– So ist das nicht. Bitte halten Sie mich nicht für undankbar.

– Genau diesen Eindruck habe ich aber, wenn du mir keine andere Erklärung lieferst.

– Es ist nur, dass … es ist nicht recht, verstehen Sie.

– Wie bitte? Geht es um den Unterricht beim Maulvi, den du verpasst? Ist das der Grund?

Er hob die Hand an den Flaum, der in den letzten Wochen auf seiner Oberlippe gesprossen war.

– Ich werde langsam zum Mann. Es ist nicht recht für mich, hier zu sein, allein mit Ihnen.

Sie sah den Jungen an, das Kind, das vor ihr stand, und spähte dann zu dem breitschultrigen Mann hinüber. Er befand sich außer Hörweite; es waren also Najeebs eigene Worte, die er äußerte, weil er selbst daran glaubte.

– Dann bringe das nächste Mal einfach deine Schwestern mit.

– Meine Schwestern? Was sollen die hier?

– Ich kann ihnen Unterricht geben, genau wie dir.

– Aber sie können kein Wort Englisch.

– Vor vier Monaten konntest du auch noch kein Wort Griechisch. Ich konnte kein Wort Paschtu. Warum schüttelst du den Kopf?

– Sie sind Mädchen, Miss Spencer.

– Herrgott, und wofür hältst du mich?

– Sie sind Engländerin.

Dann begann er sich rückwärts zu entfernen, ohne sie aus den Augen zu lassen. Der Blick, mit dem er sie ansah, zeigte dieselbe Konzentration wie seinerzeit, als er dem Buddha zum ersten Mal in die Augen gesehen hatte. Und er hatte die rechte Hand erhoben, in einer Schutz verheißenden Geste, die er von einem Mann aus Stein gelernt hatte.

– Auf Wiedersehen, Miss Spencer.

Den ganzen Nachmittag bis zum frühen Abend stand sie am Fenster und sah hinüber zu den schiefergrauen Bergen, durch die der Mann mit dem feigenverzierten Stirnreif in das Tal von Peschawar gelangt war. In diese neue, noch unerforschte Welt, die er sich zu eigen machen konnte.

– Stimmt es, dass Sie unter Türken gelebt haben?

Der Richter lehnte sich über den Tisch zu ihr vor und hob die Stimme, um sich über die Musik im Peschawar Club hinweg verständlich zu machen.

– Sicherlich nicht, das kann ich mir nicht vorstellen – ebenso wenig, wie ich je unter Pathanen gelebt habe.

Die Gattin des Richters, die neben Mr Forbes saß, deutete mit der Hand um sich in die weitläufigen Räumlichkeiten des Clubs, in denen an diesem Abend die gehobenen Kreise der britischen Gesellschaft von Peschawar versammelt waren, um den Winterball zu begehen. Die Diener hatten sich inzwischen alle in die Küche zurückgezogen, es war nur noch ein Pathane zu sehen. Er stand unten neben dem Hirschkopf, der als Trophäe an der Wand hing, und hatte die Aufgabe, immer wieder den einzelnen Serviettenring vom Boden aufzulesen, den ein nicht mehr ganz nüchterner Mann seit einer guten Viertelstunde auf eine Geweihspitze zu werfen versuchte. Seine Treffsicherheit nahm merklich ab, oder aber er hatte sich inzwischen darauf verlegt, mit dem Ring absichtlich auf den Kopf des Pathanen zu zielen.

Viv neigte auf die Frage des Richters hin nur den Kopf, um anzudeuten, dass seine Frau die Lage korrekt erfasst hatte, und wandte ihre arg strapazierte Aufmerksamkeit wieder dem nicht mehr ganz jungen Junggesellen zu, der ihr gerade in epischer Breite einen Zusammenstoß mit Fanatikern auf dem Khyber-Pass schilderte, um sie mit seiner Tapferkeit zu beeindrucken. Mitten in seiner Geschichte stand sie unvermittelt auf – nicht ohne Mr Forbes' mitfühlenden Blick zu registrieren –, murmelte eine Entschuldigung und verließ eilig den Saal, um draußen im bogenverzierten Säulengang gierig die kühle Nachtluft einzuatmen.

Ringsherum im Garten waren Lichterketten aufgehängt. Es wirkte fast so, als hätte sich der gestirnte Himmel zu den Baumwipfeln herabgesenkt.

– Sie sind irgendwie verstimmt heute Abend.

Beim Geräusch von Remmicks Stimme drehte sie sich nicht einmal um.

– Und Sie bekommen später Ärger zu Hause, wenn Sie noch viel länger hier draußen stehen, sagte sie.

– Schon eine Minute in Ihrer Gesellschaft wiegt eine Stunde Ärger zu Hause locker auf.

– Lassen Sie das, sagte sie schroff.

– Verscherzen Sie es sich nicht mit Ihren Freunden, Miss Spencer, erwiderte er und wandte sich zum Gehen.

Sie rief ihn wieder zurück, bat um Entschuldigung und erzählte ihm, was sich am Nachmittag mit Najeeb zugetragen hatte.

– Ein Pathane ist und bleibt eben ein Pathane, egal in welchem Alter, sagte er, aber ohne jeden Triumph darüber, dass er recht behalten hatte. Eher mitfühlend.

– Ich dachte, ich wüsste es besser als alle, die hier leben. Das war anmaßend von mir.

– Freut mich sehr, dass Sie sich zu dieser Einsicht durchgerungen haben. Verstehen Sie jetzt auch, warum es keine gute Idee ist, was Sie da vorhaben? Diese Ausgrabungen?

– Inwiefern?

– Ich habe es Ihnen schon mal zu erklären versucht. Eine Frau, die einen Trupp pathanischer Arbeiter anleitet …

– Es leben ja nicht nur Pathanen hier in der Umgebung.

– Haben Sie tagsüber nicht genug zu tun? Falls Sie gern weiter Unterricht geben würden, können wir jemanden für Sie finden; einheimische Schüler, englische Schüler, was immer Ihnen lieber ist. Oder wie wäre es mit dem Museum, da muss einiges katalogisiert werden. Man wüsste Ihre Hilfe dort sehr zu schätzen.

Undeutlich geahnt hatte sie es wohl schon längere Zeit. Diese dunkle Ahnung verfestigte sich nun zu absoluter Gewissheit.

– Sie kümmern sich gar nicht ernstlich darum, dieses Pachtproblem in Shah-ji-ki-Dheri zu lösen, habe ich recht?

Er zuckte die Achseln, ein wenig kleinlaut.

– Erkundigt habe ich mich schon. Aber es besteht wenig Interesse an der Sache. Weil man allgemein der Ansicht ist, dass dort nichts mehr zu holen ist. Dass die besten Funde bereits entdeckt worden sind.

– Sie haben mich also die ganze Zeit belogen?

– Aber ich bitte Sie, Miss Spencer.

– Aber ich bitte Sie, Miss Spencer?

Er bedeutete ihr mit einer schroffen Geste, ihre Stimme zu dämpfen, und wirkte auf einmal so verärgert, dass sie sich erschrocken fragte, wie sie je hatte annehmen können, dass dieser Mann vorbehaltlos alles für sie tun würde, worum sie ihn bat. Einfach nur, weil sie ihn darum bat. Auf seine nächsten Worte war sie trotzdem nicht vorbereitet.

– Den Punkt, an dem ein Lächeln von Ihnen genügt, um mich für all das zu entschädigen, was ich für Sie getan habe, haben wir längst hinter uns. Ich habe Ihnen ein Haus besorgt, dazu verlässliches Personal. Habe dafür gesorgt, dass Sie alle Annehmlichkeiten dieses Clubs in Anspruch nehmen können, die sonst nur den Ehefrauen von Mitgliedern zustehen. Und jetzt erwarten Sie von mir, dass ich zum Deputy Commissioner marschiere und von ihm verlange, komplizierte Verhandlungen über ein brachliegendes Stück Land zu führen, einfach nur, weil Sie herausfinden wollen, warum eine Statue weiß statt grau war?

– Die Forbeses waren mir gerade bei der Suche nach einem Haus behilflich, als Sie von sich aus auf mich zugekommen sind und gesagt haben, Sie hätten genau das Richtige für mich gefunden. Und ich habe Sie nicht darum gebeten, mir Personal zu vermitteln – Sie wollten bloß ein Auge auf mich haben. O ja, ich weiß längst, dass die Leutchen Ihnen brav Bericht erstatten, Remmick, für wie naiv halten Sie mich denn? Wenn Sie mir den Gefallen mit Shah-ji-ki-Dheri nicht tun wollten, warum haben Sie es mir nicht einfach gesagt?

Er lachte, es klang ein wenig bitter.

– Welcher Mann möchte eine schöne Frau denn nicht in dem Glauben belassen, dass es nichts gibt, was er für sie nicht tun könnte?

– Nicht wenige Männer würden es aber vorziehen, ehrlich zu sein, statt zu lügen und zu täuschen.

– Sie sprechen von Ehrlichkeit? Na schön, dann seien wir ehrlich. Es gibt einen Tanz zwischen Männern und Frauen; wir alle kennen seine Spielregeln. Sie, die Sie mich immer nur mit einem Lächeln abgespeist haben, Sie haben als Erste gegen diese Spielregeln verstoßen.

– Der Tanz zwischen Männern und Frauen! Wie fein und ausbalanciert sich das anhört, wenn Sie es so ausdrücken. Aber führen wollen immer Sie, ist es nicht so?

Er stand nun ganz dicht vor ihr und hatte ihr wie selbstverständlich eine Hand an die Taille gelegt.

– Lassen Sie sich führen, Vivian. Es wird Ihnen mehr Vergnügen bereiten, als Sie jetzt denken, mit dem richtigen Partner, meine ich.

Sie stieß ihn heftig von sich.

– Nicht mit Ihnen, sagte sie. Niemals mit Ihnen.

Damit ließ sie ihn stehen und kehrte eilig in den Saal zurück, wo sie Mr Forbes erklärte, ihr sei unwohl, ob er wohl so freundlich wäre, sie heimzubegleiten?

Das Laub an jenem Baum im Regent's Park, den sie zu Hause von ihrem Zimmerfenster aus sehen konnte, hatte sich vermutlich schon gelb verfärbt. Früher, als Kind, unternahm sie jedes Jahr im Herbst mit Papa einen Spaziergang, wenn der Baum sein Laub größtenteils verloren hatte, und gemeinsam suchten sie unter den vielen Blättern, die unten am Boden lagen, das allerschönste aus, um es mit nach Hause zu nehmen und in einem speziellen Album aufzubewahren, das sie selbst gestaltet hatte. Auf dem Einband stand in ihrer Kinderschrift GELBES BLATT.

Wenn sie jetzt abreiste, fand sie bei ihrer Heimkehr vielleicht noch ein paar gelbe Blätter vor, hie und da verstreut im Gras. Der Gedanke hatte etwas Tröstliches, fast schon Befreiendes.

Nach dem Krieg, Tahsin Bey. Dann kehren wir hierher nach Peschawar zurück und suchen gemeinsam nach dem Stirnreif.

März 1916

Es gab noch keinen Besen für den neuen Jungen. In der Unterrichtspause aber zogen die anderen Schüler, vierzehn an der Zahl, auf die Felder hinaus, und jeder von ihnen kehrte mit einem langen Zweig zurück. Die Zweige banden sie mit Schnur zusammen und brachten sie anschließend Qayyum, damit er sie auf eine einheitliche Länge schnitt. Am Ende des Schultages trugen einige der Jungen die Teppichläufer ins Freie, um den Staub herauszuklopfen, während die anderen den Fußboden der schlichten Schulbaracke sauberfegten, und der neue Junge fegte mit seinem neuen Besen eifrig mit, als wäre es eine Ehre. Als Qayyum sich einige Wochen zuvor an Ghaffar Khan gewandt hatte, um sich als Lehrer für eine der Schulen zu melden, die sein neuer Held überall im Tal von Peschawar ins Leben rief, unter anderem ganz in der Nähe der Obstgärten von Kalams Vater, hatte Ghaffar Khan gesagt, Denk daran, das Wichtigste, was du ihnen beibringst, ist der selbstlose Dienst an der Gemeinschaft. Qayyum hatte an Najeeb gedacht, und das Wort »Dienst« kam ihm vor wie eine Last, die er seinen Schülern würde aufbürden müssen. Jetzt aber hörte er den Freudenschrei, mit dem einer der Jungen eine tote Ameise fand und mit großer Geste zu einem Jungen im vorderen Teil des Raumes hinüberkehrte. Dieser fegte sie weiter zu dem neuen Jungen, der das tote Insekt vom Boden auflas und stolz zur Tür hinaustrug, unter dem lachenden, anfeuernden Jubel der anderen Jungen.

Als Qayyum auf seinem Fahrrad losfuhr, hörte er hinter sich die Rufe der Jungen, Alif Bey Pay! Das Paschtu-Alphabet war wie ein Lied, das sie auf ihrem Heimweg durch die Obstgärten trugen, zurück in die Häuser ihrer Familien, in denen vor ihnen noch nie jemand Lesen und Schreiben gelernt hatte.

Der Frühling hatte im Tal von Peschawar Einzug gehalten, und es gab nichts auf der Welt, das unmöglich schien. Qayyum fuhr durch die grüne blühende Landschaft und nahm sich unterwegs Zeit, um das aufschießende junge Zuckerrohr und die Blütenpracht an den Pflaumenbäumen zu bewundern, obwohl er erst einige Stunden zuvor mit Kalams Vater zwischen ihnen durchspaziert war, wie jeden Morgen, wenn er unterwegs zum Schulgebäude war. Den Obsthainen folgten Gemüsefelder, dann passierte er die Mauern der Stadt und gelangte in die Straße der Geschichtenerzähler – er radelte mitten durch das Herz des Tals von Peschawar, spürte, wie es um ihn herum pulsierte und sein schlummerndes Potenzial entdeckte. Etwas Neues war im Entstehen begriffen, und er war ein Teil davon. Beim Anblick eines Regiments, das an ihm vorbeimarschierte, empfand er kurz Mitleid mit den indischen Soldaten, die sich auf ihre innere Zerrissenheit keinen Reim zu machen wussten.

In der Nähe der Straße der Kurtisanen verlangsamte er unwillkürlich seine Fahrt. Dann aber hörte er gerade noch rechtzeitig die Stimme Najeebs, die ihn von der anderen Straßenseite aus anrief, und er lenkte das Fahrrad zu seinem Bruder hinüber und stieg ab.

– Wolltest du gerade in diese Gasse abbiegen, Lala?

– Nein, natürlich nicht.

– Warst du denn schon mal dort?

– Stell nur weiter solche Fragen, dann schicke ich dich wieder zum Mullah zurück.

Najeeb grinste verschmitzt und versetzte seinem Bruder mit dem Kopf einen Stoß gegen die Schulter. Ihr Vorhaben, Najeeb fortan persönlich zur Moschee zu eskortieren, hatte ihre Mutter nach kaum einer Woche wieder aufgegeben. Qayyum hatte seinem Bruder vorab erklärt, dass er ihr auf dem Heimweg einfach alles erzählen sollte, was er von dem Mullah gelernt hatte, das würde sie schon eines Besseren belehren. Sie sagte zwar nie direkt, dass er nicht mehr hingehen sollte, aber eines Tages sagte sie plötzlich, er möge ohne sie hingehen, und am Tag darauf schickte sie ihn zum Markt, um Gemüse zu kaufen, und als er daraufhin einwandte, dass er nicht beides gleichzeitig tun könne, einkaufen und zu seiner Unterweisung beim Mullah gehen, sagte sie bloß mit einem Achselzucken, Kartoffeln sind auch eine Gabe des Himmels an uns, und damit war die Sache entschieden. Folglich hatte nun Qayyum die Aufgabe übernommen, seinen Bruder religiös zu unterweisen und ihm dasselbe beizubringen, was er auch den Jungen in der Schule beibrachte – der Islam lehrt uns Güte, lehrt uns Tugend, lehrt uns, selbstlos zu dienen, lehrt uns Brüderlichkeit, lehrt uns Sanftmut. Aber wir sind Paktyer, der kriegerischste der indischen Stämme, hielt Najeeb ihm voller Entrüstung entgegen. Dieser am wenigsten kriegerische Junge, der je in eine paschtunische Familie hineingeboren worden war. Es war unmöglich, nicht zu lachen.

– Wo kommst du her? Warst du im Museum?

– Ja. Lala, wenn ich Ferien habe, machen wir dann mal einen Ausflug nach Shahbaz Garhi?

– Selbstverständlich. Freut mich, dass du das Land der Yusufzai endlich kennenlernen willst.

– Es ist als archäologische Stätte sehr interessant. Wegen der Felsedikte Ashokas.

Qayyum warf die Hände in die Höhe und gab sich lachend geschlagen. Jeden Tag tauchten in Najeebs Hindko neue Begriffe aus der Welt der Engländer auf – klassische Altertumskunde, archäologische Stätte, Ausgrabung, Stipendium, Universität. Selbst ihre Mutter hatte inzwischen eingesehen, dass es sinnlos war, ihn davon abbringen zu wollen. Wie soll man einem fliegenden Vogel die Flügel nehmen?, hatte sie Qayyum gefragt. Das war, nachdem sie auf Najeebs Drängen hin das Museum an dem nur Frauen vorbehaltenen Tag der Woche besucht und ihm hinterher stundenlang zugehört hatte, während er ihr voller Begeisterung erklärte, was sie dort alles gesehen hatte.

Inzwischen waren sie wieder zu Hause, und er stieg hinter Najeeb die Treppe hinauf, den Stimmen ihrer Mutter und ihrer ältesten Enkelin entgegen, einem Mädchen von vier Jahren mit lebhaft funkelnden Augen. Sie fanden die beiden an dem langen Tisch vor, seine Mutter mit einer Puppe in der Hand, während seine Nichte, die auf einem Stuhl kniete und die Ellbogen auf den Tisch gelegt hatte, eins von Najeebs Büchern betrachtete, das aufgeschlagen vor ihr lag.

– Möchtest du gern lesen lernen?

Najeeb setzte sich zu ihr auf den Stuhl, auf dem sie beide bequem Platz fanden. Die Kleine nickte auf seine Frage hin mit dem Kopf, legte ihr Händchen auf die Buchseite und sagte, Alif, Bey, Pay. Qayyum hob sie von dem Stuhl herunter, fort von dem Buch, fort von Najeebs fragendem Blick, und setzte sie auf den Schoß ihrer Großmutter.

– Spiel lieber mit deiner Puppe, Kleines.

Najeeb wickelte sich die Decke eng um die Schultern, ehe er sich auf dem Flechtbett unter einem Baum auf der Straße der Geschichtenerzähler niederließ und Ashfaq Lala einen ehrerbietigen Gruß entbot. Der Geschichtenerzähler wiederum gab einem Jungen mit der Hand ein Zeichen, der Najeeb einen Becher aus blauer Emaille brachte, der kurz mit den Schatten der kleinen Blätter über ihm gesprenkelt war, als er ihn entgegennahm. Najeeb neigte zum Dank den Kopf und hob den Becher an die Nase, um den Duft des Kawa einzuatmen. Dies war der Moment, in dem sich der Geschichtenerzähler auf seinem erhöhten Podium vorbeugte und seine Badala begann:

Hört meine Geschichte, aber erst rührt Zucker in den Tee.
Wenig Süßes werdet ihr vernehmen, denn es fließen viele Tränen, so salzig wie die See.

Von Dareios handelt die Geschichte, König vieler Lande,
Dem König der Könige, König über alle Dinge, König auch in diesem Lande.

Eines Morgens wacht er auf – statt seiner Frau liegt neben ihm bloß Pergament. Oh, wie er da erschrickt.
Königin Atossa, so verwandelt! Hat dies der Himmel oder die Hölle geschickt?

In der Nacht noch lag sie neben ihm aus Fleisch und Blut, auch ihren Atem er vernahm.
Und heute Morgen ist sie ein Papyros, wie sein Bett so lang.

Was hier geschehen, wollt ihr wissen? Geduld, ihr Leute, hört mich an.
Ihre Tinte warm wie Blut, ihre Haut glänzend von Öl. Was für Dämonen haben das getan?

Der König liest an ihr hinunter, die Lippen ihrer Haut ganz nah.
Wie lang ist's her, dass Königin Atossa so rank und schlank und so geschmeidig war!

Doch als er zu Ende gelesen, da weint der König. Die Tränen laufen über sein Gesicht.
Die Königin, verborgen hinterm Vorhang des Alkoven, sieht es mit an und nickt.

Natürlich war es gar nicht sie – wie man euch narren kann!
Sie hat das Pergament dort auf das Bett gelegt, für König Dareios, ihren Mann.

Er weint über das, was Skylax da geschrieben. Skylax, dem er vertraute ganz und gar.
Seine Worte treffen den König ins Herz wie zwanzig Kugeln aus einem Gewehr.

Wie konnte der Mann, der seinen Stirnreif trug, verfassen einen solchen Lobgesang?
Nicht auf Dareios und auf die Perser, nein, auf diesen Sklaven aus Karien, seinen Landsmann!

Wem gilt *eure* Treue, ihr guten Männer von Peschawar, jetzt und hier?
Würdet ihr einen Helden besingen heute – wess' Taten brächte eure Feder zu Papier?

Najeeb nickte beifällig – Ashfaq Lala erzählte die Geschichte besser denn je. Die Idee zu dieser Badala war ihm einige Wochen zuvor gekommen, als er im Museum im Büro des Native Assistant in der *Enzyklopädie der Antike* blätterte und in dem Eintrag über Skylax auf eine Zeile gestoßen war, die sein Interesse erregte: *Skylax gilt außerdem als Verfasser der verlorenen Biographie des Herakleides von Mylasa.* Als er den entsprechenden Eintrag aufschlug, stellte er fest, dass besagter Herakleides ein karischer Prinz war, der die Truppen des Dareios in einen Hinterhalt gelockt und *ihnen eine blutige Niederlage zugefügt* hatte. Wieso hätte Skylax, immerhin der Vertraute des Königs, die Biographie eines solchen Mannes schreiben sollen? Er hatte die Enzyklopädie zugeklappt, sich auf dem Stuhl zurückgelehnt und gedacht: aber Qayyum würde die Geschichte gefallen – der Mann, der ein treuer Diener des Reiches war und sich am Ende in den Dienst seines Volkes stellte. Was aber würde wohl Miss Spencer davon halten? Bei dem Gedanken spürte er vor Kummer einen kleinen Stich. Er hatte sie noch einmal zu besuchen versucht, getarnt mit der Burka seiner Schwester, damit niemand seiner Mutter davon berichten konnte, doch als er zu ihrem Haus kam, stand es leer. Sie war fort. Eines Tages vielleicht, wenn er älter war und sich die Welt geändert hatte, würde sie noch einmal zurückkommen, und dann könnte er sie beide hier zusammenführen – Miss Spencer und Qayyum. Sie würden links und rechts neben ihm sitzen und zusammen über die Geschichte des Skylax lachen und weinen, gedeutet und erzählt von Najeeb Gul, dem Herodot von Peschawar.

Es war neblig, und feine Tröpfchen setzten sich an Vivs Ärmeln fest wie winzige Kletten, als sie, vom St Dunstan's Heim für Kriegsblinde aus kommend, quer durch den dunklen Park schritt, auf die von Lampenschein erhellten Hausfassaden der Cambridge Terrace zu. Ihr Leben lang hatte sie von ihrem Zimmer im ersten Stock aus auf dieses Stück Finsternis hinabgeschaut, und doch hatte es sich beim ersten Mal, als sie vom St Dunstan's aus nach Einbruch der Dunkelheit nach Hause zurückkehrte, umgeben von den krallenartigen Schatten der Bäume, fremder und unbekannter angefühlt als alles, was ihr in Labraunda oder Peschawar begegnet war. Heute, nur wenige Wochen später, machte ihr diese Dunkelheit nichts mehr aus.

Dass ihre Rückkehr nach London ihr ein solches Gefühl von Freiheit bescheren würde, hätte sie sich nie träumen lassen. Wie durchgreifend es den Charakter einer Stadt veränderte, ihre ganze Landschaft, wenn so viele Frauen an Orten zu finden waren, wo man sie früher nie gesehen hatte – bedeutend mehr als noch vor ihrer Abreise nach Indien. Würde eine Archäologin sich heute melden, um in Kairo an der Erstellung von Landkarten mitzuwirken, würde sie wohl von niemandem mehr ausgelacht. Gertrude Bell war inzwischen mit Lawrence zusammen im Arab Bureau in Kairo geheimdienstlich tätig, und man munkelte, dass auch Margaret Hasluck für den Geheimdienst arbeitete. Viv eröffneten sich auf einmal so viele Möglichkeiten im Leben, dass sie beschloss, erst einmal wieder als Schwesternhelferin zu arbeiten, bis sie sich auf eine andere Tätigkeit festgelegt hatte. Den Ausschlag für diese Entscheidung hatte die Neuigkeit gegeben, dass im St Dunstan's auf der anderen Seite des Parks ein Mangel an Pflegekräften herrschte. Es handelte sich nicht um ein Militärkrankenhaus der Klasse A, und sie brauchte auch nicht in ein Wohnheim zu ziehen, weil das Heim sozusagen gleich um die Ecke war. Dass sie sich dort zum Dienst meldete, hatte also weniger mit Pflichtgefühl zu tun als mit einer gewissen Bequemlichkeit. Im St Dunstan's jedoch wurde ihr vom ersten Tag an eine wahre Offenbarung zuteil: nämlich, wie erfüllend es sein konnte, selbstlosen Dienst am Nächsten zu leisten – ein Begriff, dem sie in ihrem Leben nie sonderliches Gewicht beigemessen hatte. Nie zuvor hatte sie sich nützlicher gefühlt als jetzt, wenn sie die Finger eines Blinden behutsam über die gestanzte Blindenschrift führte und seine mimische Reaktion im Auge behielt, wenn sich die Zeichen auf dem Papier für ihn zum ersten Mal zu Buchstaben fügten. Und wenn ihr manchmal bei Männern, die sich beim Erlernen der Blindenschrift schwertaten, voller Wehmut Najeeb mit seiner schnellen Auffassungsgabe in den Sinn kam, empfand sie bei diesem Gedanken nur noch einen leisen Anflug von Schmerz. Er verblasste allmählich in ihrer Erinnerung. Nicht anders als Tahsin Bey. Seit ihrer Rückkehr nach London hatte sie ihm nicht mehr geschrieben. Was hatte es für einen Sinn, ihm Briefe zu schicken, die ihn womöglich nie erreichten?

Ein Junge fuhr auf einem Fahrrad an ihr vorbei, den Refrain des patriotischen Gassenhauers »Your King And Country Want You« vor sich hin singend, *Oh, we don't want to lose you, but we think you ought to go*, ein unverhohlener Appell an junge Männer, sich als Kriegsfreiwillige zu melden. Viv legte unwillkürlich einen Schritt zu. Mary, die demnächst zum Lazarettdienst an der Front ausrückte, wollte zum Abendessen vorbeikommen.

Als sie durch die Haustür trat, konnte sie aus dem Salon bereits Marys Stimme hören, die im Brustton der Überzeugung gerade etwas äußerte, dem ihr Vater mit lauter Stimme ebenso überzeugt beipflichtete. Viv lächelte, während sie dem einarmigen Diener ihren Mantel reichte. Mary und Papa, die in der Suffragetten-Frage einst so geteilter Meinung gewesen waren, waren heute ganz auf einer Wellenlänge, zumal beim Thema Pazifisten. Als plötzlich Stille eintrat, schloss Viv daraus, dass Mama sie wohl mit einer leisen, aber treffenden Bemerkung zum Schweigen gebracht hatte. Alles hatte sich verändert, nichts war mehr wie früher, und beim Gedanken an die kolonialen Ehefrauen in Peschawar, deren Leben noch ganz den Regeln und Konventionen des neunzehnten Jahrhunderts folgte, empfand sie nichts als Mitleid.

Nachdem sie dem Diener aufgetragen hatte, im Salon Bescheid zu geben, dass sie in wenigen Minuten nach unten kommen würde, ging sie nach oben, um sich umzuziehen. Auf ihrem Schreibtisch, unter dem gerahmten Abrieb der Felsedikte Ashokas, lag die Post. Sie nahm die zwei Umschläge vom Tisch. Der eine, von Mrs Forbes in Peschawar, fühlte sich verheißungsvoll dick an, ein längerer Brief also. Sie würde ihn nach dem Abendessen lesen. Der andere, adressiert in einer unbekannten Handschrift, war aus Griechenland.

Sie trat auf ihren Balkon hinaus, in die frühlingshaft milde Abendluft. Im flackernden Schein der Straßenlaternen, der die Wolken am Himmel mit einem schwach orangefarbenen Glühen überzog, war es hell genug zum Lesen. Sie riss den Umschlag auf und zog ein scharfkantiges Blatt Papier heraus, an dem sie sich den Daumen schnitt. Während sie an dem Schnitt lutschte, musterte sie den Briefkopf und runzelte verwundert die Stirn. Der Brief war von Mehmet, Tahsin Beys Neffen. Aus welchem Grund mochte er ihr schreiben? Und warum aus Griechenland?

Vivian Rose Spencer,
ich habe diese Adresse aus dem Buch meines Onkels und hoffe, dass sie nach wie vor korrekt ist. Ich habe es lange aufgeschoben, Ihnen zu schreiben, aber es gibt einiges zu sagen. Vergangenes Jahr im April hat Wilhelm meinem Onkel ein Telegramm geschickt, um ihn über Ihre Aktivitäten in London aufzuklären. Ich war dabei, als mein Onkel es erhalten hat. Er hat Sie sofort in Schutz genommen. Was auch immer der Krieg Ihnen aufgezwungen habe, Sie seien auf keinen Fall als Spionin nach Labraunda gekommen, und Ihre Teilnahme an der Reise die Küste hinauf, die Sie für den Geheimdienst so wertvoll gemacht hat, sei ausschließlich seine Idee gewesen, nicht Ihre. Ich habe eingewandt, dass er durch seine offensichtlich starken Gefühle für Sie womöglich leicht zu manipulieren war. Wir haben uns deswegen gestritten, aber er hat Sie so vehement verteidigt, dass ich mich am Ende für mein Misstrauen Ihnen gegenüber fast geschämt habe.

Dass Wilhelm es für nötig hielt, ihm ein Telegramm zu schicken, hat meinen Onkel nicht weiter beunruhigt – er hat diese dringliche Form der Benachrichtigung nicht als Warnung aufgefasst, obwohl wir bereits wussten, dass Wilhelm für den deutschen Militärgeheimdienst tätig war. (»Schlimm, damit stehen künftig alle Archäologen unter Generalverdacht«, das war die einzige Kritik meines Onkels an dem, was Sie getan hatten, und sie war hauptsächlich gegen Wilhelm gerichtet.) Auch ich fand es zunächst nicht beunruhigend. Dann aber habe ich ihn gefragt, ob er Ihnen vielleicht etwas erzählt hätte, was für Ärger sorgen könnte, wenn Sie es den Männern in London erzählten, für die Sie arbeiteten.

»Sie würde es niemals weitererzählen.«

Das waren seine Worte, und mir gefror dabei das Blut in den Adern. Ich dachte, ich sei der Einzige, der ihm nah genug stand, um sein tiefstes Geheimnis zu kennen, obwohl er es selbst mir gegenüber nie direkt in Worte gefasst hatte. Ich wusste es eben, so wie wir über Menschen, die wir unser Leben lang kennen, lieben und verehren, manch Unausgesprochenes wissen. Von dem, was ich ihm über Sie begreiflich zu machen versuchte, über die Gefahr, in die er sich damit gebracht hatte, wollte er nichts hören.

Erst jetzt, all diese Monate später und in meinem selbstgewählten Exil in Griechenland, liegt mir endlich eine Bestätigung darüber vor, dass die Deutschen ein Schreiben aus London abgefangen haben, in dem mein Onkel als Sympathisant der Armenier beschrieben wurde, der eventuell als Informant in Betracht kommen könnte. Als Quelle dafür wurden Sie genannt. Wilhelm kam der Sache erst auf die Spur, nachdem die Deutschen diese Information an die Osmanen weitergeleitet hatten. Möglicherweise wissen Sie es ja schon und haken es bloß als unvermeidlichen Kriegsverlust ab, erlitten auf Seiten des Feindes, aber falls Sie es noch nicht wissen: Zwei Tage nachdem Wilhelms Telegramm bei ihm eingetroffen war, wurde mein Onkel, als er mit Alice seinen täglichen Spaziergang im Park machte, erschossen. Weil Sie ihn verraten haben, daran habe ich nicht den geringsten Zweifel.

Mehmet

Viv ließ die Hand sinken, in der sie den Brief hielt, und hatte einen metallischen Geschmack im Mund. Nach dem Krieg, Vivian Rose. Seine Stimme direkt an ihrem Ohr, ihr Akzent, ihr Timbre. Ihre eigene Stimme, die vollkommen fremd klang, als ihr markerschütternder Schrei in die Dunkelheit hinaushallte.

Später, viel später an jenem Abend, nachdem ihre Mutter endlich leise ihr Zimmer verlassen hatte, in der Annahme, sie würde schlafen, lag Viv mit offenen Augen da und starrte in die schwarze Finsternis. Tahsin Bey, auf dem gespaltenen Felsen von Labraunda sitzend, während er den Sonnenaufgang betrachtete; Tahsin Bey, der Nergiz' Sohn die Rufe verschiedener Vögel beibrachte; Tahsin Bey, der sich eine Zigarette anzündete und eine über zweitausend Jahre alte Geschichte erzählte, als hätte sie sich eben erst zugetragen; Tahsin Bey, der lehmige Erde von den Augen eines Steingottes entfernte, zusammen mit Viv, sodass sich ihrer beider Atem überkreuzte, damit Zeus wieder zu sehen vermochte; Tahsin Bey, der auf sie zutrat, ihr eine Hand an die Taille legte und sie mit seinem starken Unterarm an sich drückte. Tahsin Beys Leichnam, der in die Erde hinabgesenkt wurde.

Er war tot. Lebte nicht mehr. Ihretwegen. Wo auch immer sie noch auf der Welt hinreiste, was auch immer sie täte, dies würde immer die Wahrheit sein und bleiben, die Essenz ihres Lebens.

ZWEITES BUCH

HERODOT
DES ZWANZIGSTEN JAHRHUNDERTS

Najeeb Gul
Rosentürhaus
neben Schuster Hari Das
erste Gasse hinter dem Lahori-Tor
Peschawar

Qayyum Gul
Gast bei Sher Mohammad Yusufzai
Shahbaz Garhi

19. November 1928

Lala,
wie lange dauern die Hochzeitsfeierlichkeiten Deines Freundes noch? Meine Schritte sind ein Eindringling in die Stille hier im Haus. Du solltest bald zurückkommen – nicht nur Deinem einsamen Bruder zuliebe, sondern auch aus Rücksicht auf Deine Gastgeber, die Dich verköstigen müssen. Was bist Du für ein Vielfraß, Lala! Es ist mir bisher nie aufgefallen, aber unsere Schwestern schicken nur noch halb so viel Speisen wie sonst, wenn Du hier bist, und selbst davon bleibt das meiste ungegessen. In der Woche, die Du jetzt dort bist, hast Du sicher schon die Hälfte aller Hühner in Shahbaz Garhi vertilgt.

(Ich kann mir Deinen Gesichtsausdruck jetzt gut vorstellen – Du lächelst mit dem einen Mundwinkel und hast den anderen grimmig nach unten gezogen.)

Erinnerst Du Dich, als der Besitzer der Zuckerrohrfelder in Shah-ji-ki-Dheri gestorben ist und einer der Männer, der auf seinem Land arbeitet, Dir erzählt hat, dass sein Sohn und Erbe sein Bedauern darüber geäußert hat, dass zwischen seinem Vater und den Engländern so lange böses Blut wegen der Verpachtung des Landes zu Ausgrabungszwecken herrschte?

Es hat nämlich ganz den Anschein, dass sich unter diesen Feldern ein altes Artefakt befinden könnte, von dem ich mit zwölf Jahren das erste Mal gehört habe und das mir seither nicht mehr aus dem Kopf geht. Kannst Du für mich herausfinden, wie der neue Besitzer am besten dazu bewegt werden kann, mir das Land zu verpachten – ganz direkt oder eher umständlich? Mit Schmeichelei, mit Geschenken oder mit einem festen Blick? Kein Anliegen im Leben ist mir je so wichtig gewesen.

Ich hoffe, es haben sich viele Gäste zu der Hochzeit eingefunden, und dass die Feierlichkeiten soweit angenehm verlaufen.

Dein Bruder
Najeeb

Najeeb Gul
Peschawar Museum
Peschawar
Indien

Miss V. R. Spencer
University College
London
Großbritannien

19. November 1928

Liebe Miss Spencer,
bitte verzeihen Sie, dass ich Sie auf diesem Wege behellige. Sie erinnern sich vielleicht noch an mich aus Ihrer Zeit in Peschawar 1915, als ich Ihr Schüler war. Ich jedenfalls habe Sie nicht vergessen. Sie haben mich mit der Welt von Skylax und Herodot bekanntgemacht und mir den Weg gewiesen, dem ich seither gefolgt bin und weiterhin folge. (Ich habe Sie damals bei Ihrem ersten Besuch in Shah-ji-ki-Dheri begleitet, falls das Ihrem Gedächtnis auf die Sprünge hilft.)

Nach Abschluss meines Geschichtsstudiums am Islamia College in Peschawar hatte ich das große Glück, mit Dr. John Marshall arbeiten zu dürfen, mit dem ich zwei Jahre bei Ausgrabungen in Taxila verbracht habe. Dann wurde mir die Stelle des Indian Assistant (früher als »Native Assistant« bezeichnet) im Peschawar Museum angeboten, von wo aus ich Ihnen jetzt schreibe. Der heutige Leiter des Museums ist Mr Hargreaves, und von ihm habe ich erfahren, dass Sie am University College in London zu erreichen sind.

Sie fragen sich vermutlich, warum ich Ihnen nach so langer Zeit schreibe. Es geht um Shah-ji-ki-Dheri. Mr Wasiuddin, seinerzeit Native Assistant, als Sie hier waren, hat mir vor einigen Jahren von Ihren Bemühungen erzählt, eine Genehmigung für Ausgrabungen auf dem Stupa-Gelände zu erwirken. Woraus ich den Schluss zog, dass Sie tatsächlich davon überzeugt waren, dass das Kanischka-Reliquiar mit dem heiligen Gefäß identisch war, und daraus außerdem gefolgert haben, dass der Stirnreif dort während des Besuches von Sung-Yun, der »nicht auf Raub ausgezogen« war, vergraben worden war. Dass Sie diese Überlegungen einem zwölfjährigen Jungen nicht anvertrauen wollten, ist nur zu verständlich. Dass die Ausgrabungsstätte 1919 infolge der Dauerquerelen mit dem Grundbesitzer eingeebnet wurde, wissen Sie ja vielleicht schon. An der Stelle, wo wir einst zwischen den Überresten von Stupas und Buddhas im Lotussitz dahinwandelten, befinden sich jetzt nur noch Weizenfelder.

Heute Morgen erst habe ich einen Blick in Dr. Spooners Bericht über seine Ausgrabungen damals geworfen und bin dabei auf ein Detail gestoßen, das Sie interessieren könnte. In einer der Probegruben, südwestlich von dem Großen Stupa, wurde neben Bruchstücken von weißem Stein auch ein noch intakter Finger gefunden, »der offenbar einst Teil einer Statue von beträchtlicher Größe war«. Miss Spencer, ich bin der aufrichtigen Überzeugung, dass es sich hierbei nur um die achtzehn Fuß hohe weiße Statue handeln kann, die Sie, ebenso wie ich, vermutlich als die Große Statue identifiziert haben dürften, von der Kallistos schreibt. Weißer Stein wurde sonst nirgendwo auf dem Gelände gefunden, und den detaillierten Lageplänen der Ausgrabungen nach scheint sich die fragliche Probegrube etwa hundert Schritte südwestlich des Stupas zu befinden, unter der Annahme, dass es die Schritte eines eher kleingewachsenen Mannes sind.

Ich würde all das nicht zur Sprache bringen, wenn keine Hoffnung auf neue Ausgrabungen bestünde. Es stimmt, von Seiten der Altertumsbehörde besteht kein Interesse an neuerlichen Ausgrabungen in Shah-ji-ki-Dheri, schließlich hat es bis auf das Kanischka-Reliquiar kaum nennenswerte Funde erbracht und ansonsten nichts als Probleme bereitet. Aber der Grundbesitzer, der für so viel böses Blut gesorgt und den langwierigen Rechtsstreit angezettelt hat, ist kürzlich verstorben, und sein Sohn ist weitaus umgänglicher als er. Sollte sich die Möglichkeit einer privat finanzierten Ausgrabung ergeben, wäre er, glaube ich, bereit, das Land zu einem vernünftigen Preis zu verpachten.

Bitte entschuldigen Sie nochmals die Belästigung. Ich hatte schon oft den Gedanken, Ihnen zu schreiben, aber ich wollte mich nicht aufdrängen. Nun aber freue ich mich sehr über die Gelegenheit, Ihnen hiermit für alles zu danken, was Sie für mich getan haben, und hoffe, dass meine Neuigkeiten Ihnen willkommen sind.

Mit freundlichen Grüßen
Najeeb Gul, BA (Islamia College)
Paktyer

Shahbaz Garhi,
22. November 1928

Najeeb,
vorab eine kleine Faustregel: Äußere Dich niemals beleidigend über den Appetit eines Mannes, den Du einen Satz weiter um Hilfe bittest. (Die Hühner von Shahbaz Garhi sind am Leben und wohlauf, und die Ziegen schmecken köstlich.)

Ich habe hier bei der Verbreitung von Ghaffar Khans Reformideen mehr Erfolg als erwartet, nicht zuletzt dank der Unterstützung meines Gastgebers, der hier in der Gegend ein hochangesehener Mann ist. Er hat mir davon abgeraten, Deine Übersetzung von Ashokas Felsinschriften zu benutzen, wenn ich mit den Männern hier spreche, obwohl er es war, der mich damals, als ich gerade aus dem Krieg zurück war, erstmals zu diesem Felsen geführt hat. Da ohnehin schon Gerüchte kursieren, gestreut von den Engländern und den Mullahs, dass Ghaffar Khans Ideen zur Gewaltlosigkeit tatsächlich von Gandhi übernommene Hinduvorstellungen sind, ist es am besten, ausschließlich über den Propheten zu sprechen und nicht noch einen buddhistischen König ins Spiel zu bringen, der nur für zusätzliche Verwirrung sorgen würde. Aber ehe Du jetzt ein finsteres Gesicht machst – ich war bei dem Felsen und habe die übersetzten Worte gelesen, während ich davorstand, und dabei habe ich einen großen inneren Frieden verspürt, der direkt von Allah stammt, das weiß ich, ganz gleich, welchen seiner Boten er dazu benutzt hat, diesen Frieden auf Erden zu verbreiten.

Wenn Du zu den Feldern bei Shah-ji-ki-Dheri gehst und dort nach Afzal fragst, dem Sohn von Allah Buksh, und ihm sagst, dass Du mein Bruder bist, wird er Dir alles über den Grundbesitzer erzählen, was Du wissen musst. Es freut mich für Dich, dass Du glaubst, etwas für Dich Wertvolles gefunden zu haben, obwohl ich mich schon frage, was das wohl für ein Artefakt sein mag, das Dir von den Engländern in den Kopf gesetzt worden ist, die Dir ihre Version der Geschichte beibringen.

Dein Bruder
Qayyum

Dieser Brief wird Dir von einem Mann überbracht, dem ich vertraue. Wenn Du Deine Antwort von ihm überbringen lässt, kannst Du ganz frei schreiben – anderenfalls aber sprich weiter von Hochzeitsfeierlichkeiten, wie gehabt.

V. R. Spencer
Hauptdozentin
University College
London

Najeeb Gul
Indian Assistant
Peschawar Museum
Peschawar

18. Januar 1929

Mein lieber Najeeb Gul,
selbstverständlich erinnere ich mich an Dich (ich darf doch weiter Du sagen?), dazu braucht meinem Gedächtnis nicht lange auf die Sprünge geholfen zu werden. Was für eine wunderbare Freude, zu erfahren, dass der junge Paktyer nun einen Posten im Peschawar Museum bekleidet – und das in so jungen Jahren. Die letzten vierzehn Jahre meines Lebens haben keine ganz so dramatischen Umwälzungen gebracht wie bei Dir (Taxila!), aber untätig war ich auch nicht. Neben meiner Lehrtätigkeit am University College habe ich eine Reihe Museumssammlungen katalogisiert und an einigen Ausgrabungen teilgenommen: am Tempel von Borg in-Nadur auf Malta, mit Margaret Murray, meiner einstigen Lehrerin am UCL; an römischen Stätten in Wales, mit Tessa Wheeler, meiner ehemaligen Kommilitonin am UCL, und ihrem Mann Mortimer; und, in jüngster Zeit, in Fayyum, mit Gertrude Caton-Thompson, meiner früheren Studentin hier am UCL. (Man könnte fast meinen, ich wäre Teil einer UCL-Verschwörung!) Gegenwärtig aber finde ich es hier in England am interessantesten, weil meine alte Freundin Mrs Mary Moore, zurzeit noch

Gemeinderätin, vorhat, sich als Kandidatin für die nächsten Parlamentswahlen aufstellen zu lassen, die ersten Wahlen überhaupt, bei denen Frauen dasselbe volle, uneingeschränkte Wahlrecht haben werden wie Männer. Das kommt Dir vermutlich alles sehr seltsam vor, könnte ich mir denken.

Aber zur eigentlichen Sache. Ich habe tatsächlich damals in der Ausgabe 1919-20 des *Archaeological Survey* gelesen, dass Shah-ji-ki-Dheri eingeebnet und wieder landwirtschaftlich genutzt wurde. Die Neuigkeit hat mich weniger erschüttert als befürchtet, und nach reiflicher Überlegung wurde mir klar, dass ich eigentlich doch nicht daran glaubte, dass der Stirnreif dort ist (obwohl ich mir seinerzeit in Peschawar tatsächlich große Hoffnungen gemacht habe). Ich war innerlich sehr aufgewühlt, als ich nach Peschawar kam, wollte an die unwahrscheinlichsten Dinge glauben, und ich muss mich nachträglich dafür entschuldigen, sollte ich Dich in diesem Gemütszustand durch Worte oder Taten dazu verleitet haben, meine Hirngespinste für wahr zu halten. Damals warst Du natürlich noch ein Kind. Aber wie kann der wissenschaftliche Assistent am Peschawar Museum (BA) es ernsthaft für möglich halten, dass ein Artefakt (hergestellt um 515 v. Chr.) aus Karien, letztmalig erwähnt in der Ära der Hekatomniden, die im Jahr 334 v. Chr. endete, Jahrhunderte später in Peschawar vergraben worden sein könnte, irgendwann zwischen 515 und 520 n. Chr., während Sung-Yun vor Ort zu Besuch weilte? (Alexander taugt als Erklärung für vieles, aber nicht für alles.) Mr Hargreaves, nehme ich an, dürfte diese Frage ganz ähnlich beurteilen, sonst hätte er wohl schon Gelder für eine Ausgrabung bewilligt.

Lass Dich durch mich nicht weiter dazu verleiten, einem Irrweg zu folgen. Du befindest dich in einer höchst privilegierten Position, und dies in einer Zeit, in der Archäologiegeschichte geschrieben wird. Bleibe realistisch und konzentriere Dich lieber auf das, was tatsächlich gesucht und auch gefunden werden kann.

Deine Vivian Rose Spencer

Najeeb Gul
Taxila Museum
Taxila

Qayyum Gul
Rosentürhaus
neben Schuster Hari Das
erste Gasse hinter dem Lahori-Tor
Peschawar

15. März 1929

Lala,
danke, dass Du mir den Brief aus England übersandt hast. Ja, bei der Absenderin Miss V. R. Spencer handelt es sich um die Miss Spencer von vor langer Zeit. Ich hatte darauf gehofft, dass sie das Land bei Shah-ji-ki-Dheri pachten würde, aber wie es scheint, wachsen nicht nur Mädchen zu Frauen heran wie die Raupe, die sich in einen Schmetterling verwandelt; in England verpuppen sich die Schmetterlinge offenbar später in einen Kokon, wenn sie älter werden. Ich werde noch einmal versuchen, ihr die Sache schmackhaft zu machen, aber viel Hoffnung habe ich nicht.

Ich weiß, Dir ist unverständlich, warum mir das so viel bedeutet. Wie soll ich Dir begreiflich machen, wie bewegend es ist, einen uralten Gegenstand in der Hand zu halten und sich mit jedem einzelnen Menschen verbunden zu fühlen, durch dessen Hand er im Lauf der Zeit gegangen ist? All diese Geschichten, die sich hier abgespielt haben, in unserer Heimat, auf unserem Stück Erde – wie kannst Du dafür so unempfänglich sein? Hier in Taxila grabe ich jeden Tag eine neue Geschichte aus. Und ja, ich bin den Engländern dankbar dafür, dass sie mir diesen Spaten in die Hand gegeben haben und mir ermöglichen, meine eigene Geschichte kennenzulernen, meine Vergangenheit. Aber wie sollst Du das verstehen, wo Du doch der Auffassung bist, dass Geschichte nicht studiert, sondern aktiv gestaltet werden sollte.

Mr Hargreaves hat mir bewilligt, noch eine Weile länger hier bei den Ausgrabungen in Taxila zu bleiben, ich werde also erst Ende des Monats nach Peschawar zurückkommen. Ich hoffe, die Hochzeitsfeierlichkeiten verlaufen weiterhin gut.

Dein Bruder

Najeeb Gul
Taxila Museum
Taxila

Miss V. R. Spencer
Hauptdozentin
University College
London

15. März 1929

Liebe Miss Spencer,
ich schreibe Ihnen aus Taxila, wo kürzlich ein Museum eröffnet wurde, um die großartigen Funde zu beherbergen, die wir bei unseren Ausgrabungen zutage fördern. Ich halte mich einige Wochen hier auf, um mitzuhelfen, den Museumsbetrieb zu organisieren (es läuft noch nicht alles reibungslos), und nehme bei der Gelegenheit auch an einer laufenden Ausgrabung teil. Es ist tatsächlich ein Privileg, Gandhara-Kunstwerke nicht nur auszugraben, sondern auch konservatorisch zu betreuen. Es sind ohne Frage die schönsten Plastiken, die je von Menschenhand erschaffen wurden.

In Ihrem Brief haben Sie gefragt, wie ich es für möglich halten kann, dass ein Artefakt aus Karien, dessen historische Spur sich im Jahr 334 v. Chr. verliert, acht Jahrhunderte später in Peschawar vergraben worden sein könnte. Folgendermaßen:

Alexander hat den Stirnreif aus Karien mit nach Indien gebracht und ihn seinem Admiral Nearchos geschenkt, zur Belohnung, nachdem dieser, genau wie Skylax, den Indus hinabgesegelt war. In den Kriegen um die Vorherrschaft, die nach Alexanders Tod zwischen seinen Generälen entbrannten, kämpfte Nearchos gegen Seleukos Nikator, und dieser nahm nach seinem Sieg über Nearchos' Streitmacht in Gaza den Stirnreif als Beute in Besitz. Einige Jahre später verlor Seleukos die Kontrolle über einen Großteil von Alexanders Territorium in Indien und sah sich gezwungen, einen Vertrag mit dem König Sandrokottos einzugehen, der den Stirnreif als Teil der Vertragsbedingungen für sich einforderte. Sandrokottos – oder auch Chandragupta Maurya – war, wie Ihnen sicherlich bekannt ist, der Großvater des legendären buddhistischen Königs Ashoka. Als Ashoka sich zum Buddhismus bekehrte, ließ er landauf, landab in seinem Königreich Stupas errichten; zu jedem buddhistischen Stupa gehörte eine Schatzkammer, und die Energie des Stupa speiste sich aus den Wertgegenständen in der Schatzkammer. Ist die Vorstellung da so abwegig, dass er den Stirnreif aus der Schatzkammer seines Palastes in die Schatzkammer eines Stupas geschickt haben könnte? Und dort blieb er dann all die Jahrhunderte hindurch, in denen der Buddhismus in Gandhara und anderswo seine Blütezeit erlebte – bis die Weißen Hunnen unter Mihirakula in Gandhara einfielen, Stupas niederbrannten und ihre Schatzkammern plünderten. Als sie von dem Vormarsch der Hunnen hörte, nahm eine Bhikkuni (eine buddhistische Nonne) namens Maya den Schatz des großen Ashoka an sich und verließ damit heimlich den Stupa-Komplex, fest entschlossen, ihn vor den Plünderern zu retten. Sie reiste zum Großen Stupa des Kanischka, und dort traf sie auf den chinesischen Reisenden Sung-Yun. Als dieser sich weigerte, den Stirnreif in Sicherheit zu bringen, vergrub sie den Reif am Fuß der Großen Weißen Statue von Shah-ji-ki-Dheri, im Vertrauen darauf, dass die Erde an jenem geheiligten Ort weit größeren Schutz bieten würde als die Schatzkammer des Stupa, falls die Hunnen auf ihrem Zug dort ebenfalls einfallen sollten. Und beobachtet wurde sie dabei von einem kleinen Jungen, der die Geschichte mit sich nahm, weitererzählte und so in der Welt am Leben erhielt, bis sie Jahrhunderte später Kallistos zu Ohren kam – aber das ist wieder eine andere Geschichte.

Was wäre Geschichte, wie schon Herodot uns lehrt, ohne eine Prise Phantasie? Ich hoffe, Sie finden meine Theorie so einleuchtend, dass Sie die Mittel aufwenden, um Shah-ji-ki-Dheri zu pachten.

Mit freundlichen Grüßen

Najeeb

18. März 1929,
Peschawar

Najeeb,
Du hast schon viele phantastische Geschichten erzählt, aber die Geschichte von den lieben, netten Engländern, die unsere Schätze ausgraben, weil sie gern möchten, dass Du Deine Geschichte kennenlernst, setzt allem die Krone auf. Deine Museen sind alle Teil ihrer Zivilisierungsmission, ihrer Bürde des Weißen Mannes, ihrer moralischen Rechtfertigung für das, was sie hier angerichtet haben. Was den Spaten angeht, den sie Dir in die Hand geben, die Ehrungen, mit denen sie Dich überhäufen – die Engländer sind zahlenmäßig zu wenige und wir zu viele, deshalb sehen sie ganz nüchtern, dass sie zur Sicherung ihrer Herrschaft eine bevorzugte Klasse von Indern benötigen, die sie bewundern, sich von ihnen geehrt fühlen, von ihrer Anwesenheit profitieren und ihnen, letzten Endes, zu Diensten sind, denn sollten wir, die Vielen, uns je geschlossen gegen sie erheben und sagen: »Verlasst unser Land«, können sie unmöglich länger bleiben. Und das erkennen immer mehr von uns, Bruder – und bei aller Freude darüber sorge ich mich doch um Dich. Denn eines Tages wirst Du aus Deinen Illusionen aufwachen müssen und erkennen, dass Du nur ein Untertan bist, ein unterjochter Paschtune, der sein Joch für eine Seidenkrawatte hält, und dem es ebenso normal erscheint, eine Seidenkrawatte zu tragen wie einen Turban.

Ich hege keinen Hass gegen die Engländer. Schuld an dem Zustand, in dem wir uns befinden, ist nur unsere Schwäche. Wie tief haben wir uns als Volk entehrt, als wir zuließen, dass Männer von einer kleinen Insel, blasshäutige Männer, die vom Licht der Sonne rot verbrannt werden, herkamen und sich zu Herren über uns aufschwangen. Und wenn die Engländer unser

Land verlassen haben, was zwangsläufig irgendwann geschehen wird, werde ich sie als Besucher in meinem Haus gern willkommen heißen und ihnen alle Höflichkeit und Gastfreundschaft erweisen, die bei uns Paschtunen Brauch sind.

Versuche nicht, die Engländerin noch einmal zu einer Unterstützung Deiner Pläne zu bewegen. Wir spielen nicht länger den Bittsteller. Küssen ihnen nicht länger die Hand vor Dankbarkeit für die Gunst, die sie uns vermeintlich erweisen. Dies ist der Befehl eines älteren Bruders.

Dein Lala

V. R. Spencer
14, Doughty Street
Bloomsbury
London

Najeeb Gul
Peschawar Museum
Peschawar

21. April 1929

Mein lieber Herodot von Peschawar,
falls die Kraft der Phantasie es vermag, die Wirklichkeit zu formen, dann bist Du es, nicht Deine erfundene Maya, der den Stirnreif des Skylax in der Erde von Shah-ji-ki-Dheri verborgen hat. Ich sehe vor mir, wie Du, in Gestalt des Jungen, den ich damals kannte, um die alte Ausgrabungsstätte herumläufst, in der festen Überzeugung, dass dort ein Wunder zu entdecken ist, wenn Du nur die finanziellen Mittel dazu hättest. Da ich Dir diesen Traum in den Kopf gesetzt habe und selber weiß, wie sehr man davon gepackt werden kann, sehe ich mich dazu verpflichtet, zumindest zu fragen: Wie viel würde es kosten?

Falls die Summe nicht den Rahmen meiner Möglichkeiten sprengt, überweise ich gern das nötige Geld und werde es nicht als Gefallen Dir gegenüber betrachten, sondern als den überfälligen Anstoß, mein langgehegtes Vorhaben, nach Indien zurückzukehren, endlich in die Tat umzusetzen. Vielleicht kannst Du mich im Gegenzug nach Taxila und Mohenjo-Daro begleiten, beides Orte, die ich mir sehr gern einmal ansehen würde?

Trittst Du selbst an den Grundbesitzer heran? Falls eine finanzielle Einigung erzielt wird, gehe ich recht in der Annahme, dass Du auch eine Ausgrabungsgenehmigung besorgen kannst? Ich bin hier in London bis Anfang kommenden Jahres gebunden. Falls Du vor Ort alles wunschgemäß regeln kannst – das ist natürlich die große Vorbedingung –, könnten wir also im Frühjahr mit den Ausgrabungen beginnen. Meine Paschtu-Kenntnisse habe ich inzwischen so gut wie vergessen, doch ich werde sie in den Monaten vor meiner Abreise gründlich wieder auffrischen (ich kenne einen Mitarbeiter hier in der British Library, der aus Peschawar ist – er beharrt darauf, dass sein Name Durand lautet, aber natürlich heißt er in Wirklichkeit Durrani).

Deine

V. R. S.

28. MAI 1929
An: VR SPENCER

HOCHERFREUT ÜBER IHREN BRIEF STOP KOSTEN FÜR PACHT UND AUSGRABUNG FOLGEN STOP KÜMMERE MICH UM AUSGRABUNGSGENEHMIGUNG
NG

---

12. JULI 1929
An: N GUL

KOSTENAUFSTELLUNG VOM ANWALT EINGETROFFEN STOP ANNEHMBAR STOP ANGEWIESEN PACHTVERTRAG AUFZUSETZEN
VRS

---

13. JULI 1929
An: VR SPENCER

HURRA
NG

Lahore,
1. Januar 1930

Najeeb,
ich kann Dir kaum schildern, was hier gestern bei der Versammlung der Kongresspartei am Ufer des Ravi los war. Gandhi hat die volle Unabhängigkeit von den Briten gefordert, und Nehru hat eine dreifarbige Flagge gehisst, die künftig über einem freien Indien wehen wird. Beim Anblick dieser Flagge wurde mir abwechselnd heiß und kalt, und mir schwoll das Herz in der Brust. Ich bin so stolz, einer von Ghaffar Khans Paschtunen zu sein, die hier sind, um diese Gelegenheit zu feiern – Du hättest sehen sollen, wie wir jubelnd getanzt haben. So etwas hat es bei einem Treffen der Kongresspartei noch nie gegeben.

Es ist nicht alles perfekt. Viele von der Kongresspartei sind der Auffassung, noch extremer womöglich als die Engländer, dass die Paschtunen jähzornige Hitzköpfe sind, die außer zu Krieg zu nichts zu gebrauchen sind. Sie äußern nach wie vor Zweifel daran, ob wir es schaffen werden, tatsächlich am Prinzip des gewaltlosen Widerstandes festzuhalten, wenn es hart auf hart kommt. Ghaffar Khan aber sagt, wir müssen Geduld haben und ihnen beispielhaft vor Augen führen, wie falsch ihre Einschätzung ist. Wir werden schon bald Gelegenheit dazu haben. Es ist eine Resolution verabschiedet worden, die zu zivilem Ungehorsam aufruft und in der nächsten Zeit umgesetzt wird. Ich werde Ghaffar Khan von hier aus begleiten, um mit ihm zusammen die Kunde davon im Tal von Peschawar zu verbreiten und um Unterstützung zu werben – und dabei gleichzeitig die Reihen der Khudai Khidmatgar zu vergrößern. Und was soll das sein, diese Khudai Khidmatgar, wirst Du fragen, Du, mein Bruder, der jede alte Münze kennt, die je im Tal von Peschawar gefunden wurde, aber von dem, was auf der Welt um ihn herum vor sich geht, nichts mitbekommt? Schon jetzt kann ich mir den Abscheu lebhaft vorstellen, den der Name in Dir auslöst. Jawohl, Najeeb, die Diener Gottes, denn von Ihm beziehen wir unsere Kraft, und wir werden jedem Maulvi, der behauptet, dass Ghaffar Khans Zusammenarbeit mit Gandhi nicht dem Handeln eines wahren Muslims entspricht, mit aller Entschiedenheit entgegentreten.

Aber zur Erklärung: Es handelt sich um eine unbewaffnete Armee – Du hast richtig gelesen –, die einfache, ungebildete Männer rekrutieren und in unseren Kampf miteinbeziehen wird. Ghaffar Khan sagt, ein Gespräch mit mir, bei dem ich über den Geist der Brüderlichkeit und Disziplin gesprochen habe, der in der Army herrscht, habe ihm dabei geholfen, die Idee für die Khudai Khidmatgar zu entwickeln, und das freut mich über alle Maßen. Ich habe gesagt, dass auch ich mich den Khudai Khidmatgar anschließen werde. Ich möchte lieber in den Reihen der ungebildeten Männer stehen als mit gelehrten Männern in irgendwelchen Gremien sitzen. Obwohl ich Dir gestehen muss, dass unsere rot-braune Uniform weit weniger schmuck aussieht als die grün-und-olivfarbene Uniform der 40th Pathans. Aber was sollen wir machen? Ghaffar Khan geht es um eine Stofffarbe, die billig und überall erhältlich ist, auf die Eitelkeit seines Generals von den Yusufzai kann er dabei keine Rücksicht nehmen. Ja, ich soll General werden!

Kannst Du, solange ich fort bin, hin und wieder mal bei den Obstgärten vorbeisehen und dafür sorgen, dass Rahim sich dort um alles kümmert? Ich vertraue ihm, aber er faulenzt gerne mal, wenn er sich unbeobachtet fühlt. Keine Sorge, Du brauchst ihm nicht vorzuspielen, dass Du etwas vom Anbau verstehst. Es reicht schon, wenn Du einfach bei ihm vorbeigehst und ihn fragst, wie alles so läuft.

Nun zu meinem letzten und wichtigsten Anliegen. Es ist nicht abzusehen, wie die Engländer reagieren werden, wenn es mit unserem zivilen Ungehorsam losgeht. Es könnte ziemlich unschön werden – Du hast noch nicht erlebt, wie eiskalt und erbarmungslos sie auf dem Schlachtfeld gegen jene vorgehen, die sie als ihre Feinde ansehen. Ich schon. Daher fordere ich Dich noch einmal auf, bitte und beschwöre Dich: sage Deiner Miss Spencer, dass sie nicht kommen soll.

Ich halte mich an Deine Aufforderung und versuche nicht, Dich über die Absichten und Motive der Engländer zu belehren, was die Archäologie betrifft. Aber hier geht es um etwas anderes. Für eine Engländerin, die von der heutigen Welt nichts versteht, ist dies einfach nicht der richtige Zeitpunkt, um nach Indien zu kommen. Ich weiß, Du glaubst, die Welt besser zu verstehen als Dein eifernder Bruder, aber ich spreche wirklich von Herzen. Halte die Engländerin von hier fern.

Dein Bruder
Qayyum

15. JANUAR 1930
An: N GUL

ÜBERFAHRT GEBUCHT BITTE ARBEITER FÜR AUSGRABUNGSBEGINN AM 5. APRIL ORGANISIEREN
VRS

---

16. JANUAR 1930
An: VR SPENCER

BESTÄTIGT ERWARTE IHRE ANKUNFT
N GUL

---

1. APRIL 1930
An: N GUL

BIN IM HAFEN VON KARATSCHI GESTÜRZT NICHTS ERNSTES ABER ARZT RÄT REISE ERST IN EINIGEN WOCHEN FORTZUSETZEN STOP KANN DIE AUSGRABUNG VERSCHOBEN WERDEN
VRS

---

1. APRIL 1930
An: VR SPENCER

SEHR BETRÜBT ÜBER IHR MISSGESCHICK GUTE
BESSERUNG ABER AUFSCHUB UNMÖGLICH
NG

---

2. APRIL 1930
An: N GUL

VERFLIXT DANN FANG OHNE MICH AN STOSSE SO
BALD WIE MÖGLICH DAZU
VRS

April 1930

Die Erde war kompakt zusammengebacken, die Arbeit mühsam. Den ganzen Morgen, vom Sonnenaufgang bis zum Vormittag, gruben Najeeb und seine Helfer sich durch die Geschichte. Einige Fuß in der Tiefe stießen sie auf einen Totenkopf, und die Männer betasteten spontan ihre Wangenknochen und Nasen, als käme ihnen erstmals ihr eigener Schädel so recht zu Bewusstsein. In einer Augenhöhle fand sich eine Münze aus der Frühzeit des Raj; unmöglich zu sagen, ob sie bewusst dort platziert oder aus einer anderen Epoche hineingepurzelt war. Es gab noch andere kleine Entdeckungen – eine Münze, ein Kupfersiegel, ein Steinfragment, in das die Flanke eines Löwen gemeißelt war –, hauptsächlich aber förderten sie endlose Mengen von weißem Pulver und kleine Bruchstücke aus weißem Stein zutage.

Dann kam der Morgen, als er das unverkennbare Geräusch eines Spatens hörte, der auf etwas Hartes stieß. Das Schienbein des Buddhas, kolossal dimensioniert, so dick wie der Oberkörper eines Mannes. Najeeb und der Vorarbeiter legten es mit Kellen und Händen vorsichtig aus der Erde frei, dabei kam der Knöchel des Heiligen zum Vorschein, sein Fuß mit den leicht gekrümmten Zehen. Inzwischen war es Mittag geworden, und die Männer gingen nach Hause. Najeeb aber setzte seine Arbeit unbeirrt fort, trotz Schmerzen und Durst, trotz der Sonne, die ihm heiß in den Nacken brannte. Was er zutage fördern würde, wie lange er noch weitergraben würde, über all das dachte er längst nicht mehr nach; es gab nur noch diese immer gleiche Bewegung seines Arms und seiner Schulter und der Kelle, die zu einer Verlängerung seiner selbst geworden war; nur noch die Erde rings um den Fuß der Statue, die er beharrlich beiseiteschaufelte. Jedes Mal, wenn er mit der Kelle im Erdreich auf Steinbröckchen stieß, fuhr ihm das metallische Geräusch durch Mark und Bein. Die Erde wurde kühler, je tiefer er sich vorarbeitete; ihre Zusammensetzung veränderte sich; ein Wurm wand sich träge durch die lehmige Masse. Richtete sich fleischig rosa auf und schwankte unsicher, wie geblendet von dem veränderten Kosmos aus Hitze und Licht, in dem er sich so unvermutet wiederfand. Najeeb, dem auf einmal mit Schaudern der nahgelegene Friedhof in den Sinn kam, pflückte den Wurm aus der Erde und schleuderte ihn von sich, so weit es nur ging. Wischte sich die schweißnassen Hände an der Hose ab, machte weiter. Da schrammte die Kante der Kelle über Metall. Er sank auf die Knie; sein Herz war wie ein Tier, das sich wiederholt gegen die Gitterstäbe seines Brustkorbs warf.

Viv stand auf der Dachterrasse des rosafarbenen Palastes und beobachtete, wie die länger werdenden Schatten der Kuppeln, die das Dach schmückten, sich immer weiter auf die Statue der Königin und Kaiserin Victoria am hinteren Ende des Gartens, links und rechts flankiert von Löwen, zuschoben. An einer Ecke des Anwesens stand ein britischer Soldat mit Tropenhelm Wache, ebenfalls aus Stein gehauen. Zumindest einige der Inder unten im Garten mussten beim Blick auf diese Statuen das Gefühl haben, einen Feind zu sehen; man konnte sich heutzutage nicht sicher sein, wer von den Indern für Gandhi war und wer für den König, hatten Vivs Gastgeber ihr erklärt, Verwandte von Mary, bei denen sie nach ihrem Missgeschick bei ihrer Ankunft in Karatschi untergekommen war. Nicht einmal auf Männer, die ein Studium in Oxford oder Cambridge absolviert hatten, war in dieser Hinsicht noch Verlass. Unten auf dem Rasen hielten sich auch Inderinnen auf, in elegante Saris gehüllt; die meisten standen plaudernd beisammen, blieben erkennbar unter sich, doch die eine oder andere Frau wandelte auch zwischen den Männern umher. Jedes Mal, wenn sich eine dieser Frauen zu einem Grüppchen Männer gesellte, wurde sie mit demonstrativem Entzücken begrüßt, wobei es Viv nicht ganz eindeutig erschien, ob diese etwas übertriebene Freude ernst gemeint war oder eher einen höflich kaschierten Tadel zum Ausdruck brachte.

Der Palast war kein wirklicher Palast, sondern hieß bloß so: Mohatta Palace. Es handelte sich um das Sommerdomizil eines reichen indischen Kaufmanns, das er unweit des Meers für sich und seine Familie hatte erbauen lassen. Ein Herrenhaus im Mogulstil, englischer Skulpturenschmuck und ein unterirdischer Durchgang, der zu einem Hindutempel führte (und der frommen Dame des Hauses ermöglichte, stets Purdah zu wahren). Historiker späterer Jahrhunderte würden in diesem stilmäßig zusammengewürfelten Anwesen vermutlich ein Beispiel für Synkretismus erblicken, in Viv aber weckte es bloß die Sehnsucht nach den Statuen und Stupas von Gandhara.

Die zurückliegenden Wochen, die sie gezwungenermaßen hier in Karatschi hatte zubringen müssen, um ihre Rückenverletzung auszukurieren, waren ihr endlos vorgekommen. Und seltsam. All die krassen politischen Ansichten, die ihr zu Ohren gekommen waren; sie wusste ganz und gar nicht, was sie davon halten sollte.

Viv blickte über die Mauern des Anwesens hinweg zu den Sanddünen und der Pier, die sich darüber hinweg erstreckte. Unten am Strand schritt ein Flamingo gravitätisch durch das flache Wasser des Arabischen Meers; ein anderer zog sein Bein hoch, verstaute es unter seinen Fittichen und vollführte zuckende Bewegungen mit seinem langen Hals. In den Fabeln Karatschis waren diese rosaroten Vögel gewiss aus dem Stein des Mohatta Palace herausgeflogen, während die Pfauen in den neun Kuppeln auf dem Dach zurückblieben und ihr eigenes Gefieder verwünschten, das zwar wunderschön war, aber nicht zum Fliegen taugte. Sie hob die Hand an den Mund und schmeckte das Meer auf ihrer Haut, als sie sich verstohlen über den Handrücken leckte. Wie viel enger das Leben doch wäre, wenn sich ganz Indien nicht mehr in diesem einen Begriff zusammenfassen ließe: »Unser Eigen«. Wurde sie jedoch von jemandem nach ihrer Meinung zu Indien, zum Empire, zu Gandhi befragt, blieb sie stumm. Reden ist Silber, Schweigen ist Gold – diese Weisheit hatte sie schon vor langer Zeit verinnerlicht, so richtete man am wenigsten Schaden an. »Zurückhaltend«, dieses Attribut wurde ihr allgemein zugeschrieben, aber sie empfand sich eher als vorsichtig. Nur wenn es um Geschichte und Geschichten ging, die Jahrhunderte zurücklagen, erlaubte sie ihrer Neugier, aktiv zu intervenieren.

– Als die Muslime den Propheten fragten: Wie sollen wir auf diese Angriffe reagieren?, erwiderte er: Mit Rechtschaffenheit und Geduld. Rechtschaffenheit und Geduld. Das sind muslimische Tugenden. Paschtunische Tugenden.

Qayyum Gul blickte in die Runde. Gut zwei Dutzend Freiwillige saßen um ihn herum, alle in roten Hemden. Manche verzogen ungläubig das Gesicht, verächtlich. Ausbildung, Kampf, Armee – das waren die Begriffe, die sich in den ländlichen Regionen rings um Peschawar herumsprachen und Männer dazu bewegten, in Qayyums Obstgärten zu kommen, die als Ausbildungslager der Khudai Khidmatgar dienten. Fast die Hälfte der Männer hatte sich mit Gewehren und Messern eingefunden, wobei nicht ganz klar war, ob man es versäumt hatte, sie über die wahre Natur dieser Armee aufzuklären, oder ob sie es vorzogen, dieser Erklärung keinen Glauben zu schenken. Jetzt saßen sie mit leeren Händen da, während ihre Waffen rings um den Fuß eines Apfelbaums herumlagen, silbrig schimmernd wie das Knöchelkettchen einer dämonischen Göttin.

– Ich werde euch nicht erklären, dass Gewaltlosigkeit mit Paschtunwali zu vereinbaren ist. Ich werde euch erklären, dass in der Lage, in der wir uns befinden, Gewaltlosigkeit das eigentliche Wesen von Paschtunwali ist. Seid ihr ehrenhaft genug, es zu erdulden, wenn …

Ehe Qayyum den Satz beenden konnte, gellte ein schriller Pfiff durch die Obstgärten. Er machte eine scheuchende Handbewegung, und die Männer stoben auseinander, kletterten eilig die Bäume hinauf und verbargen sich im dichten Laub der Kronen. Qayyum selbst hastete ans andere Ende des Gartens und tat so, als würde er ein Blatt begutachten, das mit weißen Flecken gesprenkelt war, wie um sicherzugehen, dass es sich nur um die Hinterlassenschaften kleiner Vögel handelte und nicht etwa um einen beginnenden Pilzbefall, als zwischen den Apfelbäumen der Pachteintreiber auftauchte, von den angrenzenden Pflaumengärten her kommend, die ebenfalls Qayyum gehörten. Wobei ihn allerdings der Pachteintreiber Monat für Monat daran erinnerte, dass er die Apfel- und Pflaumengärten, die er als sein Eigentum empfand, tatsächlich bloß als Pächter bewirtschaftete.

Der Mann hieb sich mit einem Gehstock gegen sein Bein, während er, kauend und mit einem angebissenen Apfel in der Hand, auf ihn zugestapft kam. Die Pacht war erst in einigen Wochen fällig, aber Qayyum sagte nichts, während der Eintreiber mit sichtlichem Genuss auch noch das letzte Fruchtfleisch vom Kerngehäuse des Apfels herunternagte.

– Es gehen seltsame Gerüchte um, Qayyum Gul.

– Geredet wird immer. Was haben Sie gehört?

– Die Leute sagen, du würdest in diesen Obstgärten eine Armee für Ghaffar Khan ausbilden. Natürlich sage ich dann immer, o nein, Gul weiß ja, dass der Grundbesitzer mit dem Deputy Commissioner Polo spielt und in seinem Haus in Peschawar ein Bild des Königs und Kaisers an der Wand hängen hat. Er würde nie etwas tun, das mich zwingen würde, herzukommen und ihm zu eröffnen, dass er diese Obstgärten nicht mehr bewirtschaften darf.

Beim Reden deutete der Pachteintreiber mit einer weitausholenden Handbewegung um sich herum. Die Äste der Bäume bogen sich schier unter dem Gewicht der Früchte, die an ihnen hingen; Insekten schwirrten wie trunken zwischen den Bäumen umher und kollidierten mit Ästen. Qayyum, der die Arme vor der Brust verschränkt hatte, wiegte sich schweigend auf den Fußballen und nickte nur, zum Zeichen, dass er die Warnung des Pachteintreibers verstanden hatte.

Der Mann blieb noch einige Minuten, um über das Wetter und die Zuckerpreise zu plauschen. Als er endlich gegangen und die Luft wieder rein war, plumpsten aus den Bäumen die Männerfrüchte aufs Gras herunter. Qayyum aber kniete sich hin und klaubte etwas Erde vom Boden auf, die er in der Hand zerkrümelte. Was hätte er noch für ein Leben, wenn ihm dies hier genommen würde? Ein dürftiges, ein beengtes Leben. Wieder eingepfercht unter einem Zeltdach, statt beschattet von Apfelbäumen. Der Saft einer Schreibfeder, der ihm blassblau über die Hand lief, anstelle von flüssigem Gold, das süß schmeckte wie Nektar. Das Kratzen der Feder auf Papier und das lärmende Geschrei der Händler ringsumher, nicht das Zwitschern von Vögeln, das flüsternde Rascheln der Blätter, durch die der Wind fuhr. Nichts, was mit jenem Moment vergleichbar wäre, wenn sich die erste reife Frucht der Saison mühelos von ihrem Zweig lösen lässt und man sie in der Hand hält. Er stand auf und wandte sich den Männern zu.

– Dieser Mann war hier, um mir zu sagen, dass man mir mein Land fortnehmen wird, wenn ich euch weiter hier versammle. Die Unterdrücker glauben, sie könnten uns durch Drohungen in die Knie zwingen. Aber um der Freiheit willen werde ich jeden Verlust erdulden, den ich nun einmal erdulden muss. Und ihr? Seid ihr ehrenhaft genug, um zu erdulden, meine Brüder? Seid ihr, um der Freiheit willen, Manns genug, eure Gewehre niederzulegen und zu erdulden?

– Ja, scholl ihm die Antwort entgegen, süßer als der Geschmack von Äpfeln, beredter als Tinte auf Papier. Ja!

Najeeb legte eine Hand auf das Band aus Silber, befühlte das eingeprägte Muster. Ein Blatt, eine Frucht, ein Blatt, eine Frucht – immer abwechselnd, ganz wie auf den Münzen aus der Ära der Hekatomniden. Schon jetzt, im noch ungereinigten Zustand, trat die außergewöhnliche Feinheit der Arbeit klar zutage. Wo das Silber nicht ganz so dunkel angelaufen war, erkannte er Äderchen in den Blättern, feine Riffelungen auf den Früchten. Damals, als Dareios ihn seinem getreuen Skylax aufs Haupt setzte, war der Reif vermutlich noch bemalt – die Feigen violett, die Blätter grün. Najeeb ließ sich den Reif um den Finger kreisen. Die Feigen tanzten, die Blätter wirbelten, Skylax kniete vor Dareios und spürte, wie sich das Gewicht auf seinen Kopf herabsenkte, er tauchte den Reif in den Indus, aufmerksam um sich spähend, auf der Hut vor Krokodilen, bekrönte Herakleides damit, der vor ihm stand, noch blutbesudelt von seinem Sieg über die Perser, die er listenreich in einen Hinterhalt gelockt hatte. Najeeb fuhr mit den Fingern über die Oberfläche; eine Botschaft in Blindenschrift, ein Gruß über viele Jahrhunderte hinweg:

Hallo, Najeeb!

Hallo, Skylax!

DIE EINZIGE FRAGE

23. April 1930

Qayyum hatte nie zuvor eine solche innere Klarheit und Entschlossenheit verspürt wie jetzt, in der vordersten Frontlinie, Auge in Auge mit den Soldaten, die ihnen mit aufgepflanztem Bajonett gegenüberstanden.

Im Morgengrauen, als ihn ein lautes Hämmern unten an der Haustür aus dem Schlaf riss, hatte er all das noch nicht absehen können. Es war ein Nachbar, ein Mitglied der Kongresspartei, der ihm berichtete, es sei in der Nacht zu Verhaftungen gekommen, wohl im Vorfeld der für diesen Tag angesetzten antienglischen Proteststreiks, und dass sich nun Leute in der Parteizentrale versammelten, um das weitere Vorgehen zu beraten. Er zog sich rasch an und weckte Najeeb, um ihm Bescheid zu geben, dass er das Haus verließ, und um ihn zu ermahnen, den Tag über vorsichtig zu sein, weil es zu Unruhen kommen könnte. Najeeb blinzelte schlaftrunken und schnippte mit den Fingern in Richtung von Qayyums Glasauge, als wäre es eine Murmel.

– Wiedersehen, pazifistische Lusche.

– Wiedersehen, Hündchen der Engländer.

– Lieber das Hündchen eines Engländers als ein Inder unter englischer Herrschaft.

Aber Qayyum war mit seinen Gedanken schon ganz woanders, und der vertraute Scherz, der auf ihn selbst zurückging, klang ihm seltsam in den Ohren. Kurz überlegte er, ob er Najeeb noch einmal wegen der Engländerin warnen sollte, die an diesem Tag per Zug in Peschawar eintreffen würde, aber sein Bruder war bereits wieder eingeschlafen, und was hatte es schon für einen Zweck, wenn Qayyum ihm jetzt noch einmal ins Gewissen redete.

Auf dem Weg zur Parteizentrale kam ihm der Umzug entgegen, der bereits in vollem Gange war. Zwei mit Rosen bekränzte Anführer der Kongresspartei marschierten an der Spitze, auf die Straße der Geschichtenerzähler zu, gefolgt von einem Pulk von Parteimitgliedern und Verbündeten, die immer wieder den Freiheitsruf skandierten: *Inqilaab Zindabad*. Was ist los?, fragte Qayyum einen Mann in der typischen Tracht der Kongresspartei, einer Tunika aus Khaddar, handgesponnener Baumwolle, neben dem er sich in den Zug einreihte. Der Mann warf einen Blick auf Qayyums gegürtetes rotes Hemd, nickte ihm zu wie ein Soldat, der den Angehörigen eines anderen Bataillons grüßte, und erklärte, die Engländer seien in aller Frühe in der Kongresszentrale angerückt, um die Männer zu verhaften, aber jemand – hier hob der Mann übertrieben die Hände, wie um auszudrücken, dass ihm unbegreiflich war, wer so etwas anstellen könnte – hatte die Reifen des Lastwagens zerstochen, mit dem ihre Anführer ins Gefängnis transportiert werden sollten. Schockierend, lachte Qayyum, schockierend, dieser Vandalismus! Und der Kongressmann nickte mit betont ernster Miene und fuhr fort, daraufhin hätten die Anführer der Polizei angeboten, sie würden sich selbst zu Fuß zur Polizei-Thana am Kabuli-Tor begeben, um sich dort zu stellen und inhaftieren zu lassen – und hier waren sie nun alle, unterwegs zum Revier, um den Engländern zu zeigen, ob sie nun zwei Männer verhafteten oder zehn, es würden sogleich hunderte andere Männer aufstehen und ihre Stimme erheben, um Freiheit zu fordern.

Bei ihrer Ankunft an der Polizei-Thana jedoch standen sie vor verschlossenen Türen – weil die Polizisten befürchteten, die Menge sei in der Absicht hergekommen, das Revier zu stürmen. Qayyum, der dank seiner Größe das Geschehen über die Köpfe der anderen Anwesenden hinweg überblicken konnte, lächelte über das Spektakel, das sich nun entspann: die Kongressanführer, die an der Tür dringend um Einlass baten, um sich einsperren zu lassen; die Polizisten im Inneren des Reviers, die sich weigerten, sie einzulassen. Und dazu die Menge, die zusehends größer wurde und die Polizei aufforderte, ihre Anführer in Haft zu nehmen, immer wieder den Ruf *Inqilaab Zindabad* anstimmend, aber ansonsten vollkommen friedlich. Ein Engländer hätte bei diesem Anblick vermutlich die

Welt nicht mehr verstanden. Dann endlich öffneten sich die Türen doch noch, und die Kongressanführer begaben sich unter dem Jubel der Menge in das Gebäude. Jemand bewarf sie sogar mit einer Handvoll Rosenblätter, als ob sie Neuvermählte wären, die erstmals ihr eheliches Heim betraten.

– Das war spaßig.

Qayyum quittierte die Bemerkung des Kongress-Wallas, der neben ihm stand, mit einem zustimmenden Nicken, als ihm hinter dem Tor einer der indischen Polizisten ins Auge fiel – er war aschfahl im Gesicht, vor Angst offenbar. Natürlich, den Polizisten hier stand wahrscheinlich der Vorfall in Chauri Chaura vor Augen, acht Jahre zuvor, als bei einem Zusammenstoß zwischen der Polizei und Kongressfreiwilligen während der ersten Kampagne der Nichtkooperation sechsundzwanzig Zivilisten und einundzwanzig Polizisten ums Leben gekommen waren; die Polizisten waren in ihrer Thana bei lebendigem Leib verbrannt.

Ihr lebt in eurer Geschichte, wir in unserer. Der Gedanke machte ihn müde, so müde, dass er keine Lust hatte, sich der Gruppe Khudai Khidmatgar anzuschließen, die vor der Gefängnistür im Kreis tanzten. Er wollte sich schon zum Gehen wenden, als er ein Geräusch hörte, das keinen Sinn ergab. Und als er sich zum Kabuli-Tor umwandte, erblickte er Panzerwagen, die soeben durch das Tor gerollt kamen.

Danach nahm das Geschehen an diesem Morgen, der so friedlich begonnen hatte, eine dramatische Wende – plötzlich beschleunigende Fahrzeuge, die Männer unter ihren Rädern zermalmten, Maschinengewehre, die das Feuer eröffneten, Todesschreie und Freiheitsparolen, Kugeln und fliegende Steine. Die Straße der Geschichtenerzähler verwandelte sich in ein Schlachtfeld, mit den Soldaten auf der einen und den Freiheitskämpfern auf der anderen Seite. Eine MG-Salve, eine Reihe Toter, dann eine Pause, um zu verhandeln – zieht euch zurück, nein, zieht ihr euch zuerst zurück –, und unterdessen wuchs und wuchs die Menschenmenge in der Straße der Geschichtenerzähler. Es waren nicht mehr nur die Khudai Khidmatgar in ihren roten Hemden und ihre Verbündeten von der Kongresspartei und der Khilafatbewegung, sondern auch andere Männer Peschawars, die gehört hatten, was los war, und in Scharen herbeiströmten, um Zeugen zu werden, um in den Ruf einzustimmen, *Inqilaab Zindabad*. Bald drängte sich die Menge in der Straße dicht an dicht. Zuschauer verfolgten das Geschehen von Balkonen und Hausdächern aus, einige warfen Steine; unten auf der Straße okkupierten die Truppen des Königs – zu Fuß, zu Pferde, in Panzerwagen, alle bewaffnet mit Gewehren und Bajonetten und Maschinengewehren – den Abschnitt zwischen dem Kabuli-Tor und Dakhi Nalbandi. Ihnen gegenüber Peschawaris, die sich zu Hunderten in der Straße der Geschichtenerzähler aufgebaut hatten und darauf beharrten, nein, sie würden sich nicht zurückziehen. Wenn ein Mann schon sein Leben für die Verteidigung eines Landes opfern soll, möge dieses Land wenigstens sein Land sein, das Volk sein Volk.

Stunden vergingen; an der verfahrenen Situation änderte sich nichts. Zieht euch zurück; nein, zieht ihr euch zurück. Die Männer, die weiter hinten standen, wurden unruhig und begannen zu drängeln. Was sollte all das Gerede? Qayyum, der unbewaffnet in der vordersten Reihe stand, spürte, dass die gespannte Ruhe nicht mehr lange halten, dass bald etwas geschehen würde. Vorläufig aber sah er keinen Grund, die Zuneigung und Sympathie zu unterdrücken, die beim Anblick der Uniformierten der British Indian Army unvermutet in ihm aufgekeimt war. In jedem von ihnen meinte er die Kameraden zu erkennen, die er in Ypern verloren hatte, und auch sich selbst, gesehen mit den Augen eines Toten. Früher am Tage, als sich die Garhwal Rifles, ein Infanterieregiment, geweigert hatten, das Feuer auf die Unbewaffneten zu eröffnen, die ihnen gegenüberstanden, empfand er keinen Triumph darüber, dass die Strategie bereits zu wirken begann, die darin bestand, jene zu beschämen, die sonst gnadenlos das Feuer auf jeden eröffnet hätten, der sich ihnen widersetzte. Nein, er war vielmehr erschrocken wegen der Folgen, die dies für sie haben würde. Die Sikh-Soldaten traten in aufrechter Haltung, hocherhobenen Hauptes den Rückzug in ihre Kaserne an, aber Qayyum wusste, dass jeder von ihnen bereits an das dachte, was ihnen unvermeidlich bevorstand: ein Verfahren vor dem Kriegsgericht, vielleicht der Tod durch Erschießen. Bei indischen Soldaten, die sich auf die Seite von Revolutionären schlugen, würden die Engländer keine Gnade walten lassen. Der große Aufstand von 1857 war ebenso wenig vergessen wie die Verschwörung der Sikhs von 1915.

Und so empfand er keine Feindschaft, sondern Liebe; Liebe und Mitleid. Mitleid mit jenen, die ihr Leben verloren hatten, als die Panzerwagen heranrasten und die Soldaten das Feuer eröffneten. Mitleid mit den indischen Soldaten, die geistig versklavt waren. Mitleid mit dem Leid der Familien, die heute Angehörige zu beklagen hatten. Sogar ein wenig Mitleid mit den englischen Offizieren. Das große Ehrempfinden, das, wie die Offiziere der 40th Pathans ihren Männern so oft vor Augen hielten, Engländer und Pathanen gemeinsam hatten, war nun eine Waffe, die die einen gegen die anderen in Stellung brachten. Heute würden die Offiziere noch den Befehl ausgeben, auf Unbewaffnete zu schießen, und fast alle Soldaten würden gehorchen – morgen aber, wenn man sie aufforderte, hierher zurückzukehren und die Aktion zu wiederholen, würden sie dazu weit weniger gewillt sein. Oder wenn nicht morgen, dann nächsten Monat, nächstes Jahr.

Und dann erlebte er seinen einzigen Moment von Furcht: Ein Mädchen löste sich aus der Menge der Männer von Peschawar, schritt unerschrocken durch die Reihen der Sepoys, die ihr Platz machten, als wäre sie ein Dschinn, dessen Berührung sie verbrennen könnte, und blieb vor einem der Panzerwagen stehen. Stille senkte sich herab. Das Mädchen, das unverschleiert war, bückte sich mit lang herabhängendem Zopf, las einen Turban auf, der neben dem Reifen des Panzerwagens lag, und kehrte dann in die Menge zurück, die sich für sie teilte und hinter ihr wieder zusammenschloss. Qayyum hob den Blick und sah sich um. Überall auf den Dächern und Balkonen an der Straße der Geschichtenerzähler standen Frauen und Kinder, die nach unten sahen. Vielleicht war das Mädchen nicht ganz richtig im Kopf, das musste es sein – so wie der Sohn des Melassehändlers, der pausenlos beaufsichtigt werden musste, damit er sich nicht unbedacht in Gefahr brachte. Und vermutlich hatte sie sich unbemerkt davonstehlen können, weil die, die sonst ein Auge auf sie hatten, zu sehr damit beschäftigt waren, das Geschehen unten auf der Straße im Auge zu behalten. Er verspürte den Impuls, ihr nachzueilen, um sie in Sicherheit zu bringen, aber in der dichtgedrängten Menge gab es für ihn kein Durchkommen, zumal er nicht wusste, wohin sie verschwunden war.

Dann wurde unvermittelt das Feuer eröffnet, gefolgt von den Bajonetten. Zurückweichen, zurückweichen – *Inqilaab Zindabad, Inqilaab Zindabad*. Kugeln und das Geschrei von Männern und ein Gestank nach Blut. Aber das hier war mit Ypern nicht zu vergleichen, hier empfand er keine Angst, hier würde er notfalls auch sterben, ohne zu fragen, warum. Irgendwie blieb er jedoch von den Kugeln verschont, obwohl um ihn herum ein Mann nach dem anderen zusammensackte; zu viele, um sie von der Straße zu bergen und davonzutragen, und inzwischen waren neue Soldaten eingetroffen, die nun selbst auf jene schossen, die die Toten abtransportieren wollten; es war aussichtslos, sie konnten die Stellung unmöglich weiter halten. Zurückweichen, zurückweichen. Soldaten nahmen durch die Gassen die Verfolgung auf, einer voraus, zwei hinterher, sie kamen direkt auf Qayyum zu.

– Ehe ihr mich anrühren könnt, reiße ich mir eigenhändig mein Auge heraus!

Diese Worte brüllte er ihnen entgegen, hob die Hand und pflückte sich mit übertriebener Gebärde das Glasauge aus der Höhle. Der vordere Soldat ließ vor Entsetzen sein Bajonett fallen und presste sich mit dem Rücken an eine Haustür, und Qayyum reckte ihm noch einmal das Glasauge entgegen, ehe er weiterrannte. Er bekam noch mit, wie hinter ihm die beiden anderen Soldaten stehenblieben und ihren Kameraden fragten, was los sei, was er gesehen hätte, und er rannte lachend weiter, ein Krieger, der seine Schlacht gefunden hatte.

Sein Hochgefühl währte nicht lang. Von überall her hallten Schüsse durch die Ummauerte Stadt, begleitet von dem Getrappel schwerer Stiefel, während die Soldaten in den Straßen Peschawars Hatz auf Männer machten, kaum anders als bei einer englischen Treibjagd. Jeden Augenblick jetzt konnte er ein Jagdhorn hören oder über einen Leichnam mit zugenähten Lippen stolpern. Er bog in eine Gasse ein, die so eng war, dass kaum Licht hereindrang, wo man sich rücklings in einen Hauseingang drücken und zu einem bloßen Schatten werden konnte.

Jahre zuvor hatte Qayyums Mutter versucht, eine Braut für ihn zu finden. Alles war so weit vereinbart, die Hochzeit war beschlossene Sache, als das Mädchen ganz plötzlich erkrankte und starb. Das Gerede danach ließ nicht lange auf sich warten – Qayyum Gul, der Halbblinde, war vom Unglück verfolgt. Jede Familie, die ihm ihre Tochter anvertraute, riskierte damit eine Katastrophe. Genug, sagte Qayyum zu seiner Mutter. Bemühe dich nicht weiter, eine Frau für mich zu finden. Irgendwie hatte es fast etwas Schicksalhaftes; schon damals bewegte sich sein Leben zunehmend in Richtung Politik. Seit er unter jener blauen Zeltplane Ghaffar Khan erstmals davon hatte reden hören, dass die Paschtunen aus ihrem Kreislauf ewiger Gewalt und Rache ausbrechen müssten, stand für ihn fest, dass er einen General gefunden hatte, dem er bedingungslos folgen konnte. Wenn der Kampf vorbei war, wäre immer noch Zeit für eine Frau und Kinder – Männer alterten nicht auf dieselbe Weise wie Frauen. Und bis dahin konnte er das Verlangen nach einer Frau, das ihn mitunter überkam und das er sich nicht immer versagen mochte, hier stillen, in der Straße der Kurtisanen.

Jetzt erlebte er zum allerersten Mal, dass es in der Gasse vollkommen still war. Alle Türen waren geschlossen, doch er sah, wie sich die Vorhänge bewegten, während er vorbeiging. Da öffnete sich ein Stück weiter vorn eine Tür, und die Hand einer Frau winkte ihn eilig heran. Verfolgt vom Geräusch der Soldatenstiefel und den Schreien sterbender Männer, die immer näher zu kommen schienen, hastete er los, der rettenden Zuflucht entgegen. Die Tür schloss sich hinter ihm; er befand sich in einem Raum, in dem er womöglich schon einmal gewesen war, gerade groß genug für ein Bett mit einem rüschenbesetzten Überwurf, in Gesellschaft einer Frau, mit der er dieses Lager vielleicht schon einmal geteilt hatte, aber das war unmöglich zu sagen; von der dicken Schminke, die eher dazu diente, die Züge einer Kurtisane zu verbergen als zu betonen, fehlte jede Spur, und vor sich erblickte er bloß eine müde wirkende, nicht mehr ganz junge Frau mit einem Bluterguss unter dem einen Auge.

Die Vorhänge an der hinteren Wand, die er auch von den Räumen der anderen Kurtisanen her kannte, waren nicht wie sonst immer zugezogen, sondern offen, und zum ersten Mal sah er, dass sich dahinter ein Türdurchgang verbarg. Da er die Frauen in der Gasse immer als Rivalinnen aufgefasst hatte, die miteinander konkurrierten, hätte er es nie für möglich gehalten, dass ihre Leben derart miteinander verbunden waren, und spontan drängte sich ihm die Frage auf, worüber sie sich wohl am Ende eines Arbeitstages unterhalten mochten. Stellten sie Vergleiche an? Bei dem Gedanken schoss ihm heiß das Blut ins Gesicht, während er durch den Vorhang in einen Flur hinaustrat, an dessen Ende sich ein großer Raum befand. In dem Raum hielten sich bereits etliche Männer auf, manche in Kongresskluft, zwei in roten Hemden und ein paar andere, die ganz normal gekleidet waren. Der Raum selbst war schlicht und behaglich – auf dem Boden lagen Teppiche und Sitzkissen, und die Wände waren mit einem Fries bemalt, ein sich wiederholendes Blumenmuster, der bloß ein wenig verblasst und abgeblättert war. Einige Männer hatten den Kopf vor sich in die Hände gestützt oder starrten mit leerem Blick vor sich hin, die meisten aber unterhielten sich in aufgeregtem Flüsterton, verstummten kurz, als Qayyum in den Raum trat, und flüsterten sogleich weiter, nachdem sie gesehen hatten, dass er einer der ihren war.

– Wir versuchen zu verstehen, warum sie die Panzerwagen losgeschickt haben, erklärte ein Kongress-Walla, während er beiseiterückte, damit Qayyum sich setzen konnte. In ganz Indien finden solche Aktionen zivilen Ungehorsams statt, und nirgendwo sonst ist eine solche Reaktion erfolgt.

Qayyum kannte die Antwort. Aus all den Ansprachen der englischen Offiziere, die ihn damals in der Army immer so stolz gemacht hatten. Ansprachen, die ihm und den anderen Paschtunen voller Anerkennung bescheinigten, dass sie einer kriegerischen Rasse angehörten: Weil sie sich nicht vorstellen konnten, dass wir unbewaffnet sein würden; dass wir friedlich bleiben, es nicht auf Gewalt abgesehen haben würden.

– Seid still, ihr Idioten! Sie sind hier!

Der Tonfall der grauhaarigen Frau mit den hart wirkenden Gesichtszügen, die in den Raum gestürzt kam, reichte aus, um alle Männer zum Verstummen zu bringen. In der plötzlichen Stille war das Geräusch einer Faust zu hören, die draußen gegen eine Tür hämmerte, dazu eine englische Stimme, die in barschem Tonfall forderte, Aufmachen! Die grauhaarige Frau wandte den Kopf zu dem Mädchen um, das hinter ihr in den Raum gekommen war. Etwas an ihrer Ausstrahlung verriet, dass sie noch neu hier war. Etwas Unbestimmtes, das noch nicht in ihr ausgelöscht worden war. Und dies machte ihre Schönheit aus, mehr noch als die schräg stehenden, dick mit Kajal umrandeten Augen oder die ungeschminkten Lippen, die die Farbe zerdrückter Rosenblätter hatten. Der Raum veränderte sich, war auf einmal von einer unguten, leicht bedrohlichen Anspannung erfüllt, zu der Qayyum ebenso beitrug wie die übrigen Männer.

Es wurde immer ungeduldiger gegen die Tür gehämmert, und das schöne Mädchen ging an den Männern vorbei und entfernte sich durch den Flur. Ohne sich um den geflüsterten Protest der Grauhaarigen zu kümmern, stand fast die Hälfte der Männer in dem Raum auf und schlich leise in den Flur hinaus, um zu lauschen. Da öffnete das Mädchen auch schon die Tür.

– Ja bitte, die Herren, was wünschen Sie?, fragte sie auf Englisch.

– Wir müssen Ihre Räumlichkeiten durchsuchen.

– Männer kommen hier nur herein, wenn sie bezahlen. Obwohl … so viele von Ihnen? Da werden die Mädchen am Ende des Tages aber ganz schön ausgelaugt sein.

– Wir suchen nach …

– Ich weiß, wonach Sie suchen.

Was sie als Nächstes tat, war unklar; vielleicht hatten ihre Worte schon ausgereicht, der Tonfall von Stärke, mit dem sie sie geäußert hatte und der sogar von den Männern im Flur verstanden worden war, die kein Englisch konnten; der englische Offizier sagte jedenfalls nichts mehr, und noch ehe das Mädchen wieder in den Flur zurückgekehrt war, waren auch schon die Schritte der Soldaten zu hören, die wieder abmarschierten. Einer der Männer hielt das Mädchen am Ärmel fest, als es an ihm vorbeikam.

– Sie arbeitet heute nicht, sagte die grauhaarige Frau in scharfem Tonfall.

– Ich zahle ihr das Doppelte.

– Eure Leute haben für heute zu einem Streik aufgerufen. Nun, hier wird heute gestreikt.

– Dann eben das Dreifache.

Die grauhaarige Frau sah sich einmal in dem Raum voller Männer um.

– Gut. Heute zahlen alle das Dreifache, sagte sie.

Das Mädchen und der Freier zogen sich zurück, und die übrigen Männer ließen sich wieder auf dem Boden nieder. So saßen sie eine Weile da, schweigend und ohne einander anzusehen, bis einige der Frauen dick geschminkt in den Raum kamen. Ein Mann nach dem anderen stand auf und folgte seiner Auserwählten in einen der Räume, die zur Gasse hinausgingen. Nach einigen Minuten hatte sich der Raum zur Hälfte geleert. Während er verstohlen die anderen Männer musterte, die noch um ihn herumsaßen, überlegte Qayyum, wie viele von ihnen ihr Vergnügen wohl eher bei Männern suchten, wie viele sich aus Gründen der Moral oder ehelichen Treue grundsätzlich von Kurtisanen fernhielten, und wie viele darauf hofften, dass eine attraktivere Frau den Raum betrat. Als das nächste Grüppchen Frauen hereinkam, befand sich darunter auch jene, auf die er gewartet hatte, eine Kurtisane, die er seit Jahren fast ausschließlich besuchte, sodass ihr Verhältnis inzwischen mehr war als eine reine Geschäftsbeziehung. Er lächelte erfreut, als sie ihn direkt anblickte, ohne den anderen Männern die geringste Beachtung zu schenken, und ihm mit einer Kopfbewegung bedeutete, ihr zu folgen.

In ihrem Raum setzte er sich aufs Bett, und sie kehrte ihm verschämt den Rücken zu, während sie ihren Salwar Kamiz ablegte; auch wenn diese Schamhaftigkeit nur vorgespielt sein mochte, so fand er sie doch so rührend und erregend wie jedes Mal, wenn er bei ihr war. Er streifte seinen eigenen Salwar Kamiz ab, faltete ihn sorgsam zusammen und legte ihn ans Bettende, und sie lachte wie immer über seine Pingeligkeit, die er sich beim Militär angewöhnt hatte.

– Hier hat doch früher mal dieses Mädchen gearbeitet, die Engländerin. Was ist aus ihr geworden?

– Sie ist tot. Mit einem Messerstich ins Herz erdolcht. Manche sagen, es war ein Engländer, andere sagen, es war ein Paschtune. Wieder andere sagen, es war die Frau aus dem Raum gegenüber von ihr in der Gasse, aber es sind immer Männer, die Frauen ein Messer ins Herz stoßen, weil diese Frauen sie schwach machen.

– Wer war ihr Vater?

Sie legte die Hand um ihn, obwohl er bereits so weit war, ohne dass sie ihn angerührt hatte, und antwortete:

– Ein Mann wie du.

Er packte sie an den Unterarmen und wollte sie von sich fortstoßen. Sie aber missdeutete seine Absicht entweder oder überging sie ganz bewusst, und dann war es zu spät, er war ein Mann wie all die anderen Männer, die hierherkamen, und das wussten die Frauen, jede Einzelne hier, in ihren mit Vorhängen verhängten Räumen.

Irgendwann hatte sich die Schießerei endlich so weit beruhigt, bis auf ganz vereinzelte, sporadische Schüsse, dass die Männer sich wieder aus ihrem Versteck herauswagten. Schweigend verließen sie zusammen die Straße der Kurtisanen, wie um sich nicht eingestehen zu müssen, wo sie gewesen waren, was sie getan hatten, während ihre Brüder starben. Eigentlich, das wussten sie alle, hätten sie zur Straße der Geschichtenerzähler zurückkehren sollen, um die Toten zu bergen, aber die meisten von ihnen hatten Frau und Kinder zu Hause, die vermutlich in größter Sorge um sie waren. Qayyum machte sich also als Einziger auf den Weg zum Schauplatz des Massakers; weil er wusste, dass Najeeb, der den ganzen Tag im Museum zugebracht haben dürfte, wohl erst nach Hause würde zurückkehren können, wenn sich die Soldaten wieder in ihre Kasernen zurückgezogen hatten.

In einer Straße kauerten zwei Katzen und schleckten begierig an einem Rinnsal herum, das sich Qayyum unvermutet entgegenschlängelte. Er meinte einen Geruch von Blut wahrzunehmen, bis er die Farbe des Wassers sah. Irgendein anderes Grauen spielte sich gerade ab, so viel war klar. Er folgte dem wässrigen Blut durch die Straßen, in denen eine so beklemmende Stille herrschte, dass er beinahe froh war, wenn er zwischendurch einen Schuss hörte, den gelegentlich aufbrandenden Ruf *Inqilaab Zindabad*, das Weinen und Wehklagen trauernder Familien, deren Söhne und Männer als Tote heimgekehrt waren. Das Rinnsal wurde immer breiter, je weiter er sich der Straße der Geschichtenerzähler näherte, vielleicht wurden auch die Gassen schmaler; einerlei, es blieb ihm jedenfalls nichts anderes übrig, als mitten durch die warme Flüssigkeit zu stapfen, die, gemäß der englischen Redensart, dicker als Wasser war.

Die Straße der Geschichtenerzähler stand unter Wasser. Es war eine regelrechte Flut, die hindurchströmte und allerlei Unrat mit sich trug – Schuhe, Bretter, Tücher, einen halbverzehrten Apfel. Eine Krähe stieß auf etwas Glänzendes hinab, benetzte sich den Schnabel und erhob sich dann wild flatternd wieder in die Lüfte. Feuerwehrleute waren dabei, unter Aufsicht von Kavalleriesoldaten die Straße mit ihren Schläuchen sauber zu spritzen.

Wo waren die Toten, die Verwundeten? Qayyum stand nun bis zu den Knöcheln in Wasser; kein Blut mehr, nur noch Wasser.

Er sah einen Mann, der sich mit erhobenen Händen den Soldaten näherte, die an den verschlossenen Toren des Kabuli-Tors Posten bezogen hatten; Geh nach Hause!, lautete der Befehl, und der Mann machte schicksalsergeben kehrt. Heute Abend würde also niemand mehr die Ummauerte Stadt betreten oder verlassen können. Najeeb würde die Nacht im Museum verbringen müssen, und in der Zwischenzeit würde sein Bruder herauszufinden versuchen, was hier geschehen war, wie all die Toten so schnell hatten verschwinden können.

Auf dem Balkon des Eckhauses, das dem Teppichhändler gehörte, standen, richtenden Göttern gleich, drei Männer. Einer deutete auf etwas unten auf der Straße; der zweite, der die Ellbogen vor sich auf die Brüstung stützte, barg sein Gesicht in den Händen. Der dritte, bekleidet mit einem hellgrünen Salwar Kamiz, stand etwas abseits der beiden anderen. Alle anderen Balkone längs der Straße waren menschenleer – diese drei Männer waren die einzigen Zeugen, die weit und breit zu sehen waren.

Qayyum zog sich wieder in die Gasse zurück und eilte durch diverse schmale Nebenstraßen, wobei er sich zweimal in Hauseingänge drückte, um sich vor vorbeikommenden Soldaten zu verbergen, bis er schließlich in die Gasse kam, in der sich der Hauseingang des Teppichhändlers befand. Er wollte eben anklopfen, als sich die Haustür öffnete und ein Mann in einem blutigen Hemd herauskam.

– Haben sie dich angeschossen?

Der Mann schien kurz verwirrt über Qayyums Frage, senkte dann den Blick auf sein Hemd und schüttelte den Kopf.

– Das ist nicht mein Blut, sagte der Mann. Hat sie dir Wasser gegeben?

– Wer?

– Das Mädchen.

– Welches Mädchen?

Noch ehe er eine Antwort erhielt, kam ein junger Mann in einem rotbraunen Kamiz aus dem Haus. Qayyum kannte alle Khudai Khidmatgar in Peschawar, und dieser Mann war keiner von ihnen.

– Wo hast du sie liegengelassen?, fragte der junge Mann, dessen Gesicht entstellt war vor Gram.

– Ich hab's dir schon gesagt, erwiderte der Mann in dem blutigen Hemd in müdem, traurigem Tonfall. Sie haben die Leichen fortgeschafft.

– Ich will sehen, wo sie gelegen hat.

– Na gut. Komm mit, ich zeig's dir.

Die beiden Männer entfernten sich zur Straße der Geschichtenerzähler, und Qayyum trat durch die Tür ins Haus. Hier wohnten reiche Leute, das war nicht zu übersehen. Er befand sich auf dem Treppenabsatz im ersten Stock, als er eine laute Frauenstimme hörte.

Sie drang aus einem Zimmer, dessen Tür einen Spalt weit offenstand.

– Kommen Sie rein. Versuchen Sie nicht wegzulaufen – ich habe eine Pistole.

Er hätte am liebsten kehrtgemacht, doch nachdem er den englischen Soldaten entwischt war, wäre es wohl lächerlich gewesen, sich jetzt von einer Frau erschießen zu lassen. Qayyum stieß die Tür mit dem Fuß auf, hob die Hände und trat in den Türrahmen. Vor sich erblickte er einen riesengroßen Raum, ganz mit Teppichen ausgelegt. Alle Fensterläden waren geschlossen, es brannte elektrisches Licht. Ganz am hinteren Ende stand eine unverschleierte Frau in einem grünen Kamiz, die mit einer Pistole auf Qayyum zielte.

– Kommen Sie näher.

Qayyum senkte den Blick auf seine durchnässten Sandalen, die ein leises Schmatzen vernehmen ließen, wenn er sein Gewicht verlagerte. Er zog einen Fuß aus der Sandale und trocknete ihn hinten an seinem Salwar, so gut es ging, um denselben Vorgang dann mit dem anderen Fuß zu wiederholen. Dass ihn die junge Frau, denn ein Mädchen war sie eindeutig nicht mehr, dabei beobachtete, war ihm furchtbar unangenehm; sie hatte strahlend grüne Augen, trug ihr langes Haar offen und war so hochgewachsen und schön, dass sie anmutete wie ein halber Dschinn. Dann näherte er sich ihr über die reich gemusterten Teppiche, mit seinen bloßen Füßen mal auf ein aufgeschrecktes Reh tretend, mal auf den Schnabel eines Papageien. Nach zwei Dritteln des Weges blieb er stehen, denn sosehr er sich auch bemühte, über ihre Schulter hinweg oder links an ihrem Ohr vorbeizusehen, sein Blick landete immer wieder auf ihrem Gesicht und auf ihrer Stirn, die oben am Haaransatz mit hellroter Farbe befleckt war. Also hob er stattdessen den Blick zur Decke – ein Mosaik aus einander überschneidenden Sternen und Kreisen, zwischen denen kleine Spiegel eingelassen waren, in denen sich die Teppichmuster widerspiegelten und so zu einem Teil der raffinierten Deckengeometrie wurden. Doch als die Frau dann das Wort an ihn richtete, war es unmöglich, sie dabei nicht anzusehen.

– Warum sind Sie hier?

– Entschuldigung. Ich gehe wieder.

Er hob die Hände und setzte sich rückwärts in Bewegung, zurück zur Tür, den Blick zu Boden gesenkt.

– Ihr Hemd. Sind Sie einer der Khudai Khidmatgar?

– Ja.

– Wo haben sie die Toten hingebracht?

Ihre Stimme klang so verzweifelt, dass er den Blick hob.

– Ich weiß nicht, was geschehen ist, sagte er. Ich bin in Ihr Haus gekommen und die Treppe hochgestiegen, weil ich dachte, jemand hätte von hier oben aus etwas gesehen. Hat jemand aus Ihrem Haushalt …?

– Die Schwester meines Mannes. Sie war auf der Straße. Diwa.

Sie ließ unvermittelt die Hand mit der Pistole sinken und trat auf den Balkon hinaus. Er eilte ihr durch den Raum nach, um sie dazu zu bewegen, wieder hereinzukommen, doch als er auf dem Balkon ankam, sah er, dass die Feuerwehrfahrzeuge fort waren. Die Straße war menschenleer, bis auf die Soldaten, die am Kabuli-Tor und auch oben auf dem Tor Wache standen. Das rötliche Licht der Abendsonne fiel auf die Fassaden der Häuser. Alle Fensterläden waren geschlossen, alle Dächer menschenleer – niemand weit und breit, der hätte sehen können, dass Qayyum mit der Frau eines anderen Mannes auf einem Balkon stand, über einer Straße, die sich in eine Art Fluss verwandelt hatte. Die Frau hob den Arm und zielte mit der Pistole zu den Soldaten am Kabuli-Tor hinüber. Er packte sie am Handgelenk, riss ihren Arm nach unten; spürte, wie ihr Puls an seinen Fingern pochte. Sie entwand sich seinem Griff, und er sah den Abdruck seiner Finger an der Innenseite ihres Handgelenks, der sich rot auf ihrer hellen Haut abzeichnete.

– Meinen Sie, ich wüsste nicht, dass die Reichweite dieser Pistole viel zu gering ist?

– Es sind auch eher die Gewehre der Soldaten, um die ich mir Sorgen mache, die haben nämlich die nötige Reichweite. Aber entschuldigen Sie bitte, es tut mir aufrichtig leid. Ich hätte Sie nicht anfassen dürfen. Und Ihre Schwester – Inna lillahi wa inna ilaihi raji'un.

– Ich will Ihre Gebete nicht. Wo ist sie?

– Ich weiß es nicht. Ich werde mich umhören. Wenn ich etwas weiß, komme ich zurück. Sie war unten auf der Straße, haben Sie gesagt – Verzeihung, aber wie darf ich das genau verstehen?

– Wenn Männer zu Weibern werden und einem Feind ohne Waffen entgegentreten, nur mit Sprechchören, dann fällt es einer Frau zu, in die Rolle der Malalai von Maiwand zu schlüpfen und sich aufs Schlachtfeld zu begeben, um euch zu zeigen, wie ein Krieger aussieht. Sie war unten bei den Männern, und sie hatte mehr männliches Feuer in sich als ihr alle zusammen.

Sie drückte ihre vor der Brust verschränkten Arme an sich, als wollte sie die Blutung einer Wunde stillen. Ya Allah, wie viele Frauen waren mit auf der Straße gewesen? Bei Ghaffar Khans Forderung, dass auch die paschtunischen Frauen in ihre politische Bewegung miteinbezogen werden sollten, war ihm nie ganz wohl gewesen, und in diesem Moment erkannte er mit bestürzender Deutlichkeit, wie fundamental der Mann, den er mehr verehrte als jeden anderen, in dieser Angelegenheit irrte. Qayyum wusste, wie er den Männern in den Ausbildungslagern der Khudai Khidmatgar beibringen konnte, auf Gewalt mit Gewaltlosigkeit zu reagieren, auf Beschimpfungen und Beleidigungen mit Geduld, aber wie um alles in der Welt sollte er Paschtunen auf so etwas vorbereiten: Frauen können womöglich angeschossen werden, ihre verwundeten Körper müssen womöglich von fremden Händen abtransportiert werden, ihr müsst womöglich mitanhören, wie sie vor Schmerz schreien, müsst mitansehen, wie sie vor euren Augen sterben – und auf all das dürft ihr nur mit dem Ruf *Inqilaab Zindabad* reagieren. Ausgeschlossen. Es würden Aufstände losbrechen (jenes mit Händen zu greifende Entsetzen der Paschtunen, als sich das Mädchen mit dem geflochtenen Zopf aus den Reihen der Männer löste). Die Frau mit den grünen Augen kehrte ihm abrupt den Rücken zu, und dann fand er keinen Vorwand mehr, noch länger zu bleiben.

In gedrückter, niedergeschlagener Stimmung kehrte er nach Hause zurück. Sein Nachbar, der Schuster Hari Das, kam aus seiner Werkstatt gelaufen, um ihn zu begrüßen.

– Qayyum Gul, Gott sei Dank, du lebst, es geht dir gut. Und Najeeb? Ist Najeeb auch mit dir zurückgekommen?

– Er wird den ganzen Tag im Museum gewesen sein. Wahrscheinlich hat er nicht mal mitbekommen, was heute los war.

– Ich habe ihn heute Morgen aus dem Haus gehen sehen, in einer Achkan im englischen Stil – ich weiß nicht, wo er hinwollte. Aber er ist nur wenige Minuten losgegangen, ehe die ersten Schüsse fielen.

Er hatte seinen Gehrock an? Bestimmt wegen dieser Engländerin. Najeeb, du Idiot, sitzt du jetzt irgendwo mit ihr zusammen? Stößt mit ihr auf ein angelaufenes Stück Silber an? Wenn es einen Menschen in Peschawar gab, der einem Protestzug aus dem Weg gehen würde, um möglichst nicht in die Schusslinie zu geraten, dann der Assistent am Peschawar Museum – und Hari Das kannte Najeeb gut genug, um dies auch zu wissen. Aber der alte Mann sah Qayyum weiter hilflos an. Als würde er sich von ihm weniger eine Antwort bezüglich Najeebs erhoffen als vielmehr die Versicherung, dass alles gut würde, trotz dieses Tages, an dem so viel geschossen und so viel Blut vergossen worden war.

Qayyum machte einen Schritt auf Hari Das zu, um ihn wortlos zu umarmen. Doch als sie sich berührten, riss der Schuster vor Bestürzung den Mund auf; er wich zurück und bat Qayyum vielmals um Entschuldigung, während er seine dicke Nadel in die Höhe hielt, deren Spitze dunkel glänzte. Qayyum blickte auf die Stelle an seinem Arm, die Hari Das so erschrocken anstarrte. Er spürte keinen Schmerz, sein Kamiz war nicht zerrissen. Wessen Blut also war es, das nun als kreisrunder, rasch größer werdender Fleck auf seinem Ärmel zu sehen war?

23. – 24. April 1930

Vivian Rose Spencer legte ihre Finger auf die Tasten des Flügels »Made in Germany«. Sie waren runzliger als bei ihrem letzten Tanz hier, und auch ihre Handteller waren damals noch nicht mit Schwielen übersät. Im Dean's Hotel aber schien seither alles beim Alten geblieben zu sein. Sie spielte die ersten Takte von »Feeling Sentimental«, und in dem leeren Ballsaal hallte die Musik von dem glänzend polierten Parkettfußboden wider, streifte an den hohen Spiegeln entlang, sprang hinauf in die Arme des antiken Kronleuchters. Wenn sie lange genug in den Spiegel sah, würde sie dort, tief verborgen zwischen den Myriaden herumwirbelnder Gestalten und selbstkritischer Blicke, die er schon wiedergegeben hatte, auch die junge Vivian Rose Spencer entdecken? Und neben ihrer Schulter den Geist Tahsin Beys. Er war schon lange nicht mehr bloß die Wunde in ihrem Fleisch. Hatte sich tiefer vorgearbeitet, unsichtbar für Außenstehende, und war zur Sprödigkeit ihrer Knochen geworden, zu der Einsamkeit, die sie für alle Zeit in ihrem Herzen trug.

Wovon sie im Einzelnen geträumt hatte, früher am Tag, als ihr Zug in das Tal von Peschawar eingefahren war, wusste sie nicht mehr; nur, dass sie von ihm geträumt hatte, so intensiv wie schon lange nicht mehr, und mit einem Gefühl der Beklemmung und absoluten Desorientierung aus dem Schlaf geschreckt war. Dieses Gefühl aber rührte nicht von ihrem Traum her, es hatte andere Gründe.

Der Zug fuhr in die falsche Richtung. Ärger in Peschawar, hatte der Schaffner lapidar erklärt, als sie ihn endlich ausfindig machte; der Zug kehrte wieder nach Campbellpur zurück. Während die anderen englischen Fahrgäste auf dem Bahnsteig herumstanden und beratschlagten, ob es sinnvoller wäre, dort abzuwarten, bis sich die Situation klärte, oder doch lieber den wartenden Zug zu besteigen, der in Kürze nach Rawalpindi fuhr, ging Viv zu dem pathanischen

Ehepaar hinüber, das ebenfalls aus dem Zug ausgestiegen war, und befand sich wenig später auf dem Weg nach Peschawar, auf einem Eselskarren. Geld hatte sie diese Mitreisegelegenheit nicht gekostet, dafür aber befand sich ihre Haarbürste mit dem silbernen Griff nun im Besitz des Mannes, der sich damit ausgiebig den buschigen, hennagefärbten Bart bürstete.

Wie sie den Kerl hasste! Wie sie all die Männer hasste, denen sie unterwegs auf der Landstraße begegneten, diese Männer, die sich ungezwungen räkelten und lachten und ihr Gesicht in den Wind hielten und einander lässig Grüße zuriefen und ihre Reise zwischendurch unterbrachen, um in einen Obstgarten zu schlendern, sich eine Frucht von einem Ast zu pflücken und sie vor aller Augen genüsslich zu verspeisen, dass der Saft nur so spritzte. All dies sah Viv, nicht anders als die Frau, die schweigend neben ihr saß, durch ein kleinteiliges Gitternetz hindurch, das ihre Sicht empfindlich einschränkte. Sie wusste, dass sie sich durch eine Landschaft bewegte, die sie schon einmal betrachtet hatte (damals, als sie mit ihrem kalbsledergebundenen Notizbuch am Zugfenster gestanden hatte, Stupas skizzierte und ihre Beobachtungen mit denen Arrians verglich), doch es war nahezu unmöglich, irgendetwas zu identifizieren. Ihr Gehirn war völlig damit überfordert, die von einem Gitter überkreuzten Bilder sinnvoll zu deuten, die sie mit ihren Augen wahrnahm, schon von dem Versuch allein bekam sie Kopfschmerzen. Sie ballte die Fäuste unter der Burka, die auch den Aktionsradius ihrer Hände begrenzte, denn wenn sie versucht hätte, die andere Frau am Arm zu fassen, hätten gleich zwei Lagen Stoff die Berührung behindert. Der Zorn, den sie stellvertretend für alle Frauen im Tal von Peschawar unter der voluminösen, stickig warmen Burka verspürte, löschte in ihr jedes Verständnis für die Forderung der Inder nach Selbstbestimmung aus, das in letzter Zeit in ihr aufgekeimt sein mochte. All diese Inder, die über politische Veränderungen schwafelten, wo dieses Land doch zunächst und vor allem durchgreifender sozialer Veränderungen bedurfte! Warum sollte man ihnen die Unabhängigkeit schenken, wenn sie diese nur für eine Hälfte der Bevölkerung einforderten? Hinzu kam, dass sie Rückenschmerzen hatte.

Daher ihre große Erleichterung, endlich am Dean's Hotel einzutreffen. Selten zuvor hatte sie im Leben so tief aufgeatmet. Der livrierte Portier am Tor vor der Auffahrt verstellte dem Eselskarren den Weg, und Viv stand auf und hob kurzerhand ihre Burka, um ihm ihre Knöchel und Waden unter ihrem Rocksaum zu zeigen. Der Portier winkte den Karren sogleich diensteifrig weiter, während Viv noch in dieser Haltung dastand: halb Frau, halb Zelt. Als der Esel stehenblieb, trat sie an dem Mann vorbei, der schon wieder selbstgefällig an seinem Bart herumzubürsten begann, als wäre er hier im Herzen von Britisch-Peschawar noch immer unumschränkter Herr der Lage, und sprang von dem Karren hinunter. Dann entledigte sie sich der abscheulichen Stoffhülle, mit ähnlich großer Geste wie seinerzeit, als sie zum ersten Mal gewählt hatte, und stolzierte davon, ohne sich noch einmal umzusehen.

Der Eselskarren rollte davon, die Flammenbäume loderten grell, ein Vogel mit bunt schillerndem Halsgefieder flog vorbei. Viv fühlte sich wie in einer Welt, in der die Zeit stehengeblieben war. Dasselbe, dasselbe, dasselbe – sie musste an das Mantra der Händler in der Ummauerten Stadt denken, wenn diese versuchten, einem statt des unerschwinglichen Artikels, auf den man ein Auge geworfen hatte, einen minderwertigen Ersatz schmackhaft zu machen. Dasselbe, Memsahib, dasselbe. Die roten Dachziegel auf dem weißgetünchten kasernenartigen Gebäude schienen ausgeblichener, aber die Hecke links und rechts der Auffahrt war noch dieselbe, die hohen Kiefern im Garten waren dieselben, die gestärkten weißen Uniformen der Diener waren dieselben, die Aussicht auf die Berge war dieselbe, das Schnattern und Pfeifen der Vögel war dasselbe, selbst die Teetasse aus dünnem Porzellan mit der Rosenbordüre vor ihr auf dem Gartentisch war noch dieselbe.

Das wohl frappierendste Beispiel von Dasselbe-Memsahib-dasselbe aber erblickte sie, als sie an jenem Abend aus dem Ballsaal in den Speisesaal trat. Die Forbeses nämlich, fünfzehn Jahre älter zwar, aber unverändert, von einigen neuen Falten und Furchen in ihren runzligen, aber noch immer lebhaften Gesichtern abgesehen. Viv setzte sich zu ihnen an den Tisch, war tief gerührt über die Freude der beiden, sie wiederzusehen, und sagte, ja, sie sei eben erst eingetroffen, und ja, sie würde auf jeden Fall mit ihnen anstoßen, gern mit etwas Stärkerem als Wasser.

Der Abend verlief sehr angenehm. Mrs Forbes gab allerlei Geschichten über die ortsansässigen Briten zum Besten, die sie vor all den Jahren hier kennengelernt hatte und an die sie sich mehrheitlich nicht mehr erinnern konnte, aber was machte das schon. An einem bestimmten Punkt jedoch – es ging gerade um die Gerüchte, die sich an einem Handschuh entzündeten, welcher bei einem Picknick abhandengekommen war – musste sie sich stark konzentrieren, um die zunehmend lauter werdenden Stimmen auszublenden, die von dem einzigen anderen Tisch herüberdrangen, der um diese frühe Abendstunde besetzt war.

– Bolschewiken, ich sage es dir. Bolschewiken.

– Sie sind Moslemfanatiker, keine Bolschewiken.

– Aber sie tragen ja sogar Rot. Wenn sie Moslemfanatiker wären, müssten sie wohl eher Grün tragen. Und was hat es mit diesen Sicheln an ihren Turbanen auf sich?

– Das sind keine Sicheln. Das ist der islamische Halbmond.

Mr Forbes beugte sich zu den streitenden Männern hinüber und sagte: Hören Sie mal, es sind Damen anwesend, worauf die Männer um Entschuldigung baten und ihre Stimmen merklich dämpften.

Mrs Forbes überging den kleinen Zwischenfall kurzerhand und schnitt das nächste Thema an. Seit der Revolution in Russland hatten sich ja so viele jüdische Emigranten in Peschawar niedergelassen. Ob Viv schon die Synagoge gesehen hätte, direkt hinter dem Dean's? Viv verneinte. Oh, na ja, sagte Mrs Forbes, ansonsten aber werden Sie feststellen, dass sich in Peschawar nichts verändert hat.

Das unwandelbare Peschawar. Dieses Argument hatte Viv im vergangenen Jahr gebetsmühlenhaft wiederholt, wenn Mary und ihre Eltern sie mit besorgtem Stirnrunzeln auf Zeitungsartikel über Gandhi und den zivilen Ungehorsam aufmerksam machten; was auch immer im restlichen Indien vor sich gehen mochte, beharrte sie, die Nordwest-Grenzregion war eine Welt für sich. Ihr Vater hatte seine skeptische Haltung als Erster aufgegeben und gesagt, Kein dürrer kleiner Inder im Lendenschurz wird sich meiner Tochter in den Weg stellen. Der liebe, gute Papa – die Hierarchien in seiner Welt waren durch den Krieg und das Wahlrecht für Frauen nur geringfügig ins Wanken geraten; Engländer standen nach wie vor unangefochten an der Spitze, inzwischen allerdings dicht gefolgt von den Engländerinnen, die noch immer weit über männlichen Eingeborenen rangierten. Viv nach Peschawar zu schicken, das schien er als bewusste Trotzreaktion gegen die Aufmüpfigkeit der Inder aufzufassen, eine Bewertung, die Viv früher einmal stolz gemacht hätte, ihr aber heute ein wenig lächerlich erschien. Trotzdem war sie natürlich froh, dass er sich so leicht hatte umstimmen lassen. Mama und Mary dagegen hielten ihren Widerstand hartnäckig aufrecht, bis sie als letzten Ausweg ihren Paschtu-Lehrer, Mr Durand-nicht-Durrani, zur Teestunde ins Haus ihrer Eltern bat, damit er den beiden Damen glaubhaft versicherte, Jawohl, die Nordwest-Grenzprovinz ist in der Tat eine Welt für sich. Miss Spencer, hatte er gesagt, wenn Sie nach Peschawar kommen, werden Sie alles noch genau so vorfinden wie bei Ihrem letzten Besuch: die Hähnchenschnitzel, das Kolonialgeplauder, den Trubel im Basar. All dies sei ebenso unverändert wie die Berge im Umland oder der Schatten der Festung Bala Hissar. Auf die Schnitzel und das Geplauder traf das jedenfalls zu, dachte sie, während sie sich Essen in den Mund schob und den Forbeses zuhörte, die nun über Simla und ihre Pläne für den Sommer redeten.

Als Mrs Forbes sich entschuldigte und kurz den Tisch verließ, sah Mr Forbes Viv an und tätschelte ihr lächelnd die Hand.

– Immer noch so erfrischend unkonventionell, Vivian. Das habe ich damals schon an Ihnen bewundert. Nicht nur ich, meine Frau ebenfalls. Eine Burka und ein Eselskarren!

Wie merkwürdig, hier mit jemandem zu sitzen, der sie ansah und noch immer die dreiundzwanzigjährige Viv Spencer in ihr erblickte. Sie jedenfalls vermisste dieses noch sehr unreife, selbstbezogene Mädchen nicht sonderlich. Trotzdem verspürte sie große Lust, gleich morgen loszuziehen, um sich einen Tropenhelm zu besorgen und wieder mit einem Samtband zu umwickeln. Schließlich will ich nach was aussehen! Sie lachte über ihre eigene Albernheit, und Mr Forbes prostete ihr zu. Der Gin Tonic war ihr offenbar ganz schön zu Kopf gestiegen. Oder war es bloß der schwere, betörende Duft der Nachtblumen von Peschawar?

– Und geben Sie nichts auf das dumme Gerede, das zurzeit im Umlauf ist. In der Ummauerten Stadt ist es heute Nachmittag zu einem bedauerlichen Zwischenfall gekommen, aber jetzt ist wieder alles unter Kontrolle.

– Es ist, wie es ist.

– Ganz recht.

Später aber, nachdem die Forbeses sich verabschiedet hatten und Viv mit den beiden Männern, die sich beim Thema Bolschewiken in die Haare bekommen hatten, draußen in dem erstaunlich leeren Garten saß, wurde die Stimmung düsterer, der Tonfall bedrohlicher. Sie sollte eigentlich nicht hier sein, darin waren sich die beiden Männer einig. Nicht jetzt, wo die Mordlust der Pathanen wieder zum Leben erwachte.

– Aber was genau ist denn heute passiert?

Die Männer schüttelten einmütig den Kopf. Statt ihre Frage zu beantworten, schärften sie ihr bloß ein, das Hotel am morgigen Tag nicht ohne Begleitung zu verlassen und auf keinen Fall die Ummauerte Stadt zu betreten. Es war nicht ganz klar, ob sie über das Geschehen nichts Genaueres wussten oder bloß bemüht waren, ihr weibliches Feingefühl zu schonen.

Der jüngere der beiden – der in besonders atemlosem Tonfall vor der Mordlust der Pathanen gewarnt hatte, beinahe so, als fände er die Vorstellung insgeheim erregend – rieb an der hässlichen Narbe herum, die sich quer über seinen Handrücken zog.

– Das ist die pure Undankbarkeit, nichts anderes. Damit meine ich nicht mal die Straßen und Eisenbahnverbindungen. Aber wir haben in Indien jetzt schon so lange für Frieden gesorgt, dass diese Leute gar nicht mehr erkennen, was für ein Geschenk das ist. Das größte Geschenk von allen.

Viv nickte wortlos, widerstand der Versuchung, das süßeste, grausamste Gedankenspiel zu beginnen, das sie kannte: sich vorzustellen, wie ihr Leben verlaufen wäre, wenn es keinen Krieg gegeben hätte.

Nein, es seien keine Kutschen verfügbar, um sie nach Shah-ji-ki-Dheri zu bringen, sagte der Mann an der Rezeption am Morgen darauf. Keine einzige, bedaure. Viv bedankte sich für die Auskunft und marschierte in den Garten, wo an einer der Kiefern ein Fahrrad lehnte. Augenblicke später hatte sie es auch schon requiriert und lenkte es die Auffahrt hinunter, wo sie die Klingel betätigte und dem erschrocken aufblickenden Gärtner zurief, keine Sorge, sie würde es ihm in einigen Stunden wohlbehalten zurückbringen.

Wie gut es tat, in die Pedale zu treten und durch die duftenden, baumbestandenen Straßen zu fahren! Die latenten Rückenschmerzen, die ihr seit ihrem Sturz in Karatschi zu schaffen machten, schienen sich durch die beschwerliche Reise vom Vortag verstärkt zu haben, doch sie nahm den Schmerz als Schwäche, die es zu überwinden galt, und das beflügelte sie sogar. Sie klingelte vergnügt, als sie an einer Herde Wasserbüffel vorbeikam, und auch beim Anblick des Mannes am Straßenrand, der ein langes Zuckerrohr halb als Gehstock, halb als Frühstück benutzte. Sie radelte über die Eisenbahnbrücke und vorbei an Soldaten, die in einer Kolonne in Richtung der Ummauerten Stadt marschierten. Als sie kurz darauf an dem verschlossenen Stadttor vorbeikam, riefen die dort postierten Soldaten eine Warnung, und sie winkte ihnen lächelnd zu, um sie zu beruhigen: Ja, ja, sie wisse schon Bescheid, dass sie sich von dort fernhalten sollte, und würde den Umweg um die Mauern herum nehmen, auch wenn sie sich nicht ernsthaft vorstellen konnte, dass Pathanen eine Frau in einem überfüllten Basar angreifen würden. Ihr Weg führte sie durch die Obstgärten und an den Kanälen vorbei, die rings um die Ummauerte Stadt angelegt waren, und sie merkte, wie ihr die Leinenbluse langsam schweißfeucht am Körper klebte, während sie unverdrossen in die Pedale trat. Schließlich kam sie am Gunj-Tor an und verlangsamte kurz ihre Fahrt. Von hier aus würde sie auf direktem Wege nach Shah-ji-ki-Dheri gelangen.

Das Geräusch der Sicheln, die auf den Feldern neben der Straße Weizen schnitten, erinnerte sie an das Kratzen einer Rasierklinge auf stoppelbärtigen Wangen, bloß laut verstärkt. Als sie sich dem Gelände des Großen Stupa näherte, vernahm sie ein anderes Geräusch – Spaten, mit denen Erde ausgehoben wurde. Najeeb!, hätte sie um ein Haar laut ausgerufen, aber als sie ein Stückchen weiter gefahren war, sah sie, woher das Geräusch der emsig arbeitenden Spaten tatsächlich kam, von dem Friedhof nämlich, der an die Ausgrabungsstätte angrenzte.

Kurz hinter dem Friedhof bog Viv in einen Eselspfad ein, der uneben und mit Kieseln übersät war. Das Feld zur einen Seite des Pfades war dicht mit Weizen bestanden, das Feld gegenüber bereits abgeerntet. Inmitten des Stoppelfelds eine Grube. Sie schritt langsam über das Feld und stellte fest, dass die Spuren früherer Ausgrabungen tatsächlich restlos eingeebnet worden waren. Und diese jüngste Ausgrabung – die Spencer-Ausgrabung, wie sie wohl mit Fug und Recht genannt werden durfte – war anscheinend von den Unruhen in der Stadt in Mitleidenschaft gezogen worden. Weit und breit war niemand zu sehen, keine Arbeiter, kein Najeeb, kein Vorarbeiter, nicht mal ein Wächter.

Sie trat an den Rand der Grube und blickte hinein.

Ihr stockte der Atem, sie merkte, wie sie vor Aufregung zittrige Knie bekam. Dennoch stieg sie bedächtig und ohne Hast in die Grube hinab und näherte sich dem Beinstumpf aus weißem Marmor, der aus der Erde freigelegt worden war. *Südwestlich des Großen Stupa, gut hundert Schritt weiter, steht eine Buddha-Figur aus weißem Stein, etwa achtzehn Fuß hoch. Es ist eine Standfigur, die nach Norden blickt. Sie verfügt über große spirituelle Kraft und verbreitet ein hell strahlendes Licht.*

– Oh, sagte sie, während sie die Hand um den Knöchel des Buddhas legte und mit dem Daumen über seine Achillessehne strich. Oh, da bist du ja.

Sie stand in einem Graben rings um den Fuß der Statue herum, er war nicht sehr tief. Viv ging in die Hocke und drückte ihren Handrücken gegen die Erde, ein bisschen so, wie eine Frau das Kopfkissen eines Geliebten berühren mochte, der sich kurz zuvor von ihr verabschiedet hat. Wenn er nun wirklich hier wäre!

Ein Mann furchte mit seiner Schuhspitze einen Ring in den Sand; eine Frau ließ Früchte und Blätter um diesen Ring herum regnen.

Oh, da ist er ja, Vivian Rose; du hast ihn für mich gefunden. Sie hob die Hand von der Erde und wischte sie sich am Rock sauber. Natürlich war der Reif nicht wirklich hier. Sie fragte sich, ob Najeeb wohl ahnte, dass sie diese Reise vor allem aus Neugier auf ihn unternommen hatte – ihr junger Paktyer, der Junge, den sie vor Nonnen und Maulvis gerettet hatte und der nun zu einem Mann herangewachsen war, dessen Phantasie die Spur des Stirnreifs über tausend Jahre hinweg von Alexander über Chandragupta und Ashoka bis hin zu dem Mädchen verfolgte, das namenlos war, bis er ihm einen Namen gab, dessen Herkunft sowohl buddhistisch wie griechisch, hinduistisch wie muslimisch war: Maya, aus dem Tal von Peschawar.

Sie stieg aus der Grube und schob ihr Fahrrad über den holprigen Eselspfad. Als sie auf die asphaltierte Straße eingebogen und wieder aufs Fahrrad gestiegen war, erspähte sie eine Schar Männer, alle in weißer Trauerkleidung, die von der Ummauerten Stadt aus unterwegs in Richtung Friedhof waren. Sie schritten in zwei Kolonnen dahin, mit einem Eselskarren in der Mitte, auf dem wohl der Tote lag. Viv blieb stehen, mit einem Fuß auf dem Pedal, und blickte den Männern entgegen, die auf sie zukamen. Ringsherum gab es nichts als Felder und Krähen und frisch ausgehobene Gräber, sie war mit diesen Pathanen ganz allein.

Die Männer an der Spitze des Leichenzugs hatten sie bemerkt. Sie hoben den Blick, sahen sie direkt an. Viv sprang panisch vom Fahrrad und flüchtete sich in das Weizenfeld, wo sie sich geduckt zwischen die Halme kauerte. Ihr Atem ging schnell und flach, sie hatte Herzrasen vor Aufregung. Idiotin, verwünschte sie sich, und wusste selbst nicht genau, warum; ob wegen ihrer Dummheit, ganz allein hier hinausgefahren zu sein, oder wegen der Todesangst, die diese Pathanen ihr einjagten, weil sie sie direkt ansahen statt durch sie hindurch. Sie konnte die Schritte der Männer hören, das Knirschen der Karrenräder. Im Geist übte sie immer wieder den Satz auf Paschtu ein, Den Geboten des Paschtunwali nach dürfen Sie einer Frau nichts zuleide tun.

Dann wurden die Schritte leiser, entfernten sich; die Männer waren in den Friedhof eingebogen. Viv wischte sich aufatmend den Schweiß von der Stirn, schnupperte an ihren Achselhöhlen und rümpfte die Nase. Und dann, ein noch größerer Schrecken – nicht mehr das Geräusch Dutzender Füße, keine Gruppe von Pathanen, von denen zumindest einige darauf beharren würden, dass ihre Brüder nicht gegen die Gebote des Paschtunwali verstießen, sondern nur zwei Paar Füße, die näherkamen und raschelnd in das Weizenfeld traten.

– Wir wissen, dass Sie hier sind, sagte eine tiefe Männerstimme auf Englisch. Wir sind hier, um unsere Toten zu begraben, nicht, um einer Frau etwas zuleide zu tun. Bitte glauben Sie nicht, was Ihre Leute über uns erzählen.

Viv rührte sich nicht, wagte kaum zu atmen.

– Warum versteckt sie sich?, fragte eine zweite Stimme, ein Junge offenbar, auf Paschtu.

Viv klammerte sich an einem Büschel Weizenhalme fest und rappelte sich auf die Beine. Als sie aufrecht dastand, blickte sie zu den Bergen hinüber, die sich in der Ferne abzeichneten, blau vor einem nahezu weißen Himmel; damals, als sie das zum ersten Mal sah, hatte sie die ungewöhnliche Farbverteilung als willkommenen Beleg dafür gewertet, dass sie sich in einem sozusagen umgekehrten Europa befand. Der altvertraute Anblick hatte etwas so Beruhigendes, dass sie ihre Atmung langsam wieder in den Griff bekam, während sie zur Straße zurückkehrte. Dort stand ein Mann; er hatte ihr Fahrrad vom Boden aufgehoben und hielt es an einem Ende des Lenkers fest, das Gesicht von ihr abgewandt. Der Junge, zehn oder elf, blickte sie dagegen direkt an und winkte ihr zu, als sie aus dem Weizenfeld zum Vorschein kam. Sie legte die Hand an das andere Ende des Lenkers, und der Mann ließ sein Ende sofort los, als er ihre Berührung spürte.

– Wir begleiten Sie zurück, damit Ihnen unterwegs nichts zustößt, sagte der Mann, ohne sich zu ihr umzuwenden, und sie wollte ihm danken, wollte ihm ihr Beileid zu dem Verlust aussprechen, der ihn hierher zum Friedhof geführt hatte. Stattdessen aber stieg sie hastig aufs Rad und strampelte davon, so schnell sie nur konnte, fort von dem Jungen, der ihren überstürzten Aufbruch mit einem überraschten Ausruf kommentierte, und fort von dem Mann, der schweigend neben ihm stand.

Das Peschawar Museum mit seiner imposanten Fassade aus rotem Backstein schien Sicherheit zu verheißen. Als Viv die Eingangstür aus Holz aufstieß und in die Halle trat, empfing sie dort derselbe altvertraute muffige Geruch von altem Stein und frischer Tinte, an den sie sich so gut erinnerte. Die beiden großen Buddhas standen unverändert am hinteren Ende der hohen Halle, der eine grüßte sie mit erhobener Hand. Mit der Abhaya Mudra, die Schutz verhieß und Furcht abwehrte. Tatsächlich spürte sie, wie all die kindischen Ängste des Tages von ihr abfielen. Sie hob die Hand, um den Gruß zu erwidern, und hörte, wie sich links von ihr eine Tür öffnete, dort, wo sich früher das Büro des Native Assistant befunden hatte.

– Najeeb?

Der dickliche junge Mann mit dem Schnauzbart, der aus der Tür getreten kam, konnte doch unmöglich der Junge sein, den sie damals gekannt hatte. Nein, er war es tatsächlich nicht. Er sah sie kleinlaut an und sagte, nein, der Assistent sei heute noch nicht erschienen, ob er ihr helfen könne? Viv verneinte. Sie wünsche Najeeb zu sehen, wenn er noch nicht da sei, würde sie eben hier auf ihn warten. Der Mann wirkte noch kleinlauter, als er ihr erklärte, dass viele Einwohner der Ummauerten Stadt es heute vorzögen, nicht vor die Tür zu gehen, da es dort am Vortag zu einem bedauerlichen Zwischenfall gekommen sei. Vielleicht so auch der Assistent. Normalerweise sei er um diese Uhrzeit schon da, fügte der Mann hinzu. Viv griff in ihre Umhängetasche und kramte eine Münze heraus.

– Können Sie jemanden losschicken, um ihm zu sagen, dass ich hier bin? Ich werde so lange hier warten, bis ich ihn gesehen habe.

Der Mann riss ein wenig bestürzt die Augen auf, nahm die Münze aber in Empfang und instruierte den Jungen, der gerade dabei war, den Boden zu wischen, loszulaufen und dem Assistenten auszurichten, dass eine Memsahib im Museum auf ihn warte. Nachdem er sich abermals vergewissert hatte, dass er sonst nichts für sie tun konnte, deutete er auf die Tür und sagte, sie könne gern im Büro des Assistenten warten. Sollte sie etwas benötigen, solle sie ihn jederzeit rufen.

Das Erste, was Viv ins Auge fiel, als sie das geräumige Büro mit den weißen Wänden betrat, war der Sessel, der vor dem Bücherregal stand, gleich neben dem Fenster. Ein Bombay Fornicator! An der Wand hingen einige gerahmte Fotografien, und sie trat näher, voller Neugier, ob der Mann, zu dem Najeeb herangewachsen war, noch Ähnlichkeit mit dem Jungen hatte, an den sie sich erinnerte. Auf dem ersten Foto blickte der ihr wohlbekannte John Marshall mit strenger Miene in die Kamera, mit einem jüngeren Mann neben sich, dem er die Hand auf die Schulter gelegt hatte – sie erkannte seine Mandelaugen und das wellig gelockte Haar auf Anhieb wieder. Najeeb Gul, sagte sie laut, und die schmale Gestalt auf dem Foto lächelte auf vertraute Weise zurück. Auch auf dem nächsten Foto war Najeeb zu sehen, er präsentierte stolz eine Steinplatte mit dem Relief eines Seeungeheuers, ganz ähnlich wie ein Angler, der einen großen Fisch in die Höhe hielt, den er gerade gefangen hat. In dem dritten Rahmen befand sich sein Universitätsdiplom.

Als sie sich von den Fotos abwandte, fiel ihr auf dem Schreibtisch etwas ins Auge. Sie ging hinüber, setzte sich auf den imposanten Bürosessel und nahm den Briefbeschwerer an sich. Fuhr mit dem Daumen über das Handgelenk des Atlas. Es ist ja schließlich deine Geschichte, Paktyer, hatte sie vor Jahren gesagt und einem pathanischen Knaben dieses grob gearbeitete Fragment in die Hand gedrückt, um ihn von der Entdeckung abzulenken, die er gemacht hatte. Und seinen ungläubigen, fassungslosen Dank hatte sie in Empfang genommen wie etwas, das ihr ganz selbstverständlich zustand.

Viv trat in die Galerie der Buddhas. Hier war er in allen Größen zu sehen, in allen Phasen seines Lebens, vom jungen Prinzen bis hin zum gealterten Asketen, fast stets mit einem Ausdruck im Gesicht, der auf dem schmalen Grat zwischen hochmütiger Selbstzufriedenheit und freundlich-heiterer Gelassenheit balancierte. Nur aus den tief in die Höhlen eingesunkenen Augen des zum Skelett abgemagerten, fastenden Buddhas sprach etwas anderes, eine Menschlichkeit, die über alles rein Menschliche hinauszugehen schien. Wie viel jünger und unreifer sie doch fünfzehn Jahre zuvor gewesen war, als sie die Zentauren und Tritonen und fischschwänzigen Stiere weitaus fesselnder gefunden hatte als dieses leidende Antlitz, diese zerbrechlich wirkenden Rippen, die das stärkste Herz von allen umschlossen.

Da veränderte sich das Licht in der Galerie. Die Tür war geöffnet worden. Eine Pathanin kam herein, sehr jung und hochgewachsen, in einen Chaddar gehüllt, aber mit unverschleiertem Gesicht. Viv, die sich peinlich bewusst war, dass sie spontan ein etwas zu strahlendes Lächeln aufgesetzt hatte, hob entschuldigend die Hände. Ich dachte, Sie wären jemand anderes, erklärte sie auf Paschtu. Die Frau steuerte auf eine der Vitrinen unweit der Tür zu, ohne sie einer Reaktion zu würdigen. Hatte vermutlich noch nie mit einer Engländerin zu tun, dachte Viv und zog sich in den Vorraum mit der Statue der Hariti zurück, um die Pathanin mit ihrer Gegenwart nicht in Verlegenheit zu bringen. Als sie etwas später in die Hauptgalerie zurückkehrte, war die Frau noch immer dort. Sie hockte vor einer der Vitrinen und streckte die Hand nach dem Objekt auf der anderen Seite der Glasscheibe aus.

Viv bewegte sich in einem großen Bogen durch den Raum, um sich in diskretem Abstand hinter der Frau zu postieren und einen Blick auf das Exponat zu erhaschen, das diese gerade so eingehend betrachtete. Sie erkannte das Relief aus hellem Kalkstein auf Anhieb wieder, es war ein Werk, das sie immer halb abstoßend, halb faszinierend gefunden hatte. Zu sehen waren Männer, die neben einem offenen Grabmal standen, in dem eine groteske Figur zum Vorschein kam, halb Skelett, halb lebendige, gesunde Frau. Ihre rechte Brust war rund und schwer; die linke Hälfte ihrer Brust dagegen bestand aus blanken Rippen. Der Säugling der toten Frau. Die Pathanin hob den Blick und wandte sich an Vivs Spiegelbild, das im Glas der Vitrine zu sehen war.

– Was ist das hier?

Viv verzichtete darauf näherzutreten. Ließ stattdessen ihr Spiegelbild zu der Frau sprechen, deren Neugier nur schlecht die Feindseligkeit kaschierte, die in ihrer Stimme mitschwang. Viv erzählte ihr die Geschichte, ein wenig stockend, da sie immer wieder Umschreibungen finden musste, wenn ihr Paschtu nicht ausreichte. Die älteren Ehefrauen eines Königs waren eifersüchtig auf seine jüngste Frau, die sehr schön war. Sie erzählten ihm niederträchtige Lügen über sie und überredeten ihn schließlich dazu, sie bei lebendigem Leib zu begraben. Doch da sie tugendhaft war, vermochte sie noch nach ihrem Tod einen kleinen Sohn zur Welt zu bringen und ihn auf wundersame Weise an ihrer Brust zu nähren. Drei Jahre verbrachte das Kind so bei seiner Mutter in dem Grab, bis dessen Mauern einstürzten und der kleine Junge in den Dschungel entkommen konnte, wo er tagsüber lebte; abends kehrte er zu dem Grab zurück, um die Nacht bei seiner Mutter zu verbringen. So ging es drei Jahre, bis Buddha in seiner Barmherzigkeit den Jungen besuchte, der anschließend Mönch wurde. Später dann bekehrte der Junge seinen Vater zum Buddhismus. Über das weitere Schicksal der Mutter berichtete die Geschichte nichts.

Den letzten Teil der Geschichte kommentierte die Pathanin mit einem wissenden Laut, und einen Augenblick lang waren sie beide in Mitgefühl vereint. So dachte Viv zumindest. Dann aber erhob sich die Frau unvermittelt und schnellte zu Viv herum, wie Medusa, die sich von einem Spiegelbild abwendet, um einen Menschen mit ihrem Blick in Stein zu verwandeln, und fragte: Wo sind die Leichen?

– Wie bitte?

– Die Leichen. Was haben Sie mit den Leichen gemacht?

– Ich fürchte, da muss eine Verwechslung vorliegen.

– Sie sind doch Engländerin.

– Ja.

– Wo haben die Lastwagen die Leichen hingebracht? Geben Sie sie mir zurück. Damit ich ihren Körper waschen kann. Damit ich an ihrem Grab beten kann. Damit ich ihr Gesicht noch einmal berühren kann.

Die Frau kam beim Sprechen immer näher, und Viv wich unwillkürlich zurück, überlegte, ob sie nicht besser die Flucht ergreifen sollte – wer wusste, wozu diese Medusa, diese Amazone, diese Frau, die vor Gram und Trauer völlig außer sich schien, im Stande war –, doch sie vermochte sich nicht vom Fleck zu rühren, wie gebannt vom Blick dieser grünen Augen, die eindrucksvoller und unvergesslicher waren als alles, was je ein Bildhauer erschaffen hatte.

Erneut veränderte sich das Licht. Ein Mann trat durch die offene Tür. Er hatte Mandelaugen und wellig gelocktes Haar.

– Najeeb!

24. April 1930

Als Qayyum sich endlich auf seiner Matratze ausstreckte und eingeschlafen war, begann er sogleich unruhig zu träumen. Im Traum trug er die Uniform der 40th Pathans, um zu versuchen, in diesem Aufzug aus der Ummauerten Stadt hinaus und zu seinem Bruder zu gelangen. An jedem Tor jedoch, an dem er sein Glück versuchen wollte, erwartete ihn schon eine Frau mit grünen Augen, die ihm eine Pistole ans Herz hielt und fragte, warum er ihre Schwester umgebracht habe. Am letzten Tor schließlich spürte er das Gewicht einer Hand, die sich ihm auf die Schulter legte, und fuhr mit einem Schrei herum:

– Najeeb!

– Nein, Qayyum, ich bin es. Wach auf jetzt, wach auf.

Qayyum richtete sich auf dem Ellbogen auf. Durchs offene Fenster fiel das schwache erste Licht der Morgendämmerung in die Kammer. Einer der engsten Vertrauten Ghaffar Khans stand neben ihm, fahl im Gesicht und mit dunklen Ringen unter den Augen. Er wirkte völlig übernächtigt.

– Was ist denn? Was ist passiert?

– Das kann ich dir jetzt nicht erzählen, dazu ist keine Zeit. Es gibt viel zu tun.

Die Briten hielten alle Stadttore weiter verschlossen, sagte er, aber einige Anführer der Kongresspartei und des Khilafatkomitees hatten Verhandlungen mit ihnen geführt, um die Bestattung all jener zu ermöglichen, die nicht innerhalb der Ummauerten Stadt beigesetzt werden konnten – für die Hindus, die ihre Toten zur Einäscherung ins Krematorium bringen mussten, und für jene Muslime, die ihre Toten an der Seite ihrer Angehörigen auf dem Friedhof bei Shahji-ki-Dheri beizusetzen wünschten. Die Leichenprozessionen müssten nacheinander stattfinden, jede einzeln, damit sich immer nur eine Gruppe Trauernder auf dem Friedhof aufhielt, und die Zahl der Personen, die jeden Toten begleiten durften, war auf zehn begrenzt.

– Wie viele sind umgekommen?

– Wer weiß es zu sagen? Aber die Zahl der Leichenzüge wird überschaubar sein.

– Was soll das heißen?

– Qayyum Gul, wir haben jetzt keine Zeit, über alle Ungerechtigkeiten dieser Nacht zu sprechen. Zieh dich an, mach dich fertig, wir brauchen Männer, die die Hinterbliebenen aufsuchen und ihnen die Situation erklären.

– Was genau erklären? Dass die Briten unsere Männer erst umbringen und dann auch noch entscheiden, wie wir sie bestatten dürfen?

– Genau das werden wir eben nicht sagen. Wir müssen alles daransetzen, den Zorn in der Ummauerten Stadt in konstruktive Bahnen zu lenken. Es darf auf keinen Fall zu einer Explosion kommen, die wir nicht mehr kontrollieren können. Kann ich mich auf Sie verlassen, General?

– Jawohl, Sir. Aber …

– Kann ich mich auf Sie verlassen, General?

– Jawohl, Sir.

Der Tote war sehr jung, ein halbes Kind noch, seinem Gesicht nach zu urteilen. Qayyum senkte vor Scham den Kopf, während er vor dem Leichnam stand und dem Vater und den Brüdern des Jungen erklärte, wie die Bestattung abzulaufen hatte. Warum konnte Ghaffar Khan jetzt nicht hier in Peschawar sein, er würde all das sicherlich nicht zulassen. Aber die Männer akzeptierten seine Worte bereitwillig und ohne Widerspruch. Sie waren in Sorge gewesen, dass man sie überhaupt nicht zum Friedhof lassen würde; jede Beerdigung, egal zu welchen Bedingungen, war besser als keine.

Nur einer der Männer schien Qayyum gar nicht zuzuhören. Er saß am Boden und hielt die Hand des Toten, blickte ihm ins Gesicht, das dem seinen zum Verwechseln ähnlich sah. Zwillinge, flüsterte einer der Männer der Familie Qayyum zu. Er hatte seinen toten Bruder den ganzen Weg von der Straße der Geschichtenerzähler hierher getragen; es war, als würde er seinen eigenen Tod tragen, sagte er. Qayyum kniete sich neben den verwaisten Zwilling.

– Es tut mir sehr leid. Einen Bruder zu verlieren, das muss der schlimmste Kummer von allen sein.

Der junge Mann sah Qayyum an.

– Haben Sie Brüder?

– Ja, einen.

– War er gestern auch auf der Straße der Geschichtenerzähler?

– Nein. Er arbeitet im Cantonment, da wird er wohl auch jetzt sein. Er macht sich vermutlich Sorgen um mich, aber ich weiß nicht, wann er und ich uns wieder erreichen können.

– Dann begleiten Sie uns.

– Wie?

– Begleiten Sie uns, wenn wir die Ummauerte Stadt verlassen, um meinen Bruder zum Friedhof zu bringen.

Qayyum wartete draußen vor dem Haus und rauchte eine Zigarette, während die Frauen der Familie von dem Toten Abschied nahmen. Ihr Jammern drang bis auf die Gasse hinaus, und in dem Moment marschierte ein Bataillon vorbei. Qayyum stieß den Rauch aus und beobachtete die englischen Soldaten, die mit ausdruckslosen Gesichtern an ihm vorbeimarschierten. Wie ein Zug von Gespenstern aus einer anderen Zeit, die die verzweifelten Schreie der Frauen, die jedem Lebenden das Herz zerreißen mussten, nicht wahrnahmen. Er trat die Zigarette auf dem Pflaster aus. Liebend gern wäre er jetzt draußen in den Obstgärten gewesen. Schon um diese frühe Tageszeit, kurz nach Sonnenaufgang, war die Luft hier in den engen Gassen drückend warm und stickig. Der Leichnam im Haus war dicht mit halbierten Zitronen umlegt worden, um für einen halbwegs frischen Geruch zu sorgen – in Ermangelung von Eis, das die Familie der Ausgangssperre wegen nicht hatte besorgen können.

Ein Eselskarren traf ein, und der Tote wurde aus dem Haus getragen, steif wie ein Brett. Qayyum schritt neben dem Karren her, während er durch die leeren Straßen in Richtung des Gunj-Tors rollte, und dabei behielt er den Fuß des Fahrers im Auge, der auf der einen Hinterbacke des Esels ruhte und ihm mit den Zehen verschlüsselte Kommandos erteilte, sei es »langsamer« oder »jetzt nach rechts«. An der Stelle, wo der Fuß des Mannes ruhte, war das Fell des Tieres verfärbt und abgewetzt, der Fuß selbst aber war glatt und rosig. Anders als sein Gegenstück. Liebe bedurfte nicht immer großer Gesten; sie war in den toten Zellen zu finden, die am tausendsten Morgen in Folge von der Haut eines Mannes abgescheuert wurden, ohne die Erwartung, dass dies auch nur bemerkt wurde. Liebe kam auch darin zum Ausdruck, dass ein junger Mann beständig die Hand seines toten Bruders rieb, weil er es nicht ertragen konnte, nichts zu tun, während die Haut seines Zwillingsbruders eiskalt war. Und Liebe war es auch, wenn ein Junge intuitiv begriff, ohne dass es ihm gesagt werden musste, dass er sich immer zur Linken eines Mannes halten musste, der sein rechtes Auge verloren hatte.

Der Eselskarren rollte in einem Zickzackkurs durch die Gassen, vorbei an den Häusern all jener, die den toten Jungen gekannt hatten, aber nicht mitkommen durften, um an seinem Grab zu beten. Überall unterwegs öffneten sich Fenster, und die Hände von Trauernden ließen Rosenblätter auf den Leichnam hinabregnen. Qayyum hatte erwartet, sich in diesem Trauerzug wie ein Hochstapler zu fühlen, wie ein Eindringling, der nicht dazugehörte, doch während die Ummauerte Stadt ringsherum Rosenblätter hinabregnen ließ, spürte er etwas anderes. Einen Schmerz nämlich, der sich ganz tief in ihn eingegraben hatte, ohne ihn je wirklich zu verlassen. Eine tiefe, untröstliche Trauer. Es waren nicht seine Eltern, an die er dachte, als die Soldaten am Tor ihn und die anderen hindurchwinkten, sondern der Mann, an dessen Gesicht er sich kaum noch klar zu erinnern vermochte – Kalam Khan, nur wenig älter als der Junge, dessen lebloser Körper in dem dahinrumpelnden Karren hin und her rollte, bis sein Vater eine Hand auf seine Brust legte, um ihn stillzuhalten. Und dabei stieg der Duft von zerdrückten Rosen auf.

Qayyum hätte den Eselskarren auch bis ganz zum Friedhof begleitet – diesen Trauerzug als bloßes Ablenkungsmanöver zu missbrauchen, um aus der Ummauerten Stadt hinauszugelangen, wäre eine Beleidigung gewesen –, doch an einem Punkt des Weges, als sie gerade an den Weizenfeldern von Shah-ji-ki-Dheri vorbeikamen, sagte der Vater des toten Jungen zu ihm, Gehen Sie jetzt zu Ihrem Bruder, und möge Allah mit Ihnen sein. Und alle Männer sagten feierlich die Worte, die der Junge in seinem Leben wahrscheinlich als Letztes gehört hatte: *Inqilaab Zindabad.*

Unterwegs gönnte er sich keine Pause, bis er am Museum angekommen war. Der Gärtner, der dort die Grünanlagen wässerte, fasste ihn einmal kurz ins Auge und richtete dann wortlos den Gartenschlauch in seine Richtung. Qayyum fing das kühle Wasser dankbar mit beiden Händen auf, erfrischte sich damit Gesicht und Hals und strich sich anschließend noch das Haar glatt. Schließlich wollte er seinen Bruder nicht blamieren, indem er ins Museum gestürmt kam und aussah wie ein wildgewordener Paschtune. Zum Schluss richtete er sich auf, hörte kurz den Vögeln zu und legte die Hand an den Stamm einer Tamarinde. Jeden Morgen, wenn er zur Arbeit in den Obstgärten aufbrach, fürchtete er im Stillen, es könnte sein letzter Tag dort sein, doch der Pachteintreiber sympathisierte offenbar eher mit der Sache Ghaffar Khans als mit seinem königstreuen, polospielenden Brotherrn. Oder aber die reichen Männer, die privaten Umgang mit dem Deputy Commissioner pflegten und ihre Loyalität durch Porträts des Königs demonstrierten, die bei ihnen an der Wand hingen, hegten ebenfalls ganz andere Sympathien, die sie bloß nach außen hin sorgsam kaschierten. Peschawar ist voller Skylaxe, würde er zu Najeeb sagen, der als Erwachsener so lebensfroh war wie schon als Junge.

Er dankte dem Gärtner, ging zur Eingangstür des Museums und stieß sie auf. In dem Bogengang, der in die Haupthalle führte, erblickte er zwei Gestalten; eine davon kehrte ihm den Rücken zu und ging gerade auf die andere zu – eine Engländerin in Hosen, deren Haar so kurz geschnitten war wie die eines Jungen. Die Engländerin wandte sich zu ihm um und sagte, Najeeb!, mit zu viel Gefühl in der Stimme.

– Nein. Ich bin sein Bruder, erwiderte er, schroffer als beabsichtigt. Während er noch ihre enttäuschte Reaktion registrierte, durchzuckte ihn ein schlimmer Gedanke, der alles andere überlagerte.

– Haben Sie ihn nicht gesehen? Hat er Sie gestern nicht vom Bahnhof abgeholt?

– Der Zug musste unterwegs umkehren. Ich bin erst abends in der Stadt angekommen. Jemand ist gerade losgegangen, um ihn zu holen. Nein, bleiben Sie doch bitte.

Die letzten Worte, auf Paschtu, galten der anderen Frau, die jetzt mit gesenktem Haupt eilig an Qayyum vorbeiging – er trat beiseite, um ihr Platz zu machen – und, ohne auf die Worte der Engländerin zu reagieren, durch die Tür ins Freie verschwand.

Nun waren sie beide also allein. Qayyum Gul und die berühmte Miss Spencer.

– Ich möchte Sie um Verzeihung bitten.

Sie sah sich verwirrt um. Dann deutete sie auf sich und blickte ihn fragend an. Qayyum nickte und trat einige Schritte näher auf sie zu, während ihm, warum auch immer, in den Sinn kam, dass Najeeb einmal erwähnt hatte, dass dieser Raum mit den hohen Decken und dem Holzboden von den Engländern früher einmal als Tanzsaal genutzt worden war. Er hoffte, dass sie ausreichend Paschtu verstand, damit er das, was er zu sagen hatte, in einer Sprache zum Ausdruck bringen konnte, die er, im Gegensatz zu Englisch, voll und ganz beherrschte. Um die Sache so rasch wie möglich hinter sich zu bringen.

– Ich bin mit meinem Bruder bei Ihnen zu Hause vorbeigekommen und habe Ihnen den Rücken zugekehrt. Dabei hätte ich Ihnen dafür danken sollen, dass Sie sich die Zeit genommen haben, ihm Unterricht zu geben.

– Ach, Sie waren das also. Aber das ist fünfzehn Jahre her.

– Ja. Fünfzehn Jahre, in denen ich Sie dafür noch nicht um Verzeihung gebeten habe.

– Pathanen sind doch wirklich einzigartig. Ein Volk wie das Ihre findet man kein zweites Mal auf der Welt!

Wie oft hatte er ähnliche Aussagen nicht schon von Engländern oder anderen Indern gehört, gemünzt auf das aufbrausende Temperament der Paschtunen; hier aber stand eine Engländerin, die seinem Volk offenbar echte Wärme und Bewunderung entgegenbrachte. Jetzt sah er nur zu deutlich, warum Najeeb sich als Junge so zu ihr hingezogen gefühlt hatte. Verlegen wandte er sich ab und entfernte sich von ihr, ein schwerfälliges Geschöpf, das im Grunde nicht hierhergehörte, an diesen Ort, wo Frauen ebenso wie Statuen präzise Gesten ausführten, in denen Vergebung und Segenswünsche zum Ausdruck kamen. Die Frau aber schien der irrtümlichen Auffassung, dass er ein Gespräch mit ihr beginnen wollte, denn sie kam herüber und stellte sich neben ihn, direkt vor den fastenden Buddha.

– Sind Sie auch Briefschreiber, wie Ihr Vater?

Er warf ihr einen Blick von der Seite zu und schüttelte wortlos den Kopf, während er überlegte, was er jetzt tun sollte. In Brighton hatte er einige Engländerinnen kennengelernt und den Umgang mit ihnen, wenn er ehrlich war, immer sehr nett gefunden. Aber diese Frauen waren alle schon älter gewesen, und ihre Rolle als Krankenschwester war ihm als Patient gegenüber immer fest umrissen. Wie hieß sie noch – er dachte angestrengt nach –, diese Krankenschwester, in deren Taschentuch er bis heute sein Glasauge jeden Abend einwickelte? Wie schändlich, dass er ihren Namen vergessen hatte.

Alle Welt, auch Najeeb, ging stillschweigend davon aus, dass Qayyum wegen Ypern zu einem Gegner des Empire geworden war. Wegen der Leiden, die er in einem Kampf auszustehen hatte, der nicht einmal der seine gewesen war. Dabei hatte er sich den Engländern niemals näher gefühlt als an jenem Tag. Und er wusste auch, dass er nie wirklichen Hass auf sie empfinden würde, nicht, solange er sich an Captain Dalmahoy erinnerte, der immer und immer wieder angeschossen worden war und sich jedes Mal wieder auf die Füße gerappelt hatte, als wäre sein Körper eine bloße Nebensächlichkeit; und an Captain Christopher, der seine letzten Worte vor dem Tod auf Urdu geäußert hatte, um den Sepoys zu danken, die ihm zu Hilfe geeilt waren. Erst später, in Brighton, hatte er angefangen, sich

Fragen zu stellen. Wegen der Sache mit den Krankenschwestern. Auf einmal fühlte sich sein Glasauge in der Höhle an, als wäre es voller Sand. Melden Sie denen, dass eine Witwe einem jungen Pathanen etwas geschenkt hat – möge das Empire deswegen in seinen Grundfesten erzittern! Das waren ihre Worte gewesen, oder so etwas in der Art, und ihre Kühnheit hatte ihn damals zutiefst erstaunt, die fast zornige Art, wie sie das Empire beiseitegewischt hatte. Dort und damals hatte alles angefangen.

Die einzige junge Engländerin aber, mit der er im Leben je gesprochen hatte, war diese Reisende gewesen – wie lebhaft er sich plötzlich daran erinnerte –, damals im Zug nach Peschawar. Dieser Gedanke ging ihm gerade durch den Kopf, als die Engländerin ihm von der Seite ein offenes Zigarettenetui anbot. Ihre Hand, fiel ihm dabei auf, war mit Sommersprossen gesprenkelt.

– Türkisch. Das sind türkische Zigaretten.

Sie lächelte, als wäre diese Bemerkung, die er auf Englisch gemacht hatte, etwas ganz Wundervolles, und brachte dabei ein wenig schiefe Zähne und einen Streifen rosa Zahnfleisch zum Vorschein. Auf einmal war ihm, als hätte er sie gleich auf Anhieb erkannt. Die großen blauen Augen, das etwas kantige Gesicht. Aber nein, das stimmte nicht. Wenn er an sie dachte, was hin und wieder durchaus vorkam, erinnerte er sich weniger an ihre Augen oder ihre Kinnpartie als an die fahrige Ungeduld ihrer Gesten, den Hunger einer Frau, die versuchte, ein Mann zu sein und infolgedessen keins von beiden war, weder Mann noch Frau. Jetzt aber schien alles an ihr gemäßigter.

– Wie haben Sie meinen Bruder kennengelernt?

– Er war mein Empfangskomitee in Peschawar, damals bei meinem ersten Besuch hier. Also, nicht direkt. Aber als ich aus dem Zug gestiegen bin, stand er da, auf dem Bahnsteig.

– Sie hatten recht.

– Verzeihung?

– An dem Tag damals, als ich Ihnen gesagt habe, dass ich einundzwanzig Jahre alt bin, haben Sie gesagt, das ist erst der Anfang. Sie hatten recht.

Zunächst sah sie ihn verständnislos an, bis er auf sein Glasauge deutete, und dann schlug sie die Hand vor den Mund, und so standen sie einander gegenüber und sahen sich an, ganz direkt jetzt, auf eine Art, die bis zu diesem Moment nicht möglich gewesen war, während sie beide aus ihrem Gedächtnis Erinnerungen an jene lange zurückliegende Zugreise zutage förderten und austauschten, halb auf Paschtu, halb auf Englisch.

– Sie haben die ganze Zeit gezeichnet, vom Indus bis Peschawar.

– Ich bin einfach so in Ihr Abteil geplatzt!

– Sie haben mir die Hälfte Ihres Brötchens angeboten.

– Und Sie haben sie abgelehnt. Aber die Zigarette später haben Sie angenommen.

Und dann sagten sie wie aus einem Munde: Das sind türkische Zigaretten!, und lachten, als wäre eine Art Wunder geschehen. Qayyum dachte im Stillen, wenn ich das erst Najeeb erzähle.

– Wo steckt er denn, mein Bruder? In dem Haus mit seinen zerbrochenen Statuen?

– Er hat zerbrochene Statuen zu Hause?

– Zu Hause. Nein. Wie meinen Sie das, zu Hause?

– Jemand ist losgelaufen, um ihn von zu Hause zu holen. Weil er wegen der Unruhen vermutlich entschieden hat, in der Ummauerten Stadt zu bleiben, hat man mir gesagt. Oh, da ist er ja. Der Junge, der ihn holen sollte.

Qayyum drehte sich um und atmete tief durch, um die Panik zurückzudrängen, die nun langsam in ihm aufstieg. Der Junge, der wohl als Tagelöhner hier im Museum arbeitete, sah die Engländerin an und schüttelte den Kopf. Die Soldaten wollten mich nicht in die Ummauerte Stadt lassen, sagte er.

– Aber er ist doch hier, sagte Qayyum, ging zu dem Jungen hinüber und packte ihn am Arm. Er war gestern hier. Er ist über Nacht hier im Cantonment geblieben.

Der Junge schüttelte den Kopf.

– Nein, gestern war er überhaupt nicht hier.

Qayyum stieß den Jungen beiseite und eilte mit schnellen Schritten ins Freie. Er war gestern hier, Najeeb Gul, mein Bruder, er war doch hier. Und der Gärtner verneinte: nein, gestern nicht. Er ist nicht erschienen. Qayyum musste sich an der Tamarinde abstützen, spürte die raue Borke unter seiner Hand. Die Engländerin war ihm ins Freie gefolgt. Mr Gul?, sagte sie, und ihre Stimme klang schrill, entsetzlich schrill. Er knirschte vor Widerwillen mit den Zähnen. Dann stieß er sich von dem Baum ab und rannte los, zurück in die Ummauerte Stadt.

Das Kabuli-Tor war verschlossen, aber er hatte Glück. Gerade als er sich dem Tor näherte, schwangen die Torflügel auf, um ein von einem Engländer gesteuertes Auto passieren zu lassen. Er rannte los, folgte dem Wagen durch das Tor und befand sich wieder in der Ummauerten Stadt.

– Halt. Keinen Schritt weiter.

Merkwürdig, wie ein mit englischem Akzent geäußerter Befehl in ihm noch immer den Reflex weckte zu salutieren. Er wandte sich zu der Stimme um und sah einen englischen Offizier. Links und rechts von ihm standen zwei Sepoys, die mit ihren Gewehren auf Qayyum zielten.

– Lance-Naik Qayyum Gul, 40th Pathans. Sir!

Die Sepoys sahen den Offizier verunsichert an, der Qayyum zu sich heranwinkte. Er musterte ihn und schien völlig perplex.

– Haben Sie Urlaub?

– Nein. Ehrenhaft entlassen wegen im Gefecht erlittener Verwundungen, Sir.

– Welches Gefecht?

– Ypern, Sir.

Es gab nur ein anderes Wort in der englischen Sprache, das eine noch größere Macht entfaltete: Somme. Nicht einmal geheiligte Begriffe wie König, Vaterland, Christus konnten gegen Ypern bestehen. Dennoch überraschte ihn die Reaktion des Engländers, der sofort einen Schritt auf ihn zu machte und ihm die Hand entgegenstreckte.

– Mein Vater ist dort gefallen. Royal Fusiliers.

Qayyum nahm die Hand des Engländers. Das einzige Gefühl,

das er bei diesem Händedruck in aller Deutlichkeit empfand, war die bange Sorge, dass er dabei von einer Frau mit grünen Augen beobachtet werden könnte, die von einem Balkon ein Stück die Straße hinauf mit einer Pistole auf seinen Kopf zielte.

24. April 1930

Viv schritt behutsam zwischen den abgetrennten Händen und kopflosen Oberkörpern dahin. Dabei hinterließ sie schwache Abdrücke auf dem schwarz-weißen Fliesenboden, der mit einer dicken Schicht Staub überzogen war. Die Körperteile waren in Gruppen angeordnet: Arme und Füße und Köpfe und Oberkörper und Beine in allen Größen lagen jeweils beisammen, Gleiches bei Gleichem, wodurch wiederum ihre Unterschiedlichkeit zutage trat.

Es war Najeebs Idee gewesen, hatte ihr der beleibte Mann im Museum erklärt, die im Magazin schlummernde Sammlung von Bruchstücken zu katalogisieren: all die bei Ausgrabungen zutage geförderten Skulpturenfragmente, die ihrer oft minderen Qualität wegen als Exponate nicht in Frage kamen. Es war eine mühselige, undankbare Aufgabe, sagte der Mann, für die sich bisher niemand hatte begeistern können. Najeeb aber hatte sich der Sache angenommen und dazu die Erlaubnis erwirkt, das Sammelsurium von Steinfragmenten auf dem Boden des langgezogenen Empfangssaals im Hause eines verstorbenen hohen Beamten auszubreiten. Auf dem Fensterbrett lag ein Notizbuch. Viv nahm es herunter und schlug es auf. *Posten 1. Takht-i-Bahi 1911–12. Rumpf mit drapiertem Gewand, links Armstumpf, oberhalb Ellbogen abgebrochen. L. 18,7. Grobe Arbeit. Späte Kuschan-Zeit?* Sie ging zu den Oberkörpern hinüber, lokalisierte den Rumpf, auf den mit Kreide die Zahl *1* gemalt war, ging zum nächsten Rumpf und las den entsprechenden Eintrag. Und so weiter. Während sie sich mit Najeebs Notizbuch systematisch durch die Sammlung arbeitete, hatte sie zum ersten Mal an diesem Tag das Gefühl, dass sich die Welt um sie herum wieder halbwegs stabilisierte.

Posten 184. SKD 1908-9. Linke Hand. L. 5,5 x Br. 2,8. Handballen rechts unten fehlt. Drei Finger zur Faust gebogen. Zeigefinger im ersten und zweiten Gelenk gekrümmt. Praktischer Fußkratzer. Sie machte die Probe aufs Exempel. Zog ihren Fuß aus dem Schuh und führte ihn vorsichtig auf dem ausgestreckten Zeigefinger der Gandhara-Hand vor und zurück. Hier gab es große und kleine Freuden zu entdecken, von der Hand, die sich gut als Fußkratzer eignete, bis hin zu den zu einem Fischschwanz samt menschlichem Rumpf zusammengepuzzelten Bruchstücken aus Takht-i-Bahi, die einen Ichthyokentauren ergaben. Am schönsten aber fand sie Najeebs Anordnung von zwei fast gleich großen Köpfen, der eine mit griechischen, der andere mit indischen Gesichtszügen, vom Alter her etwa dreihundert Jahre voneinander getrennt. Er hatte sie im Profil zueinander hingelegt, sodass sie sich in die Augen sahen und ihre Münder sich fast berührten. War das ein Ausdruck seiner persönlichen Neigungen, oder entsprach es bloß dem innig-vertraulichen Umgang, der unter pathanischen Männern üblich war und der auch offen erotische Züge tragen konnte? Zu was für einem Mann war der Junge, in den sie damals so vernarrt war, herangewachsen? Und wann endlich würde die Abriegelung der Ummauerten Stadt wieder aufgehoben, damit sie es herausfinden konnte?

Aber wie außerordentlich, dass sein Bruder sich als der einäugige Herakles entpuppte, mit dem sie damals das Zugabteil geteilt hatte! Sie lächelte, als sie daran dachte, wie sehr sie zusammen darüber gestaunt hatten, und fand es bedauerlich, dass ihre Begegnung ein so abruptes Ende gefunden hatte. Der Junge im Museum war wenig hilfsbereit gewesen. Auf ihre Frage, was er und Mr Gul auf Hindko zueinander gesagt hatten, sagte er bloß, Nichts, Memsahib. Der Aufforderung des beleibten Mannes aber, Miss Spencer zum Haus der Fragmente zu begleiten, war er widerspruchslos nachgekommen.

Da plötzlich ein kühler Luftzug, das Geräusch von prasselndem Wasser. Der Junge hatte den Gartenschlauch auf die Bambusjalousien vor der Veranda gerichtet, die sich an einer Seite des Hauses entlangzog. Viv ging zum Fenster, lehnte sich hinaus und rief dem Jungen, der sich als dunkler Umriss hinter der Jalousie abzeichnete, ein paar Dankesworte zu. Dann setzte sie sich auf das Fensterbrett, schwang ihre Beine hinüber und stieg auf die Veranda hinaus. Die brütende Hitze dort hatte etwas Lähmendes. Während sie den Stoff ihrer Bluse vor- und zurückbewegte, um ihrer verschwitzten Haut etwas Luft zuzufächeln, trat sie an die Jalousien und spähte durch einen Spalt hinaus, die Wange an die nassen Bambuslamellen gelegt; die Farben im Garten wirkten im grellen Sonnenlicht ganz ausgebleicht, die Zweige der Bäume hingen schlapp herab. Kurz stand Viv die herrliche Vision einer Kanne voller Eiswürfel vor Augen, die sie sich in die Bluse kippen könnte, doch sie war so betäubt von der Hitze, dass sie sich außer Stande fühlte, sich auf die Suche nach einer Küche zu begeben. Törichterweise ließ sie sich in einen Korbsessel sinken, und dann erschien es zweifelhaft, ob sie sich je wieder daraus würde erheben können. Sie beobachtete eine knopfäugige Eidechse, die die Wand hinaufhuschte und dann unvermittelt innehielt, als wüsste sie auf einmal nicht mehr, warum sie so eilig die Wand hinaufgehuscht war. So verharrte sie reglos, wie gelähmt vor Ratlosigkeit, was sie nun tun sollte.

Sie war wohl auf der schummrigen Veranda eingeschlafen, denn als Viv die Augen aufschlug, war das Licht merklich gedämpft. Vor ihr stand der Junge, vornübergebeugt und mit gegen die Knie gestemmten Händen, und musterte sie besorgt. Er wich zurück und stammelte eine Entschuldigung, und sie schüttelte bloß den Kopf, der einzige Teil ihres Körpers, der schon wach schien; alles andere war noch benommen.

– Wasser, sagte sie matt, und er reichte ihr ein Glas Flüssigkeit. Gierig trank sie es halb leer und kippte sich den Rest dann ins Gesicht und in den Nacken. Das Wasser war zwar lauwarm, aber immer noch erfrischend genug, um ihre Lebensgeister wieder zu wecken. Nur klebte ihr jetzt die Bluse durchsichtig am Leib, dort, wo es in dünnen Rinnsalen über den Stoff lief.

– Danke, sagte sie.

– Memsahib, erwiderte der Junge in neutralem Tonfall. Eine bloße Bestätigung, dass sie gesprochen hatte.

Memsahib. So ein merkwürdiges Wort. In diesem Land voller

Titel und Höflichkeitsformen hatte es noch kein Wort gegeben, das auf Engländerinnen anzuwenden war; während das allgegenwärtige »Sahib« sich ohne weiteres auf englische Männer übertragen ließ, musste für ihre weiblichen Entsprechungen etwas anderes als »Begum-Sahib« ersonnen werden. Wie um auszudrücken, dass englische und indische Männer, trotz aller Unterschiede, noch immer in derselben Sprache beschrieben werden konnten, wohingegen die Frauen der beiden Rassen sich so sehr voneinander unterschieden, dass sie einer getrennten Kategorisierung bedurften.

– Wie heißt du?

– Dil-daraz.

– Dil-daraz, da war vorhin eine Frau im Museum. Als du zurückkamst, ging sie gerade wieder. Kennst du sie?

Der Junge fuhr mit seiner nackten Fußsohle auf dem staubigen Boden vor und zurück und machte eine Kopfbewegung, die halb bejahend, halb verneinend wirkte.

– Nein, Memsahib, aber sie hat mich gebeten, Ihnen etwas auszurichten. Ich wollte Sie nicht damit belästigen.

– Was hat sie denn gesagt?

– Sie hat gesagt, sie möchte nur wissen, wo ihre Schwester ist. Falls Ihnen etwas zu Ohren kommt, sie wohnt im Haus des Teppichhändlers an der Straße der Geschichtenerzähler. Der Händler heißt Chand, jeder kann Ihnen sagen, welches Haus es ist.

– Ja, den Händler kenne ich, und auch sein Haus. Danke, Dildaraz.

– Memsahib, ich hoffe, das bereitet Ihnen keine Unannehmlichkeiten.

Sie verneinte mit einem Kopfschütteln. Dann stand sie auf, um das Haus zusammen mit dem Jungen namens Dil-daraz zu verlassen – sein Name, »Herzens-Schublade«, wollte äußerlich kein bisschen zu ihm passen. Hier in Indien klafften Traum und Wirklichkeit weiter auseinander als an jedem anderen Ort auf der Welt.

Die Forbeses wohnten noch immer in ihrem Bungalow mit dem schönen Garten, der, selbst gemessen an den hohen Maßstäben hier in Peschawar, außergewöhnlich grün und üppig war. Viv folgte dem jungen Mann in der weißen Livree, der dem alten Mann in weißer Livree, der hier 1915 als Diener gearbeitet hatte, schon fast beunruhigend ähnlich sah, über den Pfad, der von Bäumen überschattet wurde, die so hoch waren, dass über ihren dichten Kronen nur noch die Spitze des Kirchturms von St John zu sehen war. Als sie in den Bungalow trat und die Tür hinter sich schloss, fand sie sich von tiefer Finsternis umgeben. Das Licht zumindest, wenn auch nicht die Hitze des Spätnachmittags, wurde durch die schweren Vorhänge wirksam ausgesperrt; nach und nach aber schälten sich Umrisse aus dem Dunkel, und Viv erblickte um sich herum die altbekannte Unordnung aus Forbes-Büchern und Forbes-Schuhen. Und dann tauchte auch schon Mr Forbes auf, kam durch die Tür ins Zimmer, die in den Garten hinausführte – dem Spaten in seiner Hand und den Grasflecken auf seiner Hose nach zu urteilen, hatte er da draußen gerade gearbeitet, im prallen Sonnenschein, den er zuvor durch die Vorhänge aus diesem Zimmer ausgesperrt hatte.

– Hauruck!

Mr Forbes schaufelte mit dem Spaten einige Bücher vom Sofa und fegte andere mit der Hand herunter, damit Viv sich setzen konnte. Der Diener trat eilig vor, um die Bücher vom Boden aufzulesen, aber Mr Forbes scheuchte ihn mit einer ungeduldigen Handbewegung davon und verfehlte ihn dabei nur knapp mit dem Spaten, wofür er sich lachend entschuldigte, ehe er den jungen Mann mit der Aufforderung in die Küche schickte, Tee zuzubereiten. Dann entschuldigte er sich seinerseits und hielt zur Erklärung seine verschmutzten Hände in die Höhe. Viv nutzte seine Abwesenheit dazu, die auf dem Boden verstreuten Bücher säuberlich aufzustapeln. Außerdem wischte sie behutsam die lehmige Erde ab, die der Spaten auf einem dicken Buch mit weichem Ledereinband hinterlassen hatte. Es hatte etwas angenehm Beruhigendes, dabei zuzusehen, wie Erdklümpchen auf dem gesprenkelten Steinboden landeten, in einem Zimmer, in dem es intensiv nach Jasmin duftete; dafür sorgten auf lange Schnüre gefädelte Jasminblüten, die am Deckenventilator hingen und sich unablässig im Kreis drehten.

– Mrs Forbes wird auch bald hier sein, in ein paar Minuten.

Mr Forbes, noch immer in seiner grasbefleckten Hose, aber jetzt mit saubergeschrubbten Händen, ließ sich auf dem Sessel gegenüber von Viv nieder und lächelte ihr freundlich zu. Ließ sich mit keiner Regung seines faltigen Gesichts mit den buschigen Augenbrauen anmerken, wie unhöflich es von Viv war, einfach so unangekündigt hereinzuschneien, zu einer Tageszeit, wenn Mrs Forbes sich vermutlich gerade ein paar Stündchen Schlaf gönnte.

– Entschuldigen Sie bitte die Störung. Ich wusste bloß nicht, an wen ich mich sonst hätte wenden können.

– Was haben Sie auf dem Herzen, meine Liebe?

– Was ist gestern auf der Straße der Geschichtenerzähler passiert?

– Machen Sie sich darüber keine Gedanken, Miss Spencer.

– Mr Forbes, darf ich ganz offen sein?

– Wollen wir nicht erst auf Mrs Forbes warten?

– Ich habe in London fast den ganzen Krieg hindurch als VAD-Schwester gearbeitet, bis auf die Monate, die ich hier in Peschawar verbracht habe. Sie können sich zweifellos vorstellen, was ich dabei alles gesehen und gehört habe. Meinen Sie wirklich, dass ich der Neuigkeit über ein Scharmützel in der Ummauerten Stadt nicht gewachsen wäre?

Mr Forbes seufzte. Er lehnte sich im Sessel zurück und legte die zitternden Fingerspitzen zusammen, direkt vor seiner Nase. Vor seiner Pensionierung war er einer der führenden Chirurgen Peschawars gewesen, und obwohl Viv ihn in seiner aktiven Zeit als Arzt nicht gekannt hatte, erschien ihr seine Schüttellähmung wie eine besondere Grausamkeit des Schicksals.

– Die Dinge sind aus dem Ruder gelaufen.

– Wie ist das zu verstehen?

– Da war ein junger, unerfahrener Offizier – hat angesichts des johlenden Mobs die Nerven verloren und die Panzerwagen angefordert, obwohl das gar nicht nötig war. Und dann – na ja, Pathanen. In so vieler Hinsicht die prachtvollsten Menschen, die man sich nur vorstellen kann, aber sobald sich ein Kampf anbahnt, steigt ihnen nun mal das Blut zu Kopf.

– Wie viele Tote hat es gegeben?

Die Tür ging auf, und der livrierte Diener kam mit einem Tablett herein, auf dem sich eine Schale Gebäck befand, der übliche Tee für Viv und für Mr Forbes Kawa, ein grüner Tee, der mit Mandeln und Kardamom verfeinert war. Als sie ihn fünfzehn Jahre zuvor gefragt hatte, wann er vorhätte, wieder nach England zurückzukehren, hatte er das Wort »England« in einem Tonfall wiederholt, als handelte es sich um ein sonderbares Gemüse, das in seinem Speiseplan nicht vorgesehen war. Sie saßen schweigend da, bis der einheimische Diener den Raum wieder verlassen und auf Mr Forbes' Anweisung hin die Tür hinter sich geschlossen hatte.

– Alles in allem ist es noch glimpflich abgegangen, es grenzt an ein Wunder. Diverse Verletzungen. Knochenbrüche, Platzwunden, all so etwas. Einem Burschen wurde der Finger abgeschossen, aber wenn ein Mann es nicht schafft, sein eigenes Gewehr festzuhalten, hat er es vermutlich nicht besser verdient. Oh, und ein Pferd wurde erschossen. Darüber ist Mrs Forbes ganz besonders aufgebracht. Aber der einzige Bursche, den es erwischt hat, war ein Meldefahrer – Bryant. Hat Befehle missachtet und sich eigenmächtig ins Getümmel gestürzt, wo er nichts verloren hatte. Direkt vor einen der Panzerwagen. Scheußliche Sache. Und dann, muss ich mit Bedauern sagen … nun, es tut nichts zur Sache.

– Nochmals, Mr Forbes, ich war VAD-Schwester.

– Diese Barbaren haben ihn in Brand gesteckt.

– Als er noch am Leben war?

– Wahrscheinlich nicht, aber spielt das eine Rolle?

– Soll das heißen, der einzige tote Engländer, der zu beklagen ist, starb durch einen Unfall mit einem unserer Panzerwagen?

– Sie klingen ja fast enttäuscht darüber, dass unsere Truppen sich ihrer Haut so wirksam zu erwehren wissen.

– Es fällt mir bloß schwer, das zu verstehen, mehr nicht. Und wie viele Peschawaris sind umgekommen?

Er schüttelte den Kopf und nahm ein Buch vom Beistelltischchen. Betrachtete es andächtig von allen Seiten, während er es in den Händen umherwendete, als würde es sich um eine Gutenbergbibel handeln und nicht etwa um einen Band über Militärkampagnen in der Nordwest-Grenzregion.

– Sind auch Frauen zu Tode gekommen?

– Wie kommen Sie darauf, haben Sie irgendwelche Kongresspropaganda aufgeschnappt? Die lassen doch wirklich keine Gelegenheit ungenutzt! Ah, ich höre Mrs Forbes. In ihrer Gegenwart sollten wir das Thema jetzt ruhen lassen.

Im Club von Peschawar galten eindeutige Regeln: Als Engländer konnte man sich um eine Mitgliedschaft bewerben; als Engländerin wiederum genoss man als Gast eines Mitglieds Zutritt zu den Clubräumlichkeiten. Daneben aber gab es noch andere ungeschriebene Regeln, die den Umgang des indischen Wachpersonals mit Angehörigen der herrschenden Rasse bestimmten. Als Viv nach ihrem Abendessen im Dean's am Eingangstor des Clubs eintraf, unbegleitet und ohne Einladung, achtete sie also darauf, den Wachleuten mit der entsprechenden Herablassung zu begegnen, damit diese sie anstandslos passieren ließen. Wie schlecht sie sich damals Remmick gegenüber benommen hatte. Seine Gefälligkeiten hatte sie in Empfang genommen, als hätte sie ein Anrecht darauf – nein, als würde sie ihm sogar einen Gefallen damit tun, dass er sie als Gast hofieren durfte. Wie sehr es einen doch geistig verblenden konnte, gleichzeitig jung und schön zu sein. Wobei dies sein Verhalten natürlich in keiner Weise entschuldigte. Sie fragte sich, wo es ihn wohl mittlerweile hin verschlagen haben mochte.

Auf dem Fußweg, der zu dem einstöckigen Clubgebäude mit der von Rundbögen gezierten Veranda führte, blieb Viv kurz stehen und stützte sich mit einer Hand an einer Palme ab, um die Reißzwecke zu entfernen, die sich in den Absatz eines ihrer Stöckelschuhe aus Schlangenleder gebohrt hatte. Die Tage der Verblendung lagen heute längst hinter ihr. Ungeachtet ihrer modischen Kleidung war und blieb sie eine unverheiratete Frau, die auf die vierzig zuging, Teil einer tragischen, aber ihr Schicksal still erduldenden Generation von Frauen, die ihre Männer im Großen Krieg verloren hatten. So lautete jedenfalls die Geschichte, die ihr allgemein zugeschrieben wurde, und in gewisser Weise stimmte sie wohl auch. Nach Kriegsende hatte es in ihrem Leben noch andere Männer gegeben – tatsächlich sogar schon, ehe der Krieg zu Ende war –, aber sich dauerhaft an einen von ihnen zu binden, schien ihr immer mit einem Verlust verbunden, der schwerer wog als alle Vorteile, die eine Ehe mit sich bringen mochte.

Im Club herrschte ein Gedränge, wie sie es seinerzeit nur bei Ballveranstaltungen erlebt hatte, aber festlich war die Atmosphäre ganz und gar nicht. Dicke Rauchschwaden hingen in der Luft, in den Räumlichkeiten wurde aufgeregt getuschelt und geflüstert. Viv blieb im Eingang stehen, ein wenig unschlüssig, ob sie eintreten sollte oder nicht, bis das schrille, leicht hysterische Lachen eines Mannes den Ausschlag gab. Sie zog sich wieder ins Freie zurück. Ging stattdessen um das Gebäude herum und spazierte zwischen den Bäumen hindurch zum Swimmingpool, von dem ihr diesmal kein Gelächter und Platschen entgegendrang, obwohl es ein warmer Abend war.

Auf der anderen Seite des Rechtecks aus flüssigem Dunkel saß eine Gruppe Männer auf Deckstühlen und Liegen beisammen, viele mit brennenden Zigaretten, deren Glut in der Luft umherfuhr, während sie mit den Händen fuchtelten. Gedämpftes Stimmengewirr drang zu ihr herüber, es hörte sich an, als würden alle durcheinanderreden. Sie schlüpfte aus ihren Schuhen und entledigte sich, noch immer verborgen im Dunkel unter einer Palme, nacheinander ihrer Strumpfbänder und Seidenstrümpfe, die sie anschließend in ihre Handtasche stopfte. Dann ging sie zu dem hohen Sprungbrett hinüber, wo es besonders dunkel war, setzte sich darunter an den Beckenrand und ließ die Beine ins Wasser hinabbaumeln.

Nach einer Weile hörte sie Schritte, die sich leise über das Gras näherten, ein Mann offenbar, und obwohl sie sich alle Mühe gab, ganz still dazusitzen, kam er direkt zu ihr herüber. Dann blieb er stehen, kletterte auf das niedrige Sprungbrett und spazierte, vollständig bekleidet, wie er war, bis an sein vorderes Ende, wo er sich zu ihrer stillen Enttäuschung hinsetzte, mit knapp oberhalb des Wassers baumelnden Beinen. Er sah Vivian zunächst nicht an, aber sie wusste, dass er sich ihrer Gegenwart bewusst war. Sie hatte ihn vom Clubeingang aus in der Menge erspäht – rotgesichtig wie eh und je –, und es war keine Überraschung, dass er sie ebenfalls gesehen hatte oder darüber informiert worden war, dass sie hier war. Von jemandem, der wusste, dass er ein Mann war, der gern lückenlos über alles Bescheid wusste, was sich in dieser Stadt tat. Äußerlich schien er sich kaum verändert zu haben, er sah noch genauso aus wie damals, als er sie an ihrem zweiten Tag in Peschawar auf der Terrasse des Dean's angesprochen hatte. Was allerdings hauptsächlich darauf beruhte, dass er schon in jüngeren Jahren ausgesehen hatte wie ein Mann mittleren Alters.

– Welche Überraschung, Sie heute Abend hier anzutreffen.

– Dasselbe könnte ich auch von Ihnen sagen, Miss Spencer. Wie haben Sie es geschafft, von Campbellpur hierherzukommen?

– Sie wussten also, dass ich in dem Zug saß.

– Selbstverständlich. Aber warum sind Sie überrascht, mich hier anzutreffen?

– Ich dachte eher, Sie würden irgendwo hinter verschlossenen Türen sitzen und wichtige Entscheidungen über wichtige Dinge treffen.

Sein Gesicht konnte sie in der Finsternis nicht erkennen, aber sie sah, wie er eine Zigarette aus seinem Etui nahm und suchend seine Taschen abklopfte.

– Hier, fangen Sie.

Sie warf ihm ihr Feuerzeug zu; es glänzte silbrig im Dunkel auf und verschwand mit einem leisen Platschen im Wasser. Ohne ein Wort, nahezu lautlos, ließ er sich von dem Sprungbrett gleiten, und die Ärmel seiner Jacke schienen sich kurz aufzublähen, ehe er in der Tiefe versank. Viv stand erschrocken auf, überlegte, ob sie in Richtung der Männer auf den Deckstühlen, die noch immer in ihre Unterhaltung vertieft waren, um Hilfe rufen sollte, und entschied sich dann dagegen. Stattdessen wickelte sie sich hastig eins ihrer strassbesetzten Strumpfbänder ums Handgelenk, damit es eine Art Schlaufe bildete, streckte sich bäuchlings am Beckenrand aus und steckte ihren Arm tief ins plätschernde Dunkel. Kleine Lichtdiamanten blitzten im Wasser auf; etwas drückte sich gegen ihre Fingerspitzen, und sie wäre um ein Haar zurückgezuckt, erkannte dann jedoch die vertraute Form ihres Feuerzeugs und umschloss es mit der Hand.

Remmick zog sich schnaufend und keuchend aus dem Wasser hoch und streckte sich lang am Beckenrand aus, den Blick starr auf das obere Sprungbrett geheftet. Viv probierte das Feuerzeug aus, stellte erstaunt fest, dass es noch funktionierte, und bot ihm eine brennende Zigarette an. Als er nicht darauf reagierte, hielt sie ihm die Zigarette wenige Zentimeter über den Mund, worauf er leicht den Kopf von dem Zementboden hob, um sie mit seinen Lippen in Empfang zu nehmen. Ihre Finger und sein Kuss waren kurz nur eine Filterlänge voneinander entfernt, und dabei schoss ihr unwillkürlich ein Bild durch den Kopf, das eigentlich vollkommen aberwitzig war. Der Art nach zu urteilen, wie ihm kurz der Atem stockte, schien es ihm ganz ähnlich zu gehen. Sie rückte vorsorglich ein Stück von ihm ab und setzte damit allem ein Ende, was sich in diesem Moment hätte anbahnen können. Remmick fing an zu sprechen, mit schwerer Zunge; und da merkte sie, dass er betrunken war.

– Wissen Sie noch, damals, als die Tochi Scouts hier auf Urlaub waren, und einer von denen ist mit einem Motorrad die Treppe aufs Sprungbrett hochgebraust und dann mit einem *Zisch!* im Pool versunken?

– Zisch? Das muss ich wohl verpasst haben.

– Tatsächlich? Waren Sie gar nicht dabei? Das hätte ich jetzt schwören mögen. Jeder andere wäre hochkant aus dem Club rausgeflogen, aber alle waren sich einig, diese Jungs haben jedes Recht dazu, hier in der Oase Peschawar mal richtig auf den Putz zu hauen, nachdem sie all die Zeit da oben in den Stammesgebieten hatten zubringen müssen. Genau das ist Peschawar nämlich, wissen Sie. Eine Oase. Der eine Ort, der eben nicht so ist wie all die anderen Orte hier in der Grenzregion.

– Und jetzt? Gilt das immer noch?

Er schloss die Augen und ließ einen Laut vernehmen, der beinahe wie ein Schluchzen klang.

– Wie schlimm ist es?, fragte Viv. Er reckte seinen Arm in die

Höhe und streifte den Ärmel zurück, damit sie einen Blick auf seine Uhr werfen konnte.

– Wie spät ist es?

– Dreiundzwanzig Minuten nach neun. Nein, halt, ich glaube, Ihre Uhr ist wohl stehengeblieben. Ein paar Minuten später.

– Noch eine Stunde, dann geben wir die Ummauerte Stadt auf.

– Wer?

– Wir. Die Briten. Wir ziehen die Truppen ab.

– Wieso?

– Weil Idioten und Feiglinge hier das Sagen haben.

Er kreuzte die Arme über der Brust wie ein Pharao, hielt seine Augen weiter geschlossen.

– Und Sie werden morgen abreisen müssen. Alle Frauen und Kinder werden evakuiert.

– Könnten Sie sich jetzt bitte aufrecht hinsetzen und ganz vernünftig mit mir reden?

Einige Sekunden lang blieb es still. Die Männer drüben erhoben sich mit einem Mal aus ihren Deckstühlen und marschierten über den Rasen auf die Veranda zu, ohne in Vivs Richtung zu sehen. Ihre starr nach vorn gerichteten Blicke ließen keinen Zweifel daran, dass sie sich ihrer Gegenwart vollauf bewusst waren und nun im Club von dem Stelldichein berichten würden, das hier anscheinend gerade stattfand. Sie klopfte Remmick leicht mit dem Feuerzeug gegen die Stirn. Er schlug die Augen auf und sagte, Reisen Sie wieder zurück nach England.

– Wir haben gestern etwas Schreckliches angerichtet, habe ich recht?

Er hielt sich die Ohren zu und fing an, »Makin' Whoopee« vor sich hin zu summen. Sie bekam eine Gänsehaut und fragte sich, was geschehen sein mochte, dass dieser Mann, der sonst immer so souverän und selbstsicher agierte, sich nun in einem solchen Zustand nervlicher Zerrüttung befand.

– Die Lastwagen, sagte sie.

Er hörte unvermittelt auf, vor sich hin zu summen.

– Wer hat Ihnen davon erzählt?

Viv nahm plötzlich einen Geschmack von Blut wahr. Und das war keine Einbildung. Da war Blut in ihrem Mund, richtiges Blut, sie schluckte. Und ein heftiger Schmerz, dort, wo sie sich unwillkürlich auf die Zunge gebissen hatte.

– Jemand, der davon weiß, erwiderte sie, betont sachlich und neutral.

– Was getan worden ist, musste getan werden, sagte er.

Sie schloss die Hand um ihr Feuerzeug, wie um sich daran festzuhalten. Viele Jahre zuvor hatte sie eine Lehrstunde erhalten, obwohl es ihr zu der Zeit noch nicht bewusst gewesen war: darüber, wie man jemandem Informationen entlockte. Wie man diesem Jemand glaubhaft das Gefühl vermittelte, dass diese Informationen vertraulich behandelt und niemals irgendwie missbraucht würden.

– Nicht auszudenken, wenn heute Morgen Beisetzungen stattgefunden hätten. All die Toten, die durch die Straßen getragen worden wären!

Anscheinend traf sie den richtigen Tonfall. Einerseits bestürzt bei dem Gedanken, was sich daraus hätte entwickeln können, und zugleich voller Mitgefühl für die nicht leichte Entscheidung, die getroffen werden musste, um genau dieses Szenario zu verhindern. Remmick jedenfalls stieß leise die Luft aus, hörbar erleichtert, ehe er antwortete.

– Es wäre Chaos ausgebrochen. Absolutes Chaos. Diese Schweinehunde, bitte um Verzeihung, hätten sämtliche Einwohner der Ummauerten Stadt in Aufruhr versetzt.

– Aber jetzt haben wir die Stadt trotzdem verloren?

– Bolton – er hat die Hosen voll. Irgendwie haben die ihm eingeredet, dass jetzt jederzeit alle Dämme brechen könnten, wenn er nicht die Truppen abzieht. Es ist Wahnsinn. Wir haben die Lage absolut unter Kontrolle. Wir haben getan, was getan werden musste.

– Wie viele wurden in den Lastwagen fortgeschafft?

Bei dieser Frage legte sie ihm die Hand an die Schulter; eine Frau, die Männer aufrichtig bewunderte, wenn sie taten, was getan werden musste.

– Keine Ahnung. Ich habe nicht nachgefragt.

– Wo wurden sie hingebracht?

– Sechs Fuß unter die Erde. Aber wo, das dürfte nur Caroe wissen, sonst niemand.

– Caroe?

– Der Beamte, der die Sache geleitet hat. Tüchtiger Mann. Wird's noch weit bringen.

Vom Oleanderbaum drang das Zirpen einer einzelnen Grille herüber.

– Ich erzähle Ihnen mal etwas, was ich nie verstanden habe, sagte Viv. Meine Mutter hatte eine Freundin, die einen Sohn im Großen Krieg verloren hat; er fiel in Frankreich und wurde dort auch begraben. Diese Frau verließ nur ungern ihr Haus und machte jedes Mal ein Aufheben, als müsste sie auf Weltreise gehen, wenn sie sich mehr als zehn Schritte von ihrer Haustür entfernte. Am Tag des Waffenstillstands aber, als sie die Nachricht erfuhr, packte sie ihre Tasche und machte sich unverzüglich auf den Weg nach Frankreich, bis sie dort am Grab ihres Sohnes stand. Er war zu dem Zeitpunkt seit drei Jahren tot. Was spielt es für eine Rolle, ob man am Grab eines Toten steht oder nicht? Für sie aber gab es nichts Wichtigeres auf der Welt.

Remmick setzte sich auf und erhob sich dann vom Boden. Auf einmal wirkte er vollkommen nüchtern.

– Sehen Sie sich vor, Miss Spencer. Verlieren Sie nicht aus dem Auge, was in Ihrem Interesse liegt und was nicht.

– Das zu entscheiden fällt mir schwer. Eine überaus verzwickte Frage.

– Ach, eigentlich nicht. Dass jemand sich durch Ihr Verhalten veranlasst fühlen könnte, Ihren bedauerlichen Umtrieben während des Krieges nachzugehen, dürfte zum Beispiel ganz und gar nicht in Ihrem Interesse liegen.

Viv stand nun ebenfalls auf und schlüpfte mit bloßen Füßen in ihre hochhackigen Schuhe, in denen sie ihn ein ganzes Stück überragte.

– Bedauerliche Umtriebe. So redet ausgerechnet der Mann daher, der im Dean's gemütlich Tee schlürfte, während seine Landsleute in den Schützengräben an der Somme lagen. Und während ich diese Männer gepflegt habe.

– Die Frage, wo genau Ihre Loyalitäten liegen. Schauen Sie, ich schneide das Thema wirklich ungern an. Aber ich habe Sie nach Ihrer Abreise damals im Auge behalten. Ich weiß von den Briefen, die Sie ans War Office geschickt haben. Sie haben darin schwere Anschuldigungen gegen einen Mitarbeiter erhoben. Er hätte Sie belogen und den Tod eines Mannes verschuldet, der – wie haben Sie es noch ausgedrückt – mehr Anstand in seinem kleinen Finger hatte als das gesamte War Office in seinem aufgeblähten Hornpanzer?

– Ich kann mich an diese Briefe kaum noch erinnern. Ich war damals sehr … durcheinander.

– Ja, das war offensichtlich. Und es war auch klar, warum. Aber falls diese Zuneigung zu den Feinden des Königs sich bei Ihnen nun als Gewohnheit herausstellen sollte …

– Zuneigung?

– Sie haben mir damals oft von ihm erzählt, wenn auch immer erst, nachdem Sie den einen oder anderen Drink intus hatten. Wir Männer sind in Herzensangelegenheiten nicht ganz so blind, wie Frauen uns gern unterstellen. Das war also der Türke. Und jetzt sind Sie hier, um den Jungen wiederzusehen, an dem Sie damals einen solchen Narren gefressen hatten. Die Leute hatten wenig Verständnis dafür, es gab viel Gerede deswegen – ich habe Sie immer in Schutz genommen. Er war bloß ein Kind. Heute aber ist er ein erwachsener Mann, und sein Bruder gehört zu den Rothemden.

Die Leere, diese schreckliche Leere in ihr, würde sie dieses Gefühl denn nie mehr loswerden? Für wen oder was hatte sie ihn verraten, diesen wunderbaren Mann, diesen Mentor, diesen Freund, diesen Liebsten? Für Männer wie Remmick. Für die Krumen ihrer Anerkennung. Nicht bloß der dünne Mann vom War Office, nein, auch Papa, der selbst jetzt schattenhaft in ihrem Hinterkopf präsent war, hatte sie darüber belehrt, dass Frauen die gewichtigen Entscheidungen nicht immer verstehen konnten, die Männer in ihrem Interesse mitunter zu treffen gezwungen waren.

Da öffneten sich die Türen auf der Veranda, und ein Grüppchen

Leute kam heraus, angeführt von einem der Männer, die eben noch am Pool gesessen hatten. Remmicks Frau befand sich an seiner Seite. Beim Klang ihrer Stimme wandte Remmick sich um und rief, Sieh nur, Schatz, wen ich hier draußen gefunden habe. Miss Spencer.

– Ich glaube ja wohl kaum, dass sie immer noch Miss Spencer heißt, erwiderte seine Frau, während sie mit schnellen Schritten über den Rasen geeilt kam. Bei ihnen angelangt, hielt sie an Vivs Hand zunächst Ausschau nach einem Ehering, ehe ihr Blick über ihre strumpflosen Beine und dann Remmicks durchnässte Kleidung wanderte.

– Er hat mein Feuerzeug vor dem Ertrinken gerettet, erklärte Viv seelenruhig und hielt das Rechteck aus Silber in die Höhe, als wäre es zugleich Hüter und Beweis ihrer Keuschheit. Dann herrschte nur noch Dunkelheit und Kälte, und sie ließ es willig geschehen, dass man sie auf die Lichter des Clubs zubugsierte, mit Remmick an ihrer Seite.

24. April 1930

Najeeb war nicht zu Hause; er war bei keiner seiner Schwestern; er war nicht in Khan Sahibs Klinik, wo man als Behelfsbetten für die vielen Verwundeten Holzplanken an die Wände genagelt hatte; er stand nicht auf der sehr kurzen Liste der Verletzten, die zur Behandlung in eins der englischen Krankenhäuser im Cantonment gebracht worden waren; er war nicht im Hinterzimmer des Antiquitätenladens von Avtar Singh, so versunken in die Betrachtung der alten Schätze dort, dass er gar nichts davon mitbekommen hatte, dass sein Bruder, seine Neffen, seine Schwäger und der Schuster Hari Das gerade die Ummauerte Stadt nach ihm absuchten, mit seinem Foto in der Hand von Tür zu Tür gingen und fragten, Haben Sie diesen Mann gesehen? Er war nicht bei diesem Freund, nicht bei jenem Freund und auch nicht bei dem Jungen, mit dem er früher immer von der Schule aus nach Hause gegangen war. Er war nicht in der Moschee, die er nur einmal im Jahr zu besuchen pflegte, um dort am Opferfest zu beten; er saß nicht in der Teestube des Viertels, die an diesem Tag geschlossen hatte; er war an keinem der Orte, an dem er selbst nach Qayyum gesucht hätte, wenn er derjenige gewesen wäre, der seinen Bruder zu finden hatte. Er war nicht – Qayyum fuhr herum – nein, das war er nicht, es war ein Fremder, den er da aus dem Augenwinkel wahrgenommen hatte; er war nicht der Mann, der jenen Schatten dort an die Mauer warf; er war nicht die Kraft, die den an einen Baum gelehnten Spiegel umgeworfen hatte, in dem sich die Moschee widerspiegelte, sodass sich darin nun der Himmel spiegelte und die Wolken zum Greifen nah schienen. Er schien überall zu sein, bis Qayyum näher hinsah, und dann war er nirgendwo.

Soldaten patrouillierten an der Stadtmauer entlang und spähten immer wieder zu den Bergen hinüber, anscheinend in Sorge wegen der dort ansässigen Stämme, die vermutlich inzwischen von dem Massaker erfahren hatten; auf den Stufen vor der Bibliothek standen sechs Männer von der Kongresspartei, knallrot verbrannt von der Sonne – seit dem Morgen schon mussten sie dort stehen, als Strafe dafür, dass sie vor einem Spirituosengeschäft eine Protestwache hatten abhalten wollen; um die Straßenecke herum war das Geräusch eines Polizeistocks zu hören, der auf das Fleisch eines Mannes niedersauste.

Qayyum hielt den Blick zu Boden gesenkt und forderte seine Neffen auf, es ihm gleichzutun, während er mit ihnen von Haus zu Haus ging und an Türen klopfte. Haben Sie diesen Mann gesehen? Er hatte gestern einen Gehrock an. In einem der Häuser berührte eine sehr alte Frau das Foto und sagte, Sie können von Glück sagen, dass Sie ein Bild haben; mein Sohn wird auch vermisst, und seinem Vater bleibt nichts anderes übrig, als auf der Suche nach ihm unsere Tochter mitzunehmen, damit sie vor wildfremden Männern ihr Gesicht entschleiert und er sagen kann, Sehen Sie sie an und stellen Sie sich vor, sie wäre ein Junge. Ansonsten aber war es in jedem Haus dasselbe: Nein, tut mir leid, den habe ich nicht gesehen. Gehen Sie zur Zentrale der Kongresspartei, gehen Sie zu den Büros der Khilafatbewegung, dort hat man die Toten hingebracht – aber Qayyum schüttelte nur den Kopf und ging weiter zur nächsten Tür.

Es war bereits Abend, als Qayyum den Platz überquerte, in dessen Mitte sich das von einer Kuppel gekrönte Hastings Memorial erhob. Ringsherum waren Soldaten postiert, um das zu Ehren eines vor Jahrzehnten verstorbenen Engländers errichtete Denkmal zu bewachen; einige Jungen, die ein paar Meter weiter weg standen, spuckten immer wieder zerkautes Zuckerrohr in Richtung der Soldaten. Ihr Ziel aber befand sich zu weit weg, und sie wagten sich nicht näher heran; die Soldaten wiederum beachteten das Treiben der Jungen nicht.

– Schert euch weg hier. Ab mit euch nach Hause.

Qayyum brauchte bloß einem der Jungen einen leichten Stoß gegen die Schulter zu versetzen, das reichte aus. Sofort zerstreuten sich die Jungen und rannten davon, immer wieder *Inqilaab Zindabad* rufend, als wäre es die Parole eines Spiels. Qayyum ging an dem Denkmal vorbei und bog in die Straße der Juweliere ein; dort war es vollkommen still, bis auf das papierne Flattern eines Flugdrachens, der sich oben in Kabeln verfangen hatte. Der einzige Laden, der weit und breit geöffnet hatte, war eine Teestube ein Stück die Straße hinauf; »Khalsa Hotel« stand auf dem Schild über der Tür. Vor der Stube vertrieben sich gerade zwei Männer die Zeit mit Murmelspielen, ein Wazir und ein Marwat, ihren Turbanen nach zu urteilen; dabei benutzten sie zwei lange, niedrige Bänke, auf denen normalerweise Gäste saßen, als Parallelbahnen. Sie saßen sich gegenüber und ließen immer wieder zwei Murmeln gleichzeitig über die beiden Bänke sausen, auf denen die Glaskugeln klickend gegeneinanderprallten.

Qayyum schüttelte nur entschuldigend den Kopf, als der Inhaber der Teestube herbeieilte und fragte, womit er ihm dienen könne. Er war bereits dabei, den Murmelspielern das Foto zu zeigen, das an der Ecke, an der er es jetzt schon den ganzen Tag festhielt, schon ganz abgenutzt war: Najeeb in Taxila, stolz auf das in Stein gehauene Relief eines doppelköpfigen Adlers deutend. Der Wazir schüttelte wortlos den Kopf, und der Marwat lud ihn ein, sich zu setzen, er mache ganz den Eindruck, als müsse er einen Moment ausruhen, Tee trinken und Murmeln spielen. Der Inhaber der Teestube wischte sich erst die Hände am langen Ende seines Turbans ab, das über seine Schulter drapiert war, ehe er sich das Foto von Qayyum aushändigen ließ, um es näher zu betrachten.

– Ich habe ihn gesehen. Gestern, auf der Straße der Geschichtenerzähler. Er war verwundet.

– Verwundet? Wo? Wie schlimm genau?

– Sein Hemd war voller Blut, keine Ahnung.

– Sein Hemd?

– Er ist doch ein Khudai Khidmatgar, richtig? Er hatte ein rotes Hemd an und rief *Inqilaab Zindabad*, ich habe ihn gesehen. Dann ist er in der Menge verschwunden, und als ich ihn wiedersah, wurde er von zwei Männern getragen, und sein Hemd war voller Blut. Das ist alles, was ich gesehen habe.

– Nein, das war er nicht.

– Nein? Allah allein weiß es – wie soll unser Verstand aus solchen Szenen noch schlau werden?

Eine Murmel sprang von der Bank auf den Boden und blieb neben einer Katze liegen, die zusammengerollt unter dem Hocker lag. Das Tier hob den Kopf und sah Qayyum an, mit Augen, die von einem milchig-trüben Film überzogen waren. Unter seiner Pfote lag ein grün geflecktes Katzenauge.

Die Kongresszentrale befand sich ganz in der Nähe des Hastings Memorial. Die Abende waren noch kurz, und so herrschte bereits nächtliches Dunkel, als Qayyum sich der Tür näherte, hinter der lautes Stimmengewirr zu hören war, das Klappern von Schreibmaschinen, dazu das Klingeln eines Telefons. Er musste mehrmals anklopfen, ehe die Tür geöffnet wurde und ein Kongress-Walla herauskam, den er gut kannte – Abdul Hakim, ein Anwalt. Nachdem er die Tür hinter sich geschlossen hatte, wandte er sich Qayyum zu, und seine eben noch so erschöpfte Miene hellte sich augenblicklich auf. Er schien ehrlich erfreut, ihn zu sehen, seinem herzlichen Lächeln nach zu urteilen.

– Qayyum Gul, da bist du ja, ich habe dich den ganzen Tag noch nicht gesehen. Ich habe mir langsam Sorgen gemacht, du könntest zu denen gehören, die wir gestern verloren haben.

– Ich suche schon seit heute Morgen nach meinem Bruder. Ich muss die Toten sehen. Einige sind doch sicher noch nicht von Angehörigen identifiziert worden?

Er verstand seine eigenen Worte kaum, so schwer fühlte sich seine Zunge beim Sprechen an. Abdul Hakim aber legte sich betroffen die Hand an die Stirn, als würde er Qayyum vollauf verstehen, besser als er selbst.

– Bitte. Wo sind sie? Ich muss mich überzeugen, dass er sich nicht darunter befindet.

– Wir haben sie gestern Abend in die Räumlichkeiten der Khilafatleute gebracht. Damit alle Toten an einem Platz versammelt waren. Um es den Familien einfacher zu machen.

– Danke. Dann gehe ich jetzt dort vorbei.

Er wollte sich schon zum Gehen wenden, als Abdul Hakim ihn an der Schulter festhielt.

– Wir haben sie alle dorthin gebracht, um es den Familien einfacher zu machen. Wir dachten, das würde alles vereinfachen. Sie befanden sich in der Obhut des Khilafatkomitees.

Qayyum verstand nicht, was ihm der Anwalt mitzuteilen versuchte. Das Khilafatkomitee in Peschawar war von der Kongresspartei praktisch kaum zu unterscheiden, viele Mitglieder gehörten beiden Organisationen an, man plante gemeinsam antiimperialistische Strategien und führte sie auch gemeinsam durch.

– Dann gehe ich da jetzt hin, wiederholte er; und Abdul Hakim sagte, Ich habe ein Auto, ich fahre dich hin.

Noch immer waren überall schwerbewaffnete Soldaten postiert, aber sie hielten keine Passanten mehr an, und die Straßen waren merklich belebter als am Vormittag. Qayyum, der in seinem Leben nur ganz selten in einem Auto gesessen hatte, stützte sich mit beiden Händen am Armaturenbrett ab. Die Geschwindigkeit ließ die Geräusche der Nacht verschwimmen, nur der Ruf des Muezzins zum Nachtgebet war klar und deutlich zu hören. Die Khilafaträumlichkeiten machten einen verlassenen Eindruck, alle Fenster dort waren dunkel, kein Licht drang unter den Türen hindurch. Abdul Hakim verlangsamte nicht einmal seine Fahrt, als wüsste er bereits, dass dort niemand war, und fuhr schweigend weiter durch die Ummauerte Stadt. Vielleicht hatte er gar kein Ziel; vielleicht würden sie einfach immer weiter im Kreis fahren, für alle Zeit unterwegs zu dem Ort, an dem die Toten aufgebahrt lagen, und solange sie so im Kreis fuhren, würde Najeeb weder lebendig noch tot sein.

Die Stimme des Muezzins wurde lauter. Seine Worte, eingestickt in die Luft der Ummauerten Stadt, waren eine Herausforderung, keine Klage. Qayyum hatte es sich zum Ritual gemacht, jeden Tag damit zu beginnen, dass er morgens feierlich den Schwur der Khudai Khidmatgar rezitierte: Im Namen Gottes, der gegenwärtig und klar erwiesen ist, ich bin ein Khudai Khidmatgar. Ich werde der Nation selbstlos dienen. Ich werde meinen Mitmenschen dienen, egal welchen Glaubens oder welcher Religion. Ich werde keine Vergeltung üben und niemals durch mein Handeln anderen zur Last fallen. Gewaltlosigkeit ist das oberste Gesetz meines Handelns. Ich werde jedes Opfer bringen, das von mir verlangt wird, um von diesem Weg nicht abzuweichen.

Die Stimme des Muezzins – Aschhadu anna, ich bezeuge – verwandelte den Schwur in eine Provokation. Warum bei Gott schwören und dabei das Wort »Opfer« gebrauchen? Ibrahim war bereit gewesen, das größte Opfer zu bringen; welcher Mensch vermochte es ihm schon gleichzutun? In einem Feld lag wild zuckend ein Kaninchen mit zugenähten Lippen im Gras, während es, einsam und verlassen, seine letzten Atemzüge tat.

– Wir sind fast da, sagte der Anwalt, der nun in eine Gasse einbog, die für sein Auto gerade noch breit genug war. Schon nach wenigen Metern bremste er unvermittelt. Ein Stück weiter vorn stand eine Menschenansammlung vor einem Haus, das Qayyum sofort erkannte; es gehörte einem Stadtbevollmächtigten, der außerdem eine führende Rolle im Khilafatkomitee bekleidete. Ein Mann stand an der Haustür und klopfte, rhythmisch und beharrlich, ganz so, als würde er das schon längere Zeit tun; die anderen Männer, und zwei Frauen, standen schweigend daneben und behielten die Fenster über ihnen im Auge, deren Läden ausnahmslos geschlossen waren.

– So viel zur Geheimhaltung, sagte der Anwalt, setzte rückwärts aus der Gasse und bog ins Parallelsträßchen ein.

Dort klopfte er an die Tür des Hauses, das rückwärtig an das Haus des Stadtbevollmächtigten angrenzte. Ein Mann mit einer gebrochenen Nase öffnete, und Abdul Hakim wechselte leise ein paar Worte mit ihm. Daraufhin trat der Mann beiseite und deutete auf die Treppe, über die Qayyum und der Anwalt aufs Dach hinaufgelangten. Am Himmel über ihnen leuchteten die Sterne, und der Mond hing auffallend tief. Als Trennwand zum Dach des Stadtbevollmächtigten fungierten Pflanztröge mit dichten Reihen von Rohrkolben, deren hochaufragende Spitzen sich scharf umrissen vor dem Himmel abzeichneten. Qayyum und der Anwalt rückten zusammen einen der Tröge beiseite, wobei ein metallisches Scharren zu vernehmen war, und traten auf das benachbarte Dach.

Dort trafen sie den Stadtbevollmächtigten an. Er stand allein am Rand des Daches und spähte durch einen Spalt zwischen den geflochtenen Matten, die einen Sichtschutz zur Straße hin bildeten.

– Die Leute werden so lange da unten warten, bis sie von Ihnen eine Auskunft erhalten haben, sagte Abdul Hakim. Der Stadtbevollmächtigte fuhr aufgeschreckt herum, obwohl ihm das Geräusch des Troges, der auf dem Nachbardach verschoben wurde, eigentlich nicht entgangen sein konnte, beruhigte sich aber sofort wieder, als er sah, dass es sich bei den Eindringlingen um einen Kongress-Walla und einen Khudai Khidmatgar handelte.

– Was soll ich ihnen denn sagen? Ich weiß nicht, wo die Engländer sie hingebracht haben.

– Qayyum Guls Bruder wird seit gestern vermisst.

Abdul Hakim schob Qayyum leicht nach vorn, und der Stadtbevollmächtigte hob abwehrend die Hände, wie um auszudrücken, Ich bin wehrlos, Sie dürfen mir nichts tun.

– Er hatte einen Gehrock an. Haben Sie ihn gesehen?

– Einen Gehrock, nein. Nein, da war keiner in einem Gehrock, das schwöre ich auf den Koran. Das wäre mir aufgefallen.

Dann kam er auf Qayyum zu. Legte ihm den Arm um die Schulter, fast väterlich, und sagte, Er ist wahrscheinlich verhaftet worden, wie so viele andere. Morgen gehen wir zum Polizeirevier am Kabuli-Tor, da werden wir ihn finden. Ich komme mit, ich begleite Sie.

Natürlich, das war des Rätsels Lösung. Qayyum wäre dem älteren Mann vor Freude und Erleichterung am liebsten um den Hals gefallen, den er, wie er spontan entschied, schon seit Jahren liebte und bewunderte. Diesen selbstlosen Diener der Stadt. Diesen Weisen, der Umgang mit den Mächtigen pflegte und seinen Einfluss für jene nutzte, die selber einflusslos waren. Wie glücklich durfte man sich schätzen, in einer Zeit zu leben, die von den Besten das Beste verlangte und ihnen Gelegenheit gab, mit ihrem Licht die Welt zu erhellen.

– Gehen Sie nach unten und sagen Sie diesen Leuten, dass Sie auch ihre Brüder und Söhne finden werden, sagte Abdul Hakim, der sich inzwischen auf dem Rand eines der Tröge niedergelassen hatte, sodass die Rohrkolben hinter ihm eine Art hohe Thronlehne aus Gold bildeten.

– Meinen Sie, ich hatte eine Wahl?, fragte der Stadtbevollmächtigte.

– Nein? Erklären Sie es mir. Erklären Sie es Qayyum Gul, der den ganzen Tag nach einem Mann gesucht hat, der wie vom Erdboden verschluckt ist.

Qayyum wollte jetzt eigentlich nur noch nach Hause zurück, um seine Erleichterung mit seinen Nichten und Neffen und Schwestern und Schwägern zu teilen. Um ihnen zu sagen, dass sie Najeeb schon morgen finden würden und ihn gnadenlos damit aufziehen könnten, dass sein englischer Gehrock ihn also nicht davor bewahrt hatte, ins Gefängnis geworfen zu werden. Er trat an die Flechtmatten, spähte durch eine Lücke nach unten auf die Straße. Inzwischen schienen dort noch mehr Menschen zu warten, und jemand hatte den Mann an der Tür abgelöst, um in demselben beharrlichen Rhythmus, poch-poch, poch-poch, gegen das Holz zu klopfen. Ein Nachbar auf der anderen Straßenseite öffnete sein Fenster und rief hinüber: Es reicht jetzt, es reicht!, und eine der Frauen auf der Straße rief: Wo ist mein Sohn?

– Sagen Sie mir, was ich sonst hätte tun können, sagte der Stadtbevollmächtigte. Caroe hat uns zu einem Treffen einberufen, vier von uns, und gesagt, wir müssten die Toten aushändigen. Die Toten in den Khilafaträumlichkeiten, die Toten in der Madrassa, alle. Glauben Sie, er hat das als bloße Bitte formuliert?

– Was?

– Jetzt hörst du die Wahrheit, Qayyum Gul, sagte der Anwalt. Nur zu, Mr Commissioner, schildern Sie uns, wie Sie sich dieser Aufforderung widersetzt haben. Schildern Sie uns, wie Sie gesagt haben, Sperren Sie mich ein, jagen Sie mir eine Kugel in den Kopf, aber ich werde mich an diesem schändlichen, kriminellen Akt nicht beteiligen.

Bei der Anrede mit seinem englischen Titel zuckte der Stadtbevollmächtigte sichtlich zusammen, alles andere aber wischte er mit einer verächtlichen Handbewegung beiseite.

– Was verstehen Sie schon davon, Abdul Hakim? Caroe hatte recht; wenn morgen ein Massenbegräbnis stattfindet, hat er gesagt, wird niemand in der Lage sein – nicht die Kongresspartei, nicht das Khilafatkomitee, nicht mal Gandhi und Ghaffar zusammen, wenn sie hier wären –, die erhitzten Gemüter in der Stadt zu beruhigen. Ist nicht schon genug Blut vergossen worden?

– Oh, so ist das also! Er hat nur in Peschawars Interesse gehandelt. Oh, Qayyum Gul, hast du das alles mitangehört?

– Vergessen Sie nicht Chauri Chaura, sagte der Stadtbevollmächtigte in strengem Tonfall, wie um seine Gäste daran zu erinnern, dass er der Älteste hier war und sie ihm den gebührenden Respekt entgegenzubringen hatten. Nachdem Ihre Kongressfreiwilligen das Polizeirevier niedergebrannt haben, hat Gandhi die gesamte Kampagne zur Nichtkooperation abgebrochen. Wollen Sie, dass sich so etwas noch einmal wiederholt? Hier? Damit das restliche Indien, alle Kongressoffiziellen, sagen können, Diese unbeherrschten Wilden aus der Grenzregion! Wie konnten wir je glauben, dass sie Teil unseres gewaltlosen Widerstandes sein könnten?

Abdul Hakim wandte sich Qayyum zu und breitete die Hände aus, wie um zu sagen, Ist das zu fassen?

– Ich verstehe nicht, sagte Qayyum. Was haben sie denn mit den Toten gemacht?

Der Anwalt ließ ein kurzes, freudloses Lachen vernehmen.

– Die haben sie wahrscheinlich in den nächsten Fluss geworfen oder in irgendeinen Graben gekippt.

– Unerhört, bringen Sie ja nicht irgendwelche Gerüchte in Umlauf! Die Toten wurden ordnungsgemäß beigesetzt, in Übereinstimmung mit allen muslimischen Riten. Caroe hat uns sein Ehrenwort gegeben.

– Wie, sogar die, die gar keine Muslime waren?

– Genug, sagte Qayyum und hob die Hand. Mit mühsam unterdrückter Wut wandte er sich an den Stadtbevollmächtigten und sagte, Diese Leute da unten, sie wollen nur ihre Toten begraben. Das hätte man doch sicher irgendwie einrichten können.

– Ach ja?, entgegnete der Stadtbevollmächtigte. Sie glauben also, nach einem Tag wie dem gestrigen würden die Männer Peschawars still und friedlich bleiben, während ein Toter nach dem anderen in einem endlosen Trauerzug durch die Straßen getragen wird, darunter ein junges Mädchen, das von einer englischen Kugel erschossen wurde? Der Engel von der Straße der Geschichtenerzähler. Sie hätten sehen sollen, wie die Männer im Büro reagiert haben, als sie hereingetragen wurde, vor allem die, die sie wiedererkannten. Ich dachte, ihnen würde vor Kummer das Herz brechen.

– Was für ein Mädchen, was für ein Engel?

Der Anwalt stand auf.

– Hast du sie nicht gesehen, Qayyum? Gestern, auf der Straße der Geschichtenerzähler. Eine hell strahlende Gestalt, wie aus Licht gemacht, stand auf einem Balkon und hat den Männern unten auf der Straße zu trinken gegeben; Wasser, das wie flüssiges Licht war, noch ein Wunder. Die englischen Offiziere haben sie dort stehen sehen, ein sichtbares Zeichen der Huld Allahs, und mit sämtlichen Gewehren ihrer Artillerie auf sie schießen lassen. Sie ist vom Balkon gestürzt wie ein vom Himmel fallender Stern, und erst als sie auf der Straße landete, tot, ist das Licht erloschen, und die Männer sahen, dass es kein Engel war, vor dessen strahlendem Glanz sie geblendet die Augen schließen mussten, während sie seinen flüssigen Segen tranken, sondern ein Mädchen hier aus Peschawar, gesegnet von Gott dem Allmächtigen.

In der anschließenden Stille ließ der Anwalt ein Streichholz aufflammen und fügte in völlig verändertem, ein wenig ironischem Tonfall hinzu, So hat mir zumindest der Mann versichert, der mir davon erzählt hat, wobei ich aber zufällig weiß, dass er sich den ganzen Tag zu Hause versteckt hielt. Er streckte den Arm aus, hielt das brennende Streichholz an die Spitze eines Rohrkolbens und trat eilig zurück. Ein Ring aus Helligkeit loderte auf; ein goldener Faden löste sich aus dem Ring und wickelte sich in Windeseile um den flauschigen Kolben darunter, der gleich darauf in Flammen aufging. Binnen

Sekunden hatte sich eine Wand aus Feuer gebildet, in der sich dunkel die Umrisse der einzelnen Rohrkolben abzeichneten.

– Sind Sie von Sinnen?, schrie der Stadtbevollmächtigte völlig entgeistert, während er hastig vor der knisternden, knackenden Feuersbrunst zurückwich.

– Nein, ich gebe den Leuten da unten bloß ein Zeichen, dass Sie hier oben sind. Vielleicht sollten Sie lieber runtergehen und ihnen alles zu erklären versuchen, ehe sie ebenfalls auf die Idee kommen, über das Dach Ihres Nachbarn hier hinaufzugelangen. Ich bin mir sicher, Sie finden schon einen Weg, ihre erhitzten Gemüter zu beruhigen. Aber wer weiß, vielleicht täusche ich mich ja auch.

Der Stadtbevollmächtigte stieß einen zornigen Fluch aus, ehe er sich abwandte und die Treppe hinuntereilte. Die Rohrkolben lösten sich zusehends auf, aber die Nacht war windstill, und die Flammen brannten ruhig vor sich hin, ohne Funkenflug. Eine Konzentration von Hitze und Helligkeit, wunderschön und unnahbar. Nicht anders mochte ein Engel einem Menschen erscheinen, in das Feuer des Himmels gehüllt.

– Auf welchem Balkon hat sie gestanden?, fragte Qayyum.

Der Anwalt sah ihn mit ernstem Blick an und legte ihm die Hand auf den Arm.

– Das Mädchen sollten wir besser nicht thematisieren, dazu besteht kein Grund. Wir geben das zu, was nicht abgestritten werden kann. Aber schweigen wir lieber darüber, dass unsere Verbündeten tote Mädchen in die Hände der Engländer gegeben haben. Verstanden?

– War es der Balkon des Teppichhändlers?

– Ja.

Qayyum schöpfte mit beiden Händen noch warme Asche aus dem Pflanzentrog, neigte den Kopf darüber und flüsterte einen Vers aus dem Koran. Sein Atem wirbelte graue Flöckchen auf, die durch die Luft davonstoben.

– Ihre Werke sind gleich Asche, auf die der Wind an einem stürmischen Tag heftig bläst. Sie sollen keine Macht haben über das, was sie erworben haben.

25. April 1930

Während sie durch den Bahnhof und über die Eisenbahnbrücke schritt, fühlte Viv sich in der Burka so unsichtbar wie in der Tarnkappe, die sie sich früher als Kind so sehnlich gewünscht hatte. Unter dem weißen Zelt bewegte sie sich in ihrer ganz eigenen, abgeschlossenen Welt. Unerkannt, unbemerkt. Der Polizist, der in der Nähe des Bahnhofs-WCs postiert war und registriert hatte, wie Miss Spencer hineinging, schenkte der Frau in der Burka, die wenig später herauskam, keinerlei Beachtung; die englischen Frauen und Kinder, die auf dem Bahnsteig auf den Zug warteten, der sie aus Peschawar evakuieren würde, sahen mitten durch sie hindurch; Remmick, der sie vom Dean's aus persönlich hierher eskortiert hatte, war zu sehr damit beschäftigt, lautstark in sein Taschentuch zu niesen, um eine Einheimische zur Kenntnis zu nehmen, die in ihrer Burka an ihm vorüberwandelte. Aber Viv senkte trotzdem den Kopf, damit das helle Schimmern ihrer blauen Augen hinter dem Gitternetz sie nicht verraten konnte.

Jenseits der Brücke, am Ende einer befestigten Straße, befand sich das jetzt wieder offene Kabuli-Tor, Torweg in eine Welt, die völlig anders war als die Welt, die sie jetzt hinter sich ließ. Viv hielt sich am Brückengeländer fest und sah sich zum Bahnhof um. Noch war ihr Verschwinden womöglich nicht bemerkt worden, noch konnte sie umkehren. Aber diese Frist lief unerbittlich ab. Schon in einigen Minuten würde jemand Alarm schlagen, jemand würde die Frau in der weißen Burka erwähnen, und Remmick würde glasklar erkennen, dass sie sich davongestohlen hatte, um ihn zu verraten – um das Empire selbst zu verraten.

Sie spähte hinüber, versuchte Remmick unter all den Engländern ausfindig zu machen, die mit ihren Frauen auf dem Bahnsteig warteten, aber in der Burka war ihre Sicht zu eingeschränkt, sie konnte kaum etwas erkennen. Sie zog das hinderliche Stoffgitter ein Stück von ihren Augen weg, blinzelte angestrengt, verwünschte die Männer, ließ ihre Hand sinken und setzte ihren Weg zum Kabuli-Tor fort.

Es stimmte, alle Soldaten waren aus der Ummauerten Stadt abgezogen worden, der Alarmruf »Peschawar ist gefallen« aber, der am Vorabend im Club für so viel Panik gesorgt hatte, schien ihr maßlos überzogen, als sie das offene Tor passiert hatte. Auf der Straße der Geschichtenerzähler ging es so quirlig und geschäftig zu, wie sie es in Erinnerung hatte. Der Duft von gebratenem Fleisch, die Händler, die ihre Waren anpriesen, die vielen unterschiedlichen Turbane, alles war wie immer, aber trotzdem, etwas war anders. Nach kurzem Nachdenken kam sie zu dem Schluss, dass der Unterschied bei ihr lag – weil sie durch die Burka alle Vorrechte einbüßte, die sie als Engländerin normalerweise in Anspruch nehmen konnte. Stehenzubleiben und Leute anzustarren, mit dem Finger auf Dinge zu zeigen, die ihr ungewöhnlich vorkamen, neugierige Fragen zu stellen, sich ungezwungen an Orten zu bewegen, die nur Männern vorbehalten waren, alles immer in der Erwartung, mit einer gewissen Ehrerbietung behandelt zu werden (ihr war gar nicht bewusst gewesen, mit welcher Selbstverständlichkeit sie dies immer vorausgesetzt hatte), allein ihrer Rasse wegen – all das war nun außer Kraft gesetzt. Es liegt nur an mir, redete sie sich ein. Ich bin anders, meine Wahrnehmung ist anders, das ist alles. Doch sie wusste, dass das nicht stimmte.

Am Vorabend hatte sie den Peschawar Club so schnell wie möglich verlassen. Als es ihr endlich gelungen war, Remmick abzuschütteln, war sie ins Hotel zurückgekehrt. Dort ließ sie sich auf der Fensterbank in ihrem Schlafzimmer nieder, trank Gin aus der Flasche und rauchte, während sie dem Zirpen der Grillen und den Rufen der Nachtvögel draußen im Garten lauschte. Wenn sie die Augen schloss, sah sie Berge von Leichen vor sich. Bleiche Hände, die die Toten aus ihrem eigenen Blut von der Straße aufhoben und auf die Ladefläche eines Lastwagens warfen wie kaputte Puppen. Aber was konnte sie in der Sache schon unternehmen? Sie war bloß eine Frau, die in dieser Stadt nichts zu bestimmen hatte, egal auf welcher Seite der Mauern.

Sie drückte sich die Gin-Flasche an den Hals, das Glas fühlte sich kühl an. Es gab eine Frau in der Ummauerten Stadt, die niemals Gelegenheit haben würde, am Grab eines geliebten Menschen zu stehen. Die nicht einmal wusste, wo sich dieses Grab befand – ob ein Baum an diesem Grab stand, ob Kinder in der Nähe spielten, ob ein Gott, an den niemand mehr glaubte, dort irgendein Zeichen hinterlassen hatte. *Er wurde in Bodrum beigesetzt, unter einer Zypresse, und 1917 bin ich mit seinem Spazierstock und Alices Hundehalsband (sie lebte inzwischen auch nicht mehr) nach Labraunda gefahren und habe beides am Fuß des Felsblocks begraben, den Zeus mit seinem Blitz gespalten hat.* Dies hatte Wilhelm ihr nach dem Krieg brieflich mitgeteilt, ein Akt der Freundlichkeit, den Viv ihm niemals vergessen würde. Etwas Vergleichbares konnte sie der Frau mit den grünen Augen nicht bieten; doch sie konnte zumindest ein wenig Licht ins Dunkel bringen, die ärgste Ungewissheit beseitigen. Ja, es gab Lastwagen, ein Mann namens Caroe hat es angeordnet, und zwar aus folgenden Gründen. Vielleicht würde das helfen. Nach einem Verlust kam es auf jede kleine Einzelheit an. Darauf, dass ein Unrecht, wenn es begangen worden war, auch eingeräumt wurde. *Das War Office hat mit dem Tod dieses Mannes nichts zu tun, Miss Spencer. Ich fordere Sie dringend auf, Ihrem eigenen Leumund zuliebe von weiteren Briefen dieser Art abzusehen.*

Es war schon weit nach Mitternacht, als Remmick an ihre Tür klopfte. Er wollte sie noch einmal daran erinnern, dass alle Frauen und Kinder am Morgen evakuiert würden, und dass sie sich frühzeitig bereithalten sollte. Beim Sprechen sah er sich aufmerksam in ihrem Zimmer um und erspähte mit geübtem Blick sogleich die Burka, die über einer Stuhllehne hing. Er ging hinüber und strich mit der Hand über das weiße Baumwollgewebe.

– Legen Sie die an, sagte er unvermittelt.

– Wieso sollte ich?

– Legen Sie die an und ziehen Sie dann Ihr Kleid aus.

– Scheren Sie sich raus, sonst schreie ich das ganze Haus zusammen.

Achselzuckend wandte er sich ab und verließ ihr Zimmer. Doch als er fort war, nahm Viv die Burka von der Stuhllehne und hatte das Gefühl, eine Antwort gefunden zu haben.

Jetzt aber wurde die Stimme in ihrem Kopf immer lauter, während sie auf das Haus des Teppichhändlers zuging – Halt dich da raus! Gleich darauf gefolgt von einem anderen Gedanken: Diese Leute sind nicht deine Leute. Sie blickte die lange Straße hinab und sah nur Pathanen. Trotz der Burka fühlte sie sich auf einmal seltsam ausgeliefert und rettete sich in eine Gasse. Dort aber kam ihr ein Mann entgegen, der sie mit ungeduldiger Gebärde aus dem Weg scheuchte wie einen Schwarm Tauben, denn die Gasse war so eng und schmal, dass er nicht an ihr vorbeigekonnt hätte, ohne mit ihr in Kontakt zu geraten. Sie wich eilig zurück, musste sich aber auf kleine Trippelschrittchen beschränken, um nicht über den Saum der Burka zu stolpern. Erst als sich eine Tür öffnete und eine grell geschminkte Frau zum Vorschein kam, wurde ihr klar, warum der Mann sie so ärgerlich fortscheuchte: Sie sollte nicht sehen, was die Männer der Stadt in dieser Gasse trieben. Tatsächlich, in der Ummauerten Stadt gab es für alles eine Straße. Eines Stadtplans bedurfte es nicht, man brauchte bloß seinen Wünschen zu folgen. Die Straße der Geschichtenerzähler. Die Straße der Kurtisanen. Die Straße der Engländerinnen. Die Straße der einfallsreichen Stadtführer. Ihr junger Paktyer, ihr Herodot von Peschawar, ihre Zivilisierungsmission. Ihm wollte sie jetzt auf gar keinen Fall begegnen.

Sie schwitzte unter der Burka und konnte sich nicht einmal den Schweiß von der Stirn abwischen. Zurück auf der breiteren Straße sah sie eine Frau in bunter Tracht, eine Nomadin offenbar, die einem Mann mit einem breitkrempigen Korb auf dem Kopf etwas zurief. Dieser ging daraufhin vor der Nomadin in die Hocke, damit sie sich aus dem Korb die schönsten Melonen aussuchen konnte. Ein Mann schritt mit einem kegelförmigen Stoffbündel unter dem Arm dahin; aus dem spitzen Ende ragte etwas grünblau Schillerndes heraus, und aus der großen Öffnung gegenüber lugten drei Köpfe mit spitzen Schnäbeln. Ein Hut voller Melonen, ein Bukett aus Pfauen. Malerischer Orient pur, über den sie unter anderen Umständen vermutlich hellauf entzückt gewesen wäre. Heute aber stand der Melonenverkäufer unter den verkohlten Überresten eines Union Jack; der Mann mit den Pfauen unter dem Arm war unterwegs in Richtung Kabuli-Tor, das Tor, durch das die Panzerwagen und Soldaten in die Stadt geströmt waren. Das war die Realität, in der sie sich nun befand. Oder nahm sie diese Realität heute bloß zum ersten Mal wahr?

Da fiel ihr am Ende der Straße eine vertraute Gestalt ins Auge: Najeeb Guls Bruder, der mit vor der Brust verschränkten Armen vor dem Tor eines Polizeireviers stand.

Bis zur Mitte des vorangegangenen Jahrhunderts gab es diverse Nebenarme des Kabul-Flusses, die sich bis ins Herz von Peschawar schlängelten, mit Weiden und Maulbeerbäumen, die links und rechts an den Ufern wuchsen. Überall Schatten und Wohlgeruch, erwachsene Männer aus aller Herren Länder, die sich an süßen, purpurfarbenen Beeren labten, während sie über die Straße der Geschichtenerzähler gingen. Heute gab es stattdessen einen gemauerten Kanal mit trübem, schmutzigem Abwasser. Warum verlorenen Maulbeeren hinterhertrauern, statt den Ingenieuren dankbar zu sein, die dafür gesorgt hatten, dass die Stadt nicht mehr von Überschwemmungen heimgesucht wird?, sagte Qayyum, worauf Najeeb entnervt die Hände in die Luft warf. Lala, warum kannst du nicht sehen, dass die Vergangenheit wunderschön ist?

Die Tür des Polizeireviers ging auf, und ein Mann in Khaddar-Tunika kam heraus. Qayyum atmete tief durch, als er ihn auf sich zukommen sah. Nein, die Vergangenheit war nicht der schöne Ort, an dem er noch einen Bruder hatte, das konnte er nicht akzeptieren. Jeden Moment würde Najeeb aus seiner Zelle freigelassen, jeden Moment jetzt. Aber der Kongress-Walla holte lediglich etwas aus dem Auto, das auf dem Gelände vor dem Revier geparkt war, machte kehrt und verschwand wieder durch die Tür ins Innere.

Qayyum war bereits in der Nacht hergekommen, sobald sich die Armee restlos aus der Stadt zurückgezogen hatte. Seither harrte er hier am Tor aus und wartete darauf, dass die Polizisten, die sich in ihrem Revier verbarrikadiert hatten, endlich herauskamen. In den ersten Stunden hatte er noch regelmäßig an dem versperrten Tor gerüttelt, bis ihm der Gedanke kam, dass er die Polizisten dadurch womöglich nur weiter verängstigte. Die ganze Nacht hindurch waren immer wieder Bekannte aufgetaucht, Leute von der Kongresspartei, vom Khilafat oder von den Khudai Khidmatgar, und hatten ihn gedrängt, mit ihnen zusammen als Bürgerwehr durch die Straßen der Stadt zu patrouillieren – es wurde gemunkelt, die Briten hätten Räuber und Banditen im Grenzgebiet zu einem Überfall auf die Ummauerte Stadt ermuntert, damit die Peschawaris die Armee daraufhin von sich aus anflehen würden, zurückzukommen und sie zu beschützen –, aber er erklärte jedes Mal, Ich warte hier auf meinen Bruder. Wenn er herausgekommen ist, schließe ich mich euch an, und dafür hatten sie alle Verständnis gezeigt. Vor gut einer Stunde dann war eine Abordnung von Kongress- und Khilafatleuten am Polizeirevier eingetroffen. Einer von ihnen kletterte über die Mauer und öffnete von innen das Tor, nachdem er das Schloss mit Leichtigkeit geknackt hatte.

– Nein, bleib hier, hatte Abdul Hakim gesagt, der Anwalt, der der Delegation ebenfalls angehörte. Falls dein Bruder hier ist, holen wir ihn raus, keine Sorge.

Auf einmal nahm Qayyum einen intensiven Duft von Melonen wahr – von einem Obstverkäufer, der gerade vorbeikam –, und dachte voller Sehnsucht an seine Obstgärten. Warum konnte er jetzt nicht dort sein, in dieser Welt, die er verstand.

– Mr Gul?

Es war die Stimme einer Engländerin. Er fuhr erschrocken herum und erschrak noch mehr, als er feststellte, dass die Stimme unter einer Burka hervordrang. Die Person darunter gab sich als Miss Spencer zu erkennen, und er wedelte heftig mit der Hand, zum Zeichen, dass sie ihre Stimme dämpfen sollte. Ganz in der Nähe lehnten zwei Männer an einem Baum, vertieft in die Zeitung *Sarhad*, die an diesem Morgen eine Liste mit den Namen von über einhundert Toten veröffentlicht hatte.

– Bitte kehren Sie ins Cantonment zurück.

– Es tut mir unendlich leid, was hier geschehen ist.

– Sie wissen ja gar nicht, was hier geschehen ist.

Da öffnete sich erneut die Tür des Reviers. Diesmal kam die gesamte Delegation von Kongress und Khilafat heraus, gefolgt von Männern, die Qayyum nicht hatte hineingehen sehen – die Gefangenen, in Khaddar-Tuniken und Rothemden, und zwar so viele, dass es unmöglich war, einzelne Gesichter in der herausdrängenden Menge auszumachen. Sie öffneten die Gefängnistore und strömten auf die Straße hinaus, und dann brauste auch schon ein gewaltiger, vielstimmiger Ruf durch die Ummauerte Stadt: *Inqilaab Zindabad!*

– Najeeb!, schrie Qayyum gegen das Gebrüll der Menge an. Najeeb!

Da spürte er eine Hand an seiner Schulter. Er bekam weiche Knie vor Erleichterung und wirbelte herum. Aber es war bloß Abdul Hakim, der ihn ansah und den Kopf schüttelte.

– Tut mir leid, sagte der Anwalt. Tut mir furchtbar leid, aber er ist nicht hier.

Die Gefangenen strömten an ihm vorbei auf die Straße, wo sie wie Helden begrüßt und umarmt wurden. *Inqilaab Zindabad!* Qayyum fühlte sich schwindelig. Er streckte blindlings den Arm aus, um sich irgendwo abzustützen, und was er berührte, war Stoff und eine Schulter darunter, die nicht zurückzuckte.

– Najeeb?, sagte die Engländerin mit leiser, tonloser Stimme. Bitte, er ist doch nicht etwa auch auf einem der Lastwagen gelandet?

– Nein, sagte Qayyum, nein. Es war niemand in einem Gehrock dabei. In seinem Gehrock wäre er jemandem aufgefallen.

Der Satz spendete ihm Kraft, und er wiederholte ihn noch einmal, während er seine Hand von der Schulter der Frau wegzog.

– Natürlich, sagte sie. Entschuldigung, das hätte ich nicht sagen sollen.

– Sie wissen über die Lastwagen Bescheid?

– Ja. Aber, Najeeb. Wo ist Najeeb?

– Wissen Sie, wo die Lastwagen hingefahren sind? Wo man die Toten hingebracht hat?

– Nein. Wenn ich etwas wüsste, würde ich es Ihnen sagen, selbstverständlich, aber ich weiß nichts. Die arme Frau, wie entsetzlich das für sie sein muss, ich mag es mir gar nicht ausdenken. Wo ist Najeeb?

– Welche Frau?

– Da war eine Frau, gestern im Museum. Sie müssten sie gesehen haben, sie ist an Ihnen vorbeigeeilt, als Sie gerade hereinkamen. Sie hat gesagt, ihre Schwägerin sei von einem Lastwagen weggebracht worden.

Jetzt erinnerte er sich an die hochgewachsene Gestalt mit dem Kopfschleier.

– Hatte sie grüne Augen?, fragte er.

– Ja. Kennen Sie sie?

– Was hatte sie im Museum zu suchen? So kurz nach dem Tod ihrer Schwägerin. Außerdem waren die Tore der Ummauerten Stadt geschlossen. Warum und wie ist sie in das Museum gekommen?

– Keine Ahnung.

Er spähte die Straße der Geschichtenerzähler hinab zu dem Balkon, auf dem geschnitzte Hirsche einander zwischen Friesen von Rosen hinterherjagten. Ohne ein Wort setzten er und die Engländerin in der Burka sich in Bewegung.

Es war unmöglich, mit dem Pathanen Schritt zu halten, ohne sich durch ihren Gang als Engländerin zu verraten. Viv ließ ihn also vorausgehen und war überrascht, als er vor der Tür des Teppichhändlers stehenblieb, um auf sie zu warten.

– Ich kann nicht einfach so sagen, dass ich eine Frau zu sehen wünsche, erklärte er, während er anklopfte. Ein junger Diener, ein Knabe noch, öffnete und sagte, die Familie sei noch nicht aus Kohat zurück, Trauergäste würden ersucht, am folgenden Tag wiederzukommen, wenn alle wieder hier wären. Sie sind aber nicht alle in Kohat, sagte Mr Gul, worauf der Junge erwiderte, nein, sein Sahib sei in Shah-ji-ki-Dheri.

– Shah-ji-ki-Dheri?

Der Junge erschrak sichtlich über Vivs englischen Akzent, antwortete ihr aber bereitwillig.

– Ja, er ist wegen einem Grab dort. Auch wenn es keinen Leichnam gibt, sollte es ein Grab geben.

Er hielt seine Faust in die Höhe, um die ein hauchdünner, zart nach Kokosnussöl duftender blauer Dupatta gewickelt war, und seine Augen füllten sich mit Tränen.

Was haben wir hier angerichtet?

Mr Gul sah sie an, und sie wusste, dass es nun an ihr war, nach der Frau mit den grünen Augen zu fragen.

– Richte deiner Begum-Sahib bitte aus, dass ich die Engländerin bin, mit der sie über die Lastwagen gesprochen hat.

– Kommen Sie mit, sagte der Junge. Kommen Sie mit nach oben.

Sie folgten ihm in einen abgeschlossenen Innenhof mit Fenstern aus farbigem Glas und feinem Holzgitterwerk. Dort führte er sie eine der Ecktreppen hinauf und in einen sehr großen Raum, den sie sofort wiedererkannte. Es war der Verkaufsraum, den sie Jahre zuvor schon einmal als Kundin besucht hatte. Der Junge öffnete die Fensterläden und ging dann hinaus. An einer Wand lehnten zusammengerollte Teppiche, nach Größe angeordnet wie Schulkinder. Sie erinnerte sich gut daran, wie der freundliche bärtige Teppichhändler ihr einen Läufer gezeigt hatte, der auf den ersten Blick nicht viel hermachte. Nein, das ist nicht ganz, was ich mir vorgestellt habe, hatte sie gesagt. Er lächelte, als hätte er mit so einer Reaktion schon gerechnet, und drehte den Läufer mit einer schnellen Handbewegung um, so als würde er eine Seite in einer illuminierten Handschrift umblättern, und zum Vorschein kam ein herrliches Muster aus scharf umrissenen Arabesken, rot wie Blut und tiefblau wie die Abenddämmerung. Viv schlug vor Entzücken die Hände zusammen und zollte damit zugleich dem Verkaufsgeschick des Händlers ihre Anerkennung. Heute zierte der Läufer mit den fein geknüpften Arabesken ihr Arbeitszimmer in Bloomsbury.

– Wollen Sie die Burka ablegen?

– Ja.

Mr Gul schloss die Fensterläden und wandte ihr den Rücken zu, während sie sich aus der Burka befreite und ihr Kleid glattstrich.

– In Ordnung, sagte sie, worauf er quer durch den Raum ging und eine Tiffany-Lampe anknipste. Eine Libelle brachte Licht ins schummrige Dunkel, und gleich darauf, als wäre in der Lampe eine Art Flaschengeist zum Leben erwacht, war eine Stimme zu vernehmen.

– Was wollen Sie?

Qayyum wich eilig von der Tür zurück, die sich nur ein, zwei Meter vor ihm geöffnet hatte, und wäre um ein Haar über eine Falte im Teppich gestolpert. Die Frau war ihm seit ihrer Begegnung nicht aus dem Kopf gegangen, und er hatte sich inzwischen ein so übertriebenes Bild von ihr zurechtphantasiert, von dem Grün ihrer Augen, dem Schnitt ihrer Wangenknochen, dass ihre tatsächliche Erscheinung ihn fast ein wenig enttäuschte. Ihn allerdings beachtete sie gar nicht, ihre Frage hatte sie an die Engländerin gerichtet.

– Es tut mir leid, fing die Engländerin auf Englisch an. Besann sich dann und fuhr auf Paschtu fort: Verzeihung, ich kann nicht in Erfahrung bringen, wo die Lastwagen hingefahren sind. Das will man mir nicht verraten. Aber es hat Lastwagen gegeben, so viel steht fest. Ein Mann namens Caroe hat den Befehl dazu gegeben.

– Warum sind Sie hergekommen? Um mir zu erzählen, was ich schon weiß? Glauben Sie, ich benötige Ihre Bestätigung, dass es tatsächlich wahr ist? Wenn Sie nicht wissen, wo sie ist, dann gehen Sie. Ich brauche keine Engländerin, die hierherkommt und mich um Verzeihung bittet. Womit hätten Sie es verdient, dass man Ihnen Verzeihung gewährt?

All der Zorn der Ummauerten Stadt sprach aus ihrer Stimme, und all ihr eigenes Leid, ihr eigener Kummer. Mein Leben wäre besser, wenn ich dich kennen würde – dieser völlig unangebrachte Gedanke schoss ihm spontan durch den Kopf. Er machte sich mit einem Räuspern bemerkbar und hoffte inständig, dass sein Gesicht nicht so hochrot war, wie es sich anfühlte.

– Wir waren an dem, was geschehen ist, auch beteiligt. Meine Kameraden, meine Brüder, die Männer der Ummauerten Stadt.

– Die Stadtbevollmächtigten. Ich weiß. Warum erzählen Sie mir Dinge, die ich schon weiß? Wo ist Diwa? Das ist die einzige Frage auf der Welt.

Er konnte sie nicht ansehen. Nicht, weil sie unverschleiert war, nicht, weil sonst womöglich Verlangen in ihm aufgeflammt wäre, nicht, weil ihn ein anderer Mann dabei hätte ertappen können, wie er eine Frau ansah, die er nicht ansehen durfte. Nein, er brachte es schlicht nicht fertig. Und der Engländerin da drüben, da war er sich sicher, ging es gerade nicht anders.

– Hier. Nehmen Sie das.

Sie stieß ihm etwas entgegen. Als er den Blick hob und die Arme ausstreckte, um es in Empfang zu nehmen, sah er, dass es sich um die Decke handelte, die sie unter dem Arm gehalten hatten. Ohne ein weiteres Wort verließ sie den Raum und schloss die Tür hinter sich. Gleich darauf hörte er, wie ein Schlüssel im Schloss herumgedreht wurde.

Miss Spencer kam zu ihm herüber. Was ist das? Bloß eine Decke, antwortete er mit stockender Stimme. Die Engländerin legte die Hände auf die obere Schicht des zusammengelegten Tuchs, fasste es an den Ecken, wobei ihre Fingerknöchel Qayyums Hemd streiften, und trat dann zurück, um den dunklen Stoff zu entfalten. Es war keine Decke, es war ein Gehrock, der sich nun zwischen ihnen spannte. Mit einem Einschussloch in Höhe von Najeebs Brust, klar zu erkennen im Schein der Lampe.

AUF DER STRASSE
DER GESCHICHTENERZÄHLER

23. April 1930

Najeeb Gul drückt seine Hände gegen die Rosen, die in das Holz der Tür eingeschnitzt sind, merkt, wie seine Finger in die Schnörkel einer Blüte einsinken, und atmet tief den intensiven Attar ein. Der süße Rosenduft von Peschawar im Frühling – welche Stadt könnte sich einer Jahreszeit von ähnlich betörendem Wohlgeruch rühmen? In England, das weiß er, ist die bevorzugte Jahreszeit der Herbst, die Erntezeit, wenn es morgens neblig ist und alles in der Natur in mildes Licht getaucht scheint. »Milde«. Nur ein Engländer würde wohl an einem solchen Adjektiv Entzücken finden. Darin kommt ihr feinsinniger Charakter zum Ausdruck. Er macht einen Schritt zurück und betrachtet stolz die reich geschnitzte Tür, die er mit seinem Gehalt bezahlt hat. Ein Jammer, dass seine Eltern die Tür nicht mehr gesehen haben, dieses sichtbare Zeichen von Wohlstand.

Er befühlt zur Sicherheit noch einmal seinen Turban, um den Silberreif durch die Lagen von Stoff zu ertasten. In der Nacht hat er geträumt, er würde auf einem Bahnsteig warten, und als der Zug einfuhr und sich eine Tür öffnete, aus der die einzige Reisende zum Vorschein kam, wickelte er seinen Turban auseinander und musste mit Schrecken feststellen, dass er darunter nur die übliche harte Kappe auf dem Kopf trug. Er macht sich mit großen Schritten auf den Weg und dreht sich noch einmal lachend um, als ihm der Schuster Hari Das durch die Gasse nachruft, Vizekönig Najeeb! Er ist sich durchaus bewusst, was für eine eindrucksvolle Erscheinung er heute abgibt, mit seinem Turban mit dem lang herabhängenden Ende, dem schneeweißen Salwar und dem schwarzen Gehrock, der sein ganzer Stolz ist. Wenn sie ihn am Bahnhof sieht, wird sie lächeln und sich bei ihm einhaken, und so werden sie zusammen den kurzen Weg zum Museum zurücklegen – und dort, in der Halle der Statuen, zwischen den beiden stehenden Buddhas, wird er ihr das Ende des Turbanstoffs in die Hand legen und sich dann um die eigene Achse drehen. Immer und immer wieder, wie ein Derwisch, den einen Arm vor sich ausgestreckt und nach oben angewinkelt, mit offener Hand und gespreizten Fingern. Und dabei würde der Turban nach und nach auseinandergewickelt. Dann ein verwischter, silbriger Glanz, ein Stirnreif! Miss Spencers ungläubiges Lachen, ihre Freude, ihre Dankbarkeit.

Er schreitet durch die Gassen, durchquert einen Basar und dann den nächsten. Alles ist verriegelt und verrammelt, es ist so still, dass es ihm vorkommt, als würde er eine halbfertige Zeichnung seiner Stadt betrachten. Nichts regt sich weit und breit, bis auf ihn. Oh, und da ist noch ein großer roter Schmetterling, der träge durch die Luft taumelt, wie betäubt von dem strengen Geruch, der von einer Kamelkarawane herüberzieht.

Es gefällt ihm, dass die Straßen heute nahezu frei sind vom gewohnten Durcheinander der Gegenwart. So kann er ungestört die Mauern und gewölbten Torbögen der Altstadt betrachten, die uralten Hügel und Berge. Die Vergangenheit ist hier stets präsent, das liebt er an Peschawar mit am meisten. Wohin er seinen Blick in der zerbrochenen Schale des Tals von Peschawar auch richtet, durchdringt er mühelos die Schichten der Zeit. So kann es geschehen, dass er, innerhalb eines einzigen Tages, dem chinesischen Mönch Fa-Hien begegnet, der gerade Blumen in die Almosenschale des Buddhas in Gor Khatri wirft, eingedenk der Geschichte von den acht Elefanten, denen es mit ihren vereinten Kräften nicht gelang, diese Almosenschale von dem Kloster fortzuzerren; dem Kuschan-König Kanischka, der eben den Grundstein für den Großen Stupa legt, von dem Buddha geweissagt hatte, dass er ihn erbauen würde; dem Mogulkaiser Babur, auf dem Rücken eines Elefanten thronend, bei der Jagd auf Nashörner im sumpfigen Marschland, das seine Nachkommen später in eine Landschaft von Gärten verwandelten; dem Sikh-Maharadscha Ranjit Singh, oben auf den Zinnen der Festung Bala Hissar, von wo aus er die Stadt mit seinem einen Auge überblickt, über das sein Außenminister schrieb: *Der Maharadscha ist wie die Sonne, und auch die Sonne hat nur ein Auge. Der Glanz und das*

Leuchten seines einzelnen Auges ist so stark, dass ich es nie gewagt habe, sein anderes Auge anzusehen; und Skylax. Mitunter kommt es vor, dass sich die Zeitalter verflechten, und siehe da, dort saust Baburs Speer durch die Luft, der ein Nashorn verfehlt und dafür Nearchos trifft, der verwundet zu Boden stürzt, einem Gandhara-Bildhauer direkt vor die Füße, der gerade an einem Stupa meißelt, mit Atlas an seiner Basis, der auf seinem Nacken die erhöhte Gestalt Buddhas trägt, den wiederum gerade Marco Polo auf einem Blatt Papier zeichnet, welches ihm von Skylax aus der Hand stibitzt und dann von einer namenlosen Heldin tief in der Erde vergraben wird, um es vor dem Zugriff der Weißen Hunnen zu schützen, die plündernd und marodierend kreuz und quer durch die Lande ziehen.

Der Turban wiegt schwer auf seinem Kopf. Eines verdrießt ihn an dem heutigen Proteststreik – dadurch bleibt ihm die Gelegenheit verwehrt, Miss Spencer vom Bahnhof aus direkt zur Straße der Geschichtenerzähler zu führen, in der »Dareios und der Verrat des Skylax« mittlerweile eine ebenso bekannte wie beliebte Geschichte ist. Aber vielleicht hat das auch sein Gutes; als er die Geschichte das letzte Mal gehört hat, hatte Ashfaq, der Geschichtenerzähler, einige zusätzliche Verse angefügt, um die Stimmung der jüngsten Zeit einzufangen:

Skylax verfluchte die Perser, als sie marschierten durch Kariens Straßen.
  Aber eine Krone aus Silber, und –! *Er* schenkte ihnen ein Land zum Erobern, reich über alle Maßen.

In seinen Träumen wirft Dareios diese Krone durch die Luft wie eine Diskusscheibe,
  Sie durchtrennt Herakleides den Hals, und das Gebet, das er begann, muss ungesagt bleiben.

Träumt Skylax des Nachts von Karien, oder sind es persische Brunnen, die er im Traum vor sich sieht?

Nein, in jeder Nacht, wenn er träumt, es ihn zurück in unsere Berge zieht.

Welchem Mann hier in Peschawar wird das nicht vertraut in den Ohren klingen?
Auch Dichter werden nicht müde, die Schönheit und den Duft unseres Landes zu besingen.

Wir stehen hier mit offenen Armen, als Gäste sollt ihr uns willkommen sein.
Ihr aber wollt uns bloß versklaven, und unsere Führer sperrt ihr ein.

Qayyum hat abgestritten, dass er den Geschichtenerzähler dazu ermuntert hat, diese Zeilen in seinen Vortrag einzubauen, aber das nimmt Najeeb ihm nicht ganz ab. Von Tag zu Tag gerät sein Bruder tiefer in den Strudel einer Welt, in der alles, was von den Briten angerührt wird, besudelt ist, selbst Peschawars antike Geschichte.

Da hört Najeeb Stimmen, Schritte. In der Gasse kommt ihm eine Schar Männer entgegen, alle in den rotbraunen Hemden, die von Ghaffar Khans unbewaffneter Armee getragen werden. Najeeb redet sich manchmal ein, dass seine ablehnende Haltung den Khudai Khidmatgar gegenüber nur darauf beruht, dass er ein Städter ist und prinzipiell alles belächelt, was aus dem bäuerlichen, ungebildeten Umland kommt, politische Bewegungen eingeschlossen. Doch im Grunde seines Herzens weiß er, dass er bloß eifersüchtig auf diese Männer ist, weil sein geliebter älterer Bruder, den er nach wie vor wie einen Helden verehrt, ihnen so viel Zeit und Aufmerksamkeit schenkt.

– *Inqilaab Zindabad!*

So lautet die Parole, die die jungen Khudai Khidmatgar immer wieder rufen. Da öffnet sich ein Fensterladen, und eine ältere Frau steckt den Kopf heraus, wobei sie an einen Kuckuck erinnert, der aus einer dieser englischen Wanduhren herausschnellt.

– Was gibt's? Was ist los?

– Die Engländer haben unsere Anführer in der Polizei-Thana am Kabuli-Tor eingesperrt. Schick deine Söhne, damit sie sich am Protest beteiligen.

Najeeb überlegt, ob er vielleicht eine andere Route zum Bahnhof einschlagen sollte. Da dringt eine andere Art Geschrei herüber. Ein Mann kommt in die Gasse gelaufen.

– Sie bringen uns um.

Einer der jungen Rothemden hält den Mann an der Schulter fest. Der Mann kann seine Worte nur bildlich gemeint haben, versucht Najeeb sich zu beruhigen. Der Augenschein aber spricht dagegen. Najeeb kennt diesen Mann, er hat ihn schon unzählige Male im Basar gesehen, wo er Zuckerwerk verkauft, und doch hätte er ihn jetzt beinahe nicht wiedererkannt, sein Gesicht wirkt, als wäre etwas entfernt oder auch hinzugefügt worden, das ist nicht ganz klar.

Trotz seiner heftigen Erregung gelingt es dem Mann, klar und verständlich Auskunft zu geben: Panzerwagen sind in die Menge der Aktivisten gerast, die die Parteiführer zum Gefängnis begleitet haben, wo diese sich, wie versprochen, freiwillig haben einsperren lassen, und die Straße der Geschichtenerzähler ist mit Leichen übersät, wie viele Tote, wie viele Verletzte, es ist unmöglich zu sagen. Als der Mann seinen Bericht beendet hat, wendet Najeeb sich um und rennt los.

Er gerät in eine Art Aufruhr. Was passiert ist, scheint sich bereits in der Ummauerten Stadt herumgesprochen zu haben, dutzende Männer sind auf den Beinen, unterwegs zur Straße der Geschichtenerzähler; auf den Dächern und Balkonen stehen Leute, die Gerüchte aus der Luft aufschnappen und in die Gasse hinunterrufen. Ein Fahrzeug steht in Flammen. Ein Engländer ist durch einen Steinwurf schwer verletzt worden. Ein Pferd, irgendetwas mit einem Pferd. Ein Engländer ist unter die Hufe eines Pferdes geraten. Nein, ein Engländer wurde von einen Motorrad überfahren. Nein, ein Engländer auf einem Motorrad ist mit einem Pferd zusammengestoßen. Nein, ein scheuendes Pferd, das nicht kämpfen wollte, ist von einem Engländer erschossen worden. Etwas oder jemand ist überrollt worden, als ein Panzerwagen rückwärtsgefahren ist, ein Pferd? Ein Engländer? Ein Motorrad? Ein Gewehr. Ein Stein. Eine unbewaffnete Menschenmenge.

Dann plötzlich Schüsse. Nicht bloß einer oder zwei, sondern das knatternde Stakkato von Maschinengewehren. Wo eben noch Leute auf den Dächern standen, ist jetzt nur noch Himmel. Trotz der lähmenden Furcht, die in ihm aufsteigt, zwingt Najeeb sich weiterzulaufen.

Dann ist er am Ziel. Ein kompakter, undurchdringlicher Lärm schlägt ihm aus der Straße der Geschichtenerzähler entgegen. Eine Tür geht auf, und eine Frau in einem Kamiz, ebenso hellgrün wie ihre Augen, kommt heraus. Er ruft ihr zu, sie solle ins sichere Haus zurückkehren, aber sie beachtet ihn nicht und geht zielstrebig weiter. Ein Duft nach Walnüssen und Pflaumen steigt ihm in die Nase. Der Chaddar, der ihren Kopf bedeckt, ist rotbraun gefleckt, ganz wie die Hemden der Khudai Khidmatgar. Anscheinend ist er frisch gefärbt, denn der Stoff klebt ihr nass an der Haut und hinterlässt dabei rotbraune Spuren in ihrem Gesicht. Eine Messerklinge blitzt kurz in ihrer Hand auf, dann ist sie um die Ecke herum verschwunden.

Da hört er von oben Geräusche und hebt den Blick. Leute bewegen sich auf einem Dach. Es ist das Dach des Teppichhändlers, von wo aus sich die gesamte Straße der Geschichtenerzähler überblicken lässt. Die Haustür ist nur angelehnt, die Frau mit den Farbflecken im Gesicht hat sie nicht richtig zugezogen, und Najeeb zögert nur einen kurzen Moment lang. Dann tritt er ins Innere und eilt die Treppen hinauf, bis er an der Tür anlangt, die aufs Dach hinausführt. Männer befinden sich nicht hier oben, nur Frauen und Kinder. Die Frauen stehen auf der erhöhten Dachumrandung und spähen über die Flechtmatten auf die Straße hinunter, und die Kinder sitzen auf der breiten Trennmauer, hinter der sich das Dach des nächsten Hauses befindet. Beim Anblick der Frauen, die alle unverschleiert sind, hält er kurz inne und zögert, bis eine, in einem blauen Kamiz mit Spiegelstickerei an den Ärmeln und mit einem geflochtenen Zopf, der ihr lang über den Rücken hängt, sich zu ihm umwendet und bei seinem Anblick bloß mit den Schultern zuckt, wie um auszudrücken, Warum nicht? Hier oben ist der Duft nach Walnuss und Pflaume sehr intensiv. Er kommt an dem Kübel vorbei, aus dem dieses Aroma aufsteigt. Daneben hängen auf einer Wäscheleine frisch gefärbte Kleidungsstücke, lauter Männersachen. Die Sonne scheint grell auf ein nasses rotes Hemd – es ist, als würde ein Herz explodieren.

Er geht zu einer Ecke des Daches hinüber, wo er genug Abstand von den Frauen halten kann; bis auf die eine mit dem Zopf haben sie ihn entweder noch nicht bemerkt oder tun so, als wäre er nicht da.

Unten liegt ein Pferd auf der Straße, offenbar tot, die Mähne ganz rot von Blut. Ein Panzerwagen steht in Flammen, und gleich daneben brennt noch etwas anderes, ein Mann – ist das ein Mann da neben dem Fahrzeug, der schon ganz schwarz verkohlt ist? Zum Kabuli-Tor ist kein Durchkommen, die Straße davor wird von Panzerwagen blockiert. Hunderte Peschawaris drängen sich in der Straße der Geschichtenerzähler. Soldaten stehen ihnen mit aufgepflanztem Bajonett gegenüber. Dazwischen die Toten. Einer der Toten regt sich, beginnt vorwärtszukriechen. Einige Männer in Khaddar-Tuniken eilen herbei und heben ihn vom Boden auf. Die Menge teilt sich, um sie durchzulassen, und eine plötzliche Stille senkt sich über die Straße hinab, sodass der trotzige Schrei des Schwerverwundeten bis zu den Dächern heraufdringt.

– Inqilaab Zindabad!

Die Menge folgt seinem Beispiel, skandiert nun ebenfalls wieder in Sprechchören die Forderung nach Revolution. Männer drängen nach vorn, um die Toten einzusammeln. Aber jetzt schreien die englischen Offiziere etwas, und die Soldaten mit den Bajonetten rücken vor. Ein Teil der Soldaten allerdings schwärmt aus, um sich in einer Umfassungsbewegung vor den Gassen zu postieren, die in die Straße der Geschichtenerzähler einmünden. Er wird eine andere Route finden müssen, vorausgesetzt, dass er tatsächlich hineinwill.

Najeeb Gul hebt den Blick über die Stadtmauer. Ein Wagen der Feuerwehr rast gerade aufs Kabuli-Tor zu, ansonsten aber ist im Cantonment alles ruhig und friedlich, ebenso wie in der Landschaft dahinter, bis hinüber zu den fernen Bergen. Grüne Felder und Obstbäume und breite Straßen und englische Architektur. Ein Mann führt einen Hund spazieren. Jemand schlendert durch die Grünanlagen des Museums. Najeeb blickt zum Bahnhof. Auf dem Bahnsteig stehen und sitzen bereits einige Leute, die offenbar die Ankunft des Zuges aus Karatschi erwarten. Er betrachtet das Puzzle der Dächer ringsum und sieht, wie er von Dach zu Dach springen und auf diesem Wege bis zur Stadtmauer und darüber hinweg gelangen könnte. Zum Bahnhof. Zu Vivian Rose Spencer.

Aber dann verwirft er die Fluchtroute, kaum, dass er sie in Gedanken durchgeplant hat. Wo ist Qayyum? Er zwingt sich, den Blick nach unten zu richten, hinab auf die Toten. Keiner davon kommt ihm vertraut vor, aber was heißt das schon? Ein toter Qayyum könnte ihm niemals vertraut vorkommen. Hätte die furchtsame, schreckhafte Version seines Bruders, die aus Frankreich zurückgekehrt war, doch bloß die eine oder andere Spur in Qayyums Charakter zurückgelassen, statt durch einen Mann ersetzt zu werden, der sich einfach eine andere Armee gesucht hat, um sich ihr anzuschließen, einen anderen Anführer, hinter dem er hermarschieren kann, diesmal ohne jede Waffe, mit der er sich schützen könnte.

Die Peschawaris in der Straße sind nun dabei, Holzbretter und Kisten über ihre Köpfe hinweg durchzureichen, bis zu den Männern in der ersten Reihe der Menge. Nein, keine Menge – diese Männer sind ein Regiment, ein Bataillon, und sie haben ihren eigenen Schlachtruf: *Inqilaab Zindabad!* Najeeb würde sie am liebsten anschreien. Sie sind unbewaffnet, von allen Seiten eingekeilt. Noch nie hat er etwas so Lächerliches gesehen. Neben ihm steht ein niedriger Tisch, auf dem ein Spiegel und ein Rasiermesser liegen, gleich neben einem Krug voll Wasser. Das Rasiermesser glänzt und blinkt, voll ungeahnter Möglichkeiten. Unten auf der Straße halten die Männer in der ersten Reihe nun die Bretter und Kisten vor sich in die Höhe wie Schilde und setzen sich in Bewegung. Die Bajonette gehen zur Attacke über, Holz bricht splitternd entzwei, aber das Ablenkungsmanöver funktioniert zumindest so weit, dass die Männer gleich hinter den Schildträgern die Verwundeten von der Straße bergen und durch die Menge nach hinten durchreichen können.

Dort ist Qayyum. An vorderster Front natürlich. Ein Soldat stürzt mit seinem Bajonett auf ihn los. Najeeb bleibt vor Schreck das Herz stehen. Qayyum reckt ein Brett in die Höhe; das Bajonett bleibt im Holz stecken. Qayyum zieht das Brett mit einem Ruck zurück, und das Bajonett steckt so tief im Holz fest, dass es dem Griff des Soldaten entrissen wird. Es wäre für Qayyum ein leichtes, mit seinen starken Armen das Bajonett aus dem Holz zu ziehen und es dem Soldaten mit einer blitzschnellen Bewegung in den Bauch zu rammen. Aber nein, er wirft ihm das Brett samt Bajonett einfach nur vor die Füße und zieht sich in die Reihen des unbewaffneten Regiments zurück, die sich um ihn herum schließen und ihn so wieder Najeebs Blick entziehen. Er versteht, was sein Bruder mit dieser Geste bezweckt hat: Er hat deutlich gemacht, dass er und seine Mitstreiter nicht zu besiegen sind. Najeeb aber ist die Frage von Sieg oder Niederlage völlig einerlei, er will nur, dass Qayyum am Leben bleibt.

Eins der Mädchen auf dem Dach wirft einen Stein. Sie schaut dabei ungeheuer konzentriert drein, aber der Stein kommt nicht weit, er landet auf der Markise unten am Haus. Eine der Frauen tätschelt ihr stolz übers Haar, macht sie aber darauf aufmerksam, dass sie auf diese Distanz eher einen Paschtunen treffen würde als einen Engländer. Wie zur Demonstration hebt die Frau einen Stein auf und wirft ihn so, dass er in relativ niedriger Höhe auf die Soldaten zusaust. Die Straße vor den Soldaten ist bereits mit Steinen übersät, aber Najeeb sieht nur einen, der offenbar seitlich am Kopf getroffen worden ist und nun blutüberströmt von Kameraden weggeführt wird.

Das Mädchen mit dem langen Zopf verlässt seinen Posten bei den übrigen Frauen und geht an der Wäscheleine vorbei. Dabei streicht sie mit der Hand an den aufgehängten Kleidungsstücken entlang, als würden sie sich gerade in einem ganz anderen Moment befinden, einem Moment, in dem eine Frau mit den Fingern über die Hose eines Mannes fahren kann, ohne damit gegen den Anstand zu verstoßen oder ihre Absichten zu verhehlen. Unvermittelt zieht sie ein Kamiz mit einem Ruck von der Leine herunter. Und kommt dann auf ihn zu, ohne ihn direkt anzusehen. Als sie an ihm vorbeigeht, legt sie ihm beiläufig das Kamiz über die Schulter. Klar, damit will sie ihn vermutlich auffordern, sich den Männern auf der Straße anzuschließen, die sich mutig Bajonetten entgegenstellen, aber er ist einfach nur froh, sich endlich des schweren schwarzen Gehrocks entledigen zu können, der von der Vormittagssonne wie aufgeheizt ist. Das Kamiz ist ihm viel zu groß, was aber von Vorteil ist, da er es so über den Kopf streifen kann, ohne seinen Turban in Unordnung zu bringen. Es ist eine Wohltat, den kühlen, feuchten Stoff auf der Haut zu spüren. Er hat sich die Stelle genau eingeprägt, an der sie das Kamiz zusammengeknüllt in der Faust gehalten hat, direkt an seiner Schulter nämlich. Als er sich von dem Gehrock entfernt, der zu seinen Füßen auf dem Boden liegt, weiß er, dass dieses Kleidungsstück wie ein Pfand ist, das ihm einen Grund liefert, wiederzukommen. Er weiß noch mehr: Unbemerkt von allen anderen auf dem Dach, die auf die Straße der Geschichtenerzähler hinabschauten, hat die Frau, deren Handabdruck sich an seiner Schulter befindet, dabei zugesehen, wie er seinen Gehrock aufgeknöpft und abgestreift hat. Was mag ihr durch den Kopf gegangen sein, als er als Nächstes das Rasiermesser vom Tisch nahm und anfing, sich das weiße Hemd von seinem schlanken Körper herunterzuschneiden? (Er gestattet sich kurz, sich auszumalen, wie sie als Jungvermählte ihre Späße darüber treiben: Das habe ich nur getan, um meinen Turban nicht in Unordnung bringen zu müssen!, wird er beteuern, und darauf wird sie erwidern, Ach ja, ach wirklich, und warum hast du dabei dann deinen Rücken so geräkelt und deine Schultern so kreisen lassen, dass jeder Muskel sich kurz abgezeichnet hat, hier und hier und hier?)

Es sind einige Sekunden der Ablenkung. Einige Sekunden, um sich eine Zukunft auszumalen, in der der heutige Tag im Rückblick den Beginn einer Liebe markieren wird.

Erneut Schüsse. Er jagt eine Treppe hinunter und in ein Zimmer, auf der Suche nach einem nicht vergitterten Fenster, durch das er entkommen kann. Dort, ein umschlossener Balkon mit Läden aus Holz, die er hektisch aufstößt. Als es ihm nach wiederholtem Schreien endlich gelungen ist, die Männer unten auf der Straße auf sich aufmerksam zu machen, klettert er über die Balkonbrüstung, mit dem Rücken zur Straße. Da kommt die Frau mit dem Zopf ins Zimmer, mit seinem Gehrock, den sie an sich drückt, als würde sie auf englische Art damit tanzen: Einen Arm hat sie um die Taille geschlungen, und in der anderen Hand hält sie einen Ärmel, etwas von sich weggestreckt. Sie sehen einander kurz an, ohne eine Miene zu verziehen, und dann hebt sie die Hand, in der sie den Ärmel des Gehrocks hält, und er sieht, wie ihr Arm und zugleich sein eigener ihm zum Abschied zuwinken.

Er legt beide Hände um seinen Turban und lässt sich dann in die Tiefe fallen. Eine Kugel zischt über ihm dahin, genau an der Stelle, an der er gerade noch gestanden hat, durch die offenen Holzläden in das Zimmer hinein, wo die Frau und der Fremde im Gehrock gerade miteinander tanzen. Die Arme, die unten auf der Straße schon wartend ausgebreitet sind, fangen ihn auf, stellen ihn auf die Füße. Nun führt kein Weg mehr in das Zimmer zurück.

Sein rotbraunes Hemd verhilft ihm in dieser Menge zu einer gewissen Autorität. Er tippt jemandem vor sich auf die Schulter, und der Mann wirft bloß einen Blick auf seinen Ärmel und tritt dann beiseite. Es müssen Tausende sein, die hier versammelt sind, alles Männer, soweit er es überblicken kann. Was ist aus der Frau mit den Farbflecken im Gesicht geworden? In welcher Beziehung mag sie zu dem tanzenden Mädchen stehen? Wo ist die Kugel eingeschlagen? Er drängt sich unbeirrt weiter durch die Menschenmenge, ein scharfer Geruch nach Schweiß und Blut liegt in der Luft.

Zwei Männer, beide mit Backsteinen in der Hand, liefern sich einen Disput mit zwei anderen Männern, Kongressleuten, ihrem Aufzug nach, die darauf bestehen, dass sie ihre Waffen aus der Hand legen.

Er kommt an einem Grüppchen Frauen vorbei, alle so alt wie Großmütter. Sie wollen unbedingt nach vorn gelangen, in die erste Reihe, um die Soldaten so zu beschämen, dass diese ihre Waffen sinken lassen. Die Männer ringsherum sind bemüht, die alten Frauen zurückzuhalten, außer Reichweite der Schüsse, die zwischenzeitlich wieder verstummt sind.

Zwei Männer, die sich an den Händen halten, tauschen Gedichtverse über herzlose Liebende aus.

Er weiß, dass er sich der Frontlinie nähert, als diese eher individuellen Szenen durch eine immer uniformere Menge in rotbraunen Hemden und Khaddar-Tuniken abgelöst werden. Sein geborgtes Hemd, das zwischenzeitlich getrocknet war, ist unter den Armen nun schweißnass. Hier vorn kommt er nicht mehr vorwärts, in diesem dicht an dicht stehenden Block von Männern, die regelmäßig zusammen einige Schritte nach vorn machen und sich dann wieder zurückfallen lassen, einer Logik folgend, die sich ihm nicht erschließt. Er wendet sich an den Mann, der neben ihm steht.

– Was machen wir hier eigentlich?

– Wenn du das nicht weißt, dann geh nach Hause.

Erst da wird ihm bewusst, wie blass und belanglos sich alle bisherigen Erfahrungen in seinem Leben im Vergleich zu diesem Moment ausnehmen, selbst jener Augenblick am Vortag, als sich die Form des Gegenstandes in der Erde von Shah-ji-ki-Dheri klar abzuzeichnen begann.

– *Inqilaab Zindabad!*

Er schreit die Worte heraus, versuchshalber, um zu hören, wie sie aus seinem Munde klingen. Es fühlt sich ein bisschen albern an, bis die Männer um ihn herum in den Ruf mit einstimmen. Wie wundervoll das ist.

– Mein Bruder; ich muss zu meinem Bruder.

Er schiebt die Schultern der Männer auseinander, die vor ihm stehen, zwängt sich hindurch und gerät in die Flugbahn eines Backsteins, der gerade von einem Balkon geschleudert wird.

23. April 1930

Die Kugel zischt durch den Gehrock, verfehlt Diwa dabei nur um wenige Millimeter, und schlägt in einen Spiegel ein. Sie steht da, die Hand noch immer grüßend in Richtung des rätselhaften Fremden erhoben, der sich gerade rückwärts von ihrem Balkon hat fallen lassen, und es dauert kurz, bis sie begreift, was der beißende Geruch nach verbranntem Stoff zu bedeuten hat, das knirschende Knacken, das sie veranlasst, sich umzuwenden, und die erstarrte Sonne in dem Spiegel, ein dunkler kleiner Punkt, der von einem Strahlenkranz langer feiner Risse im Glas umgeben ist.

Dieser Tag ist der bisher seltsamste Tag in ihrem jungen Leben.

Eigentlich hätte sie noch mit ihren Eltern und Brüdern in Kohat sein sollen, um weiter an den Feierlichkeiten zur Hochzeit ihres Cousins teilzunehmen. Am Vortag aber hat ihr ältester Bruder von den für heute geplanten antibritischen Protesten erfahren und erklärt, er werde nach Peschawar zurückkehren, um sich den Nationalisten anzuschließen, und Zarina, seine Frau, hat darauf bestanden, ihn zu begleiten. Jeder anderen Frau als ihr wäre dieser Wunsch wahrscheinlich abgeschlagen worden, aber wie willensstark sie ist, hat Zarina vom ersten Moment an unter Beweis gestellt, seit sie zwei Jahre zuvor ins Haus von Diwas Familie gekommen ist, sich weigerte, den Mann zu heiraten, den ihre Familie für sie ausgesucht hatte, und stattdessen Diwas Bruder zu heiraten wünschte. Ich komme hierher, um mich den Geboten des Paschtunwali gemäß unter den Schutz Ihres Haushalts zu stellen, der mir nur durch eine Heirat gewährt werden kann, hatte sie gesagt. Es war, als wäre eine Art Sagengestalt durch die Tür hereinspaziert.

Als Zarina sagte, dass sie mit ihrem Mann nach Peschawar zurückkehren würde, wusste also im Grunde jeder, dass es sinnlos war, sie davon abhalten zu wollen. Die Einzige, die es hätte versuchen können, war Diwas Mutter. Ihr aber war nicht entgangen, wie eingehend so manche Frau aus ihrer weitverzweigten Sippe ihre fünfzehnjährige Tochter beäugte, wohl, um sie als künftige Braut für ihren Sohn ins Auge zu fassen, und angesichts der drohenden Gefahr, ihre einzige Tochter an eine andere Stadt zu verlieren, nicht anders, als ihre Mutter seinerzeit sie durch ihre Heirat mit ihrem Vetter, dem Teppichhändler, verloren hatte, war sie froh über die Gelegenheit, Diwa, unter dem Vorwand, dass sie Zarina Gesellschaft leisten sollte, nach Peschawar zurückzuschicken.

Diwa hatte es kein bisschen gestört, nach Peschawar zurückgeschickt zu werden, ohne die Festgewänder, die sie für die Hochzeit dabeihatte, auch nur einmal getragen zu haben. Wenn man ihr einen Herzenswunsch hätte erfüllen können, dann diesen – hier zu Hause zu sein, allein mit Zarina. Nur sie beide, ohne dass sonst jemand sie in Anspruch nahm oder ihre Aufmerksamkeit forderte. Nur Zarina mit ihren lebhaften Gebärden, ihren Geschichten und Gedichten, Zarina, die man so sehr liebte, dass man ihr alles verzieh. Sogar, dass sie mit unverschleiertem Gesicht aus dem Haus lief, hinaus auf die Straße, die voller Männer war, obwohl Diwas Mutter sie wiederholt genau davor gewarnt hatte, sogar das würde man ihr verzeihen. Inzwischen hatte sie ihren Mann sicherlich schon gefunden, und er bedachte sie vermutlich gerade mit allerlei Koseworten, während er seine Hand um die ihre gelegt hatte, sodass sie gemeinsam den Griff des Dolches umfasst hielten. Meine Kriegerin, würde er sagen, meine wiedergeborene Malalai von Maiwand.

Heute ist alles wie auf den Kopf gestellt. Als sie morgens aufwachte, hörte Diwa nicht wie sonst immer das Lärmen unten auf dem Markt, sondern den Gesang von Vögeln, erschnupperte nicht den Duft von Tee, sondern das Aroma von Walnüssen und Pflaumen, die gerade aufgekocht wurden, wurde Zeugin, wie ihr Bruder sich von seinen geliebten Büchern losriss, um aus dem Haus zu gehen und zu kämpfen. Als dann ein Unbekannter auf dem Dach auftauchte, dachte sie, natürlich, warum nicht, an diesem völlig auf den Kopf gestellten Tag? Da jedoch keine der Nachbarsfrauen und auch keines der Kinder ihn bemerkte, schien es auf einmal denkbar, dass er nur für sie dort war, nicht als Bedrohung, sondern von der Vorsehung gesandt. Er trug einen schwarzen Gehrock, in dem er heftig schwitzte, wirkte abgehetzt, fast wie ein Verrückter. Und dann, noch verrückter, schnitt er sich selbst das Hemd vom Leib, um das Kamiz anzulegen, das sie ihm als etwas luftigeres Bekleidungsstück zugeworfen hatte. Wahnsinnig, komplett wahnsinnig, entschied sie, als er gleich darauf wieder die Treppe hinunterlief, unter Zurücklassung des Gehrocks, den er achtlos hatte zu Boden fallenlassen.

Sie kniete sich hin und knöpfte den Gehrock zu. Die goldglänzenden Knöpfe fühlten sich warm an, wie eine eben abgefeuerte Kugel. Sie hatte heute mitangesehen, wie Männer gestorben waren, und auch ein Pferd. Es war das Pferd, von dem sie nicht den Blick loszureißen vermochte. Wie gern hätte sie mit der Hand beruhigend über seine zitternden Flanken gestreichelt, um ihm mit ihrer Gegenwart Trost zu spenden, während es zuckend im Todeskampf dalag. Merkwürdig, die sterbenden Männer erschienen ihr weniger real als das Pferd. Unwillkürlich hatte sie den Blick abgewandt und zu dem hohen Tor aus der Mogulzeit hinübergesehen, oben auf der Erhebung von Gor Khatri. Hatte überlegt, wie die Ummauerte Stadt wohl auf jemanden wirken mochte, der von dem Tor aus auf all die vielen Dächer der Stadt hinabschaute, die durch Mauern voneinander abgetrennt, aber zum Himmel hin offen waren. Eine Engländerin hatte Diwas Vater die Aussicht einmal mit den Worten beschrieben, es sei, als würde man auf eine Bienenwabe voll bunter Juwelen hinabschauen – aber in so blumigen Worten redeten die Engländer über alles hier in Peschawar, selbst über die gewöhnlichsten Dinge, das war also wenig hilfreich. Sie beschäftigte jetzt vor allem eine Frage: ob das Leben auf den Dächern abseits der Straße der Geschichtenerzähler gerade ganz normal weiterging, dort, wo niemand das Pferd und die Männer sehen konnte, die Bajonette der Engländer und die Peschawaris, die sich ihnen mit entblößter Brust entgegenstellten. Oder spürten alle in der Stadt die sonderbare Stimmung, die in der Luft lag, dieses Gefühl, dass heute alles möglich schien?

Sie stand auf, hielt den Gehrock vor sich in die Höhe. Der verrückte Fremde war für einen Mann nicht sonderlich groß, etwa so groß wie eine hochgewachsene Frau. So groß wie Zarina. Sie nahm den Ärmel des Gehrocks in die eine Hand, umfasste mit der anderen seine Taille. Zarina könnte diesen Gehrock überstreifen, und dann würden sie zusammen tanzen wie die Engländer. Wochen zuvor hatten sie einmal ein Paar beobachtet, das zusammen oben auf dem Tor von Gor Khatri umherwirbelte, und Zarina hatte gesagt, es sei so englisch, in aller Öffentlichkeit zu tanzen. Als wäre ihre Umarmung beim Tanz nicht etwas höchst Intimes, sondern ein bloßer sozialer Austausch. Als bestünde dabei nicht die Gefahr, dass durch die Berührung zweier Körper Verlangen entflammt werden könnte. Kein Feuer in ihrem Blut, sagte sie, bloß halb aufgetaute Flüsse aus Eis.

Schüsse und Schreie unten auf der Straße. Vielleicht würde Zarina ihre Ansichten über die Engländer heute ändern.

Diwa hielt den Gehrock eng an sich gedrückt, während sie leichtfüßig die Treppe hinuntereilte. Sie würde ihn auf Zarinas Bett legen, als Überraschung. Wie weich der Stoff war. Sie schmiegte ihre Wange an Zarinas Schulter, und so wirbelten sie gemeinsam in ihr Schlafzimmer. Und dort fiel ihr Blick auf den Verrückten, er stand draußen auf dem Sims vor der Balkonbrüstung, offenbar im Begriff, in die Tiefe zu springen. Sie hob entgeistert die Hand, Nicht! – doch er umfasste bloß mit beiden Händen seinen Kopf, als wäre dies ein ausreichender Schutz davor, sich den Schädel zu zerschmettern, und ließ sich fallen. Dann der verbrannte Geruch, das knirschende Knacken, die erstarrte Sonne.

Sie öffnet die Schranktür. Die Kugel hat den Spiegel durchschlagen und steckt im zersplitterten Holz fest. Als sie sie berührt, versengt sie sich die Fingerspitzen; sie denkt nicht an Metallknöpfe in der Sonne, sondern an den metallischen Geruch von Blut, der von der Straße her aufsteigt.

Sie lehnt sich an den Schrank, presst die Hände an die Schläfen. Ein Mann, dessen Geruch und Körperwärme noch in dem Gehrock haften, den sie gerade an sich gedrückt hielt, hat ihr gerade in die Augen gesehen und beschlossen zu sterben. Sie widersteht der heftigen Versuchung, einen Blick in die Tiefe zu werfen, um zu sehen, was der Sturz seinem Körper angetan hat, ob er den Wahnsinn aus seinen Zügen getilgt hat. Noch während ihr dieser Gedanke durch den Kopf geht, wird ihr klar, dass sie diejenige ist, die in den letzten Minuten dem Wahnsinn verfallen war, nicht der Mann, der seinen Kopf mit beiden Händen umfasst hielt, ganz wie sie jetzt, während grässliche Angst in ihr aufsteigt. Ihr Bruder ist da draußen, und auch Zarina.

Zarina, die entschieden dagegen war, dass sich ihr Mann an diesem Protest beteiligt. Die nur deshalb darauf bestanden hat, ihn nach Peschawar zurückzubegleiten, um jede Sekunde zu nutzen, ihn davon abzubringen, sich dieser gewaltlosen Armee von Paschtunen anzuschließen. Zarina, die sich einen Dolch geschnappt und unverschleiert das Haus verlassen hat, das Gesicht befleckt von der Farbe der Khudai Khidmatgar, in der Absicht, ihren Mann in aller Öffentlichkeit zu beschämen, damit alle in der Nachbarschaft sie sehen und sagen würden, Seine Frau muss nun der Mann in der Familie sein, weil er zum Schwächling geworden ist. Dabei ist das ganz unnötig; jeder, der Diwas ältesten Bruder kennt, weiß, dass bei ihm von einem ernsthaften Interesse an Protesten und politischen Parteien nicht die Rede sein kann – er ist bloß ein verwöhnter junger Mann, hübsch und gutmütig, der einen Hang dazu hat, sich von Zeit zu Zeit irgendwelchen kurzlebigen Marotten hinzugeben. Wenn er der Kongresspartei beitreten wollte, müssten wir uns Sorgen machen, hat ihr Vater gesagt, aber einer Armee von ungebildeten Bauern? Alle verstehen das. Warum also kann seine Frau nicht in Ruhe abwarten, bis er von allein die Lust daran verliert, und muss es darauf anlegen, ihm eine solche Szene zu machen? Zarina, die Ich-Bezogene, die Verblendete.

Nie zuvor hat Diwa beim Gedanken an Zarina eine solche Wut empfunden. Sie drückt ihre Hand gegen die Spitze der Gewehrpatrone, die nun rasch abkühlt und nicht mehr ihre Haut zu durchdringen, geschweige denn Muskeln und Knochen zu durchschlagen vermag. Sie pult das Geschoss aus dem Holz. Eine verbrauchte Patrone, so hat Zarina ihren Mann heute Morgen genannt, als sie, dichtauf gefolgt von Diwa, aufs Dach hinaufgestiegen ist, wo er gerade damit beschäftigt war, weiße Kleidungsstücke in einen Kübel zu tunken, die Hände rotbraun von den Kamizes, die schon tropfend an der Wäscheleine hingen. Während sie nun das Geschoss in ihrer Hand betrachtet, drängt sich Diwa der Gedanke auf, dass gegen eine verbrauchte Patrone im Grunde nichts einzuwenden ist.

Sie hört Stimmen. Kindlicher Protest, der sich gegen die mütterlichen Anweisungen erhebt. Die Zuschauer haben das Dach verlassen und steigen die Treppe herunter. Eine der Nachbarinnen kommt ins Zimmer und schließt die Holzläden vor dem Balkon, ohne nach unten auf die Straße zu sehen.

– Sie feuern jetzt auf die Dächer. Bleib hier, geh nicht ins Freie.

Das tut sie fürs Erste. Sie setzt sich auf Zarinas Bett, in einer Hand die Patrone, die andere Hand auf dem schwarzen Gehrock. Sie ist jetzt allein im Haus, zum ersten Mal in ihrem Leben. Was, wenn Zarina und ihr Bruder nicht mehr zurückkommen? Wird sie dann einfach hier sitzenbleiben, mit der Patrone in der Hand, während die Straße unten von Schüssen widerhallt? Wie viele Menschen leben in einem leeren Haus? Einer! Das hat sie ihren Vater einmal sagen hören. Damals hat sie nicht verstanden, was er damit sagen wollte. Die Schießerei geht weiter, immer wieder von kurzen Pausen unterbrochen. Dann wird nicht mehr gefeuert, vielleicht hört sie aber auch die Schüsse einfach nicht mehr. Irgendwann geht ihre Furcht in Langeweile über, und sie stellt überrascht fest, wie dicht diese beiden Empfindungen beieinanderliegen. Sie streckt sich auf dem Bett aus. Dreht sich auf die Seite, stützt den Kopf auf den Ellbogen und betrachtet den Gehrock, der neben ihr auf der bestickten Tagesdecke liegt. Während sie über den weichen Stoff streicht, von der Brust bis hinunter zum Oberschenkel, ertastet sie etwas unter dem Gewebe, hart und rechteckig. Sie knöpft den Gehrock auf, spürt, wie ihr die Hitze in die Wangen schießt, während sie sich an dem Kleidungsstück nach unten vorarbeitet, bis sie auf eine Innentasche stößt. Sie fischt ein Etui aus Metall heraus, in dem sich Visitenkarten befinden.

Sie sind Englisch beschriftet, und zum ersten Mal ist sie wirklich froh darüber, dass sie diese Sprache beherrscht. Bisher hat sie sie nur zu Geschäftszwecken einsetzen können. Die Teppichhandlung ihres Vaters hat viele englische Kunden, und da seine Sehkraft immer mehr nachlässt, ist er darauf angewiesen, dass seine Tochter die handgeschriebenen Bestellungen entziffert, die aus dem benachbarten Cantonment oder aus dem fernen Kalkutta bei ihm eintreffen. Manchmal tauchen die Briefschreiber später auch persönlich hier auf, und wenn sie das Tablett mit Tee hereinträgt, kann sie die Handschrift mit der jeweiligen Person vergleichen. Prüfen, inwieweit der Eindruck, den sie anhand der Handschrift, Zeichensetzung, Verwendung oder Auslassung von Höflichkeitsformeln aus den Briefen gewonnen hat, sich in der Wirklichkeit bestätigt. Aber damit ist es lange vorbei. Leider. Vor über einem Jahr hat ihr Vater, trotz seiner nachlassenden Sehkraft, einen bestimmten Ausdruck im Blick eines Engländers bemerkt, als dieser sie ansah, und seither ist ihrem jüngeren Bruder die Aufgabe übertragen worden, das Teetablett hereinzutragen. Sie selbst hat den Blick des Engländers seinerzeit nicht bemerkt, das bedauert sie bis heute; die Erinnerung daran hätte ihr das Exil vielleicht versüßen können.

NAJEEB GUL, INDIAN ASSISTANT, PESCHAWAR MUSEUM.

Najeeb Gul. Das war sein Name. Auf einmal erscheint es ihr unerträglich, dass jemand namens Najeeb Gul von ihrem Balkon in den Tod gesprungen ist. Hätte sie seinen Namen doch schon eher gewusst – dann hätte sie rufen können: Najeeb!, das hätte ihn zur Besinnung gebracht, und er wäre zurück auf den Balkon geklettert und zu ihr gekommen. Jetzt aber liegt er mit zerschmetterten Gliedern unten auf der Straße. Sie steht auf und setzt sich wieder hin. Was soll sie für ihn tun, den toten Mann, der einen englischen Gehrock trug und im Museum arbeitet?

Sie geht zu dem Balkon hinüber und öffnet die Holzläden. Spricht ein kurzes Stoßgebet, dass der Anblick des Todes erträglich sein möge, und blickt nach unten auf die Straße. Aber da ist keine Straße, nur ein Dickicht von Männern. Natürlich. Sie ist ihnen jetzt so viel näher als vorhin, als sie auf dem Dach stand. Sie könnte über das Geländer klettern und von dem Balkon aus auf die Schultern der Männer hinunterspringen, die sie vielleicht nicht einmal bemerken würden, bis sie ihre Berührung spürten. Wie schmuck sie alle aussehen, diese Männer von Peschawar. Sie ist richtig stolz, als würde das gute Aussehen der Männer irgendwie auf sie abstrahlen. Albern. Und doch, es ist das erste Mal, dass sie eine solche Ansammlung sieht. Männer aus Peschawar, einer neben dem anderen. Von den Händlern aus Buchara und Tibet und Taschkent und Ferghana und Delhi und Kabul und China ist auf der Straße der Geschichtenerzähler heute nichts zu sehen. Sie denkt an ihren Vater, wie er hier auf dem Balkon steht, die Arme ausbreitet und voller Stolz ausruft: Peschawar, das Herz der Welt!, um dann nacheinander auf all die Männer aus aller Herren Länder zu zeigen, die unten auf der Straße unterwegs sind.

All das geht ihr durch den Kopf, während sie gleichzeitig aus dem Geschehen schlau zu werden versucht. Alles scheint aufgehört zu haben. Oder zu pausieren. Die Versammlung löst sich nicht auf, aber es kämpft auch niemand oder schreit Parolen. Ein älterer Peschawari steht auf einem Feuerwehrwagen unweit des Kabuli-Tors und hört kopfnickend den Männern in der vorderen Reihe zu, ehe er sich umwendet und das Wort an die englischen Offiziere richtet. Das tote Pferd ist jetzt mit dunklen Flecken bedeckt, und diese Flecken pulsieren irgendwie, bestehen aus etwas Lebendigem, das in emsig wimmelnder Bewegung ist. Sie wendet hastig das Gesicht ab und blickt direkt in die Augen eines Mannes, der von der Straße aus zu ihr hochschaut. Ehe sie sich ins Zimmer zurückziehen kann, legt er seine Hände zusammen und hebt sie in einer flehentlichen Gebärde.

– Wasser.

Sie nickt. Ja, natürlich, die Männer haben sicher alle großen Durst, und das zumindest kann sie tun.

Diwa hat Kraft – sie vermag zusammengerollte Teppiche zu tragen, die ihr jüngerer Bruder nicht einmal anheben kann –, trotzdem tun ihr die Arme weh, als sie das bauchige Tongefäß aus der Küche herbeischleppt und auf die Balkonbrüstung wuchtet. Während sie das Gefäß mit einer Hand festhält, zückt sie mit großer Geste den Zinnbecher, den sie auf dem Kopf balanciert hat. Nun jedoch stellt sich das Problem, dass ihre Hand, in der sie den Becher hält, längst nicht bis zu dem Mann herunterreicht, der bittend die Hand nach oben ausstreckt. Kurz sehen sie einander ratlos an, dann tippt er seinen beiden Nachbarn auf die Schultern. Gleich darauf bilden die Männer mit ihren Händen je eine Räuberleiter, und er steigt hinauf.

Und dort ist er nun, herausgehoben aus der Menge, so nah, dass sie mit ihren ausgestreckten Fingerspitzen die seinen berühren könnte. Er hat nur Augen für den Hahn, der sich unten an dem Gefäß befindet, doch sie ist sich bewusst, wie leicht er den Blick heben und sehen könnte, wie genau sie ihn beobachtet. Und auch allen anderen Männern unten auf der Straße könnte das auffallen. Sie merkt, wie sehr sie sich im Lauf des letzten Jahres an die Unsichtbarkeit gewöhnt hat, die die Burka ihr verleiht. An die Möglichkeit, Männer anzustarren, sich an ihrem Anblick zu ergötzen, ohne dass sie etwas davon mitbekommen. Möchte sie, dass er den Blick hebt, oder lieber nicht? Sie weiß es nicht.

Er schließt die Augen und hebt ihr sein Gesicht entgegen. Sie kippt das Gefäß an und öffnet den Hahn. Ein Strahl Wasser strömt heraus, der sich auflöst, ehe der Mann ihn mit dem Mund in Empfang nehmen kann, sodass Wasser auf seine Wangen und sein Kinn spritzt. Sie behält ihn genau im Auge, beobachtet, wie seine Kehle arbeitet, während er gierig trinkt, Schluck für Schluck, bis er prustend das Gesicht abwendet, dann verschließt sie den Hahn. Die beiden Männer lassen ihn absteigen und sich dann abwechselnd in die Höhe stemmen, um ebenfalls zu trinken. Und so geht es weiter. Ein Mann nach dem anderen taucht unter ihr auf, um seinen Durst zu löschen, es hört nicht auf. Ein Gefühl von Verzweiflung macht sich in ihr breit. Es sind hunderte Männer da unten, und die Sonne brennt immer heißer. Das Gefäß ist schwer, ihre Arme zittern vor Anstrengung, von ihrer vornübergebeugten Haltung schmerzt sie der Rücken. Sie hat selber Durst, aber das versucht sie zu ignorieren. Einzelne Gesichter nimmt sie irgendwann gar nicht mehr wahr, ihre Konzentration ist nur noch auf das klare, wunderschöne Wasser gerichtet, das in durstige Münder strömt.

Dann packt eine Hand sie von hinten und zerrt sie unsanft zurück. Das Tongefäß entgleitet ihren Händen, zerschellt mit einem Knall auf dem Boden des Balkons, und sie hört noch den enttäuschten Aufschrei des Mannes, der gerade in die Höhe gehoben wurde. Sie wird zurückgezerrt, zurück, fort von dem Balkon, zurück ins Zimmer, sie rudert hilflos mit den Armen.

– Hast du den Verstand verloren?

Zarina gibt ihr eine schallende Ohrfeige. Danach senkt sich eine eigenartige Stille herab. Eine Stille, die nichts mit Schock oder Schmerz zu tun hat, sondern damit, dass sich in einer Beziehung gerade die Gewichte unwiderruflich verschieben. Und wie zur Bestätigung, dass nichts mehr ist, wie es mal war, lässt Zarina sich aufs Bett sacken und bricht in Tränen aus. Diese Frau, die Diwa immer angehimmelt hat, weil sie ihr so unerschrocken erschien wie die Heldin einer alten Legende, zeigt nun, wo es ernst wird, auf einmal Schwäche. Das Messer, das sie am Morgen mitgenommen hat, liegt neben ihr auf dem Bett, es steckt wieder in seinem Futteral, ein bloßer Ziergegenstand. Diwa versucht, sich den roten Staub des zu Bruch gegangenen Tongefäßes vom Kamiz zu wischen, und streicht ihn nur tiefer ins Gewebe.

– Jetzt sehe ich auch aus wie ein Khudai Khidmatgar.

Zarina zeigt keine Reaktion. Weint bloß weiter vor sich hin, hilflos schluchzend wie ein kleines Mädchen, das sein Spielzeug verloren hat. Diwa nimmt achselzuckend eine Flasche Wasser vom Tisch und trinkt. Dabei legt sie, aus einem Gefühl der Verbundenheit mit den Männern da unten auf der Straße, den Kopf zurück, hält den Flaschenhals ein Stück über sich und lässt sich das Wasser von oben in den Mund hinablaufen.

– Wo ist mein Bruder?, fragt Diwa.

– Keine Ahnung. Ich habe ihn nirgendwo finden können.

– Wie hast du es zurückgeschafft?

– Die Soldaten haben mich durchgelassen. Frauen hätten auf der Straße jetzt nichts verloren, haben sie gesagt.

Zarina lässt sich aufs Bett zurücksinken und legt sich die Hand vors Gesicht, das vom Weinen schon ganz rot und fleckig ist. Sie benötigt Trost, das ist nicht zu übersehen, aber Diwa ärgert sich noch immer darüber, wie ihre Schwägerin sie von den Männern fortgezerrt hat, als wäre sie ein kleines Kind. Dabei ist klar, sie hat Heldenmut bewiesen, indem sie die durstigen Kämpfer in der Schlacht mit Wasser gelabt hat, und Zarina ist bloß ein schwaches, verängstigtes Mädchen. Sie ist drei Jahre älter als Diwa. Dieser Altersunterschied scheint sich jetzt umgekehrt und sogar vergrößert zu haben.

– Alle da draußen konnten dich sehen, Diwa. Es wäre die Pflicht deines Bruders gewesen, sofort herzukommen und dich aufzufordern, vom Balkon zu verschwinden. Warum also hat er das nicht getan?

– Warum hätte er das tun sollen? Ich habe doch Hilfe geleistet. Hast du das nicht gesehen?

– Doch, ich habe dich gesehen. Und die Soldaten mit ihren Gewehren konnten dich ebenfalls sehen.

Sie lässt sich von Diwa die Flasche geben und drückt sie sich gegen die Stirn.

– Ich dachte, ich hätte ihn gesehen. Deinen Bruder. Ich stand unter der Markise vor dem Uhrenladen, und dann haben sie einen der Verwundeten dorthin getragen, in den Schatten, haben versucht, seine Blutung zu stoppen. Ich habe zuerst sein Gesicht nicht sehen können, da war überall Blut, und dann ist mir der lange Riss im Ärmel aufgefallen. Genau wie bei dem Kamiz, das dein Bruder nicht wegwerfen will, weil er es an dem Tag getragen hat, als ich das erste Mal euer Haus betreten habe.

Mehr sagt sie nicht. Sitzt da und wiegt sich still vor und zurück. Diwa spürt, was sie dort sieht, ist ebenso sehr die strahlende Verheißung wie auch der finstere Schmerz, die damit einhergehen, erwachsen zu sein, und auf einmal fühlt sie sich wieder wie ein Kind. Dann erst begreift sie, was Zarina ihr da gerade erzählt hat.

– War er schwer verletzt? Der Mann mit dem zerrissenen Ärmel?

Ein winziges Achselzucken. Ein Achselzucken, das besagt, Ich war einfach nur erleichtert, dass es nicht dein Bruder war. Alles andere war für mich Nebensache.

– Er hat sehr stark geblutet, sagt Zarina.

– Hat er etwas gesagt? Hatte er große Schmerzen?

– Warum interessiert dich das so sehr? Was ist denn das?

Zarina hebt einen Ärmel des Gehrocks in die Höhe. Beugt sich dann näher über den Stoff, als hätte sie gerade den versengten Geruch wahrgenommen. Als sie das Einschussloch gefunden hat, fällt ihr Blick auch schon auf die Patrone, die auf der Tagesdecke liegt.

– Diwa?

Diwa nimmt den Gehrock vom Bett und drückt ihn schützend an sich. Sagt: Erzähle mir von dem Verletzten.

Zarina nimmt die Patrone, steht vom Bett auf und geht zu dem zersplitterten Spiegel hinüber. Sie hält die Patrone an das dunkle Loch, und diese gleitet glatt hinein.

– Wo warst du, als das passiert ist? Wem gehört dieser Gehrock?

– Erzähle mir von dem Verletzten.

– Wem gehört dieser Gehrock?

– Erzähle mir von dem Verletzten.

– Was gibt es da zu erzählen? Er war verwundet, er hatte Schmerzen. Schien nicht ganz bei Sinnen zu sein. Mein Turban, mein Turban, hat er ständig geschrien.

– Wieso sein Turban, was war damit?

– Woher soll ich das wissen? Er trug keinen. Wem gehört dieser Gehrock? Wo warst du, als diese Kugel ins Zimmer flog?

Diwa hält sich die Ohren zu und wendet sich ab. Noch nie ist ihr so stark zu Bewusstsein gekommen, wie winzig klein dieses Zimmer ist, wie beklemmend die dunklen Wände wirken. Sein Turban? Genau, jetzt fällt es ihr wieder ein. Wie vorsichtig er war, als er sich das Kamiz über den Kopf streifte. Und wie er dann mit beiden Händen seinen Turban festhielt, ehe er sich vom Balkon fallen ließ.

Sie muss rasch handeln, ehe Zarina merkt, was sie vorhat, und sie daran hindern kann, sonst sitzt sie mit dieser schrillen, verzagten Version ihrer sonst so selbstsicheren Schwägerin noch stundenlang hier fest. Ehe sie es sich anders überlegen kann, klettert sie kurzentschlossen über die Balkonbrüstung und wendet sich mit lauter Stimme an die erschrockenen Männer, die unter ihr stehen.

– Fangt mich auf!

Einen entsetzlichen Moment lang fällt sie. Dann befindet sie sich in den Armen von Männern, ganz kurz nur, ehe sie sie auf dem

Boden abstellen und sie beschwören, ins Haus zurückzugehen. Sie hört Zarinas Stimme, die vom Balkon aus immer wieder ihren Namen ruft, aber sie weiß, dass diese neue Version ihrer Schwägerin es nicht wagen wird, ihr zu folgen. Sie drängt sich durch die Menge. Ein Mann legt ihr die Hand auf die Schulter, um sie aufzuhalten – es ist der Mann, dem sie als Erstes zu trinken gegeben hat, der mit den starken Händen –, und sie faucht ihn zornig an, was sie faucht, ob sie überhaupt Worte benutzt, weiß sie selbst nicht. Der Mann lässt sie los, zuckt zurück, als wäre sie eine brennende Flamme. Sie bahnt sich weiter einen Weg durch die Menge, fühlt das Feuer, das in ihr brennt, niemand darf sie aufhalten, niemand darf es auch nur versuchen. Die Männer spüren das offenbar, sie treten beiseite, machen ihr Platz, manche sagen auch etwas zu ihr, aber sie versteht sie nicht, weil das Feuer so laut in ihren Ohren tost.

Dann kommt sie zu dem Uhrenladen, und dort ist er, Najeeb Gul. Er steht unter der Markise auf einer Kiste und späht aufgeregt in alle Richtungen, als würde er jemanden, oder etwas, in der Menschenmenge suchen. Er trägt einen Kopfverband, der ganz blutig ist, und auch sein Hemd ist voller Blut. Als er sie bemerkt, steigt er sofort von der Kiste, und dabei verzerrt sich sein Gesicht vor Schmerz. Dann schwankt er und muss sich an einem dünnen Baum festhalten, um nicht umzukippen.

– Wie schlimm ist es?

– Es sieht schlimmer aus, als es ist. Ein Backstein hat mich am Kopf getroffen, und ich bin auf ein Bajonett gestürzt. Der Soldat wirkte erschrockener als ich selbst. Mach dir bitte keine Sorgen, es ist nur eine Fleischwunde.

– Was befand sich unter dem Turban?

– Das ist jetzt unwichtig.

Dann sagt er die Worte, die sie jetzt schon seit so vielen Stunden hört, dass sie sie gar nicht mehr bewusst wahrnimmt: *Inqilaab Zindabad*.

Als sie oben auf dem Dach stand, haben ihr diese Worte nichts bedeutet. Sie gehörten zu ihrem Bruder, zu jenem Teil seines Lebens, den sie einfach nur nervtötend findet. Hier unten aber, inmitten der gespannten Ruhe einer Schlacht, die lediglich unterbrochen ist, als würden alle um sie herum nur auf den nächsten Schuss warten, steigen auf einmal nie gekannte Empfindungen in ihr auf. Kurz malt sie sich aus, wie sie Najeeb Gul den blutigen Verband vom Kopf wickelt, um ihn wie eine Flagge in der Luft zu schwenken, während sie voll Begeisterung in den Ruf einstimmt, *Inqilaab Zindabad.* Zunächst aber muss sie wissen, was sich unter dem Turban befunden hat.

– Wo ist er? Der Turban?

Najeeb Gul lächelt. Jetzt müssen wir heiraten, sagt er.

– Wie bitte?

– Denk dir nur, was wir unseren Kindern später für eine Geschichte erzählen können. Als sie mich hergebracht haben, habe ich dich da oben auf dem Balkon gesehen. Wie du den halbverdursteten Kämpfern auf dem Schlachtfeld Wasser gegeben hast. Dabei ging ein heller Glanz von dir aus, ich schwöre es.

Sie spürt, wie sie rot anläuft. Sie weiß nicht, ist er verrückt, phantasiert er vor Schmerz, oder teilt er bloß ihren Eindruck, dass heute ein Tag ist, an dem alles möglich zu sein scheint? So viele Möglichkeiten. Sie ist in einer Stimmung, in der sie zu allem bereit ist. Sie könnte sich überreden lassen, mit einem Mann in einen Zug zu steigen, von dem sie kaum etwas weiß, sie kennt nur den Geruch seiner Kleidung, hat die Muskeln in seinem Rücken gesehen, weiß, dass er in dem Museum arbeitet, das ihre Brüder im Rahmen von Schulausflügen besuchen. Sie könnte sich mit ihm in London wiederfinden, mit seinem Turban auf dem Kopf. Denn in London, hat sie gehört, tragen modebewusste Frauen Turban.

– Als er das Bajonett rausgezogen hat, bin ich gestürzt. Dabei ist mir der Turban vom Kopf gerollt.

– Wo bist du gestürzt?

– Bei dem Panzerwagen. Er ist unter das Rad gerollt, zu weit weg, als dass ich ihn hätte aufheben können. Aber der Turban ist jetzt egal. Bleib hier. Verrate mir, wie du heißt.

Aber das Feuer brennt zu heiß in ihr. Sie sagt ihm ihren Namen, berührt ihn leicht am Handgelenk – es ist eine Art Versprechen, das spürt sie – und drängt sich dann wieder in die Menge. Es wird immer schwieriger durchzukommen, je mehr sie sich den vorderen Reihen nähert. Die Männer hier brennen ebenfalls, sie wollen keinen Fußbreit weichen. Aber sie beteuert immer wieder, sie hätte eine Nachricht für jemanden, es sei wichtig, sie müsse sie persönlich überbringen, und daraufhin lassen sie sie durch, entweder weil sie so überzeugend klingt oder weil die Männer andere Sorgen haben oder weil sie sehen, dass sie sie körperlich wegtragen müssten und keiner von ihnen derjenige sein will, der sie anrührt.

Sie versteht so wenig von dem, was hier vorgeht. Es ist eine Ewigkeit, seit die Schüsse aufgehört haben, aber alle harren weiter aus. Der Mann, der eben noch auf dem Feuerwehrwagen gestanden hat, ist jetzt fort. Da hört sie eine englische Stimme, nicht weit von ihr: Das ist Ihre letzte Chance. Räumen Sie friedlich die Straße. Worauf die Stimme eines Peschawaris mit vollendeter Höflichkeit antwortet: Nach Ihnen.

Sie kann nichts sehen, die großgewachsenen Männer vor ihr versperren ihr die Sicht. Dann tut sich unvermutet eine Lücke in der Reihe auf, und sie sieht ihn: den Turban mit dem langgeschweiften Ende, er lehnt am Rad des vordersten Panzerwagens. Sie zwängt sich durch die schmale Lücke und tritt hinaus auf die freie Fläche zwischen ihren Leuten und den Engländern, eine Fläche, die breiter ist als jedes Tal, weiter als der Himmel. Die Männer sehen sie entgeistert an, eine Vielzahl von Stimmen fordert sie auf, mit verschiedenen Akzenten und in verschiedenen Sprachen, auf der Stelle zurückzukommen, in einem Tonfall, der unmissverständlich deutlich macht, dass sie stört. Sie verspürt keine Furcht, das erstaunt sie selbst am meisten. Sie huscht nach vorn zu dem Panzerwagen, bückt sich und setzt sich den Turban auf. Er ist zu groß, aber nur ein wenig. Als sie ihn sich fest auf den Kopf drückt, meint sie, unter ihren Händen eine Art Reif zwischen dem Stoff und der harten Kappe zu ertasten. Dann tritt sie langsam den Rückzug an, hocherhobenen Hauptes und ohne den indischen Soldaten aus den Augen zu lassen, der mit seinem Gewehr auf sie zielt, und kehrt in das Bataillon der Männer von Peschawar zurück. Einer der Männer, mit schlohweißem Bart, klopft ihr sacht auf die Schulter.

– Mein aufrichtiges Beileid. Aber nun geh. Schnell.

Er glaubt, sie sei in Trauer, dass der Turban ein Andenken an einen gefallenen Bruder oder Vater ist. Oder auch Ehemann, falls sie dafür schon alt genug wirkt.

Jetzt, wo sie sich wieder zurückzieht, treten die Männer bereitwillig beiseite und lassen sie durch. Als sie sich dem Uhrenladen nähert, sieht sie Najeeb Gul, er eilt auf sie zu. Er mustert erst den Turban auf ihrem Kopf, dann sieht er sie an, mit einem Ausdruck im Gesicht, als sei sie ein Wunder. Diwa ist überglücklich, sie rennt los, ihm entgegen. So groß ist ihre Freude, dass sie die krachenden Geräusche nicht versteht, die Schreie, den stechenden Schmerz in der Wirbelsäule; streckt Najeeb Gul, der nun ebenfalls strauchelt und stürzt, die Hände nach ihr aus oder nach dem Objekt auf ihrem Kopf, das ist die letzte Frage, die sie sich stellt.

23. – 25. April 1930

Zarina steht zwischen den Tonscherben auf dem Balkon und sieht hilflos mit an, wie Diwa sich zielstrebig einen Weg durch die Menge bahnt, direkt auf den Verletzten zu. Die Spiegelstickerei an ihren Ärmeln funkelt im Sonnenlicht, sodass ein heller Glanz von ihren Armen strahlt. Der Mann mit dem Kopfverband spricht mit ihr und deutet irgendwohin, sie nickt zustimmend und drängt sich dann, zu weit weg, um Zarinas verzweifelte Schreie zu hören, durch die kompakte Menge nach vorn, bis zu der freien Fläche zwischen den Soldaten und den Protestierenden. Ihr auf die Straße nachzulaufen wäre sinnlos, dabei würde Zarina sie bloß aus den Augen verlieren, ganz so, wie sie schon ihren Mann im Gewühl aus den Augen verloren hat, als sie am Morgen das Dach verlassen hat, um ihn nach Hause zu holen. Also steht sie einfach nur da und beobachtet, wie Diwa einen Turban von der Straße aufhebt – sicherlich der Turban des Verwundeten, nach dem er in einem fort geschrien hat –, den sie sich aufsetzt, um dann wieder in die Menge einzutauchen. Zarina verliert sie kurz aus den Augen. Dann zerreißt Maschinengewehrfeuer die Luft; Licht strahlt in alle Richtungen; dort ist sie, in der Nähe des Uhrenladens, dort ist sie.

Ist sie gestolpert? Hat jemand sie zu Boden gerissen, aus der Feuerlinie? Hat sie einen Haken geschlagen, in der kurzen Zeit, als Zarina geblinzelt hat? Auf der Straße herrscht Chaos, die Szene mutet an wie ein Schachbrett, das man umgeworfen hat. Männer versuchen, sich in die Gassen zu retten, andere stürzen zu Boden, wieder andere laufen mitten in die Feuerlinie, um ihren von Kugeln getroffenen Brüdern zu helfen. Diwa! Sie schreit ihren Namen, so laut sie nur kann, aber ihre Stimme ist bloß wie ein dünner Faden, der unbemerkt auf die Straße hinabsegelt, wo die Panik selbst ein Geräusch ist. Sie vertut keine Zeit damit, nach ihren Schuhen zu suchen, sondern stürmt barfuß, wie sie ist, die Treppe hinunter und hinaus in die Gasse, wo Soldaten Jagd auf die Männer Peschawars machen. Der Boden unter ihren Füßen ist heiß, klebrig; die Männer rennen an ihr vorbei, als wäre sie Luft. Sie biegt in die Straße der Geschichtenerzähler ein, die so ohrenbetäubend laut von Schüssen widerhallt, als würde jede einzelne Kugel auf ihr Trommelfell abgefeuert. Und dieser Geruch! Frisches Blut und vor Stunden vergossenes Blut, und dazwischen ein beißender Gestank, bei dem sie unwillkürlich die Nase rümpft – Männer haben in ihrer Todesangst die Kontrolle über ihre Körper verloren. Und überall dichte Schwärme von Fliegen.

Im Nu ist dieses Ende der Straße nahezu menschenleer. Die Panzerwagen stehen weiter an Ort und Stelle, Soldaten halten am Kabuli-Tor Wache, das Geschehen aber hat sich nun in die Gassen und in Richtung des Hastings Memorial verlagert, von dort sind immer wieder Schüsse zu vernehmen und die schnellen Tritte flüchtender Männer. Ein Mann jagt an ihr vorbei, versucht sie mit sich zu ziehen, aber sie schüttelt ihn ab. Die Straße ist mit Schuhen übersät, überall liegen Tote und Verletzte, und in der Nähe des Uhrenladens erspäht Zarina einen weißen, langgeschweiften Turban, der mit frischem Blut getränkt ist. Sie läuft hin, hebt ihn auf, berührt den blutigen Stoff und hebt die Finger an die Nase. Sicherlich erkennt sie es am Geruch, falls es Diwas Blut ist; sie wird doch wohl ihr Blut von dem eines Fremden unterscheiden können? Aber es ist nur Blut, es könnte von jedem sein. Sie hört ein Geräusch hinter sich und dreht sich um. Sie sieht einen Mann im roten Hemd, er kehrt ihr den Rücken zu, in einer Haltung, die sie nicht ganz versteht, bis ihr Blick auf die Bajonettspitze fällt, die ihm aus dem Rücken ragt. Dann kippt er um, und ein englischer Soldat zieht mit einem Ruck sein blutverschmiertes Bajonett aus seinem Leib. Jemand anderes packt sie am Arm, und diesmal wehrt sie sich nicht, während ein Mann in Khaddar-Tunika sie mit sich zerrt, in eine Gasse.

Eine Tür geht auf, Frauenhände ziehen sie hinein, in Sicherheit. Meine Schwester, sagt sie und will wieder ins Freie hinaus, aber die Frauen lassen sie nicht los, halten sie mit aller Kraft fest, bis sie sich fügt. Du kannst jetzt nichts machen, sagen sie.

Einer von ihnen wird sterben. Als sie diesen Gedanken einmal gefasst hat, wird sie ihn nicht mehr los. Ihr Mann, ihre Schwester. Einer von ihnen wird sterben. Sie verkriecht sich in eine Ecke des Raums, hockt an die Wände gepresst da und birgt den Kopf in den Händen. Die Schießerei nimmt und nimmt kein Ende.

Drei Jahre ist es her, dass Zarina unerkannt in gebeugter Haltung die Straße hinuntereilte, in der sie aufgewachsen war, voller Todesangst, sich durch ihre Größe zu verraten. Ihr Ziel war das Haus des Teppichhändlers, das imposant an der Straße der Geschichtenerzähler aufragte. Als sie durch die Tür in jenes Haus trat, warf sie ihre Burka ab und sagte die Worte, die ihre verstorbene Mutter immer wieder mit ihr eingeübt hatte; die sie sagen sollte, wenn sie alt genug wäre, um nach dem Tod ihres Vaters zur Tilgung seiner Schuld mit einem Mörder vermählt zu werden: Ich komme hierher, um mich unter den Schutz Ihres Hauses zu stellen, der mir nur durch eine Heirat gewährt werden kann. Der Teppichhändler wusste sofort, wer sie war, und da verstand sie, dass er und ihre Mutter sich schon vor langer Zeit darauf geeinigt hatten, dass sie hierherkommen und sich auf das Paschtunwali berufen sollte, damit er fortan für ihr Leben die Verantwortung übernehmen konnte.

Erst nachdem ihr der Teppichhändler versichert hatte, dass sie in seiner Familie willkommen sei, kam es ihr in den Sinn, sich in dem Raum nach ihrem künftigen Ehemann umzusehen. In der Schar der Familienangehörigen, die sich versammelt hatten und sie verblüfft musterten, entdeckte sie ein Gesicht, das voller Bewunderung war – Diwa. Diwa war die Erste, die sie hier im Haushalt vorbehaltlos liebte, und sie, Zarina, erwiderte diese Liebe vom ersten Tag an. Zarina drückt den Turban ganz fest an sich, obwohl der Geruch nach Blut fast unerträglich ist. Die Liebe zu ihrem Ehemann kam erst später. Als sie sie jedoch endlich erkannte, verstand sie rückblickend, dass die Saat zu dieser Liebe bereits gelegt worden war, als sie am ersten Morgen ihres Ehelebens neben ihm aufwachte, in dem Bewusstsein, dass sie dieses geheime Leben nun für immer mit ihm teilen würde, diese veränderten Selbst-Zustände, die niemand kannte als sie beide.

Stunden später müssen ihr die Frauen beim Aufstehen behilflich sein, weil sie so lange reglos im Schneidersitz dagesessen hat, dass sie ihre Beine kaum noch spürt. Einer der jüngeren Söhne des Haushalts erklärt sich bereit, sie nach Hause zu begleiten, aber als er seine Mutter um eine Burka bittet, erwidert sie, nein, sie solle besser unverschleiert bleiben, damit die Engländer erst gar nicht den Verdacht schöpfen, dass sich unter der Burka ein Nationalist verbergen könnte.

An der Straße der Geschichtenerzähler stellt sich ihnen ein englischer Soldat in den Weg und fordert sie auf, wieder nach Hause zu gehen. Auf die Erklärung des Jungen hin sagt der Soldat, Nein, die Frau kann die Straße auch unbegleitet überqueren; er lasse sich nicht von Unruhestiftern an der Nase herumführen, die Frauen als Vorwand benutzen, um sich ungehindert in der Stadt zu bewegen.

Zarina bekommt von diesem Wortwechsel kaum etwas mit. Sie blickt die Straße hinauf und hinunter, die nun in abendliches Dämmerlicht getaucht ist, und versucht zu verstehen, was sie dort sieht. Die Toten sind alle fort, und während sie noch überlegt, was das zu bedeuten hat, hört sie ein lautes Zischen, vom Kabuli-Tor her. Dort steht ein Löschwagen der Feuerwehr, und Männer fangen gerade an, die Straße mit Wasser abzuspritzen, das aus dicken Schläuchen hervorschießt. Wo wohnen Sie?, fragt der Soldat. Sie deutet hinüber auf ihr Haus, und er sagt, Dann ab mit Ihnen, ich behalte Sie im Auge.

Sie eilt so schnell wie möglich über die Straße, platscht mit den nackten Füßen durch das blutige Wasser, in dem Schuhe verschiedener Größe an ihr vorbeiwirbeln. Die Eingangstür ist nur angelehnt, sie gelangt ungehindert ins Haus, und als sie eben die Treppe hochgeht, hört sie die Stimme ihres Mannes. Bestimmt redet er mit Diwa – sie sind beide hier und sorgen sich um sie! Dann aber antwortet ihm eine Männerstimme, vom Balkon her. Sie ist beinahe dort angelangt, als sie den Mann sagen hört, es tue ihm unendlich leid, aber er habe sie zurücklassen müssen, um den Verwundeten zu helfen, und jetzt ist sie fort, zusammen mit allen übrigen Toten.

Zarina streicht mit den Fingern über den Turban, in den das Blut mittlerweile eingetrocknet ist, und schwört sich, dass sie den Mann umbringen wird, der Diwa in den Kugelhagel geschickt hat.

Als ihr Mann wieder heimgekehrt ist, nachdem er vergebens versucht hat, an den Soldaten vorbeizukommen, um nach Diwas Leichnam zu suchen, geht sie mit ihm in ihr Schlafzimmer und zeigt ihm den Gehrock mit dem Einschussloch und die Visitenkarten, die daneben auf dem Bett liegen. Seine Stimme klingt gebrochen vor Leid, als er vorliest, was darauf geschrieben steht: Najeeb Gul, Indian Assistant, Peschawar Museum.

– Was wirst du mit ihm tun?

– Nicht, Zarina.

– Was, nicht?

Da unterbricht sie ein lautes Klopfen. Jemand ist an der Haustür. Es sind keine Dienstboten im Haus – einige sind mit nach Kohat gereist, die anderen nutzen die freien Tage zu einem Besuch bei ihren Familien, ohne zu ahnen, dass einige ihrer Herrschaften bereits nach Hause zurückgekehrt sind –, also ist niemand da, um zu öffnen. Es werden Nachbarn sein, die sich vergewissern wollen, dass alle wohlauf sind, und wenn sie herausfinden, was geschehen ist, wird sich das Haus im Nu mit Trauergästen füllen, und sie und ihr Mann werden auseinandergerissen und müssen sich in den Frauen- und Männergemächern des Hauses um die Gäste kümmern. Tun wir so, als wären wir nicht da, sagt ihr Mann. Heute Abend möchte ich nur mit dir zusammen sein.

Doch das Hämmern an der Tür hört und hört nicht auf, bis er schließlich aufsteht und sagt, Ich kümmere mich darum. Er ist kaum hinausgegangen, als sich ihr bei der Erinnerung an die letzten Sekunden, die sie mit Diwa hier in diesem Raum verbracht hat, auch schon die Kehle zuschnürt. Diwa ist tot. Diwa ist tot, und sie lebt noch und wird ohne sie weiterleben müssen. Dieser in ihr aufbrandende Schmerz, die Ungeheuerlichkeit dieser Erkenntnis. Sie ist tot und wird tot bleiben, daran wird sich nie wieder etwas ändern. Wie soll Zarina auch nur diesen Augenblick überleben. Nein, das übersteht sie nicht. Sie reißt die Holzläden auf, weil sie das Gefühl hat, keine Luft mehr zu bekommen. Auf dem Balkon die Tonscherben, Wasserlachen. Sie kniet sich hin, liest eine schartige Scherbe vom Boden auf. Aus ihrer Kehle dringen röchelnde Laute. Und da hört sie die Stimme ihres Mannes, der ihren Namen ruft. Als sie sich umdreht, steht er da und hält einen Mann in einem blutigen Hemd am Oberarm gepackt, der sich in keiner Weise dagegen wehrt, einfach nur reglos dasteht: Najeeb Gul.

– Es ist meine Schuld, sagt er.

Als er spricht, sieht sie die Stelle an seinem Hals, in die sie die spitze Tonscherbe rammen könnte, durch die Haut und das Knorpelgewebe darunter. Sie umklammert die Scherbe wie einen Dolch und macht ein paar Schritte, bis sie dicht vor ihm steht.

– Warum sind Sie hergekommen?

– Ich habe sie hinstürzen sehen, aber ich habe nicht gesehen, was dann passiert ist. Ich bin hergekommen, um zu erfahren –

Er bringt es nicht über sich, den Satz zu beenden, und sie merkt, wie sehr ihr Mann es inzwischen bereut, diesen jungen Mann mit dem offenen, aufrichtigen Gesicht mit nach oben gebracht zu haben, statt ihn fortzuschicken. Ihr Mann hat sein Leben in einer geschützten Welt verbracht, umgeben von Reichtum und Überfluss, in der fehlende Härte mit dem Begriff »Kultiviertheit« bemäntelt wird. Statt zu handeln wie ein Mann, zerfließt er vor Trauer eher in Tränen.

– Zarina, es sind die Engländer, die meine Schwester umgebracht haben. Nicht dieser Mann, was er auch getan haben mag.

– Was weißt du schon, was er getan hat?

Sie nimmt den Gehrock vom Bett und hält ihn ihrem Mann direkt unter die Nase.

– Er ist einfach so in unser Haus eingedrungen und mit deiner Schwester hier in unser Schlafzimmer gekommen, sagt sie. Sieht mit Befriedigung, wie ihr Mann daraufhin zusammenzuckt, und fährt unerbittlich fort. Er hat seine Kleidung abgelegt. Und wo war sie, als das passiert ist, als dieser Mann sich entkleidet hat? Los, frag ihn, ob er sie angefasst hat, und wie genau? Was hat er mit ihr getan, was hat er ihr versprochen, dass sie sich wie von Sinnen durch eine Menge fremder Männer gedrängt hat, als sie hörte, dass er verletzt ist?

Najeeb Gul lässt den Kopf hängen. Es tut mir leid, sagt er, und sein Tonfall bestätigt all das, was sie selbst nur halb vermutet hatte. Ihr Mann packt ihn von hinten an den Schultern und stößt ihn mit einem Fußtritt zu Boden. Er schlägt der Länge nach hin, und sein brüllender Aufschrei lässt darauf schließen, dass die Wunden, die er den Tag über erlitten hat, sich wieder geöffnet haben. Ihr Mann packt ihn am Kragen und schleift ihn durch den Flur und die Treppe hinunter. Der Mann schreit und jammert vor Schmerz und hinterlässt eine Spur von Blut auf dem Boden. Zarina folgt ihnen bis zu der Abstellkammer im Erdgeschoss, wo ihr Mann die Tür aufreißt, Najeeb Gul mit einem Tritt hineinbefördert – er, der noch nie im Zorn gegen jemanden die Hand erhoben hat –, ehe er ihm in die Kammer folgt und die Tür hinter sich schließt.

Und jetzt bekommt sie auf einmal Angst. Es ist gerade seine Sanftheit, die sie am meisten liebt. Wenn er sie einmal abgelegt hat, wie kann er sie dann je zurückerlangen? Sie pocht gegen die Tür, ruft seinen Namen, und schon nach wenigen Sekunden kommt er wieder heraus, sehr blass und angespannt.

– Sprich, was soll ich mit ihm machen?

All das Blut, diese rote Spur auf ihrem Fußboden. Sie kann den Geruch nicht ertragen.

– Ich weiß es nicht, sagt sie. Und er ist erleichtert darüber, das ist nicht zu übersehen.

– Wir sperren ihn hier ein, bis mein Vater zurück ist. Soll er eine Entscheidung treffen.

Ihr Mann säubert die Wunden des Gefangenen und verbindet ihn, bringt ihm Tee und Trockenfrüchte, das Einzige, was sie an Essbarem im Haus haben, aber er sagt kein Wort zu ihm und will auch nicht über ihn reden. Obwohl die Abstellkammer mit einem Schloss sicher versperrt werden kann, lässt er es sich nicht nehmen, auf einem Stuhl vor der Tür Wache zu halten, mit einem Gewehr, das quer auf seinen Knien liegt. Er fordert Zarina auf, sich zu ihm zu setzen, aber sie bringt es nicht über sich, Diwas Zimmer zu verlassen, wo sie noch überall den Duft des Mädchens wahrnehmen kann, in ihrem Kopfkissen, in ihrer Kleidung. Irgendwann fallen ihr vor Müdigkeit die Augen zu, aber selbst in ihren Träumen ist Diwa bereits tot.

Am Morgen scheint ihr Mann um Jahre gealtert. Zarina will in die Kammer, um den Gefangenen zu sehen, doch ihr Mann sagt nein und weigert sich, ihr den Schlüssel zu geben. Aber sie will etwas von Najeeb Gul – sie will die letzten Stunden im Leben ihrer Schwägerin. Woher hatte sie auf einmal diesen Löwenmut, was hat ihr die Kühnheit verliehen, über eine Straße voller Männer zu laufen, als wäre sie unverwundbar? Als könnte ihr nichts etwas anhaben?

– Nein, sagt ihr Mann. Dann lässt er den Kopf auf die Knie sinken. Ich bin so müde, ich habe solchen Hunger. Wo haben sie den Leichnam meiner Schwester hingebracht?

Wenigstens um seinen Hunger kann sie sich kümmern. Sie hüllt sich in einen Chaddar, der ihr Gesicht freilässt, damit die Soldaten sehen, sie ist eine Frau, die keine Schwierigkeiten machen kann, und verlässt das Haus. Die Welt erscheint leer ohne Diwa, leblos, unnatürlich still. Und es gibt nichts zu kaufen, nichts zu essen. Am Kabuli-Tor erklärt ihr ein englischer Offizier, sie dürfe die Ummauerte Stadt nicht verlassen, und sie sagt, gut, ihr sei es einerlei, aber wenn ihr Arbeitgeber zu erfahren wünsche, warum die Aja seiner Kinder nicht zur Arbeit erschienen ist, wird sie ihm sagen, wer dafür verantwortlich ist. Wer ihr Arbeitgeber sei, will er wissen, und sie nennt ihm den Namen eines geschätzten Kunden ihres Schwiegervaters, eines Engländers, der zwei kleine Kinder hat und einen wichtigen Posten in der Regierung bekleidet. Der englische Offizier spricht zwar Urdu, vermag aber eine einfache Aja nicht von der Schwiegertochter eines wohlhabenden Kaufmanns zu unterscheiden, oder vielleicht sehen alle Peschawaris für ihn heute gleich aus, genau wie für sie heute jeder Engländer ein Mörder ist. Wie auch immer, er winkt sie jedenfalls durch. Unterwegs auf der Eisenbahnbrücke, die ins Cantonment hinüberführt, fällt ihr Blick auf die Kuppeln des Peschawar Museum, und dann kennt sie nur noch ein Ziel.

In dem Museum trifft sie auf eine Engländerin. Was fast schon Grund genug wäre, wieder kehrtzumachen, aber die Engländerin zieht sich zurück, und so kann Zarina sich ungestört in der stillen Halle voller Götzenbilder umsehen. Hier also arbeitet er, und dieser Ort muss etwas mit dem geschwärzten Metallreif in seinem Turban zu tun haben, den Diwa für ihn unter den Rädern eines Panzerwagens aufgelesen hat. Sie geht auf die beiden größten der Steingötzen zu, würde sie am liebsten zerschmettern. Es wäre ihr eine Genugtuung, zu sehen, wie sie vor ihr zu Boden poltern und krachend in Stücke gehen, diese riesigen unwandelbaren Figuren, die die Welt voller Gleichgültigkeit betrachten, selbst heute. Stattdessen aber wendet sie sich zum Gehen. Auf dem Weg zum Ausgang fällt ihr ein gemeißeltes Bildwerk aus grauem Stein ins Auge, dem sie sich nicht zu entziehen vermag – eine Frau, weder am Leben noch tot, weder begraben noch in der Welt der Lebenden. Tot. Für alle Zeit tot. Diese Worte wiederholt Zarina im Geist immer wieder, versucht ihnen eine Bedeutung abzuzwingen.

Als ihre Mutter gestorben ist, hat sie eines gelernt: Wenn die Lebenden einen Leichnam berühren, verstehen sie, durch ihre Fingerspitzen, dass die Toten wahrhaft tot sind; in dieser Kälte ist kein Leben mehr zu finden. Das verstehen die Fingerspitzen, ohne diese Berührung aber gerät das Hirn ins Schwimmen. Wie kann es sein, dass ein ganzer Kosmos von Angewohnheiten, Humor, Vorlieben, Eigenarten, Loyalitäten, Zuneigungen wahllos auseinandergeflogen ist, losgelöst von der magnetischen Kraft, die sich in Diwas Persönlichkeit manifestierte? Wo liegt sie jetzt, hat jemand ein Gebet über ihrem Leichnam gesprochen, ist Zarina dazu verdammt, sie fortan unter jeder Burka zu vermuten, die ihr in der Ummauerten Stadt begegnet? Wenn sie schon tot sein muss, dann muss es eben so sein, aber wo ist ihr Leichnam?

Sie kehrt nach Hause zurück und findet dort den Koch mit seinen beiden Söhnen vor, sie sitzen mit Gewehren auf den Knien vor der Abstellkammer. Im Museum hatte es einen Moment gegeben, als die Engländerin ausrief: Najeeb!, und Zarina dachte, ihr Mann hätte ihn freigelassen. Aber es war bloß der Mann, der am Vortag auf ihrem Balkon aufgetaucht war, und er sagte, er sei Najeebs Bruder. Was wollte er bei ihr, auf ihrem Balkon? Was für eine Verschwörung gibt es da zwischen den Brüdern? Sie schreit Najeeb Gul durch die Tür hindurch an, aber er gibt keine Antwort, und der Koch sagt, ihr Mann habe ihm den Schlüssel zu der Tür anvertraut und ihn auf den Koran schwören lassen, ihn weder an ihn selbst noch an Zarina auszuhändigen. Und einerlei, welches Vorgehen er selbst, der Koch, in der Angelegenheit für richtig halte, der Koran sei nun einmal der Koran.

Als ihr Mann nach Hause zurückkommt, hat er in Erfahrung gebracht, wer für die Entscheidung verantwortlich war, die Toten in Lastwagen fortzuschaffen, aber wo sie hingebracht wurden, das konnte ihm niemand sagen. Er schlägt mit der flachen Hand gegen die Tür der Abstellkammer, droht dem Koch, ihn zu entlassen, wenn er ihm nicht sofort den Schlüssel gibt, und Zarina zieht ihn mit sanfter Gewalt fort und beschwört ihn, sich zu beruhigen. Der Tag schleicht dahin, endlos, sinnlos. Ein Mann ist im Haus, eingesperrt, ein Gefangener, und seine Gegenwart treibt sie beide in den Wahnsinn.

Eine weitere Nacht vergeht. Ihr Schwiegervater wird bald zurück sein. Nach dem Rückzug der Briten sind auch die Tore der Ummauerten Stadt wieder geöffnet, und der ältere Sohn des Kochs hat sich am Morgen auf den Weg nach Kohat gemacht, um der Familie die schreckliche Nachricht zu überbringen. Zarinas Mann ist losgegangen, um eine Grabstelle in Shah-ji-ki-Dheri zu kaufen, und so ist Zarina vorläufig mit dem Koch und seinem jüngeren Sohn allein im Haus. Sie ist oben in Diwas Zimmer, als sie hört, wie der Koch sie vom Flur aus ruft. Sonst kommt er nie in diesen Teil des Hauses, aber die Welt ist nicht mehr dieselbe.

– Sie werden bald alle zurück sein, sagt er, als sie vor die Tür tritt, um zu hören, was er will. Er steht schon lange in den Diensten der Familie, länger, als ihr Mann oder seine übrigen Geschwister am Leben sind, und Diwa ist immer schon – war immer schon – sein besonderer Liebling.

– Ja. Und?

– Ich habe geschworen, den Schlüssel für die Kammer nicht an Sie auszuhändigen. Aber ich habe nicht geschworen, sie nicht selbst aufzusperren.

Wenn der Teppichhändler zurückkommt, wird er den Gefangenen freilassen. Das wissen sie alle, Zarina, ihr Mann, der Koch.

– Ich weiß nicht, sagt sie.

– Ich tue es. Ich möchte es tun. Wie können wir ihn einfach so laufen lassen, nach dem, was er getan hat?

– Lass mich nachdenken.

– Ich habe sie in den Armen gehalten, als sie noch ganz klein war, ein Säugling. Ich benötige Ihre Erlaubnis nicht.

Er meint es freundlich. Will ihr damit die Last der Verantwortung abnehmen, dafür sorgen, dass niemand ihr später Vorhaltungen machen kann.

– Ich möchte mit ihm reden, sagt sie.

– Reden Sie mit ihm. Alles Weitere erledige ich.

Sie sind schon fast an der Treppe, als ihnen der Sohn des Kochs entgegenkommt, völlig außer Atem, um zu melden, dass unten zwei Leute an der Haustür stehen: ein Mann mit einem Glasauge und eine Engländerin in einer Burka, die ausrichten lässt, die Begum-Sahib habe sie wegen der Lastwagen angesprochen. Wie kann das sein, woher wissen sie, dass er hier eingesperrt ist? Es ist unmöglich. Aber sie suchen wahrscheinlich nach ihm, und irgendjemand wird ihnen gesagt haben, dass er während des Blutbads hier war. Die Nachbarn haben bereits gefragt, wer der Mann war, der auf das Dach gestiegen ist, als die Frauen und Kinder dort waren. Hol dein Gewehr, weist sie den Koch an und eilt los, um den Gehrock mit dem Einschussloch zu holen, der Najeeb Guls Bruder und die Paschtu sprechende Engländerin aus dem Museum davon überzeugen wird, dass der Mann, nach dem sie suchen, nicht mehr am Leben ist. Sollen sie glauben, dass auch er in einem Lastwagen fortgeschafft worden ist.

Und dann fragen die beiden gar nicht nach Najeeb Gul. Sie sind hier, um mit ihr über die Lastwagen zu sprechen, um ihr Dinge zu erzählen, die sie längst weiß. Es ist, als würden sie sich von ihr Verzeihung für die Verbrechen ihrer Leute erhoffen. Was für eine Rücksichtslosigkeit, hierherzukommen, um ihr eigenes schlechtes Gewissen zu beruhigen, während sie um Diwa trauert. Wo ist Diwa? Das ist die einzige Frage auf der Welt. Sie drückt dem Mann den Gehrock in die Arme und verlässt den Raum.

Sie sperrt die Tür hinter sich ab. In dem Arbeitszimmer, in dem sie sich nun befindet, erwartet sie bereits der Koch, mit einem Gewehr im Arm. Was wollen sie?, fragt er, und ehe sie etwas erwidern kann, kracht von innen das volle Gewicht eines großgewachsenen Mannes gegen die Tür.

– Najeeb! Wo ist mein Bruder? Najeeb!

Immer wieder wirft er sich mit voller Wucht gegen die schwere Holztür, wie ein Rammbock. Der Koch hebt das Gewehr und fordert sie auf, die Tür aufzusperren.

– Nein, sagt Zarina. Sie hört die Verzweiflung in der Stimme des Mannes mit dem Glasauge, seinen tiefen Schmerz. Und hört einen Widerhall ihres eigenen Herzens.

– Es reicht, sagt sie.

Im Innenhof fallen sich die Brüder in die Arme. Halten sich so innig und ohne jede Scheu umarmt, dass der Koch und sein Sohn und Zarina aus Rücksicht den Blick abwenden und dann doch wieder hinsehen müssen, in dem Bewusstsein, dass Freude etwas ist, was sie in diesem Haus für sehr lange Zeit werden entbehren müssen.

Die Engländerin sagt den Namen des jüngeren Bruders, so leise, dass nur Zarina, die neben ihr steht, es hören kann. Sie wenden einander das Gesicht zu – die Engländerin und Najeeb Gul –, aber er sieht sie nicht an. Hält die Augen geschlossen, während er das Gesicht an die Schulter seines Bruders drückt und seinen Rücken umklammert. Bald jedoch wird er die Augen aufschlagen und die Frau bemerken, die sein Gesicht so aufmerksam betrachtet, während sie sich eine Hand ans Herz drückt.

Die Engländerin dreht sich unvermittelt um und geht zur Haustür. Nur Zarina blickt ihr nach. An der Tür wendet sie sich noch einmal um und hebt die Hand in Schulterhöhe, mit der Handfläche nach außen, die Finger zusammengelegt. Zarina weiß nicht, was diese Geste zu bedeuten hat, und dennoch erwidert sie den Gruß unwillkürlich. Die Engländerin nickt ihr schweigend zu. Dann hüllt sie sich in ihre Burka und verschwindet hinaus auf die Straße.

27. April 1930

In ihr weißes Trauergewand gehüllt, schritt Zarina in der wispernden Stille vor Tagesanbruch, die weder dem Bordell noch der Moschee gehörte, durch die Reihen von kiesumsäumten Grabhügeln. Den Weg zu den drei opulenten Gräbern, von marmorumrandeten Blumenrabatten eingefasst und mit Grabsteinen versehen, in die Koranverse eingemeißelt waren, kannte sie bereits. Es waren die Gräber der Eltern des Teppichhändlers und seiner Schwester, die in so jungen Jahren von ihrem Ehemann ermordet worden war, demselben Mann, den auch Zarina beinahe hätte heiraten müssen. Daneben ein frisch aufgehäufter Grabhügel, übersät mit einem Teppich aus Rosenblättern. Hunderte, tausende Rosenblätter, die Diwas Vater und ihre Brüder auf die lehmige Erde gestreut hatten. So viele, dass sie sich aus Rosenblättern in etwas anderes verwandelt hatten – in einen gestauten roten Fluss zwischen den Gräbern, die abgerissene Schwinge eines Engels, der auf die Erde hinabgestürzt war.

Zarina kniete sich hin und legte ein Stück Erde frei, indem sie die Rosenblätter behutsam beiseiteschob. Dann stieß sie ihre Schaufel in den Grabhügel und grub. Als das Loch in der Erde groß und tief genug war, bettete sie den Turban hinein; das getrocknete Blut in seinem Stoff war alles, was von Diwa übrig war. Nachdem sie das Loch sorgfältig wieder zugeschaufelt hatte, stand sie auf und bückte sich, um eine Handvoll der warmen, fleischigen roten Rosenblätter aufzulesen. Nächstes Jahr um diese Zeit würde sie ein Kind haben; und zwar eine Tochter, da war sie sich sicher. Sie würde sie Diwa nennen, und wenn die Kleine alt genug war, würde sie mit ihr hierherkommen und ihr von dem Turban und dem Metallreif mit den eingravierten Feigen erzählen. Und eines Tages würden sie vielleicht beides zusammen ausgraben, und dann würde die Welt die Geschichte Diwas erfahren – kein Engel, geschickt von Allah, um durstige

Männer mit Wasser zu laben, sondern ein mutiges junges Mädchen, erschossen von den Engländern und nach ihrem Tode preisgegeben von den Männern, deren Parole »Freiheit« lautete.

Der Wind fuhr leise in die Rosenblätter, und es war, als würde sie ein winziges Lebewesen in den Händen halten. Sie warf ihre Arme in die Höhe, eine große, ausgreifende Geste, und sah dabei zu, wie sich der Jungvogel in die Lüfte erhob.

485 vor Christus

Wo sind die monströsen Rassen, die er versprochen hat? Die Schattenfüßler, die sich mittags niederlegen und ihre breiten Füße in die Höhe recken, die einen so großen Schatten werfen, dass sie vor dem Licht der Sonne geschützt sind? Die einmal-sich-fortzeugenden Männer, deren Samen so schwarz ist wie ihre Haut? Die mundlosen Menschen, die sich ausschließlich von dem Duft von Pflanzen und Früchten ernähren? Atossa, die Witwe des Dareios, lehnt sich über den Schiffsbug und blickt in die trüben, schlammigen Fluten des Nebenflusses des Indus. Und die fischschwänzigen Löwen, die stachelhaarigen Seejungfrauen, die weißen Riesenwürmer? Die Gold ausgrabenden Ameisen? Lügen, immer nur Lügen von Skylax.

An den Flussufern stehen die Paktyer, auf ihre Speere gestützt, und neigen die Köpfe, während die persischen Schiffe vorübersegeln. Das Schiff, in dem das Wasser mitgeführt wird, schließt längsseits zu ihnen auf, und einer von Atossas Dienern reckt eine leere Urne hinüber, in die der Priester das Wasser des heiligen Flusses Choaspes schöpft. Einige Tropfen, silbrig von Sonne und Göttlichkeit, fallen in den Fluss hinab, der sie schimmernd in Empfang nimmt. Das Wasser fließt still dahin, der Priester ist berühmt für seine ruhige Hand. Das salzlose Wasser des Indus ist heilig genug für alle, bis auf sie, und manche der Diener flüstern, es sei sogar süßer als das Wasser des Choaspes, aber dennoch legen sie alle, selbst der Priester, es hinterlistig darauf an, einen Anteil von jenem Wasser zu erhaschen, das zu trinken einzig der Königin vorbehalten ist. Verrat, überall Verrat. Das ist der Preis der Macht.

In Kaspatyros geht sie an Land und winkt ungeduldig ab, als man sich untertänig nach ihren Wünschen erkundigt. Nein, sie wünscht jetzt weder zu speisen noch auszuruhen.

– Bringt ihn zu mir.

Er ist alt geworden, seine Haut inzwischen so ledrig gegerbt und voller Runzeln, dass er einer der monströsen Rassen angehören könnte, über die er geschrieben hat. Sein Blick jedoch ist noch genauso aufsässig wie früher, als würde er sie im Grunde seines Herzens nicht als seine Königin anerkennen, ungeachtet der Worte, die ihm über die Lippen kommen, ungeachtet seines tief gebeugten Nackens, als er vor dem Thron aus Gold und Lapislazuli kniet, den vier Paktyer von ihrem Schiff hierher in diesen Granatapfelhain getragen haben.

– Die Königin ehrt mich. Eine so weite Reise, nur für mich?

– Den Indus wollte ich schon immer einmal sehen. Nun, da in unserem Reich Frieden herrscht und mein Sohn König ist, schien der rechte Zeitpunkt dafür gekommen. Du bist ganz nebensächlich.

Er schmunzelt über ihre Lüge. Sie hat ihre besten Männer ausgesandt, um ihn gefangen zu nehmen und zu ihr zu bringen. Als dann aber die Kunde eintraf, dass man ihn in Kaspatyros aufgespürt hatte und er zu krank sei, um die Reise nach Persepolis lebend zu überstehen, wusste sie, was sie zu tun hatte. Obwohl nun, wo sie ihn vor sich sieht, deutlich wird, dass er überhaupt nicht krank ist. Sondern bloß nach wie vor über die Gabe verfügt, so überzeugend zu lügen, dass seine Zuhörer ihm jedes Wort glauben.

– Dachtest du, du könntest dich hier vor mir verstecken, Karier?

– Verstecken? Nein. Auf meine alten Tage bin ich bloß sentimental geworden. Ich wollte der glücklichsten Zeit in meinem Leben nachspüren, mehr nicht. Ihr habt bei dieser Entscheidung keine Rolle gespielt.

– Und wer hat dir diese glückliche Zeit ermöglicht? Wer hat einem Mann aus Karien vertraut? Wer hat einem Barbaren einen Stirnreif aus Silber aufs Haupt gesetzt?

– Ein Mann, der klug genug war, zu wissen, dass ich dafür den Auftrag gewissenhaft ausführen würde, den er mir erteilt hat.

Ein aufgeplatzter Granatapfel liegt auf dem Boden ganz in der Nähe des Throns. Rubine, die zu ihren Füßen in Lachen von Blut verstreut sind.

– Wo ist der Stirnreif?

– Wieso?

– Ich will ihn zurück. Deshalb bin ich hergekommen.

– Ich habe ihn nicht mehr.

– Warum hast du das getan, nach allem, was Persien dir geschenkt hatte?

Das ist die wirkliche Frage, die einzige Frage auf der Welt, die sich ihrem Verständnis entzieht. Warum hat Skylax, der mit dem Feigenreif Bekrönte, Skylax, der das höchste Vertrauen des Königs genoss, den Zorn des Dareios riskiert und eine verherrlichende Lebensbeschreibung über diesen karischen Aufrührer verfasst, Herakleides, in der er den Hinterhalt, in den jener die Perser lockte, zu einem Sieg verklärte, der größer und ruhmreicher war als jeder Sieg, den Dareios oder Kyros je errungen hatten? Erreicht wurde dadurch letzten Endes nichts; Karien wurde wieder unter Kontrolle gebracht, Herakleides wurde getötet. Also, warum?

– Weil ich Herakleides geliebt habe.

– Was ist das für eine Antwort? Was ist mit Karien? Was ist mit Persien?

– Kontinente werden nach Belieben aufgeteilt, mal so, mal so. Inseln dehnen ihren Herrschaftsbereich über Meere und Gebirge hinweg aus. Was ist das alles schon, verglichen mit Herakleides?

Die anstrengende Reise fordert ihren Tribut, auf einmal merkt sie, wie erschöpft sie ist. Sie sieht sich um, betrachtet die Gebirgsketten ringsherum, das saftig grüne Gras, die Bäche und Bäume, die voller Früchte hängen. Die Berge und das Tal bilden zusammen eine zerbrochene Schale, von der Hand eines Künstlers geformt. Ihr unterer Teil ist dick mit Farbe beschmiert, grün und blau und rot. In dieser Hinsicht zumindest hat er nicht gelogen.

– Gibt es hier wirklich Ameisen, die aus dem Sand Gold ausgraben?

– O ja! Würdet Ihr mich nicht töten lassen, würde ich sie Euch zeigen.

Zu ihrer Verwunderung hört sie sich selber lachen. Er erhebt sich vom Boden und streckt ihr seine Hand entgegen. Der Stirnreif mag verloren sein, aber so alt sind sie beide noch nicht – und die Welt steckt noch immer voller Wunder, die es zu entdecken gilt.

Geschrieben von Najeeb Gul, Archäologe, für V.R. Spencer, Archäologin *(»und Vorkämpferin für die Befreiung der Völker Indiens und Britanniens vom Empire«, das soll ich auf Qayyums Wunsch noch hinzufügen)*

14. August 1947, Kaspatyros, Pakistan

Schlussbemerkung

Die Erklärung Olaf Caroes, damals Sekretär des Chief Commissioner, was mit den Toten in der Nacht des 23. April 1930 geschehen ist, lautet wie folgt:

Am Abend des 23. April erhielt ich ein kurzes Schreiben von Sir Norman Bolton, in dem er mich ersuchte, alles in meiner Macht Stehende zu unternehmen, um so viele der Todesopfer wie möglich in der Nacht beisetzen zu lassen, zwecks Vermeidung der Gefahr neuerlicher Ausschreitungen aus Anlass eines öffentlichen Leichenzuges. Ich sprach mit R.S. Mehr Chand Khanna und bat ihn, einige der führenden Khilafisten von der städtischen Bibliothek zu mir zu bringen. Er brachte mir M. Abdurrab Nishtar; M. Ataullah Jan, Stadtbevollmächtigter; M. Aurangzeb Khan, Vakil; Qazi Mohd Aslam, Vakil.

Ich habe diese Personen über die Sachlage unterrichtet und um ihre Mithilfe als friedliebende Bürger und gute Muslime ersucht. Sie erklärten sich bereit, alles in ihrer Macht Stehende zu tun, und baten mich, Lastwagen für den Transport zu organisieren, sie würden mit den Angehörigen sprechen und ihre Zustimmung einholen. Die benötigten Lastwagen habe ich mithilfe von Shahji organisiert, einem der Burschen des C.C.s, der meines Wissens Peschawari ist und dem Stamm der Syed angehört. In der Nacht haben wir auf diese Weise sieben oder acht Tote per Lastwagen aus der Stadt bringen lassen. Einige davon hatten keine Angehörigen, und es wurden Vorkehrungen getroffen, um einen Mullah zu bezahlen und die Beisetzungen unter voller Beachtung aller religiösen Riten durchzuführen. Am folgenden Tag kam Qazi Mohd Aslam in mein Büro und sagte, er würde sich unbeliebt machen, indem er mir in dieser Angelegenheit behilflich sei. Er stehe nicht weiter zur Verfügung, gab er mir zu verstehen. Durch die Mitwirkung dieser vier Männer an den getroffenen Maßnahmen dürfte meines Erachtens jeder Versuch, den Vorfall propagandistisch auszuschlachten, zum Scheitern verurteilt sein. (»Public and Judicial Department. Civil Disobedience Campaign in NWFP. Response to Patel allegations«. British Library, reference number L/PJ/6/2007)

Augenzeugen, die vom Indischen Nationalkongress für seinen »Untersuchungsbericht über die Unruhen in Peschawar im Jahr 1930« befragt wurden, geben an, sie hätten dicht an dicht mit Toten vollgepackte Lastwagen durch die Stadt fahren sehen, während Soldaten Schüsse auf Dächer und Balkone abgaben, um Zeugen zu verscheuchen. Die von der Kongresspartei zusammengestellte Liste von Toten enthielt einhundertfünfundzwanzig Namen, einschließlich dreiundvierzig Personen, die vermisst wurden. Die von offizieller britischer Seite durchgeführte Untersuchung der Geschehnisse, geleitet von den Richtern Sulaiman und Panckridge, bezifferte die Anzahl der Getöteten mit dreißig.

Danksagung

Syeda Meher Taban von der University of Mardan war eine vorzügliche Führerin durch das alte Peschawar; Nidaullah Sehrai vom Peschawar Museum hat all meine Fragen geduldig beantwortet; danke auch an Salman Rahim, dass er mir die Reise nach Peschawar ermöglicht hat. Sana Haroon hat mir ihre Bibliothek zur Verfügung gestellt und etliche Wissenslücken bei mir gefüllt. Ohne Mukulika Banerjees *The Pathan Unarmed* hätte meine Phantasie Qayyum Gul niemals ersinnen können; J. Kasmins Sammlung von Artefakten, vor allem der achämenidische Löwe, hat mich Viv nähergebracht. Ein besonderer Glücksfall war es, dass ich sowohl Tom Holland wie Madeleine Miller um Übersetzungen aus dem Griechischen bitten konnte. David J. Gill hat die Fragen einer Fremden beantwortet und war so freundlich, mich auf sein Buch *Sifting the Soil of Greece* aufmerksam zu machen, das mir zu einem besseren Verständnis der Welt der Archäologie vor und während des Krieges verholfen hat. Viele andere Quellen waren für mich von großem Wert, insbesondere *Indian Voices In The Great War* (ausgewählt und zusammengestellt von David Omissi), Fotografien und Berichte aus dem Peschawar der Kolonialzeit in der British Library, und *Peshawar: Historic City of the Frontier* von Dr. Ahmed Hasan Dani. Beatrice Monti hat wieder einmal ein Schreibrefugium in Santa Maddalena zur Verfügung gestellt und mir außerdem das Blau des Mittelmeers geschenkt. Gillian Sterns Tüchtigkeit als Lektorin war von unschätzbarem Wert. Danke auch an John Freeman, Ellah Allfrey und Yuka Igarashi für die editorische Bearbeitung des Abschnittes dieses Romans, der in *Granta 123: Best of Young British Novelists* vorabveröffentlicht wurde. Ein Dankeschön an alle bei A. M. Heath und Bloomsbury – wie auch an die Subagents, Verlage, Übersetzer, die dabei helfen, meinen Romanen einen Platz in der Welt zu geben. Meine tiefste Dankbarkeit gebührt zum guten Schluss meinem Dream-Team, bestehend aus Frances Coady, Victoria Hobbs und Alexandra Pringle.